SECRET GAME
Brichst du die Regeln, brech ich dein Herz
STEFANIE HASSE

Stefanie Hasse

SECRET GAME

Brichst du die Regeln, brech ich dein Herz.

Ravensburger

Bibliografische Information der Deutschen Nationalbibliothek:

Die Deutsche Nationalbibliothek verzeichnet diese Publikation in
der Deutschen Nationalbibliografie. Detaillierte bibliografische Daten
sind im Internet auf www.dnb.d-nb.de abrufbar.

1 2 3 4 5 E D C B A

Originalausgabe
Copyright © 2019 by Stefanie Hasse
© 2019 Ravensburger Verlag GmbH
Dieses Werk wurde vermittelt durch
die Michael Meller Literary Agency GmbH, München.

Lektorat: Franziska Jaekel
Umschlaggestaltung: Anna Rohner
Verwendete Bilder von © aleshin/AdobeStock, © theartofphoto/AdobeStock,
© Andreashkova Nastya/Shutterstock und © stockyimages/Shutterstock

Alle Rechte dieser Ausgabe vorbehalten durch
Ravensburger Verlag GmbH,
Postfach 2460, D-88194 Ravensburg

Printed in Germany

ISBN 978-3-473-40181-9

www.ravensburger.de

Für alle, die weiterkämpfen
und ihre Prinzipien nicht
aus den Augen verlieren,
ganz gleich, wie gut sie sich manchmal verstecken.

X

Willkommen zum Spiel.
Entscheide dich zwischen Wahl,
Wahrheit oder Pflicht.
Jede Aufgabe bringt dich deinem Ziel
näher, die Spielleitung des kommenden
Jahres zu übernehmen und die
Geheimnisse aller bisherigen Teilnehmer
zu erfahren.

KAPITEL 1
Ivory

»Ich kann nicht glauben, dass der Sommer vorbei ist.«

Ein Windstoß wirbelte die ersten bunten Blätter auf, als wollte er Ivys Worte unterstreichen. Die Sonne ging langsam in einer der Häuserschluchten Manhattans unter und spiegelte sich auf dem kleinen See jenseits des Zauns, der Heath wie immer nicht davon abgehalten hatte, die weiche Picknickdecke auf dem Rasen dahinter auszubreiten. Er bemerkte ihr Frösteln, zog sie enger an sich und drückte ihr einen Kuss ins Haar.

»Montag beginnt das letzte Jahr auf der St. Mitchell.« Seine Worte waren so erdrückend, dass sie ihren Blick vom letzten glitzernden Sonnenlicht auf der leicht gekräuselten Wasseroberfläche abwandte und versuchte, den Unterton zu interpretieren. Seit sie sich am Anfang der Sommerferien zufällig hier im Central Park begegnet waren, hatte sich vieles verändert. Er war mit ihr zu seinen Lieblingsplätzen in und um New York gefahren und hatte ihr sein Leben an der Upper East Side gezeigt, das so anders war als alles, was sie kannte. Sie hatte Heath noch immer nicht ganz durchschaut, aber was er hinter der stählernen Rüstung aus kühler Arroganz und seinem grauenhaften Ruf als Frauenheld verbarg, hatte ihr mit jedem Tag mehr gefallen. Sie müsste lügen, wenn sie behauptete, sie hätte sich nicht in ihn verliebt. Ihr Herz, das so große

Angst vor Verletzungen und weiteren Verlusten hatte, öffnete sich langsam – eine Tatsache, über die ihr Körper nur lachen konnte. Denn *der* war Heath längst verfallen. Jede Berührung und jeder Kuss sorgten dafür, dass sie nicht mehr klar denken konnte. Natürlich hatte sie auch in Deutschland schon einen Freund gehabt, aber was Heath mit ihrem Herzen anstellte, ging weit über ihre frühere Beziehung zu Elias hinaus. Ihr gesamter Körper kribbelte bis hinab in die Zehenspitzen, wenn sie nur in seiner Nähe war, und jeder Gedanke an ihn wurde von einem Dauergrinsen begleitet. Ihr Vater verzog immer nur belustigt das Gesicht und neckte sie, wenn sie mal wieder völlig abwesend vor sich hin starrte – was oft vorkam, denn ihre Beziehung zu Heath war ernster und tiefer geworden, als sie es jemals für möglich gehalten hätte.

»An was denkst du?«, hauchte er ihr ins Ohr und sein Atem ließ sie erschaudern.

Sie sprach ihre Gedanken laut aus und erhielt zum Dank Heath' zauberhaftes echtes Lächeln, bei dem seine blauen Augen aufleuchteten und für einen regelrechten Glücksrausch sorgten. Sein *Show*lächeln, wie er es nannte, wirkte im Gegensatz dazu nur aus der Ferne echt. Als Sohn einer einflussreichen New Yorker Familie war er es gewohnt, von Fotografen und Reportern verfolgt zu werden – vor allem im Sommer, wenn in der Stadt kaum etwas Nennenswertes passierte, weil alle die Zeit lieber außerhalb der Stadt verbrachten. Auch heute waren sie wie zwei Undercoveragenten durch den Hinterausgang der Stadtvilla seiner Eltern geschlichen, damit sie hier im Park die Zweisamkeit genießen konnten, ohne gleich auf unzähligen Fotos in den sozialen Netzwerken aufzutauchen.

Heath küsste die Stelle direkt hinter ihrem Ohr und ließ seine Lippen an ihrem Hals entlangwandern. »Du meinst also, dass du dich gleich nicht mehr beherrschen kannst?«, neckte er sie und stupste ihre

Wange mit der Nase an. Eine Strähne seiner braunen Haare, hinter denen er gern seine Augen versteckte, kitzelte sie.

»Nicht, wenn du so weitermachst«, sagte sie heiser.

Glücklicherweise hörte er nicht auf, sondern verteilte eine brennende Spur aus Küssen auf jedem Zentimeter Haut, den er erreichen konnte. Ivy schloss die Augen und wünschte, sie hätte sich für einen Besuch bei ihm und nicht für ein romantisches Picknick im Park entschieden, auch wenn sie sich hier das erste Mal nähergekommen waren.

Seine Lippen streiften zart über ihre Wange und sie bebte vor Erwartung, doch er hielt inne, um ihr den nächsten Schritt zu überlassen. Als würde sie ihn nicht küssen wollen! Heath war wie eine Droge, von der Ivy nicht genug bekommen konnte. Zärtlich drückte sie ihren Mund auf seinen, während sie eng umschlungen auf die Decke sanken, wo sie sich seinen Berührungen hingab und die innigen Küsse genoss.

Es dauerte eine himmlische Ewigkeit, bis sie sich atemlos voneinander lösten. Mit einem leichten Schwindelgefühl öffnete Ivy die Lider und stellte mit Erschrecken fest, dass die Sonne fast nicht mehr zu sehen war. Die Zeit mit Heath verging wie im Flug und sie hatte Angst, nicht mithalten zu können. Wie jeder verliebte Mensch wollte sie nicht, dass der Alltag sie einholte. Sie wollte nicht, dass die Zweisamkeit endete, die sich anfühlte, als wären die Millionen Einwohner New Yorks, ja selbst die Frau mit dem Hund, die mit einem abfälligen Kopfschütteln an ihnen vorbeigegangen war, meilenweit entfernt. Als könnte ihnen niemand etwas anhaben.

Heath' Atem ging ebenso stockend wie ihrer. Seine Haare standen wirr vom Kopf ab wie immer, wenn Ivy ihre Finger darin vergraben hatte. Er stützte sich auf den rechten Unterarm und musterte ihre Gesichtszüge, bis es ihr beinahe unangenehm wurde. Dann räusperte er sich und sah ihr fest in die Augen.

Sofort spürte Ivy, dass etwas nicht stimmte. Alarmiert richtete sie sich auf. Heath spiegelte ihre Bewegung, bis sie sich gegenübersaßen. Er griff nach ihrer rechten Hand, sein Daumen tastete den Verschluss ihres Armbands ab. Sein Lächeln war einem nachdenklichen Blick gewichen. Er rutschte ein Stück von ihr weg.

»Montag beginnt unser Abschlussjahr«, begann er erneut.

Ivy nickte und ihr wurde plötzlich kalt. Der Wind legte ein paar bunte Blätter auf ihrer Decke ab. Ohne Heath aus den Augen zu lassen, griff sie mit der freien Hand nach einem davon und fuhr mit den Fingern die bereits ausgetrocknete, starre Struktur entlang.

»Für mich ist es auch das erste komplette Schuljahr auf der St. Mitchell«, sagte sie in die unangenehme Stille hinein, um die entstandene Distanz, diese seltsame Kühle zu überbrücken, die plötzlich von Heath ausging und sie erschreckte. Ivy war mit ihren Eltern erst Ende des vergangenen Schuljahres nach New York gezogen. Ihre Mutter hatte nach dem Tod ihrer pflegebedürftigen Mutter kurzfristig das Amt der Pastorin in der deutschen evangelisch-lutherischen Gemeinde in New York übernommen, wodurch sich Ivys Leben praktisch innerhalb weniger Wochen komplett verändert hatte – von einem verschlafenen Nest in Süddeutschland in die Stadt, die niemals schlief. Sie fühlte sich immer noch überfordert, was sie nur in Heath' Gegenwart verdrängen konnte.

»Ich weiß, deshalb …« Er schien nach den richtigen Worten zu suchen.

Ivy hätte alles dafür gegeben, in diesem Moment in seine Gedanken eintauchen zu können. Doch welchen Kampf er im Inneren auch immer austrug, er verlor ihn. Der Glanz verließ seine Augen und sie spürte, wie sich seine Hand verkrampfte. Seine Kälte ging auf sie über und sie schauderte.

Dann richtete er sich weiter auf und drückte den Rücken durch wie ein Soldat. Die Finger seiner freien Hand zupften nervös an den kleinen Knötchen der Picknickdecke, die auch seinen Blick festhielten, während sich seine andere Hand noch immer um ihre klammerte.

»Deshalb wollte ich noch mit dir über etwas sprechen.« Seine Stimme klang ernst. Zu ernst für den wundervollen Nachmittag, die Küsse, die Gänsehaut und das schwebende Gefühl in ihrem Bauch. Sie ahnte, worüber er sprechen wollte. Elias hatte genauso ausgesehen, als er mit der Wahrheit herausgerückt war: dass eine Fernbeziehung für ihn unmöglich war, auch wenn sie nur ein oder zwei Jahre dauern sollte.

Ohne es zu merken, schlossen sich ihre Finger um das trockene Blatt in ihrer Hand, und als sie die Faust wieder öffnete, war es zu Hunderten Bruchstücken zerfallen.

»Über was?« Ihre Stimme war rau wie das Krächzen der Krähen, die von einem Baum jenseits des Wassers aufstoben. Sie entzog ihm ihre Hand und zupfte die roten Blattreste von der Handfläche, während sie sich innerlich für die Antwort wappnete.

Heath schien die Sorge in ihrer Stimme zu hören und blickte bestürzt auf. Es war deutlich zu erkennen, dass ihm erst jetzt klar wurde, wie sie seine Worte aufgefasst haben musste.

»Nein!«, sagte er schnell und rutschte wieder näher. »Nicht … das … o Gott, Ivy. Was denkst du denn?« Sein fassungsloser Blick war entwaffnend und Ivy fielen riesige Steinbrocken vom Herzen. »Ich würde nie mit dir … Wie kannst du nur daran denken?« Zärtlich berührte er ihre Wange, sodass ihre letzten Zweifel verflogen.

»Was ist es dann?«, fragte sie, während Heath die Fingerspitzen spielerisch an ihrem Unterarm hinablaufen ließ und die letzten Blattschnipsel von ihrer Handfläche strich.

Zerstreut sah er sie an. »Nicht so wichtig.« Er rückte noch näher, nahm sie in den Arm und drückte sie an seine Brust. Sie hörte seinen Herzschlag unter seinen durchtrainierten Muskeln.

»Scht ...« Sein Beruhigungsversuch kitzelte in ihrem Ohr, bewirkte jedoch das Gegenteil.

»Komm schon, du kannst doch jetzt nicht einfach so tun, als wäre nichts. Gibt es irgendetwas, auf das ich achten muss? Irgendwelche Zusatzkurse, die meine Chancen ...«

Seine Brust vibrierte regelrecht, während er versuchte, sich das Lachen zu verkneifen – was Ivy absolut nicht lustig fand. Das zeigte sie ihm auch mit einem entsprechenden Blick, nachdem sie sich aus seiner Umarmung befreit hatte. Während der gesamten Sommerferien war Heath der Einzige gewesen, der sie vor der Panik des alles entscheidenden letzten Schuljahres bewahrt hatte, ihr den Druck genommen hatte, der mit dem Stipendium an einer teuren Privatschule wie der St. Mitchell einherging. In Deutschland war sie auf ein normales Gymnasium gegangen und hatte ihre Leistungskurse absolviert. Lediglich ihre Noten und etwas Glück bei der Vergabe der Studienplätze waren am Ende ausschlaggebend, ob ihr Traum in Erfüllung ging, einmal eine erfolgreiche Anwältin zu werden. Hier in den USA zählte dagegen auch, welche Schule man besucht hatte und was man in seiner Freizeit anstellte. Ohne das Stipendium würde sich Ivys Traumkarriere schon jetzt in Luft auflösen und sämtliche Hoffnung zerplatzen, Familien wie den Färbers helfen zu können. Schnell schob sie die Erinnerungen an die Gerichtsverhandlung beiseite, die ihr Leben verändert hatte – vergessen würde sie diese Tragödie jedoch niemals.

»Darüber machst du dir ernsthaft Gedanken?« Er sah sie zweifelnd an und schüttelte langsam den Kopf. »Schon in den paar Wochen, die du auf der St. Mitchell warst, hast du bewiesen, dass du das Potential zur Jahrgangsbesten hast.«

Leise lachend fügte er hinzu: »Manche nennen dich Streberin.«

Sie schnaubte verächtlich. »Lieber Streberin sein als ein Stipendium verlieren. Du wurdest auf einem goldenen Teppich hoch über den Straßen der Upper East Side geboren. Es kann nicht jeder so viel Glück haben wie du.« Sie pikte ihn mit dem Finger in die Brust.

»Ich wurde in einem Krankenhaus geboren wie jeder andere auch.«

Sie hörte das Schmunzeln in seiner Stimme. Lachend schüttelte sie den Kopf und sah zu ihm auf.

»Lachst du mich etwa aus?«, fragte er mit gespielter Empörung.

»Niemals«, erwiderte sie bemüht ernst. Doch ihre Lippen zuckten verräterisch und binnen Sekunden lag sie wieder auf dem Rücken. Sein Gesicht war jetzt so nah, dass sein Atem die Luft zwischen ihnen erhitzte.

»Dann ist ja gut.« Schnell wich die Belustigung in seinen Augen. »Versprich mir, dass du mich nicht für die Schulbücher und den Unterricht sitzen lässt. Oder irgendetwas anderes.«

Der letzte Satz schob sich zwischen sie wie eine Mauer. Sie war sich nicht sicher, ob er es ernst meinte oder einen weiteren Witz machte. Seine Lippen zuckten nicht. Machte ausgerechnet *er* sich Gedanken darüber, dass sie ihn verlassen könnte? In seinen Augen stand echte Sorge, was ihr Herz schneller schlagen ließ.

»Nur, wenn du mir dasselbe versprichst«, erwiderte sie bemüht locker, während sie ihren rasenden Puls unter Kontrolle zu bringen versuchte.

»Ich verspreche dir hoch und heilig, dass ich dir niemals ein Buch vorziehen werde.«

Sie verdrehte die Augen. »Oberflächlicher Idiot«, neckte sie ihn. Das war zumindest ihr erster Eindruck gewesen und damit zog sie ihn gern auf.

»Streberin«, konterte er mit einem rauen Lachen, ehe er den Blick senkte.

Ihre Lippen fühlten sich plötzlich wahnsinnig trocken an und sie kam dem Drang nach, sie mit ihrer Zunge zu befeuchten. Binnen Sekunden spürte sie seinen warmen Mund auf ihrem. Der Kuss war so süß wie all die anderen Küsse, die sie während des Sommers getauscht hatten – nachdem sie hinter die Fassade des reichen Upper-East-Side-Boys gesehen hatte. Einer der begehrtesten Jungs der St. Mitchell High hatte sich auf ein Mädchen eingelassen, das sich kein Stück für seine Clique und die wilden Partys interessierte, sondern sich auf das Lernen und die zahlreichen außerschulischen Aktivitäten konzentrierte, die ihre Karriere fördern sollten. Seit jenem Tag im Juni hatte sich das Wort »verlieben« nicht mehr vollkommen abstrakt angefühlt, sondern war ihr als etwas potenziell Mögliches erschienen.

Verliebt war sie inzwischen definitiv. So viele große Dichter, Komponisten und Autoren hatten versucht, dieses Gefühl in Worte zu fassen, doch das war ihnen nicht mal ansatzweise gelungen, wie Ivy nun wusste. Es ging tiefer, war berauschender und zugleich so beängstigend, dass sie anfangs davonlaufen wollte. Doch Heath hatte sie eingeholt. Mit seiner aufgeschlossenen Art, den liebevollen Gesten, seinem Humor und den tiefgründigen Gesprächen hatte er eine Seite in ihr zum Leben erweckt, die sie bislang nicht gekannt hatte und die sie, wenn sie ehrlich war, nie wieder missen wollte. Er gab ihr das Gefühl, alles zu schaffen, alle Hindernisse überwinden zu können. Verdammt, sie hätte ihm einmal beinahe gestanden, dass sie vielleicht sogar mehr als verliebt war, auch wenn sie den Gedanken an Liebe noch verdrängte, so gut es ging. Es gab sicher viele Stufen zwischen *verliebt sein* und *Liebe*. Und Heath zog sie unablässig hinauf. Wo würde das enden?

Sie drehte ihm erneut das Gesicht zu und drückte ihm einen sanften Kuss auf die Lippen.

»Wofür war der denn?«, fragte er.

»Dass du bist, wie du bist.«

Zur Antwort küsste er sie so lange, bis die Sonne vollends untergegangen war und der letzte Tag der Sommerferien endete.

X

Nur mit Mühe und Not schleppte er sich am beleuchteten Pool vorbei zum Haus. Der letzte Drink war ganz sicher schlecht gewesen. Seit er mit vierzehn das erste Mal auf einer Party bei Freunden zu viel getrunken hatte, hatte er sich nicht mehr so mies gefühlt. Seine Begleiterin öffnete mit dem Code die Hintertür. Der Wohnbereich des Landhauses kippte immer öfter zur Seite, während er sich mehr von ihr mitziehen ließ, als selbst zu gehen. Benommen wunderte er sich, dass sie unter seinem Gewicht nicht zusammenbrach. Auch wenn sie schwer atmete, hielt sie sich auf den Beinen, kickte nur die glitzernden Pumps zur Seite – vielleicht, um nicht allzu viel Lärm auf dem Marmorboden zu machen. Ihr teures Parfum hing schwer in der Luft.

Er fühlte sich, als würde ihm mit jeder Treppenstufe schwindeliger. Links stützte er sich auf ihren schlanken Körper, mit der Rechten umklammerte er den Metalllauf an der Wand und zog sich hinauf. Für einen kurzen Moment dachte er daran, was passieren würde, wenn sie beide ins Taumeln gerieten und die nach links offenen Stufen hinabstürzten. Das Schwindelgefühl wurde stärker. Oben angekommen stolperten sie gemeinsam durch die trübe Dunkelheit, bis er endlich eine weiche Matratze unter sich spürte. Er ließ sich auf den Rücken fallen und schloss die Augen.

Als er wieder zu sich kam, konnten Minuten oder auch Stunden vergangen sein. Da es draußen aber immer noch stockfinster war, musste er nur kurz eingenickt sein. Er bemerkte wieder einmal den Unterschied der Hamptons zu Manhattan, wo es niemals derart dunkel wurde. Während er den Kopf bewegte, stöhnte er vor Schmerz auf und fuhr regelrecht zusammen, als er realisierte, dass er nicht allein war. Überall roch es nach Beeren.

»Was zur Hölle tust du hier?«, brachte er leicht lallend hervor.

Das fahle Mondlicht zeichnete ihre Konturen weicher und er bemerkte ihr aufreizendes Lächeln. Sein Atem stockte, als er erkannte, dass sie sich über ihn beugte, um sein Hemd aufzuknöpfen.

KAPITEL 2
Ivory

»Hast du sie gefunden?«, rief Ivy, während der Bücherturm auf ihrem Arm gefährlich schwankte. Ihre Stimme wurde von den vielen Geschichten um sie herum nahezu verschluckt. Sie suchte in den Gängen und auf der Empore des ehemaligen Stadthauses nach Iljana. *Bookish Dreams* machte seinem Namen alle Ehre. Ivy war nach wie vor überwältigt davon, was ihrem Vater innerhalb der wenigen gemeinsamen Wochen in New York gelungen war. Er hatte sich seinen größten Traum erfüllt und eine Buchhandlung in Manhattans bester Lage eröffnet. Die Bibliothek im Schloss des Biestes, die Belle so liebte, kam Ivy dagegen wie eine schwache Kopie dieser heiligen Hallen vor. Das Oberlicht, mehrere Stockwerke über ihr, ließ helle Flecken auf den Tischen mit den Neuerscheinungen tanzen, und so manches besondere Buch funkelte und warf seinerseits bunte Punkte auf seine Nachbarn.

»Hab sie!«, rief Iljana von weit oben, ehe sie im dritten Stock, in dem das Büro von Ivys Dad lag, an das hölzerne Geländer der Empore trat. Würde sie anstelle der Bücher einen Bogen tragen, könnte sie in der Kinderabteilung direkt dem Cover von *Merida* entsprungen sein. Die Sonnenstrahlen machten aus ihren wilden Locken ein regelrechtes Flammenmeer.

»Warte, ich komme hoch!«, rief Ivy. Ihr Vater hatte die Bücherspenden für die Tombola bei der großen Ferienabschlussfeier der St. Paul vergessen und Iljana, deren Familie bereits Dutzende Kuchen für den Gemeindenachmittag gespendet hatte, war gern bereit gewesen, mit ihrer Limousine kurz bei *Bookish Dreams* vorbeizufahren, um Ivy zu helfen.

Ivy wollte zum gläsernen Fahrstuhl gehen, doch Iljana winkte ab.

»Wenn ich es nicht schaffe, einen Stapel Kinderbücher zu tragen, wird meine Mom vermutlich dafür sorgen, dass unsere Sportlehrerin im Internat gefeuert wird.« Ihr Lachen hallte noch von der Empore, als ihre Locken bereits außer Sicht waren.

Auch wenn Ivy im ersten Moment grinsen musste, traf sie die Bemerkung mit aller Härte. So funktionierte es in Manhattan. Das war die Realität, ob Iljana es mit einem Lachen abtat oder nicht. Vor ihrem Umzug hatte Ivy den Namen *Romanov* nicht gekannt, aber hier in New York trug jeder, der sich den teuren Schmuck oder die funkelnden Uhren leisten konnte, Iljanas Familiennamen am Körper. Beim ersten Treffen, einem Kennenlernnachmittag der Gemeinde, hatte Marija Romanovs Auftreten Ivy zutiefst erschreckt. Doch die spindeldürre, auffällig luxuriös gekleidete Frau mit dem grimmigen Gesichtsausdruck verwandelte sich in einen anderen Menschen, wenn sie ihre Tochter anlächelte, auch wenn sie unglaublich streng war. Sie trug wie fast alle hier eine Maske, die einen völlig falschen Eindruck von ihr vermittelte. Iljana hatte das noch nicht so gut drauf, aber vielleicht lernte man das erst im Laufe der Schulzeit.

Ivy genoss den Duft der vielen Bücher, die Summe der einzelnen Gerüche nach Papier, Leder und Druckerschwärze, der auch ihren Vater stets umgab und sich nach Zuhause anfühlte, ganz gleich, welche Buchhandlung sie besuchte, als Iljana mit unzähligen Kinderbüchern auf dem Arm aus dem Fahrstuhl trat. Gemeinsam verließen sie den wahr gewordenen Lebenstraum ihres Vaters.

In der Limousine dachte Ivy darüber nach, wie oft er über diesen Traum gesprochen hatte. Seine Liebe zu Büchern war Ivy in die Wiege gelegt worden. Es war unmöglich, sich der Faszination von Büchern zu entziehen, wenn man stets von ihnen umgeben war. Ivy hatte sehr viel Zeit in der kleinen Buchhandlung ihres Vaters in Deutschland verbracht. Und nun schlug ihr Herz jedes Mal höher, wenn sie mit einem neuen Buch in der Hand zum Bryant Park gehen konnte, der *Bookish Dreams* gegenüberlag. In diesen Momenten war ihr Leben wieder so einfach wie früher. Während Ivys Mutter ihrer Aufgabe als Pastorin nachgekommen war, wuchs Ivy zwischen Büchern auf und lernte dort viele gleichgesinnte Menschen kennen. Die Liebe zu Büchern hatte sie auch mit Elias zusammengebracht – und umgeben von Geschichten war ihre Beziehung dann zu Ende gegangen. Ivy verdrängte die aufkommende Melancholie. Seit sich ihre Gefühle für Heath derart entwickelt hatten, waren ihre Gedanken immer seltener zu Elias gewandert. Heath hatte ihr nicht nur geholfen, über die Trennung hinwegzukommen, er hatte Manhattan auch zu einem Zuhause gemacht, einem Ort zum Wohlfühlen.

»Erde an Ivy. Du denkst schon wieder an Heath, oder?« Iljana spielte mit einer ihrer roten Locken und grinste so frech, dass Ivy lachen musste.

»Was hat mich verraten?« Die Worte kamen nicht so rüber wie beabsichtigt, denn die Belustigung verlor sich schnell. Warum hatte Heath sich noch immer nicht gemeldet? Ivy konnte nicht glauben, dass es im Wochenendhaus seiner Familie keinen Empfang gab, um eine kurze Nachricht zu schicken.

»Lass mal überlegen. Dein Blick reicht mindestens bis Virginia und bei deinem seligen Lächeln würde deine Mom erblassen.«

Iljanas gute Laune war ansteckend. Ivy schob ihre Grübelei beiseite und schlug ihrer Freundin spielerisch gegen den Arm. Iljana kreischte lachend auf, der Fahrer zuckte kurz zusammen und der Wagen schlingerte leicht, was die Mädchen sofort schuldbewusst in den Sitz sinken ließ.

»Du weißt, dass das nicht stimmt.« Es war ein totales Klischee, dass ihre Mutter irgendwie weltfremd und prüde war, nur weil sie als Pastorin arbeitete. Ivy fand ihre Mom viel cooler als so manche Mutter ihrer Freundinnen. Vielleicht hatte sie durch ihren Job aber auch schon ziemlich viel mitbekommen und war abgehärtet?

»Wird Heath auch zur Gemeindefeier kommen?« Ivy war froh, dass Iljanas Blick zum Fenster gerichtet war, wo gerade die zahlreichen Modeläden der 7th Avenue vorbeizogen. So sah sie nicht Ivys Gesicht, in dem sich noch die Sorge widerspiegeln musste, die sie so sorgfältig ausgeblendet hatte. Schon das ganze Wochenende überkam sie immer wieder dieses ungute Gefühl. Sie konnte es nur abstellen, wenn sie an Heath' ehrlich schockierten Gesichtsausdruck dachte, als er begriffen hatte, dass sie eine Abfuhr von ihm befürchtete. Hinter der Funkstille konnte nur ein technisches Problem stecken, oder? Sie erinnerte sich an den liebevollen Abschied vor zwei Tagen und zupfte gedankenverloren an dem geflochtenen Lederarmband mit dem silbernen Verschluss, das Heath ihr im Sommer an einem kleinen Stand im Park gekauft hatte. Dann betrachtete sie wieder die vorbeiziehende Stadt. An Sonntagen war der Verkehr nahezu entspannt. Ivy würde sich dennoch hüten, sich hier jemals hinter ein Steuer zu setzen. Da in New York aber sowieso kaum jemand ein Auto besaß, würde sie wahrscheinlich gar nicht erst in die Verlegenheit kommen.

»Träumst du schon wieder?«, hakte Iljana nach, die sich Ivy längst wieder zugewandt hatte.

Schnell ließ Ivy von ihrem Armband ab. »Was? Nein. Heath … Er kommt erst heut Abend aus den Hamptons zurück. Familienwochenende«, brachte sie mühsam über die Lippen. Sie klang jedoch scheinbar überzeugend genug, denn Iljana ging nicht weiter auf die Stimmung ein, die deutlich in Ivys Worten mitschwang. Für einen kurzen Moment schien Iljana sogar erleichtert, aber Ivy könnte sich auch getäuscht haben.

»Gut, sonst bist du so abgelenkt. Und ich weiß nicht, was die älteren Gemeindemitglieder davon halten würden, wenn die Tochter der Pastorin ständig an einem Jungen klebt«, feixte sie.

»Du scheinst ja sehr genau Bescheid zu wissen«, konterte Ivy und ließ die unausgesprochene Frage in der Luft hängen. Iljana erzählte viel von ihrer Familie, über das Unternehmen und das Internat, aber nur selten etwas über sich. Die wenigen wirklich persönlichen Dinge, die sie ihr anvertraut hatte, konnte Ivy an einer Hand abzählen. Der Wagen hielt und Ivy sah Iljana weiterhin herausfordernd an, bis der Fahrer die Tür öffnete.

»Schön wär's, aber die Jungs im Internat kannst du echt vergessen«, erwiderte Iljana beim Aussteigen. »Und hier genauso.« Sie beschrieb einen weiten Bogen mit dem Arm, sodass Ivy von ihren Armbändern und der funkelnden Romanov-Uhr geblendet wurde. »Es gibt keinen Typen, der mich interessiert«, schob sie noch hinterher, während sie auf dem Bürgersteig vor dem Gemeindesaal neben der St. Paul stehen blieb. »Ich halte mich lieber ans Lernen. Und das solltest du auch tun.« Der lockere Plauderton war mit einem Mal verschwunden. Ihr Gesicht war so ernst, dass Ivy kurz schauderte. Ihr war klar, dass es hier nicht um die Schule ging. Der Verkehrslärm schien plötzlich meilenweit entfernt.

»Was willst du damit sagen?« Ivy rieb sich über den Unterarm, der von einer Gänsehaut überzogen war. »Weißt du etwas, das ich nicht weiß?«

Der Fahrer lud die Bücher aus dem Kofferraum. Iljana wollte sie ihm abnehmen, doch er schüttelte nur den Kopf und erledigte pflichtbewusst seinen Job.

Als Iljana sich wieder umwandte, schrak Ivy zurück. Die finstere Miene ihrer Freundin löste in Ivys Kopf die wildesten Gedanken aus.

Leider kam Iljana nicht mehr dazu, ihr diese teils absurden Gedanken zu nehmen – die meisten davon hatten unweigerlich mit Heath' Stiefschwester Penelope zu tun –, denn Ivys Mutter kam aus dem Gemeindesaal gerannt und nahm Ivy sofort in Beschlag. Sie dankte Iljana noch kurz für die Hilfe und zog Ivy mit sich.

Die Zeit raste nur so dahin. Ivy kam nicht mal dazu, sich weiter Gedanken über das seltsame Gespräch mit Iljana zu machen, geschweige denn, mit ihr zu reden. Sie unterhielt sich mit vielen älteren Gemeindemitgliedern, die eine Menge Geschichten aus ihrer Jugend erzählten. Geschichten, die Ivy auch immer so gern von ihrer Großmutter gehört hatte. Die Mitglieder der Gemeinde füllten das Loch, das durch den Tod der Mutter ihrer Mom entstanden war, zumindest ein bisschen. Die Eltern ihres Dads hatte sie nie kennengelernt. Sie waren noch vor Ivys Geburt gestorben und ihr Verlust war für ihren Dad damals der Ausschlag gewesen, ein neues Leben zu beginnen.

Deshalb war Ivy froh, Ersatzgroßeltern zu haben. Sie hatte viel zu lachen, während sich die älteren Herren mit ihren Übertreibungen nahezu überschlugen.

Irgendwann am späten Nachmittag verabschiedeten sich Iljana und ihre Familie. Ivy hielt Iljana noch kurz zurück, um sie endlich auf die Unterhaltung anzusprechen, die ihre Mutter unterbrochen hatte, doch ihre Freundin hatte nur kryptische Worte für sie übrig, ehe sie zu ihren Eltern eilte, die gerade in die Limousine stiegen.

»Pass auf dich auf, Ivy«, rief sie ihr noch zu und sah dabei ihre Eltern an, als hätte sie Angst, bei etwas Verbotenem ertappt zu werden. Das war nicht die Iljana, die Ivy kannte. »Du denkst, die St. Mitchell High ist der Anfang deiner Träume, aber wenn du nicht aufpasst, wird diese Schule dein Untergang sein. Da gibt es etwas ...« Sie blickte noch einmal zu ihrer Mutter, die mit verkniffenem Mund im Wagen saß und wieder so wirkte wie bei ihrer ersten Begegnung: kühl, distanziert, angsteinflößend. »Denk immer daran: Es ist *kein Spiel*, Ivy. Es ist bitterer Ernst.«

Bevor Ivy nachhaken konnte, folgte Iljana der mahnenden Aufforderung ihrer Mutter und stieg ebenfalls ein. Der Fahrer schloss die Tür und ging zur Fahrerseite.

Ivy starrte nur noch auf ihr Spiegelbild in der abgedunkelten Scheibe und glaubte, Iljanas sorgenvollen Blick auf sich zu spüren.

X

Willkommen zum Spiel.
Entscheide dich zwischen Wahl,
Wahrheit oder Pflicht.
Jede Aufgabe bringt dich deinem Ziel
näher, die Spielleitung des kommenden
Jahres zu übernehmen und die
Geheimnisse aller bisherigen Teilnehmer
zu erfahren. Bist du bereit für deine erste
Sonderaufgabe?

> Das neue Schuljahr hat doch noch gar nicht angefangen.

Deine Aufgabe beginnt schon jetzt.
Sie ist wichtig.

> Ich werde nicht teilnehmen.

Dann wird es dich nicht stören, wenn
ich das folgende Video an alle anderen
Spieler weiterleite.

> Was willst du?

KAPITEL 3
Ivory

Iljanas Worte geisterten unablässig durch Ivys Kopf. Sie dachte beim Abendessen mit ihren Eltern daran und auch noch, als sie ins Bett ging, wo sie sich endlos hin und her wälzte, bevor sie einschlief. Doch selbst ihre Träume spuckten ihre wildesten Ängste in grausam realistischen Bildern aus, sodass sie am nächsten Morgen, ihrem ersten Tag als *Senior*, alles andere als frisch aussah und den Weg zur U-Bahn nur schlurfend zurücklegen konnte.

Sie hatte Iljana noch eine Nachricht geschrieben, aber keine Antwort erhalten. Auch ihre Anrufe waren unbeantwortet geblieben. Vielleicht lag das Internat ja tatsächlich in einem absoluten Funkloch? Dabei hatte Ivy immer gedacht, Iljana würde übertreiben. Kurz hatte sie überlegt, direkt im Internat anzurufen und um ein Gespräch mit ihrer Freundin zu bitten, was ihr dann aber zu dramatisch vorgekommen war. Am Freitag kam Iljana zurück und dann konnte sie ihre Freundin mit Fragen bombardieren. Wenigstens hatte Iljanas Bemerkung auch etwas Gutes: Ivy hatte vor lauter Grübeln kaum Zeit gehabt, auf ein Lebenszeichen von Heath zu warten. Er müsste gestern Abend zurückgekommen sein, doch auch am Morgen fand sie keine Nachricht auf ihrem Display. Daher sah sie ihrer Begegnung in der Schule mit gemischten Gefühlen entgegen. Die leichte Verärgerung verlor sich jedoch immer, sobald sie an das Lederarmband an ihrem Handgelenk griff und an den Glanz in Heath' Augen dachte, als er ihr zugeflüstert hatte, wie sehr er sie vermissen würde.

Eingequetscht zwischen zahlreichen Pendlern in der U-Bahn, die soeben die Pennsylvania Station passiert hatte, erstellte sie im Kopf einen Fragekatalog für Iljana. Die Luft war stickig und verstärkte ihr ungutes Gefühl, dass etwas Schlimmes auf sie zurollte, unaufhaltsam wie eine gigantische Welle. Ivy schwebte irgendwo zwischen kribbelnder Erwartung, Heath wiederzusehen, mulmiger Sorge, ob sie allen Erwartungen entsprechen konnte, und unbestimmter Angst, die definitiv Iljana mit ihrer Andeutung zu verantworten hatte.

Es ist kein Spiel, Ivy. Es ist bitterer Ernst.

Diese Gefühle ließen sich auch nicht abschütteln, als sie sich etwa fünf Minuten später zusammen mit einem Menschenstrom über die 7th Avenue zur nächsten Station treiben ließ. Auch heute fühlte sich Ivy wieder überfordert von all den Eindrücken, als sie schließlich an der Lexington Ave ausstieg. Sie passierte mehrere gigantische Wohngebäude, in die ihr ganzer früherer Wohnort gepasst hätte, ein Eiscafé und ein Nagelstudio, ehe sie die Empfangshalle des Apartmentgebäudes in der Park Avenue betrat, in dessen Penthouse die Familie Montalvo wohnte. Nigel, der Portier, nickte Ivy zur Begrüßung zu. Als sie vor den Sommerferien ein paar Wochen in den Unterricht der St. Mitchell hineingeschnuppert hatte, war sie beinahe jeden Morgen hier gewesen.

Während der Fahrstuhlfahrt betrachtete sie ihr bleiches Gesicht im Spiegel. Wie gern wäre sie heute topfit aus dem Bett gesprungen, um ihr Abschlussjahr voller Elan zu beginnen. Jetzt fürchtete sie fast, dass Heath sie in diesem Zustand kaum erkennen würde. Der Gedanke brachte sie zum Lächeln und schob Iljanas finstere Worte etwas beiseite.

War es naiv von ihr, sich auf ihn zu freuen? Ihr Magen kribbelte beim Gedanken an ihn, fühlte sich schwerelos an, als würde der Fahrstuhl mit ihr nach unten sacken. Sicher gab es eine vernünftige Erklärung dafür, dass er sich nicht gemeldet hatte. Ivy konnte es trotz der seltsamen Funkstille kaum erwarten, ihn nach dem Wochenende wiederzusehen. Heath war ihr Fels in dieser Welt geworden. Mehr noch als Iljana und Kelly. Er würde ihr die Sorgen und dieses eiskalte Gefühl, das in ihrem Nacken saß, nehmen können.

Die Tür des Fahrstuhls öffnete sich, doch von Kelly war wie immer nichts zu sehen.

»Kel, wo bleibst du denn?«, rief Ivy und betrat den polierten weißen Marmorboden im Foyer des Apartments der Montalvos, in dem sich die unzähligen in die Decke eingelassenen Lichter spiegelten. Ihre Stimme hallte in dem fast leeren Raum wider. Zu ihrer Linken befanden sich neben der geschwungenen Treppe ein fast kitschiger antiker Spiegel, an dem Kelly nie vorbeikam, ohne ihr »Outfit of the Day« – kurz OOTD – für ihre Instagram-Story zu fotografieren, und ein kleines Tischchen mit einer vermutlich extrem teuren Vase, in der immer frische Blumen standen, die einen schon fast aufdringlichen Duft verbreiteten. Auf der anderen Seite hingen sonst immer farbenfrohe Bilder, irgendwelche moderne Kunst, von der Ivy nichts verstand. Jetzt waren sie jedoch verschwunden, was Ivy kurz davon abhielt, nach Kelly zu suchen. Die drei neuen großen Schwarz-Weiß-Aufnahmen von New York wirkten wie Schatten auf der weißen Wand und verdunkelten den Raum trotz der Beleuchtung. Neugierig betrachtete Ivy die neuen Bilder, die im Vordergrund immer dieselbe Person zeigten: ein junges dunkelhaariges Mädchen, vielleicht sieben oder acht Jahre alt, mit breiten Zahnlücken neben den viel zu großen Schneidezähnen, leichten Pausbacken und einem frechen Grinsen. Kelly hatte sich seither ziemlich verändert, dachte Ivy und überlegte, ob solche Bilder jemals an die Öffentlichkeit gelangen würden, ehe sie sich abwandte und die lebensgroßen Fotografien hinter sich ließ. Ein klein wenig erinnerten die Aufnahmen sie an die ausgeschnittenen Bilder und Kalenderseiten von New York an der Wand ihres alten Zimmers, die sie von klein auf gesammelt hatte, weil sie immer neugierig auf die Stadt gewesen war, aus der ihr Vater kam. Aus ihrer Wanddeko war inzwischen Realität geworden. Nun ging es um ihre Zukunft und Ivy musste sich eingestehen, dass sie in den Ferien ihre Zeit lieber mit Heath verbracht hatte, als wie geplant mit den Büchern, die ihr die Schulleiterin empfohlen hatte, damit sie im Abschlussjahr in keinem der Fächer hinterherhinkte – was sich nun mit einem schlechten Gewissen rächte und ihr das unangenehme Gefühl gab, unvorbereitet zu sein. Dass Kelly scheinbar alle Zeit der Welt hatte, wirkte Ivys Angst kein bisschen entgegen. Für Heath hatte sie ihren Traum hintenangestellt, das große Ziel, das sie sich als Fünfzehnjährige – ein Jahr nach dem tragischen Tod ihrer besten Freundin Christiana – gesetzt hatte.

Sie schob die Tür zur Küche auf, in der laute Musik dröhnte. Die wilden Gitarrenriffs irgendeiner Rockband standen im totalen Widerspruch zu der blitzenden modernen Designerküche, deren Dimensionen irgendwo zwischen Restaurant und Großkantine lagen.

Kelly saß wie fast immer allein an dem hübsch eingedeckten Tisch und wirkte wie einem Werbespot entsprungen. Ihre schwarzen Haare fielen in leichten Wellen über ihre Schulter, die beigefarbene faltenfreie Bluse der Schuluniform und ihr Make-up waren wie immer perfekt, während sie konzentriert auf ihr Handy schaute.

»Kelly!« Ivy schrie beinahe, um die Musik zu übertönen.

Kelly zuckte zusammen und ließ ihr Handy auf den Tisch fallen. Selbst durch das Make-up war zu erkennen, wie sehr sie sich erschreckt hatte. Als sie Ivy sah, knipste sie jedoch sofort ihr strahlendes Lächeln an – jenes Lächeln, das sie so perfektioniert hatte, dass sie selbst mitten in einem Wutanfall aussehen konnte, als wäre sie überglücklich. Für ihre siebzehn Jahre war sie ein Musterbeispiel an Selbstkontrolle. In einer einzigen Bewegung stellte sie die Musik auf ihrem Handy aus, woraufhin die unsichtbaren Lautsprecher überall im Raum erstarben und in Ivys Ohr ein leises Piepen zurückblieb, schob ihren Stuhl zurück und lief zu Ivy, um sie in eine feste Umarmung zu ziehen.

»Willst du, dass ich mein letztes Schuljahr nicht mehr erlebe, Ivy?«, fragte sie dann mit vorwurfsvollem Blick und legte in einer theatralischen Geste die Hand auf ihr Herz.

»Wer weiß, was passiert, wenn wir am ersten Tag zu spät kommen«, mahnte Ivy und hörte sich damit wie die klischeehaft überpünktliche Deutsche an, was Kelly ihr schon ein paarmal vorgeworfen hatte.

Jetzt verdrehte Kelly nur die Augen. »Du kannst dich noch kurz setzen. Die Ansprache der DeLaCourt beginnt erst in einer halben Stunde. Wir haben noch ewig Zeit.«

Kellys stoische Gelassenheit sorgte für ein Kribbeln in Ivys Fingerspitzen. Am liebsten hätte sie ihre Freundin mit sich gezerrt. Kelly kehrte jedoch zu ihrem Platz zurück, nahm ihr Handy, schoss ein Foto von sich mit ihrem Latte Macchiato und deutete auf die Croissants, damit Ivy zugriff. Geraldine, die Haushälterin der Montalvos, servierte »dieses ungesunde Zeug« nur, wenn Kellys Vater Eurico nicht in der Stadt war. Als ehemaliger Topathlet und nun Besitzer einer landesweiten Greenfood-Kette bestand er darauf, dass sich seine Tochter gesund ernährte. Daher fotografierte Kelly nie das ihrer Meinung nach viel bessere Essen – ihr Vater folgte ihr auf Instagram und wäre bestimmt enttäuscht –, schaufelte aber in seiner Abwesenheit, die seine Anwesenheitszeiten deutlich übertraf, endlos Kalorien und ungesunde Fette in sich hinein. Bei dem Körper eigentlich eine Unverschämtheit. Als hätte sie Ivys Gedanken erraten, grinste Kelly übertrieben, bevor sie das letzte Stück ihres Croissants vom Teller pflückte, in den Mund schob und mit Kaffee hinunterspülte.

Nebenbei sah sie immer wieder nachdenklich auf ihr Handy, vermutlich, um die Reaktionen auf ihren neuen Post zu verfolgen. Obwohl alles wie immer wirkte, wurde Ivy das Gefühl nicht los, dass etwas anders war. Die beiden waren während der Ferien ständig via Handy miteinander in Kontakt gewesen. Kelly hatte quasi live die neuesten Entwicklungen mit Heath mitbekommen und Ivy hatte Kellys Fotos vor zahlreichen europäischen Wahrzeichen gelikt und kommentiert – aber ein wenig mehr Begeisterung, sich wieder »in echt« zu sehen, hatte Ivy schon erwartet. Stattdessen posierte Kelly wie jeden Morgen noch kurz vor dem antiken Spiegel in der Eingangshalle und schoss ihr OOTD-Foto, was Ivy irgendwie lächerlich fand, weil die Schuluniform ja schließlich immer mehr oder weniger dieselbe war.

Kelly trug heute ausnahmsweise die beigefarbene Hose anstatt des für Mädchen üblichen Rocks und sogar die dunkelgrüne Krawatte mit dem Emblem der St. Mitchell unter dem Pullunder mit der Baumstickerei, legte den Fokus ihrer Aufnahme jedoch auf ihre Haare und das Gesicht, was Hashtags wie *#ootd* oder *#ootdfashion* noch unsinniger erscheinen ließ, aber was wusste Ivy schon.

»Ist irgendwas passiert?«, fragte sie Kelly im Fahrstuhl, denn das Schweigen wurde ihr langsam unangenehm und das Handygeklimper zerrte an ihren angespannten Nerven.

Kelly sah kurz auf, während sie Filter auf das Foto von sich legte und es hochlud. Dann schoss sie noch ein kurzes Fahrstuhlspiegelfoto mit Kussmund und tat so, als hätte sie Ivy nicht gehört. Das machte sie immer, wenn sie nicht antworten wollte. Sie tat dann so, als wäre sie völlig in Gedanken – oder besser in ihren Feed oder ihre Story versunken. Irgendwann redete sie dann von selbst los und antwortete auf Fragen, an die sich Ivy manchmal gar nicht mehr erinnern konnte. Ivy wollte jedoch nicht über Kellys Umgangsformen diskutieren – die ihr von ihren Eltern und vor allem von ihrer Großmutter einen riesen Tadel eingebracht hätten –, auch wenn sie besonders heute beruhigende Worte oder ein gemeinsames Lachen gut hätte gebrauchen können.

Kurz darauf stiegen die beiden immer noch schweigend in die Limousine der Montalvos – wie an jedem Morgen der letzten Wochen des vergangenen Schuljahres. Zumindest seit jenem Tag, an dem aus Kellys offizieller Patenschaft eine beginnende Freundschaft geworden war.

Kelly war absolut geschmeichelt gewesen, dass sich Ivy, nachdem sie in Kelly hineingerannt war, nicht nur entschuldigt, sondern beinahe ehrfurchtsvoll ihr Pseudonym *@fashionista_k_montalvo* gehaucht hatte. Ivy folgte nicht vielen Lifestyle-Bloggern, noch viel weniger den amerikanischen, aber da *Fashionista* nicht nur Mode, Kosmetik oder Essen vorstellte, sondern sehr oft Bücher in die Kamera hielt, gehörte sie seit Jahren zu Ivys absoluten Lieblingen. Kurzerhand hatte sich Kelly der Neuen an der Schule angenommen. Ivy akzeptierte, dass sich Kellys Leben eher online als im realen Leben abspielte, genoss aber jeden Moment mit ihr. Auch wenn sie immer wieder feststellte, wie unterschiedlich *Fashionista* und Kelly doch waren – wie vermutlich jeder, der sich im Internet präsentierte.

Plötzlich quietschte Kelly – ihre Version eines Freudenschreis – und erklärte Ivy, dass ihr Dad ihr Foto vom Vortag kommentiert hatte. Während der restlichen Fahrt stand Kelly das Glück auf die Stirn geschrieben und sie verteilte so viele Herzchen im Internet, wie es nur möglich war.

Keine zehn Minuten später – und das im stockenden New Yorker Verkehr – hielt ihr Fahrer im Halteverbot direkt vor dem roten Backsteingebäude in der 89ten Straße zwischen Park und Lexington Avenue. Dass Menschen wie Kelly nicht einmal zwei Blocks weit zur Schule laufen konnten, war für Ivy anfangs erschreckend gewesen, aber sie musste zugeben, dass man sich sehr schnell daran gewöhnte. Genau wie an den Luxus, der die Schüler und damit nun auch Ivy tagtäglich umgab, sobald sie ihre kleine Wohnung hinter der St. Paul in der 22ten West in Midtown Manhattan verließ, in der sie mit ihrer Familie wohnte.

Wie von selbst glitt ihr Blick zu den zwei Treppen vor dem Eingang des altehrwürdigen Schulgebäudes, wo noch immer zahlreiche in dunklem Grün gekleidete Mitschüler herumstanden, obwohl es bereits zum ersten Mal geläutet haben musste. Weit über ihren Köpfen erhob sich das Rundbogenfenster mit dem Schulnamen und dem Logo darunter, dem stilisierten Baum mit den tiefen Wurzeln, dessen Hauptäste verdächtig an ein Kreuz erinnerten – schließlich handelte es sich um eine der angesehensten kirchlichen Privatschulen in New York. Die Rundbögen der Fenster in der unteren Etage waren aufwendig mit Ornamenten verziert, die zu den Figuren über dem Eingang passten. Weiter oben gab es nur noch normale Fenster, die jedoch groß genug waren, um den betuchten Schülern im Inneren genügend Tageslicht zu spenden.

Weitere Limousinen hielten am Straßenrand und spuckten Schüler in der typischen Schuluniform aus, die Ivy beim ersten Blick ins Internet sofort an Harry Potter erinnert hatte. Sie sah auf ihre nagelneue beige Bluse, auf der die grüne Stickerei des Baumes prangte – der einzige Unterschied zur Slytherin-Hauskleidung –, ehe sie ihren Blick wieder auf die Schülerschar richtete. Nur Heath konnte sie nirgendwo entdecken.

Er stand nicht wie sonst auf der rechten der beiden Treppen, die zum Eingang der St. Mitchell hinaufführten und die seine *Clique* für sich beanspruchte – New Yorks Elite von morgen, wie Kelly immer sarkastisch betonte, obwohl sie theoretisch selbst zu dieser Elite gehörte – wie jeder andere Schüler, dessen Eltern sich die St. Mitchell leisten konnten. Laut Kelly war diese Seite des Aufgangs zur Schule nur jenen gestattet, die eine ausdrückliche Erlaubnis besaßen – und die wurde von der Clique nur sehr selten vergeben.

Die Gruppe stand wie immer in den einzigen Sonnenstrahlen, die bis in die Häuserschlucht hinabtauchten. Die blonden Spitzen von Penelope LaFleurs Ombré-Look stachen deshalb noch mehr hervor und ihre Sonnenbrille reflektierte das Licht bei der kleinsten Bewegung, sodass Ivy blinzeln musste. Neben Penelope lehnte sich Vince Rye an das metallene Treppengeländer. Gerüchten zufolge hatte er in den Sommerferien ebenfalls Europa unsicher gemacht. Dort hatte er offenbar viel Sonne abbekommen. Sein Gesicht hatte fast denselben bronzefarbenen Ton wie das von Daphne Harrell, die eine Stufe höher stand und dennoch mit ihm auf Kopfhöhe war. Offensichtlich waren Daphne und Bryan Cormack mal wieder zusammen. Oder sie spielten wie so oft nur das It-Paar der Schule. So genau blickte Ivy da trotz der etlichen Instagram-Posts der beiden und Kellys zahlreichen Nachhilfestunden nicht durch. Denn genauso häufig wie in Bryans Armen lag Daphne auch in den Armen von Vince. Bis auf Heath war die Clique damit komplett.

Kelly registrierte Ivys suchenden Blick. »Hast du heute schon was von ihm gehört?« Sie sah sich nun ebenfalls suchend um, wobei wieder dieser seltsame Ausdruck von vorhin auf ihr Gesicht trat. Ivy schüttelte den Kopf und schluckte den bitteren Geschmack im Mund hinunter.

»Er hat ganz sicher nur verschlafen«, startete Kelly einen Aufmunterungsversuch, während sich ihr Fahrer wieder in den Verkehr einfädelte. Direkt hinter ihnen hielt die nächste schwarze Limousine und Ivys Herz schlug schneller, als Zach ausstieg, Heath' kleiner Bruder, der die grüne Krawatte nur locker um den Hals geschlungen und das Hemd halb aufgeknöpft hatte. Er sah genauso gut aus wie sein anderthalb Jahre älterer Bruder, ansonsten konnten die beiden allerdings nicht unterschiedlicher sein. Zach war für Ivy die Verkörperung des Rich-Kid-Klischees – mit allen negativen Eigenschaften, die ihnen nachgesagt wurden.

Ivys Mundwinkel hoben sich nun wie von selbst, in ihrem Magen kribbelte es angenehm, als endlich auch Heath aus der Limousine stieg. Makellos gekleidet, das Hemd unter dem grünen Blazer vorschriftsmäßig geschlossen und die Krawatte perfekt geknotet. Er schulterte seine dunkelgraue Ledertasche, die vermutlich so viel gekostet hatte wie die gesamte Wohnungseinrichtung von Ivys Familie, warf einen kurzen Blick zu Penelope und den anderen und ging auf die Clique zu, ohne Ivy eines Blickes zu würdigen. Ihr Lächeln erstarb, während ihr Verstand verzweifelt etliche Erklärungsversuche abspulte.

»Heath!«, rief Kelly, die natürlich bemerkt hatte, dass Ivy die Worte im Hals stecken geblieben waren.

Heath blieb ruckartig stehen. Ivy fühlte sich wie auf einer Achterbahn, ehe es in rasender Geschwindigkeit nach unten ging. Noch während Heath sich halb zu den beiden Mädchen umdrehte und sein Blick dabei kurz am Schulgebäude hängen blieb, wo Penelope ihm zuwinkte, als könne man sie ansonsten übersehen, lief Ivy los. Ihre Beine fühlten sich ganz leicht an. Sie musste diese Ungewissheit endlich loswerden und sehnte sich nach seinem Lächeln, seinen Berührungen, dem schwindeligen Gefühl, wenn sie sich küssten. Ihr Puls raste, ihr Herz war vermutlich schon bei ihm angekommen. Nur noch knapp einen Meter von ihm entfernt prallte sie an einer unsichtbaren Barriere ab, die plötzlich zwischen ihnen stand, was sie beinahe ins Stolpern brachte. In seinen Augen lag die Distanz ihres ersten Aufeinandertreffens. Er sah sie an wie eine Fremde und verzog das Gesicht zu einer Grimasse, die wohl ein Grinsen darstellen sollte. Doch er fing sich schnell, ließ sein Showlächeln aufblitzen, nickte ihr kurz zu und setzte seinen Weg zum Schulgebäude fort – ohne einen Kuss, ohne auch nur ein einziges freundliches Wort. Ohne eine Erklärung für die Funkstille am Wochenende.

Ivy fröstelte in der für einen Septembermorgen lauen Brise. Sie hatte seinen Gesichtsausdruck genau vor Augen: die Maske des unnahbaren Schönlings. Es war wie ein Déjà-vu, denn genau so hatte er sie während ihrer Schnupperwochen angesehen. Von jetzt auf gleich war kein Funke der echten Gefühle übrig, die sich während des Sommers in seinem Gesicht gespiegelt hatten. Was auch immer am Wochenende vorgefallen war, es hatte ihn und ihre Beziehung verändert. Ivy war wie erstarrt, als hätte sich mit Heath' abweisendem Verhalten ihr ganzer Körper deaktiviert. Nur beiläufig registrierte sie, wie sie immer wieder angerempelt wurde, während ihr Tunnelblick ganz auf Heath gerichtet war, der gerade die Clique begrüßte. Penelopes Hand lag ein wenig zu lange auf seinem Unterarm und Ivy schoss sofort ein Gerücht aus dem Vorjahr durch den Kopf. Es war so ziemlich das Erste, was sie an der St. Mitchell mitbekommen hatte. Kelly war in der Cafeteria Ivys schwärmerischer Blick in Heath' Richtung aufgefallen und sie hatte Ivy gewarnt. »Mach dich nicht unglücklich. Es heißt, da läuft was zwischen ihm und Penelope«, hatte sie behauptet. Auf Ivys weit aufgerissene Augen – Penelope und Heath waren Geschwister! – hatte sie nur mit einem Lachen reagiert, ehe sie wieder auf ihr Display eingetippt hatte. Nachdem Ivy erfahren hatte, dass die beiden nur Stiefgeschwister waren, fand sie es nicht mehr ganz so skandalös, hatte die beiden aber dennoch weiterhin skeptisch beobachtet. Irgendwann hatte sie jedoch für sich beschlossen, nicht alles zu glauben, was so geredet wurde, auch wenn sich Gerüchte hier schneller verbreiteten und wichtiger waren als in ihrem kleinen Dorf in Süddeutschland, das sie mit ihrer Familie hinter sich gelassen hatte. Wirklich sicher, dass zwischen den beiden nichts lief – trotz Penelopes wiederkehrenden Avancen –, war Ivy aber erst gewesen, als es mit Heath und ihr ernster geworden war und er die Gerüchte nur belächelt hatte.

Hatte Penelope das *Familienwochenende* etwa dazu genutzt, sie doch noch wahrzumachen? Ivy riss sich zusammen und versuchte angestrengt, sich nicht anmerken zu lassen, wie tief Heath sie getroffen hatte. Das hatte Kelly ihr gleich am Anfang eingetrichtert: »Zeig niemandem deine Verletzlichkeit. Sonst stürzen sich alle sofort darauf.«

Eine Wolke schob sich vor die Sonne und ließ die Clique nun fast farblos erscheinen. Langsam schälte sich Ivy aus ihrer Benommenheit. Sie wollte Heath hinterherlaufen, mit ihm sprechen, fragen, was am Wochenende geschehen war, doch Kelly hielt sie sanft am Handgelenk fest.

»Ich ... wollte es dir schon im Wagen sagen, aber ...« Die Nervosität war untypisch für Kelly und Ivy horchte alarmiert auf. »Du solltest nicht versuchen, mit ihm zu reden, wenn die da«, sie nickte mit dem Kopf kurz in Richtung Treppe, »in der Nähe sind.«

»Wie bitte?« Ivy verstand kein Wort. Sie konnte doch nicht so tun, als wäre der Sommer nicht gewesen, als hätte Heath ihr nicht gerade das Herz herausgerissen und wäre darauf herumgetrampelt. Doch anstatt ihr eine Antwort zu geben, sah Kelly auf ihr Handydisplay und tippte etwas.

Zum zweiten Mal an diesem Tag ärgerte sich Ivy über die Social-Media-Sucht ihrer Freundin. Aber ehe sie ihrem Ärger Luft machen konnte, hielt Kelly ihr das Handy so knapp vor die Nase, dass Ivy zurückweichen musste. Doch schon in diesem Moment erkannte sie das Mädchen auf dem Bild, das in knappem Bikini den Arm um einen oberkörperfreien Jungen legte. Ivy schluckte mehrmals, blinzelte immer wieder, doch das Bild war eindeutig. Heath und Penelope hatten offenbar sehr viel Spaß zusammen und mit jedem weiteren Foto in Penelopes Instagram-Story verkrampfte sich Ivys Magen. Sie sah sehr viel Haut, eine ausgelassene Stimmung, Penelope, die auf Heath' und Zachs Schoß lag ... Die Bilder verschwammen vor ihren Augen und Kelly ließ das Handy sinken.

»Es tut mir leid, ich ...«, stammelte Kelly, ihr Selbstbewusstsein war verschwunden. Das absolute Gegenteil von *Fashionista*. »Penelope hat noch einen privaten Account. Ich hätte es dir sagen sollen, aber ... ich wusste nicht wie.« Kelly sah betreten zur Seite, ihr Kiefer war angespannt, oft die einzige Gefühlsregung, die auf einem Foto niemandem auffiel.

»Ich muss mit ihm reden!«, entschied Ivy noch einmal laut und wandte sich bereits zum Gehen, doch Kelly hielt sie erneut zurück.

»Penelope wird ihn bis zum Unterricht nicht aus den Augen lassen.«

Wie durch ihren Namen heraufbeschworen, legte Penelope ihre Hand auf Heath' Rücken, um ihn zum Eingang zu schieben. Ivy ballte ihre Hände so fest zusammen, dass sich ihre Fingernägel in die Handfläche bohrten, während sie mehrmals zwischen ihrer Freundin und Heath hin und her sah, bis sie sich schließlich geschlagen gab.

»Du hast recht«, sagte sie mit einem Nicken. »Ich muss ihn allein erwischen.« Ihre raue Stimme verlor sich im mehrmaligen Hupen eines Taxis. Ihre Schultern sackten nach unten und sie stolperte Kelly in die bereits gut besetzte Aula hinterher, in der Rektorin DeLaCourt schon auf der Bühne stand und mit dem Mikrofon kämpfte. Ringsherum brach Stöhnen aus, als eine ohrenbetäubende Rückkopplung erklang und die Rektorin entschuldigend ins Publikum lächelte.

Während der kommenden Stunde wurde ihre Stimme zu einem Hintergrundgeräusch, denn Ivys Gedanken überschlugen sich. Nur ein einziges Mal wurde sie von der sich verändernden Atmosphäre im Raum aufgeschreckt. Mrs DeLaCourt erinnerte die Schüler daran, dass »gewisse Spielchen an der St. Mitchell untersagt waren«, was Ivy sich nicht erklären konnte. Doch als sie bei Kelly nachhaken wollte, blieb ihr Blick zwei Reihen vor ihr hängen, wo Heath zwischen Penelope und Vince saß. Ivy sah, wie verkrampft seine Schultern waren, als er das Jackett der Schuluniform auszog. Penelope wandte sich ihm immer wieder zu, schenkte ihm ein Lächeln nach dem anderen und betatschte ihn mehr, als es sich unter Stiefgeschwistern gehörte, fand Ivy. Und mit jeder Berührung zog sich ihr Magen enger zusammen.

Kelly spürte ihr Unbehagen und legte eine Hand auf Ivys Oberschenkel, als hätte sie Angst, dass sie jeden Moment aufspringen könnte. »Vielleicht ziehen sie nur wieder ihre Show für die Neuen ab«, flüsterte sie Ivy zu und deutete mit einem Kopfnicken auf die ersten Reihen, wo sich nervöse Neuntklässler tummelten, von ihren Eltern gestriegelt und zurechtgemacht, wie es sich für eine Eliteschule gehörte. Ivy hatte nie dort gesessen, sie war nicht mit den anderen aufgewachsen, sondern nur dazugestoßen, weil ihre Mutter nach ihrer Versetzung nach New York im Namen ihrer Tochter auf ein Stipendium für die St. Mitchell High bestanden hatte. Wäre Kelly nicht gewesen, würde Ivy in den Pausen vermutlich allein an einem Tisch sitzen und in dem überteuerten Essen herumstochern.

Deshalb konnte Ivy auch nicht einschätzen, welches Verhalten wirklich normal und was nur gespielt war. Und auch wenn sie in den wenigen Schnupperwochen vor den Sommerferien schon deutlich zu spüren bekommen hatte, dass sich die Schüler an der St. Mitchell anders verhielten und anders auftraten, als sie es in Wahrheit waren, kämpfte sie nun gegen das Brennen in ihren Augen.

Die Ansprache von Mrs DeLaCourt ging direkt in die erste Pause über und auch auf dem Flur hielt Ivy unentwegt Ausschau nach Heath. Aber er und Penelope schafften es, ihr den ganzen Tag aus dem Weg zu gehen. Nur Zach begegnete sie nach Unterrichtsende im Flur. Doch Heath' kleiner Bruder sah sie wie immer nur abschätzend und herablassend an, bis Ivy ihre Schritte beschleunigte und erst wieder atmen konnte, nachdem sie an ihm vorbei war.

> Wir müssen uns unterhalten.

So lautete die erste Nachricht von vielen, die sie im Laufe des späten Nachmittags von zu Hause an Heath schickte. Kelly hatte einen Termin mit einem Kooperationspartner von *@fashionista_k_montalvo*. Sie hatte angeboten, den Termin Ivy zuliebe abzusagen, aber Ivy hatte darauf bestanden, dass Kelly ihn wie geplant wahrnahm. Insgeheim hatte sie gehofft, dass Heath bereits auf ihre erste Nachricht reagieren würde und sie sich treffen und aussprechen könnten. Aber sie hatte in ihrem Leben wohl zu viele romantische Bücher gelesen.

> Können wir uns bitte unterhalten?
> Allein.

Nun saß sie auf ihrem Bett und starrte auf das Handydisplay, während die Sonne langsam hinter den Häusern der 9th Avenue versank. Ivy verspürte immer wieder den Drang, ihn direkt anzurufen. Doch irgendetwas hielt sie davon ab und sie drehte zur Ablenkung zum gefühlt hundertsten Mal ihr Lederarmband ums Handgelenk. Heath musste sich freiwillig melden.

> Heath, ich muss wissen, was mit dir los ist. Was

Sie löschte den Text wieder. Das Ganze klang so armselig nach einem dieser anhänglichen verzweifelten Mädchen, und so wollte sie nie werden. Doch nun konnte Ivy diese Mädchen verstehen. Es tat weh, die Enttäuschung fraß sich tief in sie hinein und schien ihr sämtliche Kräfte zu rauben. Wie ein Mantra zog Kellys Empfehlung durch ihren Kopf: *Morgen ist auch noch ein Tag.*

Beim Abendessen mit ihrer Familie war Ivy so schlecht gelaunt, dass ihre Eltern irgendwann aufgaben und nicht weiter versuchten, sie über ihren ersten Schultag auszuquetschen. Ivy textete noch ein wenig mit Kelly und hoffte bei jeder Benachrichtigung auf ein Zeichen von Heath, fand jedoch meist nur dämliche Spams, darunter die Einladung zu einem Spiel, was sie sonst nur von ihrem längst gelöschten Facebook-Account kannte und echt nervig fand. Woher hatten diese Leute ihre Nummer?

Nebenbei sah sie sich *Fashionistas* Instagram-Story an. Kellys andere Seite: natürlich, kaum geschminkt, mit lässig hochgesteckten Haaren – was, wie Ivy mittlerweile wusste, eine zu lange Zeit beanspruchte, um wirklich *lässig* zu sein. Kelly saß in ihrem Zimmer vor dem gigantischen Bücherregal, das mit verschiedenem Merchandise-Kram dekoriert war. An der Wand daneben hing ein Filmposter von *Infinity War* – beneidenswerterweise mit etlichen Originalunterschriften, die *Fashionista* bei der Premiere bekommen hatte, was Ivy damals live auf ihrem Kanal mitverfolgt hatte. Sie trug ihr typisches »Casual Outfit«: ein viel zu weites Eiskönigin-T-Shirt, das ihr locker über die Schulter fiel. Kellys Zimmer war der Traum eines jeden Nerds. Bei ihrem ersten Besuch war Ivy vor purer Ehrfurcht wie erstarrt gewesen – sehr zum Gefallen von Kelly, die ihr jetzt schrieb:

> Ich rufe noch kurz meine Kosmetikerin an. Sie muss mich heute Abend unbedingt irgendwo dazwischenschieben. Morgen wollte ich ein Video drehen und DAS geht mal gar nicht.

Es folgte ein Foto von Kellys Wange, auf der ein zarter roter Fleck zu sehen war. Ivy verdrehte die Augen. Den Punkt konnte man unmöglich Pickel nennen.

Als Kelly sich nicht mehr meldete, begann Ivy eine Serie nach der anderen auf Netflix und schlief irgendwann ein.

Sie hasste den ersten Schultag an der St. Mitchell.

KAPITEL 4
Heath

»Was ist los mit dir, Alter?«, fragte Bryan und stieß Heath mit dem Queue an, sodass dieser sofort gedankenverloren auf sein dunkles T-Shirt sah, ob die Kreide Spuren hinterlassen hatte. »Du bist dran!«

Wie fast jeden Nachmittag nach der Schule hockte Heath bei Bryan. Er hatte sein eigenes Apartment in dem Gebäude, das seiner Familie gehörte und in dem sich ganz unten das *Up!* befand. Allein Bryans *Wohnzimmer* hatte Dimensionen, die selbst Heath für übertrieben hielt. Man musste beinahe Schreien, um am anderen Ende verstanden zu werden. Die Cormacks schwammen im Geld und zeigten es nur allzu gern. Dementsprechend verhielt sich auch der einzige Sohn der Familie.

Seit Heath denken konnte, lebte Bryan allein. Früher, als sie Kinder waren, hatte er noch ein Zimmer im Penthouse seiner Eltern gehabt, sie aber trotzdem so gut wie nie zu Gesicht bekommen. Immer wenn Heath sich bei seinem Dad beschweren wollte, dass er ihn zu oft allein ließ, dachte er an Bryan, der seine Eltern noch wesentlich seltener sah. Seine Nanny Mariella war ihm mehr Mutter als Francesca, sein Cousin Marco mehr Vaterfigur als Paolo. So hatte es sich ergeben, dass sich die Jungs immer öfter bei Bryan getroffen hatten.

Hier im Wohnzimmer hing auch die Trophäensammlung: eine bunte Collage aus teuren Dessous, deren ehemalige Trägerinnen die

Jungs der Clique erobert hatten. Heath starrte auf das ungewöhnliche Wandbild und Bryan folgte seinem Blick. Er legte den Queue zurück auf den Billardtisch und trat zu Heath.

»Wie sieht es eigentlich mit der Kirchenmaus aus? Wird es nicht Zeit, die Wand zu ergänzen?«

Heath warf ihm einen finsteren Blick zu. Seine Hand ballte sich um das edle Holz des Queues.

»Wie? Ihr habt noch nicht? Was ist los mit dir? Wart ihr nicht den ganzen Sommer über *zusammen*?« Das letzte Wort betonte er spöttisch. Als Heath nicht auf Bryans herausfordernden Tonfall reagierte, wurde er noch direkter: »Deshalb hast du ihr also den Laufpass gegeben. Verdammt, jetzt schulde ich Daphne einen Tausender. Ich hab auf dich gesetzt, Mann!«

Heath atmete tief durch und presste dabei den Kiefer so fest zusammen, dass es knirschte. Doch Bryan schien das nicht zu bemerken.

»Ist sie wirklich so prüde? Ich …«

Weiter kam er nicht, denn Heath hatte sich blitzschnell zu ihm umgedreht und sich drohend vor ihm aufgebaut. Sie waren beide gleich groß und durchtrainiert, aber Heath war als Quarterback der St. Mitchell noch eine Spur muskulöser.

»Hey, Mann! Reg dich ab!« Bryan hob die Hände, als würde er sich ergeben, drehte sich um und ließ sich ein paar Schritte entfernt auf das dunkle Ledersofa fallen. Ohne Heath aus den Augen zu lassen, tastete er auf dem Tisch nach einem silbernen Etui und öffnete es.

Heath stieß mit einem Augenrollen die Luft aus, während er den Queue am Rand des Billardtisches ablegte. Drogen waren Bryans Lösung für alles. Er sog genüsslich an dem frisch entzündeten Joint, schloss die Augen und stieß Heath einen Schwall süßlichen Rauch entgegen.

»Was ist denn heute nur mit dir los?«, fragte Bryan.

Was mit ihm los war? Ernsthaft? Das Spiel war los! Doch natürlich durfte Heath wie alle anderen nicht darüber sprechen, auch wenn er sich Ivy gegenüber letzten Freitag fast verquatscht hätte.

»Nichts«, knurrte er deshalb nur, ließ sich auf den breiten Sessel am anderen Ende des niedrigen Glastisches sinken und fuhr sich durch die Haare.

Bryans Blick war bereits leicht vernebelt, als er die nächste Rauchwolke ausstieß. »Na hoffentlich versaut uns dieses *Nichts* nicht den Spaß ... Ich habe die Zwillinge gebeten, vorbeizuschauen.« Er zuckte mit den dunklen Brauen.

»Verdammt, Bryan! Kannst du auch mal an was anderes denken? Ich bin raus. Meld dich bei mir, wenn sich dein Blut wieder in deinem Kopf befindet!«

Heath wollte eben gehen, als sich der Fahrstuhl meldete. Bryans Augen funkelten. Heath konnte nicht sagen, ob vor Wut, Vorfreude oder als Nebenwirkung des Joints.

Sasha und Suzanna, deren Eltern Wohnungen in den unteren Etagen des Gebäudes hatten, trugen wie immer einen Hauch von Nichts, der dennoch mehrere Tausend Dollar wert war. Sie nannten es Kleider, aber für Heath glich ihr Outfit eher Kinder-T-Shirts. Während Bryan neben sich klopfte und die jungen Frauen mit einer weiteren süßen Wolke begrüßte, wusste Heath, dass er lieber gehen sollte.

»Viel Vergnügen noch«, sagte er ohne jegliche Wertung.

Sasha verzog sofort enttäuscht das Gesicht. Ehe sich Heath abwenden konnte, war sie bei ihm, presste sich an ihn und drückte ihre Lippen auf seine. Der Geschmack nach Pfefferminze drängte in seinen Mund und für einen winzigen Moment vergaß er sich und war kurz davor, den Kuss zu erwidern, doch er riss sich noch rechtzeitig zusammen.

»Sorry, Sasha, heute müsst ihr euch mit dem Loser da drüben vergnügen«, versuchte er zu scherzen, um sich aus dieser unangenehmen Situation zu retten. Er deutete grob in Bryans Richtung, der ihm als Antwort den Mittelfinger zeigte, während Suzanna mit geschlossenen Augen den Rauch ausstieß und den Joint Sasha entgegenstreckte.

Erst jetzt fiel Heath auf, dass Suzannas Haar im Sonnenlicht einen leichten Rotschimmer hatte. Er verbot sich weitere Gedanken, schob den Wunschtraum beiseite und eilte zum Fahrstuhl. Kaum hatte sich die Tür geschlossen, schlug er mit der flachen Hand gegen sein Spiegelbild.

Er musste es beenden.

Nur wie?

Selbst sein Training konnte ihn nicht ablenken. Er war kurzfristig im Fitnessstudio aufgekreuzt und drosch seither unablässig auf die Handschlagkissen ein, um sich auszupowern. Die Gewissensbisse nagten an ihm. Er hätte seine schlechte Laune nicht an Bryan auslassen dürfen. Die beiden hatten so viel miteinander erlebt, lange bevor es überhaupt eine Clique gegeben hatte. So sollte man seinen besten Freund nicht abservieren.

Nathan, sein Trainer, gab ihm Anweisungen und er platzierte weitere Schläge gegen die Polster, ehe er die Fäuste sinken ließ und um eine kurze Pause bat.

Er zog die Boxhandschuhe aus, trank einen Schluck Wasser und fischte sein Handy aus der Sporttasche. Schnell tippte er eine Nachricht und bekam binnen Sekunden ein sehr entspanntes Selfie von Bryan zurück, dessen Haare in alle Richtungen abstanden, während er scheinbar Mühe hatte, die Kamera zu fixieren.

> Jetzt musste die Party ohne dich stattfinden. Selbst schuld. Die Mädchen können echt tanzen! 8)

> Sie sind *Geschwister*! :o

Heath erhielt prompt die Antwort, die er verdient hatte:

> Du und Pen doch auch.

> Das ist was anderes.

> Soso ...

Das folgende Emoji mit der herausgestreckten Zunge zeigte Heath, dass Bryan längst über seinen abrupten Aufbruch hinweg war – oder genug abgelenkt. Trotz allem schüttelte Heath grinsend den Kopf. Er beschloss, das Training zu beenden, und sprang unter die Dusche. Dennoch ging ihm Bryan nicht aus dem Kopf.

Die *Zwillinge* – jeder wusste, dass sie nicht verwandt waren, aber sich so dermaßen ähnlich sahen, dass sie immer dafür gehalten wurden – waren Heath wesentlich lieber als Bryans seltsame Abhängigkeit von Daphne. Was auch immer sie für Qualitäten hatte, sie rechtfertigten bestimmt nicht ihr zickiges Verhalten und die Geschichte mit Vince. Heath kannte den bemüht lässigen Gesichtsausdruck, den Bryan immer aufsetzte, wenn seine Beziehung zu Daphne mal wieder pausierte und sie an Vince klebte. Er hätte nie gedacht, dass sich Bryan jemals von einer Frau verletzen lassen würde. Und doch war es so gekommen, auch wenn Bryan es immer abstritt und sich mit anderen Mädchen ablenkte.

In ihrem ersten Jahr an der St. Mitchell hatte sich Daphne auch Heath an den Hals geworfen, aber ihm war vom ersten Moment an klar gewesen, dass sie nur auf Prestige und ihren gesellschaftlichen Aufstieg aus war – und das auf weit billigere Weise als die anderen, die sich durch Heath oder seinen Vater einen Namen machen wollten.

Heath ging schon Daphnes Stimme auf die Nerven. Man konnte Pen nachsagen, was man wollte, aber sie war wenigstens echt und direkt. Auch wenn es zwischen ihnen manchmal zu Konflikten kam, waren Penelope und Bryan Heath' beste Freunde. Nach Janice' Abschluss bestand die Clique nur noch aus drei der ursprünglichen Mitglieder. Daphne war erst später dazugestoßen und hatte sie dann auch mit Vince bekannt gemacht, der frisch in die Stadt gezogen war. Seine Familie lebte das ganze Jahr über in den Hamptons, wo sich die beiden kennengelernt hatten. Vince war ein cooler Typ, aber irgendwie anders – auf eine seltsame Art zurückhaltend – und Heath vertraute ihm nicht so sehr wie Bryan.

Mit oberflächlichem Verhalten musste man auf der Upper East Side klarkommen, ob man wollte oder nicht. Heath hasste diese Maskerade und dass jeder nur auf seinen Vorteil bedacht war. Das war es auch, was Heath anfangs an Ivy fasziniert hatte. Sie hatte keinen Wert darauf gelegt, an öffentliche Orte zu gehen, damit sie zusammen gesehen wurden. Sie wollte einfach nur mit ihm zusammen sein, zumindest hatte es so ausgesehen. Aber genau das konnte er ihr nicht geben. Nicht nachdem, was vorgefallen war.

Den Rest des Abends verbrachte er mit Zach im Fernsehzimmer im Keller der Stadtvilla, wo er versuchte, eine Lösung für sein Problem zu finden – ohne Erfolg.

X

Du wirst dafür sorgen, dass sie zur Party der Debütanten eingeladen wird.

> Aber sie ist keine von uns!
> Ihre Eltern sind nicht von hier.
> Sie hat keine Chance, eingeladen zu werden.

Dann lass dir etwas einfallen!

> Was willst du von ihr?

Wer sagt, dass ich etwas von *ihr* will?

KAPITEL 5
Ivory

Sosehr Ivy gehofft hatte, dass am nächsten Tag alles wieder gut sein würde, so sehr wurde sie enttäuscht. Heath hatte ihr nicht zurückgeschrieben, sich nicht entschuldigt, und mit jeder Stunde, die ohne eine Nachricht von ihm verging, wurde einer der wundervollen gemeinsamen Momente des Sommers ausgelöscht und durch ein entsetzlich leeres Gefühl in Ivys Brust ersetzt. Die Haut unter ihrem Armband war vom vielen Drehen des Leders mittlerweile schon rau geworden. Irgendwann würde die Wut auf ihn überhandnehmen. Ivy hätte nie gedacht, dass sie eines Tages so denken würde. Aber sie fühlte sich verletzt und es war nur ein natürlicher Instinkt, eine schützende Mauer um ihr Herz zu errichten.

Selbst der strahlend blaue Himmel über New York konnte sie nicht aufmuntern. Eher im Gegenteil. In ihrer momentanen emotionalen Lage fühlte sie sich von den neckenden Sonnenstrahlen regelrecht verspottet. Hinzu kamen weitere Spamnachrichten, die Ivy ungelesen löschte. Als sie beim Frühstück nach der Blockierfunktion ihres neuen Handys googelte, sah ihre Mutter sie vorwurfsvoll an. Eigentlich herrschte am Esstisch absolutes Handyverbot.

»Wenn du reden willst, Liebes, wir sind für dich da«, bot ihre Mutter an. Ihr Gesichtsausdruck war wie immer aufgeschlossen und vertrauenerweckend, was in ihrem Job vermutlich unabdingbar war. Ihre Stimme hatte den sanften Ton der Pastorin angenommen. Es fehlte nur noch die Hand auf dem Unterarm, um ein offizielles Gespräch daraus zu machen.

Ivy legte das Handy zur Seite und nickte halbherzig, auch wenn sie wusste, dass das Angebot ihrer Mom ernst gemeint war. Bisher hatte sie immer über alles mit ihren Eltern reden können. Aber solange sie nicht mit Heath gesprochen hatte, würde ihre Mutter ihr auch keine vernünftigen Ratschläge geben können. Daher hoffte Ivy, dass sie ihn heute vor der ersten Stunde, ihrem gemeinsamen Biologiekurs, abpassen konnte.

Wenig später saß sie bei Kelly in der Limousine und schüttete ihr Herz aus. Nachdem sie kurz angehalten hatten, weil Kelly auf dem Fußweg ein Mädchen entdeckt hatte, das offenbar so stylish gekleidet war, dass sie ein Foto von ihr schießen wollte, riet sie Ivy zu einem ganz besonderen Plan, der natürlich wieder auf die Oberflächlichkeit der Clique anspielte.

»Wenn er nicht freiwillig mitkommt, packst du ihn am Kragen seines gestärkten St. Mitchell-Hemds, zerrst ihn um die Ecke und drohst ihm, seine hübsche Frisur zu zerstören, wenn er dir keine vernünftige Antwort gibt.« Kelly setzte ihre bedrohlichste Miene auf und traf damit genau den richtigen Nerv. Ivy musste so laut lachen, dass José, der Fahrer, zusammenzuckte.

Dann prustete auch Kelly los.

Doch all ihre Pläne nutzten nichts. Heath tauchte nicht zum Unterricht auf. Stattdessen glaubte Ivy, ungewöhnlich viele Blicke auf sich zu spüren, gefolgt vom konstanten Tuscheln der kleinen Grüppchen, die im Flur in der Nähe ihres Spinds herumstanden. Ivy warf auf der Toilette einen Blick in den Spiegel, um sicherzugehen, dass sie nicht irgendwelche Flecken auf ihrer Kleidung oder etwas im Haar hängen hatte oder ihre Wimperntusche verwischt war, konnte aber nichts Auffälliges entdecken.

Die Pausen waren die einzige Gelegenheit, sich in Sachen Social-Media-Klatsch auf dem Laufenden zu halten, während im Unterricht striktes Handyverbot herrschte – was Kelly, die sich um ihre Follower kümmern musste, zutiefst bedauerte. Ihr Handy aus der Hand zu legen fühlte sich für sie laut eigener Aussage jedes Mal an wie die Trennung von ihrer ersten großen Liebe. Deshalb gab es wirklich niemanden in dieser Schule, der in der Pause nicht am Display hing. Umso ungewöhnlicher war es also, dass die Schüler sich ausgerechnet für Ivy davon lösten und ihr verstohlene Blicke zuwarfen. Ivy fühlte sich wieder in das vergangene Jahr versetzt, als sie neu an der Schule war. Erst nachdem Kelly sie unter ihre Fittiche genommen und jeden mit erhobener Braue niedergestarrt hatte, war sie für die High-Society-Kids scheinbar langweilig geworden. Zumindest bis heute.

Ivy beschleunigte ihre Schritte und war froh, endlich an ihrem Spind angekommen zu sein. Sie suchte die Bücher und Unterlagen für ihren nächsten Kurs heraus und steckte sie in die Tasche. Während sie auf Kelly wartete, schaltete sie ihr Handy ebenfalls an. Es vibrierte sofort und der Startbildschirm war voller Nachrichten der unbekannten Nummer, die sie eigentlich hatte blockieren wollen. Sie waren in der vergangenen Stunde nahezu im Minutentakt eingegangen und hatten alle denselben Inhalt:

> Willkommen zum Spiel.
> Entscheide dich zwischen Wahl,
> Wahrheit oder Pflicht.
> Jede Aufgabe bringt dich deinem Ziel
> näher, die Spielleitung des kommenden
> Jahres zu übernehmen und die
> Geheimnisse aller bisherigen Teilnehmer
> zu erfahren.

Ivy hasste die dämlichen Spamnachrichten. Sie markierte den gesamten Verlauf und warf ihn dorthin, wo er hingehörte: in den Papierkorb. Sie war echt sauer, was aber weniger auf die nervige Werbung zurückzuführen war, sondern weil sie scheinbar noch immer hoffte, eine Mitteilung von Heath im Posteingang vorzufinden.

Hoffnung war grausam. Sie war wie ein Streichholz, das man im Halbdunkel entzündete, um etwas besser erkennen zu können. Geht es aus, sieht man rein gar nichts mehr. In solchen Momenten wünschte Ivy, sie wäre nicht dazu erzogen worden, sich stets die Hoffnung zu bewahren. Wie nach dem Tod von Christiana und ihrer Großmutter. Ihre Mom hatte ständig die Hoffnung aufrechterhalten, dass der Schmerz über den Verlust irgendwann nachlassen würde. Dass alles wieder gut werden würde. Doch diesmal konnte ihre Mom Ivy nicht helfen. Sie musste der Realität ins grinsende Gesicht sehen und akzeptieren, dass sie wohl keine Nachrichten von Heath mehr zu erwarten hatte. Noch einmal kam die Werbebotschaft. Genervt feuerte Ivy ihr Handy auf ihre Bücher und knallte die Metalltür des Spinds zu. Direkt dahinter stand Kelly. Ivy blieb fast das Herz stehen.

»Du hast mich erschreckt«, sagte sie mit schwacher Stimme und zwang sich zu einem Lächeln. Sie war froh, dass es ihre beste Freundin und kein Lehrer war, der sie rügte, weil sie ihren Spind misshandelte.

Kelly musterte sie aufmerksam und hob ihre linke Braue. Sie konnte in jeder Situation allein durch ihre Mimik kommunizieren – unmissverständlich.

»Heath war nicht im Kurs. Ich konnte ihn also leider nicht am Kragen packen und um die Ecke zerren.« Der Ärger auf Heath schwang deutlich in ihren Worten mit.

»Und was genau hat dein Handy dir getan? Hat er etwa geschrieben?«, hakte Kelly nach.

»Ich bekomme ständig so eine dämliche Werbenachricht. Keine Ahnung, woher die meine Nummer haben.«

Anstelle des zustimmenden Nickens, das Ivy von Kelly erwartet hatte, wirkte ihre Freundin plötzlich nervös. Für den Bruchteil einer Sekunde hatten sich ihre Augen geweitet, ehe sie sich wie beiläufig im Flur umsah, wo wieder alle auf ihre Displays starrten.

»Was ist los?«, fragte Ivy alarmiert.

Eine Gruppe jüngerer Schüler kam gerade den Flur entlang und Ivy hatte das Gefühl, dass sie Kelly neugieriger ansahen als sonst. Kelly war in der Onlinewelt ein Star – im Gegensatz zu den meisten anderen, die sich nur auf den Erfolgen ihrer Eltern, Großeltern oder wem auch immer ausruhten. Aber hier in der Schule galt sie als distanziert und speziell. Ivy mochte *Fashionista* schon lange, aber die echte Kelly, die dazu noch eine wirklich liebenswerte nerdige Seite hatte, war ihr noch viel lieber.

Jetzt sah sich ihre Freundin um, als wollte sie Ivy einen Mord gestehen. Sie kam näher und flüsterte ihr ins Ohr: »Es gibt da etwas, das du vielleicht über die Schule wissen solltest.«

Obwohl sie so leise gesprochen hatte, spürte Ivy ein spannendes Kribbeln, einen regelrechten Nervenkitzel. Sie wurde neugierig und wartete gespannt auf mehr, doch Kelly zog sich schnell zurück und sah sich wieder um. Sie bedachte die jüngeren Schüler, die sie ganz offen anstarrten, mit tödlichen Blicken, was dafür sorgte, dass sie plötzlich etwas Wichtiges in ihren Spinden oder Taschen zu suchen hatten.

»Niemand darf darüber sprechen«, zischte Kelly und bewegte dabei kaum die Lippen. »Wenn die Lehrer etwas mitbekommen, fliegst du von der Schule.« Dann zog sie Ivy in Richtung Klassenraum und wollte sich schon abwenden, aber Ivy hielt sie zurück.

»Was willst du damit sagen?«, fragte sie leise. »Du kannst nicht so eine Bombe platzen lassen und dann abhauen.«

»Ich erkläre es dir später.« Sie sah über Ivys Schulter und trat dann schnell ein paar Schritte zurück. »Beim Mittagessen, okay?«

Dann war sie weg und ließ Ivy mit dem vagen Wissen zurück, dass es hier etwas gab, vor dem selbst ihre unerschrockene Freundin ... Angst hatte. Etwas, vor dem sie nicht einmal das Geld schützen konnte, mit dem die Kids hier um sich warfen. Etwas, das für einen Rauswurf sorgen und so Ivys Zukunft ruinieren könnte.

Die restlichen Stunden bis zur Mittagspause grübelte Ivy über Kellys Geheimniskrämerei und konnte damit zumindest die Gedanken an Heath verdrängen.

Gleich nach dem Ende des Unterrichts eilte Ivy zur Cafeteria, wo Kelly bereits weit vorne in der Schlange der Ausgabe stand und sich die gewohnten Kalorienbomben aufs Tablett schaufelte, auf dem auch ihr Handy lag, das unentwegt aufleuchtete, weil eine Benachrichtigung nach der anderen einging.

»Was möchtest du?«, fragte sie, als Ivy zu ihr trat.

»Die asiatischen Nudeln«, sagte Ivy.

Ohne dass weitere Worte nötig gewesen wären, stellte Kelly noch zwei Portionen von Ivys Lieblingsdessert aufs Tablett. Die cremige Mousse au Chocolat aus der Cafeteria, die mehr mit einem Sternerestaurant gemeinsam hatte als mit einer Schulkantine, war zum Sterben lecker. Glücklicherweise zählten die meisten Mädchen lieber Kalorien, anstatt zu genießen, sodass selbst am Nachmittag immer noch genug Dessert übrig war.

»Du wolltest mir *etwas* erzählen«, sagte Ivy, während sie nach den Getränken griff. Zwei Flaschen eisgekühlte Coke – mit Zucker –, die außer ihnen nur die Jungs ab und zu tranken, wenn der Coach die süßen Getränke eine Weile lang nicht öffentlich verteufelte.

»Lass uns rausgehen«, antwortete Kelly nur und balancierte ihr Essen gekonnt zwischen den kleinen, hübsch dekorierten Tischen hindurch und über die Terrasse der Cafeteria zu einer der gepolsterten Sitzgruppen unter den Bäumen im Innenhof. Der Herbst begann das Laub in ein Meer aus Gelb und Rot zu verwandeln, aber die Äste hielten noch fast alle Blätter fest.

Ivy schnappte sich ihren Teller und fing an zu essen. Sie wollte Kelly nicht drängen, die lieblos in ihren Nudeln mit Sahnesoße stocherte, auch wenn sie die Spannung kaum aushielt. In der Tasche vibrierte Ivys Handy immer wieder, bis sie es genervt auf stumm schaltete. Nicht jedoch ohne einen Blick aufs Display zu werfen, ob sich zwischen den vielen mysteriösen Botschaften nicht doch eine Nachricht von Heath versteckte, was leider nicht der Fall war.

Frustriert erstach Ivy ihre Nudeln mit der Gabel.

Kelly lachte auf. »Ich würde zu gern wissen, ob du gerade in Gedanken Heath aufgespießt hast.«

»Nicht eine einzige Nachricht! Keine Erklärung! Nichts!« Ivy war langsam über das Verletztsein hinaus. Sie hatte ein Recht auf eine Erklärung, bevor sich ihre Fantasie grausamere Dinge zusammenreimte. Wie den Traum in der vergangenen Nacht zum Beispiel – Bilder von Heath und Penelope, die sich nach den gemeinsamen Fotos auf ihrem privaten Account halb nackt am Strand vergnügten, während Penelope ein falsches Lächeln im Gesicht hatte.

»Vielleicht nimmt er am Spiel teil«, sagte Kelly kryptisch.

Ivys Hand mit der Gabel erstarrte auf halbem Weg zu ihrem Mund.

»Welches Spiel?« Sie ließ die Hand sinken und versuchte, etwas in Kellys Gesicht zu lesen, jedoch ohne Erfolg. Kellys Züge wirkten wie die der Büsten im Geschichtsraum: wunderschön, aber nicht zu deuten. Sie kommunizierte eben nur, wenn sie es wollte. Ehe sie zu sprechen begann, sah sie sich im Hof um. Die nächsten Grüppchen aus Mitschülern hatten sich nahe des Eingangs versammelt, zu weit entfernt, um ihr Gespräch mitzubekommen.

»Das Spiel ist das düstere Geheimnis der St. Mitchell und die Superlative all der Intrigen und Spielchen dieser oberflächlichen Welt«, begann Kelly nach einem weiteren Bissen und einem großen Schluck Cola. Ivy hing an ihren Lippen, was Kelly wie immer sehr genoss. Einmal hatte sie Ivys gute Eigenschaft des Zuhörens mit ihren Followern auf Instagram verglichen. Die unterbrachen sie auch nie und reagierten nur mit emotionalen Darstellungen in Form von Emojis. Ivys Gesicht kam jetzt dem Emoji mit den weit aufgerissenen Augen ziemlich nahe, wechselte während Kellys Monolog aber mit jedem weiteren Satz zu dem mit dem geöffneten Mund.

»Die Regeln sind eigentlich ganz einfach. Wenn du zusagst, musst du dich während der Qualifikationsphase in den ersten drei Wochen des neuen Schuljahres drei Herausforderungen stellen, deren Reihenfolge du selbst wählen kannst: Wahl, Wahrheit oder Pflicht. Wenn du die Beweise deiner erledigten Aufgaben an die Spielleitung geschickt hast, kannst du Punkte sammeln und die nächste Spielleitung gewinnen.«

Kelly zuckte lässig mit den Schultern, während Ivys Verstand versuchte, ihre lockeren Worte nachzuvollziehen. Jetzt kapierte sie zumindest, was die Nachricht auf ihrem Handy bedeutete: *Entscheide dich zwischen Wahl, Wahrheit oder Pflicht*, hatte dort gestanden. Alles andere erschloss sich ihr noch nicht, deshalb hörte sie Kelly einfach weiter zu, nachdem diese ihren nächsten Bissen hinuntergeschluckt hatte.

»Bei Wahl gibt dir die Spielleitung drei Aufgaben, von denen du eine erfüllen musst. Bei Pflicht gibt es nur eine Aufgabe. Wahrheit ist etwas tricky, da gibt es keine genauen Regeln. Oft wird ein Geheimnis verlangt, eine Leiche im Keller, die wertvoll – und wahr – genug ist, um ohne wirklichen Beweis im Spiel zu bleiben. Oder die Spielleitung nutzt ihre Macht und verlangt die Antwort auf eine wichtige Frage, mit der dann …«

»Warum das alles? Aus Langeweile? Als Zeitvertreib?« So schockiert und gleichzeitig fasziniert Ivory die Informationen auch in sich aufnahm, musste sie Kelly doch unterbrechen, weil sie einfach nicht verstand, warum sich stinkreiche Kids an einer der renommiertesten Schulen der Stadt darauf einließen, ihre Geheimnisse zu verraten.

Kelly lachte auf und verschluckte sich beinahe an der Cola. Ivy musste einen Hustenanfall lang warten, bis Kelly wieder sprechen konnte. »Du kennst diese Welt nicht, Ivy. Alle sind so …«, sie schüttelte mit abfällig verzogenem Mund den Kopf, »falsch.« Sie starrte eine Weile auf ihr Essen, ohne es weiter anzurühren, während ihre Worte in Ivys Kopf umherwirbelten wie die drei einsamen gelbroten Blätter zu ihren Füßen.

»Angeblich gab es das Spiel schon in der Generation unserer Eltern. Sie bekamen ihre Aufgaben noch auf kleinen Kärtchen. Ich habe mich aber nie getraut, meine El… meinen Dad danach zu fragen. Er liebt Regeln und die oberste lautet: Niemand spricht über das Spiel.« Sie sah kurz zum Schulgebäude hinüber. Ihre Augen waren glasig, als würde sie ins Leere starren.

Ivy sah, wie ihre Freundin schluckte. Sie sprach nur sehr selten über ihre Familie. Und über die Trennung ihrer Eltern schon gar nicht. Google hatte Ivy mehr darüber verraten als Kelly, die offensichtlich auch nach fast zwei Jahren noch darunter litt. Die Presse hatte die Familie während der Scheidungsschlacht keine Sekunde aus den Augen gelassen. Ivy mochte sich gar nicht vorstellen, was Kelly durchgemacht haben musste. Auf ihrem Account präsentierte sie sich stets professionell fröhlich, sodass Ivy als Follower nichts davon mitbekommen hatte.

Mit einem Ruck setzte Kelly ein Lächeln auf und wandte sich nahezu vergnügt wieder an Ivy. Nach einem weiteren Schluck von ihrer Cola fuhr sie fort: »Die Spielregeln haben sich seit damals etwas geändert. Seit einigen Jahren werden die Aufgaben von einem Handy aus verschickt. Hat man seine Aufgabe erledigt, sendet man ein Beweisfoto zurück.«

In Ivys Kopf ratterte es, doch bevor sie ihre Frage formulieren konnte, redete Kelly schon weiter: »Auf diesem Handy sind Fotos von so ziemlich allen Schülern und Ehemaligen seit der Erfindung des Smartphones und sogar davor gespeichert, wenn man den Gerüchten glauben kann. Irgendwer hat anscheinend alle Unterlagen, die damals von einer Spielleitung zur nächsten weitergegeben wurden, digitalisiert und ebenfalls auf das Spielleiterhandy geladen. Deshalb ist der Preis nicht wie früher irgendein erkauftes Stipendium samt Empfehlungsschreiben für das Wunschcollege, das keiner dieser Schüler braucht.«

Auch wenn Ivy nicht wirklich verstand, was Kelly da erzählte, blieben ihre Gedanken an dem einen Wort hängen. Was würde Ivy für ein Stipendium an ihrem Wunschcollege geben! Noch dazu mit einem Empfehlungsschreiben. Während sie ein paar Nudeln auf ihre Gabel wickelte, dachte sie wieder einmal darüber nach, in was für einer schrägen Welt sie hier gelandet war. Geheimnisse und Beweisfotos waren mehr wert als eine gesicherte Zukunft? Unfassbar!

»Erde an Ivory!«, riss Kelly sie aus ihren Gedanken.

Ivy sammelte sich schnell und wartete darauf, was Kelly noch zu sagen hatte.

»Seit es dieses Handy gibt, gibt es auch Sonderaufgaben. Je mehr man davon erledigt, desto mehr Punkte bekommt man. Der Schüler oder die Schülerin mit den meisten Punkten übernimmt im Folgejahr die Spielleitung.« Sie erzählte von dieser unglaublichen Sache im selben Ton, mit dem sie als Ivys Patin die Geschichte der Schule heruntergebetet hatte.

»Das ist ...«, Ivy fehlten die Worte.

»... grausam, niederträchtig, absolut bescheuert?«, vollendete Kelly den Satz. »Ganz genau. Aber wer dieses Handy besitzt, hat mehr Macht als alle anderen auf der St. Mitchell High. Und darüber hinaus. Deshalb lohnt sich das Spiel auch für den Abschlussjahrgang. Ich will nicht wissen, wie viele der *Ehemaligen* noch immer Gefallen einfordern, weil sie über entsprechende Druckmittel verfügen.«

»Aber warum macht da überhaupt jemand mit?« Das Ganze wollte einfach nicht in Ivys Kopf. Auf der Suche nach einem Grund, für den sie mitspielen würde, pulte sie am Etikett ihrer Flasche herum.

»Ernsthaft?« Kelly lachte laut auf. »In dieser Stadt kannst du es nur zu etwas bringen, wenn dir im richtigen Moment die richtigen Leute helfen. Und dafür sind alle bereit, über den wahren Grund ihres Vorankommens zu schweigen. Außerdem ist wirklich *jeder* beim ersten Mal neugierig – danach gibt es kein Entkommen mehr. Hast du einmal gespielt, wirst du immer wieder zum Spiel gezwungen, denn du bist erpressbar.«

»Aber ...« Ivy suchte nach den richtigen Worten. Auch auf ihrem Gymnasium hatte es Betrügereien und eine Art Anführerclique gegeben, aber was auf der St. Mitchell getrieben wurde, ging weit über das hinaus, was sie kannte – und glauben wollte.

»Und dann gibt es natürlich noch diejenigen, die sich während der Anlaufphase des Spiels hinter Aufgaben verstecken, um ihre eigenen Ziele zu verfolgen«, warf Kelly kryptisch ein. »In dieser Zeit, den ersten drei Wochen des Schuljahres, hinterfragt niemand, ob du jemanden küsst, weil du es willst oder weil es eine Aufgabe der Spielleitung ist.«

»Das ist doch verrückt!«

Kelly setzte einen entschuldigenden Blick auf.

»Hast du auch schon ... Dinge gemacht, die du nicht wolltest?« Ivys Stimme war nur noch ein Flüstern. Sie kannte die Antwort.

Kelly sprach sie dennoch aus. »Ich habe teilgenommen und meine Konsequenzen daraus gezogen.« Sie kaute auf ihrer Unterlippe, was Ivy sehr selten zu sehen bekam. Kelly war nie verlegen oder gar beschämt. Dass Kelly ihrem Blick nun jedoch auswich, rührte etwas in Ivy, aber sie sprach ihren Gedanken nicht aus. Nahm Kelly auch in diesem Jahr am Spiel teil, vielleicht weil sie dazu gezwungen wurde? Und wenn ja, welche Aufgabe hatte sie bekommen?

»Im vorletzten Jahr veranstalteten Penelope und die anderen ein regelrechtes Aufgabenwettrennen. Sie waren sich wirklich für nichts zu schade.« Kellys angewiderter Blick sprach Bände. »Die damalige selbst ernannte Anführerin der Clique hat nie ein Geheimnis daraus gemacht, dass sie die Spielleiterin war, und alle auf Trab gehalten. Sie kannte die Geheimnisse der anderen und fühlte sich in Sicherheit. Es ging so weit, dass sich ein Mädchen sogar das Leben genommen hat.« Für einen kurzen Moment spiegelte Kellys Gesicht Ivys Fassungslosigkeit, ehe sie tief Luft holte und weiterredete, als hätte sie nicht gerade den Tod eines Mädchens als Folge des Spiels erwähnt – was Ivy mindestens genauso erschreckte wie die Tatsache selbst.

»Im letzten Jahr ging es zuerst etwas ruhiger zu, aber das hat nicht lange angehalten. Einmal begonnen, liegt dein Leben in den Händen der Spielleitung und ein Aussteigen ist unmöglich. Jeder an dieser Schule könnte hinter der Spielleitung stecken – theoretisch sogar einer der ehemaligen Zwölften. In der Clique haben sich einige sehr ... bemüht. Ihr Verhalten könnte sich für sie ausgezahlt haben.«

»Jetzt verstehe ich, warum du sie nicht magst«, sagte Ivy leise. War dieses miese Spiel vielleicht auch der Grund, warum Kelly lieber *Fashionista* war und ihr Handy anderen Menschen vorzog? Sie war immer davon ausgegangen, dass Kelly ihr großes Ziel, ein eigenes Modelabel aufzubauen, einfach konsequent verfolgte. Aber vielleicht steckte mehr dahinter.

Nach der Mittagspause war Ivy tief in Gedanken über das Treiben der adrett gekleideten Schüler versunken, die sich allesamt auf dem Weg zu ihren nächsten Kursen machten. Deshalb bekam sie auch das Tuscheln kaum mit, das ihr noch immer folgte. Sie fragte sich, ob sie damals – zu Zeiten ihrer Eltern – am Spiel teilgenommen hätte, um ein Stipendium für ihr Wunschcollege zu bekommen. Hätte sie dann mit »Ja« geantwortet? Für eine Chance auf ihre Traumzukunft? Was wäre sie bereit gewesen, dafür zu tun? Glücklicherweise musste sie sich nicht damit auseinandersetzen.

Vor dem Geschichtsraum stieß sie beinahe mit Penelope und Daphne zusammen, die sich wie ein Empfangskomitee an der Tür aufgebaut hatten. Ivy wollte sich an ihnen vorbeischieben, doch Penelope verstellte ihr den Weg und hob ihre manikürte Hand. Ivy konnte nur daran denken, wie diese Hand ständig Heath berührt hatte, und bemühte sich, all die Beschimpfungen, die ihr auf der Zunge lagen, zu unterdrücken.

Während Ivy den Blick über das perfekt geschminkte Gesicht, die künstlichen Wimpern und die seidigen Haare gleiten ließ, überlegte sie, ob Penelope vielleicht die neue Spielleiterin war – oder Daphne neben ihr. Schickte ihr eine der beiden unentwegt diese Einladung zum Spiel?

»Was kann ich für dich tun?«, fragte Ivy nach einem tiefen Atemzug und hoffte, dass ihre Abscheu nicht zu deutlich herauszuhören war.

»Was könntest du schon für Pen tun?«, antwortete Daphne an Penelopes Stelle und verzog die vollen Lippen zu einem arroganten Lächeln. Wie konnte eine so bildhübsche, natürliche junge Frau durch nur einen Gesichtsausdruck so hässlich erscheinen?

Penelope brachte ihre Freundin mit einem kurzen Seitenblick zum Schweigen. Daphne ließ sich die Zurückweisung nicht anmerken.

»Wie Daphne bereits gesagt hat, kannst du nichts für mich tun«, sagte Penelope nun wieder an Ivy gewandt. »Aber bei mir findet jedes Jahr die *Back to School*-Party statt, und da du im Abschlussjahrgang bist, solltest du unbedingt kommen.«

Ivy glaubte, sich verhört zu haben. Vergeblich suchte sie nach einer schlagfertigen Antwort.

Doch Penelope war schneller. Sie drückte ihr einen schweren Umschlag mit altmodisch-kitschigem Wachssiegel in die Hand, machte auf ihren High Heels eine 180-Grad-Drehung, sodass Ivy dicke blonde Haarsträhnen ins Gesicht peitschten, und stolzierte ohne weitere Worte in den Unterrichtsraum – dicht gefolgt von Daphne.

Die vermeintliche Einladung landete ungelesen in Ivys Tasche. Erst als sie am späten Nachmittag zu Hause am Esstisch saß, brach sie das Siegel mit der Blume und las das in altmodischen Lettern gesetzte Schreiben, während ihre Mutter in der Küche hantierte. Ivys Magen knurrte, als ein Schwall Essensduft zu ihr herüberwehte.

> Sehr geehrte Miss Harris,
>
> es ist eine lang gehegte Tradition der Vorsitzenden des Debütantenkomitees, den jährlichen Empfang zur Feier des neuen Schuljahres auszurichten. Ich freue mich daher, Sie am kommenden Mittwoch um neunzehn Uhr bei uns begrüßen zu dürfen, wo Sie die anderen Debütanten in festlicher Atmosphäre kennenlernen können. Ihre Teilnahme entschuldigt Sie für die ersten beiden Unterrichtsstunden des darauffolgenden Tages.
>
> Mit verbundenen Grüßen
> Celia Gardner

Ivy las mehrere Male über das Schreiben und in ihrem Hinterkopf setzte sich ein Bild zusammen – wie Penelope ihr die gefälschte Einladung ihrer Mutter gab, Ivy darauf hereinfiel und Punkt sieben an der Haustür klingelte, um von Penelope und Daphne verspottet zu werden. Obwohl noch nichts geschehen war, stieg tiefe Scham in ihr auf, den Brief überhaupt gelesen zu haben. Sie zerknüllte das dicke Papier und sprang vom Stuhl.

»Was ist los, Liebes?«

Die sanfte Stimme ihrer Mutter schreckte sie auf. Ivy hatte nicht bemerkt, dass sie ins Esszimmer getreten war. Sie hatte Teller in den Händen, um den Tisch für das gemeinsame Abendessen zu decken. Für

Mitte vierzig sah ihre Mutter sehr jung aus. Wann immer ihr jemand ein Kompliment machte, antwortete sie verzückt, dass die Liebe sie jung hielt – zu Gott und Ivys Vater. Irgendwann wollte Ivy auch eine Beziehung wie die ihrer Eltern führen: glücklich, ohne Geheimnisse und so gefestigt, dass sogar ein komplett neues Leben diese Liebe nicht erschüttern konnte. Für Heath und sie hatte offensichtlich schon ein neues Schuljahr gereicht, dachte sie bitter. Schnell verdrängte sie den Gedanken an ihn. Ivy sah auf die zerknüllte Einladung in ihrer Hand und erzählte ihrer Mutter davon. Penelope und die Clique waren während Ivys Schnupperwochen immer wieder Gesprächsthema gewesen. Ihre Mom konnte die reichen Kids daher recht gut einschätzen. Ivy war gespannt auf ihren Rat, wie sie auf die gefälschte Einladung am besten reagieren sollte.

»Sie ist echt, Liebes«, sagte ihre Mutter auf Deutsch. Auch wenn Kathrin Harris, hier Katherine genannt, sich vor vielen, vielen Jahren im Urlaub in einen US-Amerikaner verliebt hatte, der ihr zuliebe nach Deutschland gezogen war – wodurch Ivory zu ihrem in Deutschland doch sehr ungewöhnlichen Namen gekommen und zweisprachig aufgewachsen war –, führte ihre Mutter solche Gespräche immer auf Deutsch. »In der Gemeinde ist dieser Empfang schon seit Wochen Thema und du solltest ernsthaft darüber nachdenken, ob deine Abneigung gegen die Tochter von Celia Gardner so tief geht, dass du dir diese Chance entgehen lässt.«

Ivy sah zu ihrer Mutter auf.

»Bei solchen Empfängen werden Verbindungen geknüpft, Beziehungen gepflegt. Du weißt, dass es in diesem Land nicht ohne Vitamin B und die Empfehlungen wichtiger Personen geht. Wenn du noch immer von einer Anwaltskarriere träumst, wäre Celia Gardner die perfekte Adressatin dafür. Du solltest diese Chance nutzen.«

Ivys Mutter half als Pastorin jedem auf ihre Art, respektierte jedoch auch Ivorys Wunsch, Menschen zu ihrem Recht verhelfen zu wollen, und unterstützte sie, wo sie nur konnte.

Kurz sah Ivy wieder die vor Fassungslosigkeit bleich gewordenen Gesichter von Corinna und Michael Färber – nein, der gesamten Bewohner ihrer Gemeinde – bei der Urteilsverkündung vor sich. Die Presse der Kleinstadt, die nur rund sechs Kilometer von Ivys Heimatdorf entfernt lag, hatte den gesamten Prozess eifrig verfolgt. Nur sehr selten passierte in ihrer ländlichen Idylle etwas, das nicht direkt vor Ort verhandelt werden konnte. Umso schockierender war es, dass der Mann, der jedem gesunden Menschenverstand zufolge für den Tod von Christiana verantwortlich war, freigesprochen wurde. Die Schlagzeile am nächsten Tag lautete: *Mörder von Christiana aus Mangel an Beweisen freigesprochen – War der Staatsanwalt dem Fall nicht gewachsen?*

Ein Jahr nach Christianas Tod hatte eine Gedenkfeier stattgefunden und Ivy war erschüttert, was aus der früher so glücklichen Familie geworden war. Nach der Beerdigung waren sie nicht mehr in der Gemeinde aktiv gewesen. Von ihrer Großmutter, die in Christiana eine zweite Enkelin gesehen hatte, hatte Ivy erfahren, dass eine Trennung bevorstand, weil Corinna es nicht ertrug, dass Michael seine Wut über das Ergebnis der Verhandlung lieber in Alkohol ertränkte, anstatt über den Verlust zu sprechen. Christianas kleine Schwester Emily, die Ivy praktisch seit ihrer Geburt kannte, war nur noch ein Schatten der strahlenden Zehnjährigen, die Ivy in Erinnerung gehabt hatte. All die glücklichen Nachmittage und oft sogar Nächte, die Ivy bei ihrer Sandkastenfreundin Christiana verbracht hatte, waren wie ausgelöscht. Nach einem tränenreichen Gespräch mit Emily hatte Ivy einen Entschluss gefasst: Sie würde Menschen wie Familie Färber Gerechtigkeit bringen, einen Abschluss.

Der Gedanke an die vor Stolz glitzernden Augen ihrer Großmutter, als sie ihr davon erzählt hatte, verlieh Ivy neue Energie und ließ sie ins Hier und Jetzt zurückkehren. Sie verstand, worauf ihre Mutter hinauswollte. Celia Gardner, ehemalige LaFleur, war Mitinhaberin der renommiertesten Kanzlei der Stadt. Ein Empfehlungsschreiben von ihr wäre ein großer Schritt in Richtung Traumzukunft.

»Du wirst dort nicht allein sein, Liebes.« Ihre Mutter tätschelte ihr die Hand, die noch immer um das Papierknäuel geballt war. »Der gesamte Vorstand des Komitees wird dort sein. Wie sagt man so schön: Augen zu und durch.«

»Wo durch?«, fragte ihr Vater, der soeben den Raum betrat, auf Englisch und senkte dabei seine aktuelle Lektüre. Seit Ivy denken konnte, hatte sie ihn nie ohne ein Buch innerhalb eines Radius von einer Armlänge gesehen. Den Laden in bester Lage hatte er zu einem Schnäppchenpreis ergattert, sodass er seine Leidenschaft nun auch in New York mit unzähligen Kunden teilen konnte.

Ihre Mom zwinkerte Ivy verschwörerisch zu und berichtete ihrem Mann von der Einladung zum Debütantenempfang. Doch Ivys Dad wusste bereits Bescheid. »Ein Bote hat die Einladung für die Begleitpersonen der Debütantin heute in den Laden gebracht.«

»Dann muss ich ja wirklich nicht allein hin.« Vor Ivys innerem Auge zogen Bilder aus Filmen vorbei, Blicke der stolzen Eltern auf ihre Töchter, und ihre Neugier wuchs so weit, dass sie ein klein wenig Vorfreude empfand.

»So kurzfristig kann ich die Lesung morgen Abend leider nicht absagen«, machte ihr Vater alles sofort wieder zunichte. Er tätschelte Ivys Hand, die noch immer um die Einladung verkrampft war. »Und deine Mom«, er sah zu seiner Frau hinüber, die traurig nickte, »kann auch den Gottesdienst nicht ausfallen lassen. In dieser kurzen Zeit findet sie keine Vertretung.« Er drückte Ivys Hand und sah sie mit seinem typischen Vaterblick an, in dem die tiefe Liebe zu seiner Tochter und ehrliches Bedauern lagen.

»Aber du wirst Spaß haben und uns später alles – wirklich alles – darüber erzählen! Diese Bälle müssen einfach großartig sein! Ich habe ein paar Kunden, die …« Ihr Vater geriet regelrecht ins Schwärmen, sodass die Enttäuschung, die er im ersten Moment hervorgerufen hatte, fast wieder ausradiert wurde. Ivy wusste, wie sehr er Traditionen liebte. Selbst als Zugezogener hatte er jedes Dorffest mit Feuereifer begleitet – was teils schon peinlich gewesen war –, aber sie hatten viel Spaß gehabt. Wie früher oder später immer, wenn die St. Mitchell erwähnt wurde, zog dann jedoch ein kurzer Schatten über sein Gesicht und die Debatte um die *verzogenen Kids der Upper East Side* begann aufs Neue. Er war von Anfang an nicht sehr begeistert von dem laut ihrer Mom so großzügigen Entgegenkommen ihres Arbeitgebers, Ivy die *versnobte Schule* zu finanzieren. Aber ihre Mutter hatte immer betont, dass Ivy das Wesen der Menschen gut einschätzen konnte und sich niemals blenden lassen würde, worin sie sich mit ihrer Freundschaft zu Iljana und auch Kelly bestätigt sah, die trotz ihrer Herkunft freundlich und höflich waren.

Am Ende des Abends stand auf jeden Fall fest, dass Ivy am darauffolgenden Tag zum Empfang gehen würde. Die Fähigkeit, Menschen mitzureißen, hatte ihr Vater perfektioniert, und ein Teil seiner Begeisterung für den Empfang war nach ihrem Gespräch auch auf Ivy übergegangen. Vielleicht würde sich dort sogar eine Gelegenheit ergeben, endlich mit Heath zu sprechen.

Die Nacht verbrachte Ivy mit Bildern von rauschenden Kleidern vor antiker Kulisse, bis ihre Träume mitten in der Nacht von unzähligen Nachrichten gestört wurden. Sie schaltete das Handy auf lautlos und fiel in einen unruhigen Dämmerzustand.

X

Wie immer kam er sich verloren vor, hilflos. Als sie näher trat, verkrampfte er sich. Für einen kurzen Moment schloss er die Augen, nahm sich Zeit, sich an einen anderen Ort zu denken. Irgendwohin, nur weg von ihr.

Ihre zuckersüße Stimme holte ihn jedoch sofort zurück in das von Designerkleidern vollgestopfte Zimmer. Bei jedem Besuch kam er sich vor wie bei einer Modenschau. Ihr Ankleidezimmer reichte nicht aus und so reihten sich täglich neue rollbare Kleiderständer an den sonst so kargen Wänden. Der blumige Geruch ihres Parfums hing an ihnen und drängte von allen Seiten auf ihn ein.

»Tust du mir einen Gefallen?« Sie blieb direkt vor ihm stehen und setzte ihren Dackelblick auf. Die grünen Augen leuchteten unter den langen Wimpern hervor und sie zog einen Schmollmund. Früher war er auf diesen Blick, ihre Gesten hereingefallen – heute sorgten sie nur dafür, dass er eine Hand zur Faust ballte. Er wusste genau, dass sie wieder mit *ihm* gestritten hatte. Nur deshalb war er hier.

Warum hatte er sich nur darauf eingelassen? Sich verführen lassen? Mit jedem Tag hasste er sich selbst mehr dafür. Ihre Hand landete auf seiner Brust, die künstlichen Fingernägel fuhren die Konturen nach, ehe sie begann, sein Hemd aufzuknöpfen und seine Haut zu malträtieren. Ihre Berührungen weckten die widersprüchlichsten Gefühle in ihm, zerrissen ihn immer wieder aufs Neue, aber sein Körper reagierte instinktiv.

Sie spielte mit ihm, das wusste er, aber er war nicht in der Lage, dieses Spiel zu beenden. Sie hatte nicht nur sein Schicksal in der Hand und er konnte nicht zurück, auch wenn aus dem Spaß zu Beginn bitterer Ernst geworden war, der ihn jeden Tag mehr erdrückte. Die Vereinbarung hatte sich gut angehört, der vermeintliche Traum jedes männlichen Teenagers: Ein wunderschönes Mädchen, das wirklich jeden haben könnte, schlägt einem Jungen eine rein körperliche Beziehung vor, ohne Verpflichtungen. Doch nun hatte sie ihn in der Hand. Denn nur solange er sie bei Laune hielt, konnte er sicher sein, dass sein Geheimnis bewahrt blieb.

Das Problem war nicht, dass es mit ihr keinen Spaß machte. Deshalb ließ er sich wie immer von ihr zum Bett ziehen. Während sich ihr schlanker Körper an ihn schmiegte, seufzte sie *einen* Namen – nur nicht *seinen*. Es würde nie sein Name sein.

Als sie sich später wieder anzogen, erwähnte sie nebenbei – ganz so, als würde sie ihn bitten, ein Kleid aus der Reinigung zu holen –, was sie wirklich von ihm wollte: »Ich denke, die Neue könnte deine Nähe gebrauchen. Du solltest dich um sie *kümmern.*«

Sie schlüpfte gerade in ihr Kleid, sodass sie sein entsetztes Gesicht nicht sehen konnte.

»Bist du verrückt?« Sofort biss er sich auf die Zunge.

Sie kam mit ihrem Dackelblick auf ihn zu, fuhr mit ihrem manikürten Zeigefinger über seine Lippen und verdrehte die Augen, ehe sie eine verirrte Haarsträhne hinter sein Ohr schob.

»Was du schon wieder denkst.« Sie lachte mit einem tiefen Augenaufschlag. »Du sollst sie nur etwas ablenken.«

KAPITEL 6
Ivory

Am Morgen fühlte sich Ivy wie gerädert. Selbst zwei Tassen Kaffee holten sie nicht aus diesem halbwachen Zustand. Erst die kühle Luft auf dem Weg zu Kelly weckte sie einigermaßen auf.

In der Limousine erzählte Ivy ihrer Freundin von der Einladung. »Gehst du hin? Du bist doch auch Debütantin.«

Kelly schüttelte den Kopf. »Ich wollte eigentlich, aber ich musste absagen. Gerade heute Abend ist Lej in der Stadt, ein trendiger Designer aus Paris, den ich im Sommer kennengelernt habe. Ich muss ihn von mir überzeugen, damit er mein Pate wird. Mit ihm an meiner Seite …« Sie strahlte wie ein Kind am Weihnachtsmorgen und Ivy konnte gar nicht anders, als sich mit ihr zu freuen. »Das ist meine Chance, weit wichtiger als die Lokalpresse oder all die Beziehungen hier. Ich möchte nicht in New York bleiben, ich will nach Paris!« Dann verflog ihre Begeisterung und sie fügte hinzu: »Mein Dad hat mir eine Nachricht geschrieben, dass er es sowieso nicht nach New York schaffen wird, und meine Mom … ist ja auch egal.« Sie brach das Thema ab.

Ivy wollte nicht weiter nachhaken, daher berichtete sie, dass auch ihre Eltern keine Zeit hatten, sie zu begleiten. José lenkte den Wagen gerade an den Fahrbahnrand.

»Du solltest auch ohne deine Eltern hingehen«, erwiderte Kelly. »Du wirst nicht die Einzige sein. Diese Party ist deine Eintrittskarte in diese Welt, ich kenne alle schon und brauche neue Kontakte.« Sie wedelte demonstrativ mit ihrem Handy, als José die Tür öffnete.

»Die Frage ist nur, ob ich in diese Welt passe – oder das überhaupt will«, murmelte Ivy.

»Solange du so darüber denkst, machst du es genau richtig. Nutze die Möglichkeiten, aber lass dich nicht verderben.« Kelly lächelte Ivy aufmunternd an. »Schade, dass ich dein Debüt in der feinen Gesellschaft verpasse.« Echtes Bedauern stand in ihrem Gesicht. »Ich hätte zu gern gesehen, wie Pen und Daphne bei deinem Auftritt die Augen ausfallen. Du hast doch schon ein Kleid, oder?«, fragte sie, als sie aus der Limousine stieg.

Ivy wurde eiskalt und sie verharrte an der Wagentür. Langsam schüttelte sie den Kopf.

Kelly klatschte vergnügt in die Hände. »Dann wissen wir doch, was wir heute Nachmittag machen. Ich besorge uns bei Mrs DeLaCourt eine schriftliche Unterrichtsbefreiung. Sie wird verstehen, dass dein erster Auftritt vor dem Komitee ein paar Freistunden wert ist.«

Ivy umarmte ihre Freundin. Ohne Kelly wäre sie verloren gewesen. Und doch schlich sich im Laufe des Vormittags langsam das schlechte Gewissen ein, während sie sich ausmalte, was die anderen Mädchen wohl tragen würden und wie sie ihre Eltern davon überzeugen sollte, ein halbes Vermögen für ein Kleid auszugeben. Denn mit Kelly shoppen zu gehen bedeutete *sehr* viel Geld zu verprassen – mehr jedenfalls als Ivy besaß.

Nach dem Vormittagsunterricht stand Kelly schon vor der Tür zum Englischraum und wedelte mit einem Blatt Papier. Sie erzählte Ivy, wie schnell sie die Rektorin überzeugt hatte und was sie über die Kleider der anderen herausbekommen hatte.

»Du wirst sie alle in den Schatten stellen«, sagte sie. »Francis weiß genau, was er tut. Er ist eine wahre Inspiration!«

Während Kelly weiterplapperte, entdeckte Ivy Heath, der mit Bryan und Vince vor seinem Spind stand und über irgendeinen Witz lachte. Ivys Schritte wurden wie von selbst langsamer, aber Kelly hakte sich bei ihr unter und zog sie erbarmungslos weiter.

»Nicht jetzt. Ignorier ihn einfach und warte, bis er dich sabbernd mit den Augen auszieht, wenn er dich heute Abend beim Empfang sieht.«

Ivy war wenig überzeugt von diesem Plan und sah noch einmal über die Schulter zurück zu Heath. Als sich ihre Blicke trafen, schaute er rasch weg, was Ivy einen schmerzhaften Stich versetzte.

Weniger als eine halbe Stunde später lernte Ivy Francis kennen. Francis war ... unbeschreiblich. Er wohnte und arbeitete in einem dieser trendigen neuen Lofts in Brooklyn. Die alten Gebäude waren nur teilweise saniert worden, um die kahlen Backsteinwände zu erhalten. Wo vorher Verfall drohte, war mithilfe von Zwischenträgern aus Metall und Beton ein offener Wohnraum entstanden. Ein wenig trendige Deko – in Francis' Fall endlose Reihen aus Kleiderstangen und unzählige dürre Schaufensterpuppen – und perfekt war der Geheimtipp unter den Modeausstattern für die High Society.

Francis umarmte Kelly wie eine lang verloren geglaubte Schwester und erdrückte danach fast auch Ivy, die von seinen krausen Haaren niesen musste. Dann nahm er sich Zeit für eine ausgiebige Musterung. Ivy kam sich vor wie ein Stück Ware, während sich Kelly und Francis über ihre Vorzüge – die sie unbedingt betonen sollte – und ihre Nachteile – die sie vor Scham sofort zu Boden sehen ließen – unterhielten. Nebenbei berichtete Kelly ihm alles, was sie über die Kleider der anderen herausgefunden hatte.

Francis nickte wissend und seufzte. »Penelope LaFleur und Daphne

Harrell waren hier und haben meine besten Stücke *verlangt.*« Er ließ keinen Zweifel offen, wie sehr ihm das missfiel.

»Aber du hast sie ihnen doch nicht gegeben, oder?«, fragte Kelly, während sich bei Ivy bereits Enttäuschung breitmachte.

Francis ließ sie zappeln und nestelte an einem langen Schal, der im einfallenden Sonnenlicht in allen Regenbogenfarben schimmerte, ehe er sein Lächeln nicht mehr zurückhalten konnte.

»Wo denkst du hin, Schätzchen.« Sein Blick war verschwörerisch und seine Brauen zuckten verheißungsvoll, als er sich an Ivy wandte. »Ich habe den beiden an ihren Nasen angesehen, dass sie meine Kunst nicht zu würdigen wissen, und ihnen Kleider gezeigt, die sie auf der 5th Avenue für einen Bruchteil des Geldes hätten bekommen können. Die beiden haben nur ein künstliches Lächeln aufgesetzt.« Er rümpfte die Nase. »*Du* wirst die Queen des ersten Empfangs sein, Liebchen. Die Presse wird sich um dich reißen. Alessandra liebt meine Designs.«

Ivys Lächeln erstarrte, während sie sich frage, ob sie den Namen Alessandra schon einmal gehört hatte – und wo.

Kelly beruhigte sie jedoch sofort. »Es ist normal, dass Reporter vor der Villa der Gardners herumlungern, um die besten Fotos zu ergattern. Sollte man dich und Heath zusammen auf einem Foto sehen, werdet ihr für den Rest der Saison als Paar gelten. Du wirst immer wissen, was er so tut – und mit wem. Alessandra ist genau der Pressekontakt, den wir brauchen. Ihre Artikel landen immer auf den Startseiten der Online-Portale, oft sogar in gedruckten Ausgaben.«

Ivy schluckte. Wollte sie das denn? Wollte sie, dass alle dachten, sie und Heath seien ein Paar, obwohl in Wirklichkeit Funkstille herrschte? Sie dachte an Daphne und Bryan, die immer wieder zusammen waren – oder zumindest so taten. War das auch alles nur Berechnung?

»Hey, alles wird gut. Du darfst nur nie vergessen, du selbst zu bleiben. Lass die Haie sich gegenseitig auffressen, ehe du ins Becken springst.« Francis klopfte Ivy lässig auf die Schulter, legte dann seine Hand auf ihren Rücken und dirigierte sie durch das Labyrinth aus Kleiderständern.

»Voilà!« Er machte eine formvollendete Geste in Richtung eines Kleidersacks. Weil Ivy nicht die erwartete Begeisterung zeigte, seufzte er in Kellys Richtung und zog den Reißverschluss auf.

Kelly quietschte beim Anblick des hervorquellenden glitzernden Stoffes. »Ist es das, was ich denke?«

Francis lächelte. Zufrieden wie ein stolzer Vater stellte er Ivy sein *aktuelles Lieblingskind* vor. »Das ist Bethany«, sagte er bedeutungsschwer und befreite das Kleid aus der Schutzhülle. »Bethany wird dir dabei helfen, die eingestaubten Komiteemitglieder von dir zu überzeugen und bei den Männern reihenweise für Blutstau in der unteren Region sorgen.«

Kelly lachte los, während Ivy nervös schluckte, bevor sie das von Francis geschneiderte Kleid genauer betrachtete. Der Stoff war ein Traum. Er war nicht schwarz, wie Ivy zuerst gedacht hatte, sondern aus einem ganz dunklen Blau, das bei jedem Lichtstrahl aufschimmerte wie eine Sternschnuppe.

»Es passt perfekt zu deinen kastanienbraunen Haaren.« Francis hob eine von Ivys Haarsträhnen an. »Los, zieh dich aus!«, forderte er sie dann auf.

Ivy war vollkommen überrumpelt, als Francis ihr den Blazer ihrer Schuluniform von den Schultern zog und begann, ihre Bluse aufzuknöpfen. Steif wie eine Schaufensterpuppe stand sie da, obwohl sie alles andere als prüde war.

Francis räusperte sich. »Glaub mir, du bist nicht meine Erste und ich habe wirklich schon alles gesehen.« Er warf Kelly einen vielsagenden

Blick zu, die sofort kichern musste. Ivy entspannte sich ein wenig und zog sich bis auf die Unterwäsche aus. Sie fühlte sich unwohl in ihrem einfachen BH.

»Der hier muss weg.« Francis deutete auf das Stück Stoff. »Ich habe da etwas viel Besseres, das bei der Party für einen zusätzlichen Wow-Effekt sorgen wird.« Er kramte in einer Kiste unter einem der Kleiderständer, holte einen spitzenbesetzten trägerlosen BH heraus und half Ivy dabei, ihn anzuziehen. Er saß perfekt. Ivy war beeindruckt, wie gut Francis ihre Figur eingeschätzt hatte. Ein Mädchen mit kunterbunten kurz geschnittenen Haaren servierte Champagner, der Ivy dabei half, ihre Scham langsam abzulegen. Francis musterte sie rein professionell, was nicht vergleichbar mit den Blicken war, die Heath ihrer entblößten Haut jedes Mal zugeworfen hatte. Ihre Hemmungen fielen von ihr ab und sie trat vor den großen Spiegel, wo Francis ihr »Bethany« überzog. Der kühle Stoff ließ Ivy kurz erschaudern. Als sie sich dann im Spiegel sah, richteten sich die Härchen an ihren Unterarmen auf. Bethany hatte keine Ärmel, nicht einmal Träger, und schmiegte sich an ihre Rundungen wie eine zweite Haut, ehe der Stoff locker von der Hüfte an abwärts fiel und damit ihre Problemzone Oberschenkel kaschierte. Das Kleid machte aus ihr eine nahezu makellose Frau.

Francis seufzte theatralisch. »Du siehst absolut umwerfend aus, Liebchen. Blutstautauglich.« Er lächelte ihr zu, dann zupfte er noch ein wenig am Stoff über ihrer Brust, bis ein Hauch Spitze hervorlugte. »Genau so, aber ja nicht mehr!«, warnte er. »Nur genug, um die Fantasie anzuheizen.« Er warf einen kurzen Blick zu Kelly, die nickte, dann fuhr er fort: »Aber erst, wenn die Erwachsenen euch die Bühne überlassen haben.« Er zwinkerte verschwörerisch, was bei Ivy jedoch nicht die gewünschte Wirkung erzielte. Sofort sah sie fragend zu Kelly hinüber.

Mit einer wegwerfenden Handbewegung, bei der ihre silbernen

Armreifen klimperten, erklärte Kelly: »Der offizielle Empfang ist nur kurz. Ein wenig Blabla, ein paar Namen und höfliche Floskeln, dann verschwinden die Komiteemitglieder und die Party geht los.«

Ivy beobachtete im Spiegel, wie Kelly hinter sie trat und ihr eine Kette anlegte, deren funkelnder Kristall sie im Sonnenlicht blendete, das durch die großen Bogenfenster fiel. Kellys zarte Finger schoben den Anhänger in die Mitte ihres Dekolletés und strichen anschließend über ihre nackte Haut. Ivys Atem stockte.

»Du siehst wundervoll aus und ich bin neidisch auf jeden, der deinen Anblick heute Abend genießen kann«, flüsterte Kelly ihr ins Ohr. Ivy nahm die Worte nur verzögert wahr, noch immer erstarrt von Kellys Berührung.

»Kelly hat absolut recht, Ivory«, sagte Francis, der die beiden beobachtet hatte.

Wenig später saßen die Freundinnen in einer kleinen Konfiserie, die die »besten Cupcakes von Manhattan« herstellte, und Kelly versicherte Ivy zum zehnten Mal, dass Francis sein Angebot ernst gemeint hatte, als er ihr den Kleidersack überreicht hatte. Ivy musste sich keine Sorgen machen, wie sie Bethany finanzieren sollte, denn Kelly hatte den Designer davon überzeugt, dass dieses Kleid während des ersten Auftritts eines neuen Gesichts beim Debütantenempfang die Reporter verzaubern würde. Der Werbeeffekt wäre dadurch so enorm, dass Francis genug Umsatz machen würde, um auf eine Bezahlung verzichten zu können. Sie müsste nur erwähnen, dass er es entworfen hatte, sollte jemand seine Arbeit nicht erkennen. Außerdem verfolgte Kelly – im Gegensatz zu Penelope und Daphne, die offensichtlich das erste Mal bei Francis gewesen waren – seine Karriere schon sehr lange, nahm regelmäßig seine Dienste in Anspruch und machte ihn auf ihrem Instagram-Account auch über die Stadtgrenze hinaus bekannt.

Beziehungen sind alles, hallte es in Ivys Kopf wider.

Um ihre Überzeugungskunst zu feiern, hatten sie noch diesen kleinen Abstecher gemacht, bevor Ivy von Kellys Stylistin zu Hause für den Ball hergerichtet werden sollte.

»Es ist so schade, dass du nicht dabei sein kannst.« Ivy war wirklich traurig darüber. Wenn ihr so ein besonderer Abend bevorstand, wie Kelly behauptete, würde sie ihn mit einer Freundin an der Seite noch mehr genießen.

»Ich werde die Berichte der Klatschpresse die ganze Zeit am Handy verfolgen – ganz besonders die von Alessandra. Du wirst der Star ihrer Instagram-Story sein! Also bin ich quasi dabei«, sagte Kelly. Sie tauchte den Finger in das cremige Topping des Cupcakes, schob ihn in den Mund und seufzte genüsslich.

Dann ging eine Nachricht auf Kellys Handy ein und sie sprang auf. »Tut mir leid, Süße, aber ich muss los. Mein Kontakt ist schon früher gelandet.« Sie tippte eine Nummer ein und hielt das Handy ans Ohr, während sie sich mit einer Umarmung von Ivy verabschiedete. »Wir hören uns. Und mach bitte Fotos, wie Pen und Daphne die Augen ausfallen, ja?«

Ivy nickte lachend, was Kelly aber nicht mehr sah, denn sie war trotz der unmenschlich hohen Absätze bereits aus dem Laden gestürmt. Die Tür schloss sich mit einem sanften Klingeln hinter ihr.

Kurz vor neunzehn Uhr – und nach gefühlt zwei Millionen Fotos ihrer Eltern, die ihre Begeisterung nicht ansatzweise verbergen konnten und ehrlich bedauerten, dass sie Ivy an diesem Abend nicht begleiten konnten – fuhr Ivys Taxi den eigens für den Empfang abgesperrten Fahrbahnstreifen zur Stadtvilla der Gardners entlang, wo ein nie da gewesener Trubel herrschte. Der Gehweg war von Fotografen bevölkert, die alle ankommenden Fahrzeuge fotografierten und sich um einen Platz direkt vor der Villa drängelten wie bei der Oscar-Verleihung. Schließlich waren heute nicht nur die Debütanten anwesend, sondern auch ihre Eltern, darunter Stars aus Politik, Wirtschaft, Film und Musikbusiness, was natürlich jeden Reporter hervorlockte, der seinen Job auch nur ansatzweise ernst nahm. Jeder wollte einen Blick auf die Prominenten und ihre potentiellen Nachfolger erhaschen.

Ein junger Mann im Smoking öffnete die Tür des Taxis. Ivy wurde mulmig. Sie schloss kurz die Augen, holte tief Luft und schob dann – wie von Kelly eingebläut – ihre Beine unter dem langen Kleid zur Seite, um dann in den entsetzlich gewöhnungsbedürftigen High Heels langsam aus dem Taxi zu steigen. Sofort wurde sie von unzähligen Blitzlichtern geblendet und ihr aufgesetztes Lächeln gefror in ihrem Gesicht. Sie konnte für einen Moment nicht einmal sehen, wo sie hintreten musste – oder wer ihr den Arm anbot, an dem sie sich unterhaken konnte. Verwirrt sah sie auf die große Gestalt an ihrer Seite.

»Vince?« Ivy blinzelte mehrmals und blickte zu ihm auf. Vince Rye war wohl der einzige Mensch auf dem Planeten, dem der Thor-Look mit den halblangen blonden Haaren wirklich stand – passend zum heutigen Anlass nach hinten gekämmt.

»Lächeln!«, sagte er, beinahe ohne die Lippen zu bewegen, die charmant nach oben verzogen waren. »Du wirst nicht besonders gut ankommen, wenn du auf jedem Bild die Stirn runzelst und Grimassen ziehst.« Er dirigierte Ivy in diese und jene Richtung, um den Reportern die besten Bilder zu ermöglichen. »Los, streng dich an. Lächle für mich, damit die da was zu sehen haben.« Er deutete kurz auf das Blitzlichtgewitter und die zarten Lachfältchen um seine Augen sorgten dafür, dass sich Ivys Mundwinkel wie von selbst hoben.

»Perfekt!«, flüsterte Vince ganz nah an ihrem Ohr und die Fotografen rasteten beinahe aus. Erst jetzt dachte Ivy an Kellys Worte zurück, dass die Reporter am heutigen Tag *entschieden*, wer in dieser Saison mit wem zusammen war.

Sie versuchte, sich von Vince zu lösen, doch der klemmte ihren Arm ein, der immer noch bei ihm untergehakt war, griff zusätzlich mit der anderen Hand danach und tätschelte ihr Handgelenk. Ivy torkelte beinahe neben ihm her auf die Villa der Gardners zu. Zwei Portiers öffneten die beiden Türflügel und sie traten ein.

Endlich konnte sich Ivy von Vince losreißen. »Was sollte das?«, zischte sie ihm zu.

»Niemand sollte an diesem besonderen Tag allein da durch.« Er deutete mit einer kleinen Geste zur Tür. »Ich bin direkt vor dir angekommen und habe gesehen, dass du ohne Begleitung hier bist. Ich wollte dir nur helfen, Ivory.«

Sie sah in seine hellen blauen Augen und suchte nach einem Zeichen, ob er zu den *Haien* gehörte, die Francis erwähnt hatte. Doch Vince schien in Gedanken ganz woanders zu sein, in weit entfernte Erinnerungen eingetaucht. Vielleicht dachte er an seinen ersten öffentlichen Auftritt?

»Danke, denke ich«, murmelte Ivy und holte ihn damit ins Foyer der Gardners zurück, in dem Angestellte und Caterer fleißig zwischen den Ankömmlingen hin und her eilten.

»Pass auf dich auf«, sagte Vince noch, ehe er sich von ihr abwandte, sein 1000-Watt-Strahlelächeln aufsetzte und zu einer Gruppe Jungs ging, die Ivy nicht kannte und die er mit Handschlag begrüßte, wahrscheinlich Debütanten einer anderen Schule.

Ivy wusste nicht so recht, was sie jetzt tun sollte, und wünschte, Kelly wäre zur Unterstützung da. Glücklicherweise kam eine junge Frau in Blazer und Krawatte auf sie zu und fragte nach ihrem Namen, um sie anschließend eine Treppe nach oben zu führen, wo die Debütantinnen auf ihre offizielle Vorstellung warteten.

Hier ging es zu wie im Backstagebereich von *America's Next Top Model*. Überall waren beleuchtete Spiegel aufgebaut, Visagisten und Stylisten puderten und sprayten um die Wette und machten ein Mädchen nach dem anderen zurecht. Mit jeder Minute wurde Ivy mehr bewusst, dass sie nicht hierher gehörte. Sie folgte allen Anweisungen und ließ sich von hier nach dort schieben, während sie sich zwischen all den Fremden immer unwohler fühlte.

»Wen haben wir denn da?«, erklang Penelopes übertriebene Zuckerstimme. Sie war gemeinsam mit Daphne durch eine Tür getreten, die Ivy in dem Menschenchaos gar nicht aufgefallen war. Die beiden trugen selbst in Ivys ungeübten Augen einfache Kleider aus schweren glitzernden Stoffen. Ivy grinste in sich hinein und spürte einen Hauch von Überlegenheit.

»Ich schulde dir wohl fünfhundert Dollar«, sagte Daphne und verdrehte die Augen. »Das nächste Mal sollten wir uns mehr anstrengen, damit sie glaubt, die Einladung wäre ein Fake.«

Die beiden lachten aufgesetzt. Ivy bekam eine Gänsehaut, doch dann setze ihr Überlebensinstinkt ein. Sie war nicht naiv, auch kein Unschuldslamm und schon gar nicht dämlich. Sie kannte solche Einschüchterungstaktiken und beschloss, sie mit dem einzig wirksamen Mittel zu bekämpfen: Ignoranz. Sie hob den Kopf, straffte die Schultern und setzte das schönste Lächeln auf, das sie zu bieten hatte, um den Zicken zu beweisen, dass sie bei ihr an der falschen Adresse waren. Dabei sagte sie sich immer wieder, dass *sie* Francis' »Lieblingskind« trug. Sie dachte an ihre Schulzeit in Deutschland und wie sie oft als sonderbar abgestempelt worden war, weil sie sich lieber in fremde Welten las, als sich beim Sport- oder Musikverein einzuschreiben oder zum Tanzkurs zu gehen. Die Zeit war hart gewesen, hatte sie aber gestärkt und ihr gezeigt, dass sie mit sich zufrieden sein musste, um glücklich zu sein. Sie musste nicht anderen gefallen, sondern nur zu sich selbst stehen.

Dass ihr Lächeln überzeugend war, sah sie an dem grimmig verzogenen Gesicht von Daphne. Lange konnte Ivy den kleinen Sieg jedoch nicht auskosten. Celia Gardner betrat den Raum und klatschte in die Hände.

»Meine Damen, es ist so weit. Sie werden jetzt von meiner Mitarbeiterin an Ihren vorgesehenen Platz eingereiht.«

Verhaltenes Kichern war die Antwort und Ivy sah, wie sich ein paar Mädchen Luft zufächerten. Es kostete sie enorme Kraft, das Lächeln aufrechtzuerhalten und nicht die Augen zu verdrehen.

»Aaaaah, Ivory Harris, nicht wahr?« Celia Gardner trat direkt auf Ivy zu. Sie waren sich nur einmal flüchtig begegnet. Wie die meisten Bewohner Manhattans hatten auch Mrs Gardner und ihr Mann den Sommer größtenteils außerhalb der Stadt verbracht. »Lass dich anschauen.« Heath' Stiefmutter begutachtete Ivy von oben bis unten und schien zufrieden mit dem, was sie sah. »Du siehst absolut umwerfend aus! Zum Glück wurde ich überredet, dich ebenfalls einzuladen.« Sie warf ein kurzes Lächeln in Richtung des glitzernden und funkelnden Rudels von Mädchen und legte eine Hand auf Ivys Unterarm. »Mandy!«, rief sie dann und sah sich um.

Eine schlanke Frau etwa Mitte zwanzig mit kurzem Fransenhaarschnitt, Businesskostüm und einem Klemmbrett in der Hand sprang herbei. »Ja, Mrs Gardner?«

»Ivory wird als Letzte gehen.«

Ein erstickter Aufschrei, der offenbar von Penelope kam, sagte Ivy, dass es etwas Gutes war und nicht das Gegenteil, wie sie im ersten Moment befürchtet hatte.

»Vielen Dank, Mrs Gardner.« Sie schenkte Heath' Mutter ein extra strahlendes Lächeln.

Doch Celia Gardner beachtete sie nicht weiter, sondern stakste zielstrebig auf eine Gruppe Angestellter zu und gab ihnen Anweisungen.

Mandy kritzelte noch kurz auf ihrem Klemmbrett herum und fasste dann den Ablauf kurz zusammen. Ivy wurde kreidebleich, als sie erfuhr, mit wem sie den Galasaal betreten würde.

KAPITEL 7
Heath

> Du wirst deine zugewiesene Partnerin während des offiziellen Empfangs begleiten und sie danach zur Party überreden.

> Wer ist meine Partnerin?

> Das wirst du schon sehen.

> Wirst du dann aufhören?

> Ich fange doch gerade erst an. Du wirst auf weitere Anweisungen warten.
> Der Abend wird ein unvergessliches Erlebnis werden.
> Und denk daran: Brichst du die Regeln, brech ich dein Herz.

Heath schleuderte sein Handy mit so viel Schwung auf das Bett, dass es einen großen Satz machte und auf dem Parkett landete. Wenn er die Person erwischte, die hinter der Spielleitung steckte, würde er ihr das verdammte Handy entreißen und sie persönlich direkt in die Hölle befördern!

Bisher hatte ihm das Spiel wirklich Spaß gemacht. Es war eine willkommene Abwechslung zum langweiligen Alltag an der St. Mitchell. Die ersten Wochen des neuen Schuljahres waren immer für eine Überraschung gut gewesen. Er dachte an sein erstes Jahr zurück und wie er seine allererste Aufgabe gemeistert hatte: mit der vier Jahre älteren Constance Miori in der *Höhle* zu verschwinden. Nie im Traum hätte er erwartet oder auch nur zu hoffen gewagt, was dann dort passiert war.

Auch danach hatte er sich liebend gern auf die Spielchen eingelassen, bei denen er oft selbst das Ziel der jüngeren Mädchen gewesen war. Es hatte Spaß und Nervenkitzel bedeutet, nichts weiter. Eine Zeit ohne Regeln und Verpflichtungen – stets vom Deckmantel des Spiels geschützt. Eine Zeit, in der alles erlaubt war – bis zur Eskalation des Spiels. Doch selbst im letzten Jahr hatten ihn Pen und Bryan wieder angesteckt, als hätten sie das, was im Vorjahr passiert war, vergessen – genau wie die Medien.

Nun schreckte er bei jedem Vibrieren seines Handys zusammen, empfand tatsächlich so etwas wie Angst vor jedem Öffnen einer Nachricht und den damit einhergehenden Aufgaben. Doch ein Ausstieg war unmöglich, denn damit würde er erst recht alles zerstören. Und die Spielleitung wusste das genau.

Ihm war klar, wen er begleiten würde. Und er konnte nichts dagegen tun. Er musste mitspielen – bis zum Ende.

KAPITEL 8
Ivory

Mit klopfendem Herzen verfolgte Ivy, wie ein Mädchen nach dem anderen durch den kitschigen Rosenbogen hinter der Tür in den Ballsaal trat und dort von einem Jungen im Smoking erwartet wurde. Der Bankettsaal war größer als ihr gesamtes Grundstück in Deutschland und Ivy konnte von ihrem Platz am Ende der Reihe nur einen Teil davon überblicken. An den Seiten reihten sich die Mitglieder der High Society und musterten den Nachwuchs. Drei oder vier Fotografen war es ebenfalls erlaubt, im Inneren des Gebäudes Fotos zu machen. Eine hübsche Frau mit dunklen Haaren, die so jung war, dass Ivy sie ohne ihre Kamera für eine Debütantin gehalten hätte, war besonders ambitioniert. Sie stand weiter vorn als die anderen Fotografen und rief den Mädchen mit sanfter Stimme Anweisungen zu. Ivy glaubte, sie auch draußen schon in der ersten Reihe gesehen zu haben.

Nur noch zwei Mädchen vor Ivy warteten darauf, dass ihr Name aufgerufen wurde. Ivy atmete tief durch, um die Nervosität so gut es ging zurückzudrängen. Sie dachte an Penelopes Einschüchterungsversuch und die finsteren Blicke, die sie ihr zugeworfen hatte, nachdem sie als Letzte aufgestellt worden war, und sofort beflügelte sie ein leises Siegesgefühl. Dann war es so weit.

»Ivory Harris feiert am heutigen Tag ihren ersten Auftritt in unserem Kreis. Heißen Sie alle die fleißige Schülerin der St. Mitchell willkommen.«

Höflicher Applaus hallte ihr entgegen. Ivy holte tief Luft und entkrampfte ihre geballten Hände. Dann wurde sie von Mandy zum Rosenbogen geschoben und wortwörtlich ins Rampenlicht geschubst. Sie hielt ihr Lächeln aufrecht und versuchte, zumindest flüchtig Blickkontakt zu den Anwesenden herzustellen, bis jemand an ihre Seite trat und sie mit steifem Lächeln begrüßte.

Während des Sommers hatte Ivy Heath' Gesichtszüge ausgiebig studieren können, deshalb erkannte sie den Unterschied zwischen echter und aufgesetzter Miene schnell. Heath' gesamte Haltung drückte aus, dass er sich lieber in den Hudson stürzen würde, als in einem Satz mit ihr erwähnt zu werden. Sie sah zu den Fotografen, die fleißig Fotos schossen.

In diesem Moment wurde ihr klar, dass der Sommer nicht echt gewesen war, sondern nur eins der Abenteuer, die man Heath nachsagte und die er als Gerüchte abgetan hatte. Er war nicht erwachsen geworden oder vernünftig, sondern nur der reiche Typ, der sich um nichts als seinen Spaß scherte. Deshalb hatte er sich immer nur fernab jeglicher Öffentlichkeit und in Abwesenheit seiner Freunde mit ihr getroffen.

Ivy schluckte kurz und sah wieder die Posts auf Penelopes privatem Account vor sich. Dann zogen auch noch die Bilder ihres Traums vorbei. Heath und Penelope. Sie erinnerte sich an die übertriebenen Berührungen am ersten Schultag und nutzte ihre aufsteigende Wut dazu, einen Entschluss zu fassen: Penelope und Daphne wollten sie nicht hierhaben. Also würde sie ihnen beweisen, dass sie ebenso auf diese Party gehörte wie alle anderen. Dass sie mit ihnen mithalten konnte. Und auch Heath würde sie nicht zeigen, wie sehr er sie verletzt hatte. Sie würde ihre Rolle spielen und Beziehungen knüpfen, wie ihre

Mutter es empfohlen hatte. Sollte er doch denken, er wäre ihr genauso egal, wie es umgekehrt offensichtlich der Fall war. Sie wollte sich immer noch mit ihm aussprechen und für Klarheit sorgen, doch nun stand dieser Punkt nicht mehr ganz oben auf ihrer Prioritätenliste. Für ihn hatte sie sogar ihr Ziele aus den Augen gelassen, jetzt war sie endgültig wachgerüttelt worden.

Sie senkte kurz die Lider, sammelte sich, imitierte dann Penelopes Zuckerstimme und begrüßte Heath, als wäre er nur irgendjemand. »Was für eine wundervolle Überraschung, dass du mich heute begleitest.«

Heath' Gesichtszüge entglitten ihm kurz, seine Stirn zuckte angestrengt, doch er fing sich schnell wieder.

»Begleitet wird Miss Harris von meinem Stiefsohn Heath.«

Ein weiterer Applaus erklang und Ivy hakte sich bei Heath unter, der vollkommen erstarrt war. Gut so!

Es folgten jede Menge oberflächlicher kurzer Begegnungen, bei denen sie und Heath sich wunderbar ergänzten, und mit jeder Minute löste sich Ivys innerer Widerstand gegen ihn. An seiner Seite fühlte sie sich selbst den ausgiebigen Musterungen so vieler fremder Menschen gewachsen, ohne nervös zu werden. Kein Wunder, dass sie sich in ihn verliebt hatte. Sobald sie auch nur die kleinste Unsicherheit zeigte, übernahm Heath die Gesprächsführung, wofür sie ihm wahnsinnig dankbar war. Sie trafen sogar auf den Generalstaatsanwalt und seine Frau – Mr und Mrs Anderton. Heath erwähnte Ivys Zukunftspläne als Anwältin – Ivy fand sogar einen kurzen Moment, um von ihrer Motivation für die angestrebte Anwaltskarriere zu erzählen – und sie blieben länger bei den Andertons stehen als bei den anderen Gästen. Ivy sah praktisch vor sich, wie aus genau solchen Gesprächen Beziehungen wuchsen, die ihr helfen würden, ihren Traum zu verwirklichen.

Einmal ruhte Heath' Blick so lange auf Ivy, dass ihre Wangen zu glühen begannen. Eine grauhaarige Dame mit viel zu großen Ohrringen und einer Tonne Gold um den Hals hatte ihm gesagt, wie wunderhübsch seine Begleiterin war und dass er sie besser nicht aus den Augen lassen sollte. Dabei hatte sie so übertrieben gezwinkert, dass der durch ihre Fältchen nicht durchgängige Lidstrich zu sehen war. Heath antwortete darauf mit einem verschmitzten: »Wo denken Sie hin, Lady Renard«, und nahm Ivys Hand demonstrativ in seine. Hinterher erklärte er ihr, dass sie eine überaus betuchte Witwe war, die laut seines Vaters als Ehemalige jede Menge Geld für die St. Mitchell spendete. Unweigerlich überlegte Ivy, ob es das Spiel bereits zu Lady Renards Zeiten gegeben hatte. Durch diese Gedanken abgelenkt fiel ihr erst sehr spät auf, dass Heath noch immer ihre Hand hielt. Es fühlte sich so natürlich an, so … gut, auch wenn Ivy das Gefühl nicht zulassen wollte. Daher entzog sie ihm die Hand, obwohl es ihr so vorkam, als würde sie gleich den Halt verlieren.

Während sie weiter zwischen den Grüppchen Champagner trinkender Erwachsener umherflanierten, nahm Ivy sich fest vor, diesem Gefühlschaos so schnell wie möglich ein Ende zu bereiten und ihn zur Rede zu stellen, ob er wollte oder nicht. Bis dahin genoss sie die Lobeshymnen auf ihr Kleid und ihr bezauberndes Lächeln und knüpfte die in vielerlei Hinsicht wichtigen Kontakte, so gut es ging. Sie war dieses Rampenlicht nicht gewöhnt, aber sie verstand, warum es die Menschen in einen regelrechten Rausch versetzte. Sie genoss es sogar für einen Moment – genauso wie die neidischen Blicke der anderen Mädchen, vor allem Penelopes und Daphnes. Wann immer es möglich und angebracht war, ließ sie wie vereinbart Francis' Namen fallen. Einige Frauen zauberten ihr Handy hervor und notierten sich seine Daten. So fühlte sich Ivy nicht länger, als hätte sie eine Spende erhalten, sondern verspürte die tiefe Befriedigung, eine Aufgabe erfolgreich erledigt zu haben. Erging es Kelly auch so, wenn sie als *Fashionista* ihre Follower von einem Produkt überzeugt hatte?

Rund anderthalb Stunden später verabschiedeten sich die Erwachsenen, um die zukünftigen Führungspersönlichkeiten – wie Mrs Gardner es ausdrückte – allein zu lassen.

»Wir wissen doch alle, auf welche Art sich die Jugend am besten kennenlernt.« Ihrem übertriebenen Zwinkern folgte Gelächter und Ivy sah den Gesichtern der Erwachsenen an, dass sie sich an die Zeit ihres eigenen Debütantendaseins erinnerten.

Binnen kürzester Zeit hatte sich der Saal geleert und die Bediensteten räumten alles zusammen.

»Kann ich mit dir reden?«, wandte sich Ivy entschlossen an Heath, der vollkommen in Gedanken versunken neben ihr hergelaufen war, während sie den anderen Debütanten bis zur Eingangshalle gefolgt waren. In den letzten Minuten hatte sie sich unentwegt Gedanken darüber gemacht, wie sie ihn ansprechen sollte, denn langsam lief ihr die Zeit davon.

Wie aus einer Trance geholt, sah Heath auf seinen Arm und schien sich zu fragen, warum sie noch immer an ihm hing. Blitzschnell löste er sich von ihr und Ivys Magen verknotete sich. Die zurechtgelegten Worte zerfielen auf ihrer Zunge zu Staub. Sie schluckte und zwang sich, Heath nicht zu zeigen, wie sehr sie die Geste verletzt hatte. Die anderen Debütantenpaare waren mittlerweile im Keller verschwunden und die erdrückende Stille machte Ivy das Atmen zusätzlich schwer.

»Ivy …« Während Heath ihren Namen sagte, lag wieder derselbe Glanz in seinen Augen wie im Sommer. Er wirkte so aufgeschlossen, wie sie ihn fernab der Schule kennengelernt hatte. Hoffnung keimte in ihr auf. Unzählige Begründungen für sein Verhalten seit Schulbeginn huschten durch ihren Kopf – die typische naive Denkweise unter der rosaroten Brille – und sie wünschte insgeheim, dass er sich entschuldigte und alles wieder so war wie in den Ferien. Vielleicht wollte er sie mit seinem Verhalten nicht wirklich verletzen, sondern ihr Zeit geben, bevor die Beziehung öffentlich wurde. Vielleicht waren seine Gefühle doch echt und nicht gespielt gewesen. Mittlerweile waren sie sich so nah, dass sie seinen warmen Atem im Gesicht spüren konnte. Ihre Körper reagierten scheinbar instinktiv, strebten aufeinander zu. Das musste doch etwas bedeuten!

Ivy schaute zu ihm auf und erkannte in seinen von Haarsträhnen verdunkelten blauen Augen seinen inneren Kampf. Sie wollte ihn fragen, ob er es auch spürte … da erlosch das Leuchten in seinem Blick und die zart keimende Hoffnung wurde an ihrer Wurzel herausgerissen. Das Kribbeln ballte sich zusammen und wurde zu einem dicken Kloß in ihrem Magen, als er sie plötzlich wieder ansah wie eine Fremde und einen hastigen Schritt zurücktrat.

»Wir sollten runter in den Partykeller, ehe noch Gerüchte entstehen.« Er wandte sich zum Gehen, aber Ivy hielt ihn zurück. Sie konnte nicht anders. Sie musste ihr Verhältnis ein für alle Mal klären. Ganz gleich, wie schmerzhaft es sein würde. Sie brauchte Klarheit.

»Ich war für dich im Sommer also nur ein Zeitvertreib?« Sie bemühte sich um einen ruhigen Tonfall, um ihre Gefühle nicht zu verraten, was ihr aber nur mittelmäßig gelang. Ihre Hand krampfte sich um das Lederarmband, das sie entgegen Francis' Empfehlung nicht abgelegt hatte.

Heath zuckte zusammen und drehte sich langsam wieder zu ihr um, doch er konnte ihr nicht in die Augen sehen. »Es bleiben nicht sehr viele in der Stadt.«

Dann hastete er in Richtung Kellertreppe, als würde er vor ihr davonlaufen. Ivy kämpfte gegen die Tränen, die sie sich so streng verboten hatte. Warum musste ihr Herz immer ihrem Verstand hinterherhinken? Sie dachte, sie sei inzwischen für das Schlussmachen gewappnet. Elias hatte wie aus dem Nichts verkündet, dass sie keine Zukunft hatten, und sie damit völlig unvorbereitet getroffen. Nun mischten sich die elendigen Gefühle von damals mit denen von heute und potenzierten sich. Mit schnellen Schritten verschwand sie in Richtung Gästetoilette und öffnete dabei die winzige Clutch, die Kelly ihr aufgeschwatzt hatte, um deren einzigen Inhalt herauszuziehen: ihr Handy.

Sie zitterte so heftig, dass sie sich mehrmals bei der Codeeingabe vertippte. Als das Display endlich freigegeben wurde, seufzte sie erleichtert auf. Sie hatte zahlreiche Nachrichten von Kelly, doch anstatt sie zu lesen, drückte sie auf Anrufen. Es klingelte nur ein einziges Mal.

»Du und Vince?«, sagte Kelly zur Begrüßung und Ivy vergaß für einen winzigen Augenblick das Desaster mit Heath. Doch ihre Gefühle kehrten wie eine Welle zurück und überschwemmten sie.

»Ich war nur ein Zeitvertreib über den Sommer«, presste sie mit erstickter Stimme hervor. Sie schloss die Tür hinter sich ab und kam sich vor wie ein kleines Kind, das sich auf der Toilette versteckte.

»Ich weiß, dass es das Schlimmste ist, was man in so einer Situation sagen kann, aber ...«

»Du hast mich gewarnt, ich weiß.« Ivy schniefte, stellte die Freisprechfunktion ein und legte das Handy auf die Marmorablage über dem gläsernen Waschbecken. Was war aus der jungen Frau geworden, die sich vor rund zwei Stunden noch erhobenen Hauptes Penelope LaFleur entgegengestellt hatte? Ihr Spiegelbild sah aus wie die zerknüllte und auf den Boden geworfene Version dieser Person. Hatte sie tief in ihrem Inneren wirklich gehofft, dass sie Heath' Verhalten einfach nur falsch gedeutet hatte? Dass alles nur ein Missverständnis war? Sie warf sich selbst einen abfälligen Blick zu. Wie konnte sie nur so dumm sein?

»Du hast jetzt zwei Möglichkeiten, Ivory Harris«, hallte Kellys Stimme durch den kleinen Raum.

Ivy befeuchtete währenddessen eines der kleinen weißen Handtücher mit eiskaltem Wasser und versuchte, ihre geschwollenen Augen unter Kontrolle zu bekommen.

»Du kannst entweder hinschmeißen und zu mir kommen – was bedeutet, dass *die* gewinnen«, Kellys Meinung über *die* kannte Ivy nur allzu gut, daher war es nicht verwunderlich, dass sie das Wort regelrecht ausspuckte, »oder du zupfst die Spitze deines BHs hervor, wie Francis es vorgemacht hat, trocknest die Tränen und steigst runter ins Haifischbecken. Wenn etwas passiert, denkst du an mich oder schreibst mir. Ich unterstütze dich. Ich bin deine Harpune.«

Bei dem Vergleich musste Ivy lachen.

»Das klingt doch schon viel besser. Aber um auf meine erste Frage zurückzukommen: Warum ist die Klatschpresse voller Bilder von Vince Rye und einer ›schönen Unbekannten‹? Ich hatte in Alessandras Insta-Story eigentlich Schnappschüsse von dir und Heath erwartet.«

Ivy sah praktisch vor sich, wie Kellys erhobene Augenbrauen sie dazu aufforderten, ihr sofort Rechenschaft abzulegen. »Er hat mich wohl gerettet«, sagte sie, während sie sich mit einem weiteren Handtuch Luft zufächelte, um die Tränen vollends zu trocknen, ohne ihr Make-up zu verschmieren.

»Er sieht heute richtig gut aus«, entgegnete Kelly und der Tonfall war alarmierend.

»Er sieht immer gut aus«, antwortete Ivy sofort, um jeden Vorschlag, der den Namen Vince beinhaltete, im Keim zu ersticken. »Was er schamlos ausnutzt.« Selbst sie kannte die endlosen Fotos von Partys, die im *Up!* stattfanden, dem angesagten Club von Bryan Cormacks Vater. Wenn Vince nicht mit Daphne abgelichtet wurde, hingen ständig irgendwelche anderen übertrieben gestylten Mädchen an seinem Arm. Außerdem hatte Kelly ihr erzählt, dass er die Partyabende nicht selten mit ihnen vorzeitig verließ.

»Okaaay, wenn du meinst …« Kelly machte eine lange Pause. »Ich weiß aber aus Erfahrung, dass dieses miese Gefühl, das man Eifersucht nennt, oft einen zündenden Funken braucht. Vielleicht denkst du mal darüber nach.«

»Und mache mir damit Daphne noch mehr zum Feind?« Ivy schüttelte den Kopf. »Ich will den Abend überleben«, fügte sie hinzu.

»Wie du meinst«, wiederholte Kelly in einem Tonfall, der Ivy zeigte, dass auch ihre Freundin eine dunkle Seite hatte und Penelope manchmal gar nicht so unähnlich war. Sie gehörten alle zur *Elite von morgen*. »Aber falls sich eine Gelegenheit ergibt, greif zu. Daphne bellt nur, sie beißt nicht. Dafür ist sie noch nicht lange genug dabei. Ohne Pen wäre sie ein Nichts – und davor hat sie am meisten Angst.«

Ivy dachte kurz über das Gesagte nach. Kelly hatte ihr ganz am Anfang ihrer Schnupperwochen erzählt, dass Daphne erst vor drei Jahren einen Platz an der St. Mitchell bekommen hatte, nachdem ihre Mutter mit ihrer Modelagentur zum Stadtgespräch geworden und ihr Vater als Fotograf durchgestartet war. Sie waren quasi über Nacht in die High Society aufgestiegen und die anfangs schüchterne Daphne hatte einiges über sich ergehen lassen müssen, bis sie endlich akzeptiert wurde. Dabei hatte sie Kellys Meinung nach eindeutig einen Teil ihrer Menschlichkeit verloren.

»Das heißt nicht, dass ich genauso werden muss«, sagte Ivy zu ihrem Spiegelbild, das nun wieder deutlich aufrechter wirkte.

Kelly schien ihren Gedanken lesen zu können. »Nein, das nicht. Aber du kannst dir an ihr ein Beispiel nehmen, wie man sich behauptet. Zeig keine Schwäche.«

Ivy seufzte und nickte ihrem Spiegelbild zu. Kellys Stylistin hätte bei ihrem Anblick vermutlich die Hände über dem Kopf zusammengeschlagen, aber Ivy fand sich hübsch genug. Sie entfernte noch etwas verlaufene Wimperntusche, als ihr Blick auf das Lederarmband fiel. Sie musste sich davon trennen. Schnell öffnete sie den Verschluss und legte das Band auf die Ablage. Wenn sie es in die Tasche steckte, würde sie nur rückfällig werden.

»Dann werde ich mal nach unten gehen«, sagte sie mit fester Stimme und nahm ihr Handy von der Ablage.

»Halt mich auf dem Laufenden. Vor allem über die schmutzigen Details«, flötete Kelly.

Ivy schüttelte mit einem halben Lächeln den Kopf. »Bis später.« Sie legte auf und steckte das Handy wieder in die Clutch. Mit beinahe schmerzhaft durchgedrückten Schultern verließ sie ihren Rückzugsort und ging die weite Treppe in den Keller hinunter, immer den wummernden Bässen entgegen.

Die Party fand in einem Winkel des Kellers statt, den Ivy bislang nicht gesehen hatte. Mit Heath hatte sie lediglich viele Abende im Fernsehzimmer verbracht – was eine Untertreibung war, denn es hatte die Ausmaße eines kleinen Kinos. Aber dort war es definitiv entspannter, als die stetige Flucht vor den Paparazzi in Kauf zu nehmen, wie Heath ihr erklärt hatte. Nun wusste sie jedoch, dass er sich einfach nicht mit ihr in der Öffentlichkeit hatte blicken lassen wollen, und schämte sich dafür, so dumm gewesen zu sein. Sie hatte diese Welt einfach noch nicht verstanden gehabt.

Ein Bediensteter öffnete ihr die Tür und sofort schlug ihr Hitze, der Geruch nach Alkohol und eine andere, süßliche Note entgegen. Kurz überlegte sie, doch noch umzukehren und zu verschwinden, doch diese Genugtuung wollte sie Penelope nicht gönnen. Sie kontrollierte kurz die Spitze an ihrem BH, trat ein und versuchte, sich zu orientieren. Um nicht planlos herumzustehen, steuerte sie auf die im Karibikstil dekorierte Bar zu und wartete, bis einer der beiden Barkeeper für sie Zeit hatte.

»Schön, dass du den Weg hier runter geschafft hast«, sagte jemand neben ihr. Vince war an die Bar getreten. Sein Jackett hatte er mittlerweile abgelegt und das weiße Hemd bis zur Mitte der Brust aufgeknöpft. »Was willst du trinken?«

Ivy war froh über die Ablenkung und suchte nach einer Auswahlmöglichkeit, doch nirgendwo war das Getränkeangebot zu sehen. Der Barkeeper warf einen eindeutigen Blick in Richtung Vince, der dann kurzerhand für sie mitbestellte. »Zweimal *Sex on the Beach*.«

Während der Barkeeper mit Flaschen und Gläsern hantierte, drehte sich Ivy zu Vince, der jetzt lässig an der Theke lehnte und sie musterte.

»Sex on the Beach? Ist das dein Ernst?«, fragte Ivy, denn ihr fiel keine einigermaßen schlagfertige Reaktion ein.

Lachfältchen bildeten sich um Vince' blaue Augen. Er musste sich eindeutig das Grinsen verkneifen.

»Zu plump?«, fragte er.

Nun lachte auch Ivy. »Nur ein wenig.« Sie ließ den Blick an Vince vorbei über die zahlreichen jungen Gäste wandern, die sich zu amüsieren schienen und im Rhythmus der Musik bewegten – bis sie Daphne entdeckte, die mit Penelope tuschelte und immer wieder zu ihr hinüberschaute.

Der Barkeeper stellte die Cocktails vor ihnen auf den Tresen und Ivy griff schnell danach. Sie kostete einen Schluck aus dem Strohhalm und wandte sich zum Gehen.

»Du rennst vor mir weg?«, fragte Vince belustigt. »So furchtbar bin ich doch gar nicht.«

Da war sich Ivy nicht so sicher, schließlich gehörte er zu Penelopes Clique, und immer wenn sie ihm während ihrer Schnupperwochen in der Schule begegnet war, war seine Miene unergründlich gewesen. Sie konnte ihn nicht einschätzen – nach den neuesten Erkenntnissen blitzte sogar kurz das Wort *Spielleiter* durch ihren Kopf, denn die Mitglieder der Clique waren laut Kelly besonders motiviert, ausreichend Punkte zu sammeln. Und damit wollte sie nichts zu tun haben.

»Ich will Daphne nicht im Weg stehen«, erklärte sie, um sich höflich von Vince zu verabschieden. »Nicht dass sie noch mich aus Versehen mit ihren Blicken auszieht anstatt dich.«

Vince sah über seine Schulter, wandte sich dann aber sofort wieder Ivy zu, die am Zuckerrand ihres Cocktails herumkratzte, um ihre Hände zu beschäftigen. Als sie sich dabei ertappte, ließ sie es sofort sein. Sie hätte schwören können, dass Vince' Augen nun einen Ton dunkler waren, seine Stimme einen Hauch tiefer. »Vielleicht will ich das ja.«

X

»Er gehört nicht dir allein. Vergiss nicht, dass ich sein Geheimnis ebenfalls kenne.«

Der kleine Raum war erfüllt vom Parfumduft der beiden Mädchen, der sich zu einer fruchtig-blumigen Note vermischte. Ihre Blicke begegneten sich im Spiegel.

Ihre Augen funkelten kurz auf, ehe sie sich wieder unter Kontrolle hatte und ein falsches Lächeln aufsetzte.

KAPITEL 9
Ivory

Ivy war wie erstarrt und suchte in Vince' Gesicht nach einem Hinweis auf einen Scherz. Aber sie fand nichts dergleichen. Es lag etwas in seinem Blick, im Ton seiner Stimme, das bei Ivy für Gänsehaut sorgte, obwohl sich ihre Wangen ganz heiß anfühlten. Natürlich hatte sie schon mit Jungs geflirtet – anfangs mit »Anleitungen« aus der *Mädchen* –, aber so offensiv war sie noch nie rangegangen. Es fühlte sich einerseits gut an, andererseits kannte sie den Ruf von Vince und hatte wirklich keine Lust auf derartige Spielchen.

Um eine Antwort hinauszuzögern, trank sie von ihrem Cocktail, bis der Strohhalm ein schlürfendes Geräusch von sich gab. Peinlich berührt sah sie hinüber zu Penelope und Daphne, die noch immer über Ivy zu tuscheln schienen, dann zurück in Vince' hübsches Gesicht. Sie erinnerte sich an Kellys Worte, dass in der Anfangsphase des Spiels niemand sicher sein konnte, was ernst gemeint oder was nur eine Aufgabe war. Sie wollte sich nicht für dieses dämliche Spiel hergeben und einfach gehen, als Heath neben Vince trat und ihm so fest auf den Rücken schlug, dass er seinen Cocktail auf dem Tresen verschüttete. Heath durchbohrte Vince regelrecht mit finsteren Blicken, der sofort ein paar Zentimeter zu schrumpfen schien. Auch ohne von Kelly über die Hierarchie der Clique aufgeklärt worden zu sein, war in diesem Moment nur allzu deutlich, dass Heath mehr zu sagen hatte als Vince. Ivy hasste es, wenn jemand so mit anderen umging, sie war als lesende Pastorentochter oft genug herablassend behandelt worden. Deshalb fasste sie den Entschluss, diese Hierarchie im Rudel vollkommen zu ignorieren.

»Wollen wir tanzen?«, fragte sie Vince so unbefangen wie möglich. Ihm entglitten zeitgleich mit Heath alle Gesichtszüge, als sie sich seine Hand schnappte. Er konnte gerade noch sein Glas auf die Theke stellen, ehe sie ihn mit sich zog. Spitz wie Nadelstiche spürte sie Heath' Blicke im Rücken, doch zu ihrem eigenen Erschrecken empfand sie so etwas wie Genugtuung dabei.

Vince' Hand war unerwartet rau, nicht annähernd so weich wie die von Heath. Auf dem Weg zu den großen Boxen, die direkt über der Tanzfläche angebracht waren, fragte sie sich, ob Vince irgendeinen Sport ausübte, bei dem man solche Schwielen an den Händen bekam, dass sogar die Kosmetiker und wer auch immer sich noch um Vince' Aussehen und gut gebauten Körper kümmerte, überfordert waren. Sie nahm sich vor, ihn danach zu fragen, sobald sie gegen die lärmenden Lautsprecher ankommen würde. In der Hitze des Tanzes, bei dem Vince sie immer wieder berührte, spürte Ivy immer mehr, wie ihr Verstand vom Alkohol benebelt davonschwebte. Sie hatte nur einen Cocktail getrunken und überlegte ernsthaft, ob sie *betrunken* war. In Deutschland waren die Alkoholgesetze nicht annähernd so streng wie hier und sie hatte mit ihren Freundinnen schon Alkohol probiert. Aber so berauscht hatte sie sich noch nie gefühlt.

»Geht es dir gut?«, fragte Vince irgendwann. Der flirtende Ausdruck in seinem Gesicht war verschwunden. Er schien sich ernsthaft Sorgen zu machen. Ivy fühlte sich so locker und … mutig. Vince hatte ihr beigestanden. Sie musste sich bei ihm bedanken. Damit er seinen Blick nicht abwandte – und vielleicht zusätzlich von ihren Lippen lesen konnte –, hob Ivy die Hand und strich ihm versehentlich über die Wange, anstatt ihn festzuhalten. Vince zuckte zurück, als hätte sie ihm eine Ohrfeige verpasst. Etwas Unergründliches blitzte in seinen Augen auf.

Ivy ließ ihre Hand sofort sinken. »Es tut mir leid, ich wollte …«, rief sie so laut, dass er sie hoffentlich über die Musik hinweg verstehen konnte. Dann stockte sie.

Was *wollte* sie denn eigentlich? Sie ertappte sich bei dem Gedanken, dass sie Vince vor Heath retten wollte. Dass sie sich für Heath' Machogehabe rächen wollte. Sie hatte das Gefühl, dass Heath seinen Freund genauso mies behandelte wie sie seit Montag. Sie hatte geglaubt, dass sie und Vince sich auf irgendeine verquere Weise ähnlich waren, Verbündete.

Vince hob die Hand und beugte sich etwas nach vorn, um ihr zuzurufen: »Tut mir leid, ich bin nur etwas gereizt heute. Diese Auftritte vor den Erwachsenen und der Presse stressen mich. Lass uns noch etwas trinken.«

Er nickte in Richtung Bar und wandte sich zum Gehen. Ivy folgte ihm. Die lockere Stimmung zwischen ihnen war verschwunden und Ivy füllte das Schweigen mit einem weiteren Cocktail.

Sie hatte gerade ausgetrunken und beschlossen zu gehen, als die Musik leiser wurde. Penelope trat zum DJ und nahm ein Mikrofon in die Hand.

»Es ist Zeit, dass wir eine der wichtigsten Traditionen fortführen, die meine Mutter vorhin angedeutet hat.« Ihr Blick scannte den Raum und blieb an Ivy hängen. Ihre Lippen verzogen sich zu einem gehässigen Lächeln. »Jeder von euch erhält nun eine Karte.«

Mehrere Kellner gingen durch den Raum und händigten jedem Gast ein kleines Kärtchen aus. Ivy klappte die visitenkartengroße Karte auseinander und las »Schüler«. Sie wollte sich schon an Vince wenden, um zu fragen, was das bedeutete, da schoben weitere Angestellte mehrere Servierwagen mit gefüllten kleinen Schnapsgläsern in den Raum.

»Sammelt euch um die Wagen«, forderte Penelope die Anwesenden auf.

Alle befolgten ihre Anweisung, bis Ivy allein an der Bar zurückblieb. Sie wollte erst wissen, was auf sie zukommen würde, ehe sie sich wie ein Lamm der Herde anschloss.

»Das gilt auch für dich, Ivory. Du willst doch nicht ausgeschlossen werden?« Penelope setzte ihr zuckersüßes Lächeln auf, während Daphne, die direkt neben dem DJ-Pult stand, Ivy einen siegesgewissen Blick zuwarf. Hatten sie etwa schon wieder gewettet? Der Alkohol verstärkte jegliche Emotion, auch Ivys Kampfgeist, und mit langsamen Schritten ging sie zu einem der Servierwagen, als würde sie es wirklich genießen, von jedem im Raum angestarrt zu werden. Bereitwillig wurde ihr Platz gemacht.

»Na bitte, geht doch.«

Jemand lachte irgendwo hinter ihrem Gegenüber, einem Jungen, der zu viel Haargel erwischt und eine so tiefe Falte zwischen den Brauen hatte, dass Ivy sich unwillkürlich fragte, warum er trotz dieses Lebens ständig böse guckte.

»Ihr habt alle eure Rolle bekommen.« Penelope wedelte mit ihrem eigenen Kärtchen. »Ich lese euch nun eine Geschichte vor. Bei jeder Erwähnung eurer Rolle trinkt ihr eins der Gläser vor euch auf Ex.« Sie hob demonstrativ ein Schnapsglas hoch, von denen unzählige auf den Servierwagen standen, präsentierte es nach allen Seiten und stellte es wieder ab.

»Wer vor dem Ende der Geschichte aussteigt, kommt in die Höhle.« Sie deutete in eine Ecke des Raumes, in dem ein schwarzes Zelt aufgebaut war. »Aber vielleicht wollt ihr das ja.« Es folgte eine bedeutungsvolle Pause. »Vielleicht haben eure Eltern euch ja schon erzählt, was da drin vor sich geht ... Ach, nein«, sie hob theatralisch die Hand vor den Mund und riss die Augen übertrieben weit auf, »was in der Höhle geschieht, bleibt in der Höhle.« Sie hob vielsagend die Augenbrauen und erntete dafür Gelächter.

Ivy wollte lieber nicht wissen, was in der *Höhle* schon so passiert war. Selbst mit ihrem benebelten Verstand war ihr klar, dass ihre Entscheidung, zu bleiben und sich nicht von Penelopes und Daphnes Blicken einschüchtern zu lassen, ganz sicher nicht ihre beste gewesen war. Aber wie sie schon festgestellt hatte, machte der Alkohol sie mutig. Verhängnisvoll mutig. Sie wurde richtig mitgerissen, als alle nach ihrem ersten Glas griffen und dann gebannt Penelopes Stimme lauschten, die nun Karteikarten in der Hand hielt und vorlas.

»Das ist die wahre Geschichte von Manhattan. Die Geschichte der Elite«, begann Penelope und die Ersten leerten ihr Glas.

Ivys Blick fiel auf den Jungen mit dem bösen Blick, der das Gesicht verzog, als er sein leeres Glas auf den Servierwagen zurückstellte und zum nächsten griff. Er hatte wie einige andere die Rolle der »Elite«.

Nachdem alle wieder versorgt waren, fuhr Penelope fort: »Alle Schüler der Privatschulen Manhattans durchlaufen diesen Abend.«

Die nächsten hoben ihr Glas, leerten es und keuchten auf.

»Ivory?«, hallte es durch das Mikro.

Ivy zuckte ertappt zusammen. Mit geröteten Wangen hob sie ihr Glas an die Lippen. Sie hatte nur auf die anderen geachtet, weil sie ihre Rollen herausfinden wollte, und ihre eigene dabei völlig vergessen. *Schüler.* Sie holte tief Luft und kippte den Inhalt in den Mund. Es brannte höllisch, als der hochprozentige Alkohol – Ivy konnte auf die Schnelle nicht einmal sagen, was genau es war – ihren Hals hinablief. Sie verzog das Gesicht. Ihr Magen fühlte sich ganz warm an.

Sie folgte dem Beispiel ihres Gegenübers, knallte das Glas auf den Wagen und nahm sich ein neues. So ging es immer weiter, während Penelope von sehr vielen Schülern erzählte, die es zu Ruhm und Ehre gebracht hatten. Ivy wusste gar nicht mehr, wie viele Gläser sie schon intus hatte.

»Die letzte Karte«, rief Penelope begeistert und steckte damit die anderen an. Die Stimmung war immer ausgelassener geworden, die Debütanten feuerten sich gegenseitig an, weil nun jeder die Rollen der anderen am Servierwagen kannte. Ivy spürte, wie sich die Hitze aus ihrem Magen in ihren Kopf vorarbeitete.

Vince trat neben sie und zog sie etwas zurück, damit die Kellner den Servierwagen austauschen konnten. Er hielt sie fest, als sie ins Stolpern geriet. »Vielleicht solltest du besser aufhören«, flüsterte er ihr zu. Sein Arm lag noch immer um ihre Taille.

Sie sah zu ihm auf, wartete einen Moment, bis sie klarer sehen konnte, und nuschelte ein Nein. Das darauffolgende Kopfschütteln hätte sie besser lassen sollen, denn ihr wurde schwindelig. Aber aus unerfindlichen Gründen fand sie das in diesem Moment extrem lustig. Auf ihr Lachen hin prosteten ein paar der anderen ihr zu. Die tranken das Zeug auch noch freiwillig. Ivy verzog angewidert das Gesicht.

»Ivory, du solltest ...«, begann Vince, doch sie schob seinen stützenden Arm weg und rief in Penelopes Richtung: »Auf in die letzte Runde!«

Die begeisterten Rufe und die neugierigen Blicke verführten sie zu einem Lächeln in bester Penelope-Manier und mit einer kurzen Drehung, für die sie sich extrem auf ihr Gleichgewicht konzentrieren musste, sorgte sie für Applaus unter den männlichen Anwesenden. *Bethany*, das wundervolle Kleid, hatte seinen Zweck erfüllt. Zufrieden stellte sich Ivy wieder an den Servierwagen und funkelte Penelope herausfordernd an. Penelopes Augen spritzten regelrecht Gift, was Ivy unwillkürlich grinsen ließ.

Nach zwei weiteren Gläsern war das Spiel endlich zu Ende. Die meisten ließen sich sofort auf die vielen Sofas und Sessel fallen. Nur ein paar Mädchen tanzten mit geröteten Gesichtern, ihre Haut glänzte vor Schweiß. Ivy fühlte sich ebenso überhitzt, als sie den Barkeeper um Wasser bat. Sie trank ganze drei Gläser und fühlte sich danach etwas klarer im Kopf.

Was genau war das denn für ein Auftritt gewesen? So kannte sie sich gar nicht. Sie schüttelte den Kopf, bestellte noch ein Wasser und wollte anschließend nach Hause gehen. Sie beobachtete, wie eins der tanzenden Mädchen in einem langen blauen Kleid ihr Handy aus einer kleinen Handtasche zog, kurz aufs Display sah und sich dann im Raum umblickte. Ivy kannte sie vom Sehen, hatte jedoch keinen Unterricht mit ihr. Das Mädchen hatte schnell gefunden, wonach sie suchte, was ihr entschlossener Gesichtsausdruck verriet. Sie beugte sich zu ihrer Freundin, sagte ihr etwas ins Ohr und gab ihr das Handy. Ivy konnte nicht fassen, wie das Mädchen in Blau nun zielstrebig auf ein Pärchen zutrat, das eng umschlungen auf einem Sessel saß, sich hinabbeugte und dem Jungen einen Kuss gab. Keinen flüchtigen Kuss auf die Wange, sondern einen richtigen Zungenkuss.

Der Junge war so überrumpelt, dass er tatsächlich mitmachte, während seine Freundin den beiden entsetzt zusah – nur wenige Zentimeter vom Geschehen entfernt. Die Freundin des Mädchens im blauen Kleid fotografierte alles von der anderen Seite aus, senkte dann das Handy und tippte ihrer Freundin an die Schulter. Doch die ließ sich nicht davon abhalten, den Jungen weiter zu küssen, bis dessen Freundin sie wegschubste. Lachend gingen die beiden Mädchen davon, während der Junge von seiner Freundin mit wild gestikulierenden Händen beschimpft wurde.

Die letzten Sätze ihres Geschreis drangen bis zu Ivy durch. »Du hättest nicht mitmachen müssen! Und du hast es auch noch genossen! Vergiss nicht, dass es ein verdammtes Spiel ist!« Sie stand auf und stapfte aufgebracht davon.

Ein Klopfen auf dem Bartresen ließ Ivy herumfahren. Anstelle ihres bestellten Wassers schob ihr der braunhaarige Barkeeper einen hübsch dekorierten Cocktail zu. Ivy schüttelte den Kopf. »Keinen Alkohol mehr.«

»Der ist ohne Alkohol, eine Virgin Piña Colada«, erklärte er und lächelte. »Schmeckt definitiv besser als Wasser und fällt weit weniger auf. Aber erzähl es niemandem.« Er zwinkerte ihr zu.

Ivy senkte die Nase über dem Glas und konnte tatsächlich keinen Alkohol herausriechen. Aber das bedeutete ja nicht, dass keiner drin war. Vorsichtig nahm sie einen Schluck aus dem Strohhalm. Das Getränk schmeckte süßlich, Ananas und Kokos harmonierten perfekt, und die cremige geschüttelte Sahne rundete das Ganze ab. Der brennende Effekt des Alkohols blieb jedoch aus, ebenso der bittere Nachgeschmack des Rums.

»Warum so überrascht?«, fragte der junge Barkeeper. »Ich werde hier sicher nicht dafür bezahlt, Minderjährige abzufüllen. Schlimm genug, dass ich eine Verschwiegenheitserklärung unterzeichnen musste. Mal wieder …« Er verdrehte die Augen. »Ich bin übrigens Chris.«

Ivy runzelte die Stirn, dann schnaubte sie. Hier wurde echt mit allen Mitteln dafür gesorgt, dass solche Eskapaden nicht an die Öffentlichkeit drangen. »Ich bin Ivory, aber du kannst mich Ivy nennen.« Sie lächelte und Chris verschwand mit einem Nicken zu seiner nächsten Kundschaft.

Ivy trank ihren Cocktail und sah sich im Raum um. Nach wem sie wirklich Ausschau hielt, merkte sie jedoch erst, als sie ihn entdeckte: Heath saß in einem der schweren Ledersessel und sah dabei wie immer unverschämt gut aus. Er lachte gerade über irgendetwas, prostete Bryan mit seinem Glas zu und wirkte dabei so unbeschwert wie im Sommer. Der Anblick versetzte ihr einen Stich.

»Hier.«

Ivy schreckte erneut zusammen und drehte sich wieder zur Bar um. Der zweite, blonde Barkeeper schob ihr einen weiteren identisch aussehenden Cocktail zu. Chris unterhielt sich am anderen Ende der Theke.

»Alkoholfrei?«, hakte sie sicherheitshalber nach.

Der Barkeeper nickte und nahm Ivys leeres Glas.

»Danke!«, murmelte sie noch, als er sich schon entfernte. Mit dem Strohhalm an den Lippen drehte sich Ivy erneut um und suchte nach dem Pärchen von eben. Der Junge war seiner Freundin hinterhergelaufen und sie stritten sich nun in der Nähe der *Höhle*, wie Penelope das dunkle Zelt genannt hatte. Ivy überlegte, ob zerbrochene Beziehungen und öffentliche Streitszenen zum Spiel gehörten und auch deshalb von den Angestellten Verschwiegenheit verlangt wurde. Da die Freundin des Mädchens im blauen Kleid eifrig Fotos geschossen hatte, konnte es sich nur um eine Aufgabe gehandelt haben. Nun hatte Ivy mit eigenen Augen gesehen, wie widerwärtig dieses Spiel war. Und irgendetwas sagte ihr, dass das erst der Anfang war.

Als sie den Blick von dem streitenden Paar abwandte, kam Vince gerade auf sie zu. Er war auch »Schüler« gewesen und hatte danach noch mehr als einen Drink freiwillig getrunken, dafür war er noch in einem sehr passablen Zustand. Lediglich das Hemd war noch ein oder zwei Knöpfe weiter geöffnet – nicht dass Ivy genau nachgezählt hätte – und seine für den Empfang nach hinten gestylten Haare fielen ihm nun wieder über die hellblauen Augen, sodass er sie aus dem Gesicht streichen musste.

»Du verträgst ja so einiges!«, bemerkte er beinahe beeindruckt.

»Im Gegenteil.« Ivy lachte auf. »Der ist ohne Alkohol.«

»Du schummelst?« Vince lächelte spitzbübisch und seine Augen funkelten unter der erhobenen Braue.

»Ich fürchte, ich bin nicht annähernd so gut trainiert wie die anderen.« Sie seufzte. Es klang, als wäre es erstrebenswert, so viel Alkohol zu vertragen.

»Glaub mir, das ist wirklich gut so«, stimmte Vince ihr nachdenklich zu.

Ivy hob ihm ihr Glas entgegen. »Schmeckt echt gut.«

Vince sah sie erst völlig entgeistert an, runzelte dann kurz die Stirn, nahm ihre Hand mit dem Glas und probierte, ohne sie aus den Augen zu lassen.

Schnell ließ er das Glas wieder sinken und warf einen Blick an Ivy vorbei. Sie wusste, dass sich in dieser Richtung der Rest der Clique versammelt hatte, und sah sich um. Heath saß nun mit verschränkten Armen auf der Rückenlehne des Sessels und unterhielt sich mit Penelope, die ihn wieder einmal mehr als auffällig betatschte. Ein Mädchen mit kurzen Haaren torkelte auf ihn zu. Der distanzierte, eiskalte Blick, den Heath der Kurzhaarigen zuwarf, ließ selbst Ivy erschaudern. Das Mädchen verstand die Botschaft und eilte davon. Dabei stieß sie versehentlich Daphne an, die entgegen Ivys Erwartung jedoch nicht wie eine Furie aufbrauste, sondern weiterhin vollkommen ausdruckslos in Vince' Richtung starrte, als wollte sie ihn hypnotisieren. Ivy sah sofort zu Vince zurück, dem jegliches Lächeln vergangen war. Sein Mund war nur noch eine schmale Linie und er reagierte auch nicht auf Ivys Frage, ob alles in Ordnung sei. Sie gab es auf, aus diesem Jungen schlau zu werden, und trank den Rest ihres fruchtigen Cocktails in einem Zug.

X

»Jemand hat dafür gesorgt, dass sie so ist, oder? Ich werde da nicht mitmachen.« Er straffte sich und war nun einen Kopf größer als sie. Doch auf körperliche Größe kam es nicht an.

»Du weigerst dich?« Sie schien von seiner Frage tatsächlich irritiert zu sein, als hätte sie diese Möglichkeit nie in Betracht gezogen. Doch davon erholte sie sich schnell wieder. »Vergiss es! Du wirst tun, was ich sage, oder du wirst die Konsequenzen tragen müssen.« Ihre Augen funkelten vor Wut. Mädchen wie sie waren es nicht gewohnt, ein Nein zu hören.

Sie trat näher zu ihm und er hatte Mühe, nicht zurückzuzucken. Sie war gefährlich, das wusste er nur allzu gut. Der blumige Geruch ihres teuren Parfums stieg ihm in die Nase, als sie sich an seiner Schulter festhielt, um auf den hohen Schuhen nicht das Gleichgewicht zu verlieren, während sie ihm ins Ohr flüsterte: »Auch ich kenne dein Geheimnis.«

Ihm wurde eiskalt. Finstere Bilder stiegen in seinem Kopf auf und er schluckte mehrmals. Was er in diesem Moment verspürte, fühlte sich schlimm an und sorgte für einen üblen Geschmack im Mund. Er fühlte sich benutzt, wie eine Sache, nicht annähernd wie ein Mensch. Er krallte die Finger in den feinen Stoff seiner Hose und wiederholte innerlich sein Mantra: Nur noch ein Jahr. Ein Jahr, dann war er sie alle los, würde sie nie wiedersehen müssen. Die schreckliche Person, die dank ihnen aus ihm geworden war, würde der Vergangenheit angehören. Er konnte nur hoffen, dass sie nicht noch mehr verlangten.

Sie trat einen Schritt zurück und lächelte. »Wie ich sehe, verstehen wir uns.«

Ohne ein weiteres Wort ging sie davon und ließ nur den Geruch nach Blumen zurück.

KAPITEL 10
Ivory

Ivy erwachte mit den schlimmsten Kopfschmerzen ihres Lebens. Merkwürdige Bilder hatten sie in ihrem Traum heimgesucht. Stöhnend rieb sie sich die geschwollenen Augen. Sie hatte einen wirklich üblen Geschmack im Mund und ihre Zunge fühlte sich so pelzig an, als wäre sie durch ein totes Tier ersetzt worden. Noch mit geschlossenen Augen streckte sie sich und stieß dabei gegen etwas Warmes.

Mühsam öffnete sie ihre schweren Lider und erkannte, dass sie nicht in ihrem Bett lag. Und schlimmer noch. Die Wärme, die sie gerade gespürt hatte, kam von Vince' nacktem Oberkörper. Ivy presste sich erschrocken die Hand vor den Mund. Dann sah sie sich um. Das Zimmer war ihr vollkommen unbekannt. Es war schlicht eingerichtet, neben dem Bett gab es nur einen eingebauten Kleiderschrank, einen kleinen Tisch mit Sessel und einen Schreibtisch. An den Wänden hingen Schwarz-Weiß-Fotografien von New York und ein riesiger Flachbildfernseher. Jenseits des großen Fensters ging die Sonne gerade hinter den Gebäuden der Stadt auf.

Vorsichtig bewegte sie ihren Kopf und versuchte zu verstehen, was nach der Party passiert war. Doch sosehr sie ihre Erinnerungen auch durchwühlte, sie fand einfach nichts. Nichts, das ihr erklären könnte, wie sie mit Vince, der mit nacktem Oberkörper selig neben ihr schlief, in einem Bett gelandet war. Sie trug nur den Spitzen-BH von Francis und den dazu passenden Tanga. Jemand hatte sie von *Bethany* befreit. Damit das Hämmern in ihrem Kopf nicht noch stärker wurde, schob sie sich langsam von Vince weg und verfolgte dabei jede seiner Regungen. Er sah süß aus, so unschuldig mit den zerzausten Haaren. Bis auf gestern Abend hatte sie ihn immer nur total angespannt erlebt, als wäre er auf der Jagd, was sehr schade war.

Ihre Füße berührten den weichen Teppich und sie glitt Millimeter für Millimeter aus dem Bett. Der im Halbdunkel vollkommen schwarz wirkende Haufen Stoff konnte nur Bethany sein. Erleichtert, nicht halb nackt aus dem Zimmer schleichen zu müssen, das verdächtig nach Hotelzimmer aussah, so karg wie es eingerichtet war, griff sie nach dem Kleid. Was zur Hölle war passiert?

Ivy warf sich Bethany über und fand gleich daneben auch die Clutch und ihre Schuhe, die sie aber sicherheitshalber nicht anzog, um auf dem polierten Parkett am Ende des flauschigen Teppichs keinen Lärm zu machen. Wie eine Verbrecherin schlich sie zur Tür – mit High Heels und Handtäschchen bewaffnet. Vince stöhnte auf und begann, etwas zu murmeln. Ertappt drehte Ivy sich blitzschnell um, stellte aber erleichtert fest, dass er noch schlief. Sie konnte sich ein Lächeln nicht verkneifen, dass der so coole Vince im Schlaf redete. Dann sah sie sein Gesicht, das nun beinahe schmerzhaft verzerrt war. Sein Körper verkrampfte sich und endlich verstand sie, was er immerzu murmelte: »Nein!«

Es tat ihr beinahe weh, ihn so zurückzulassen, doch sie konnte ihn nicht aufwecken. Sie war zu feige. Zuerst musste sie versuchen, herauszufinden, was in der Nacht passiert war. Erst dann würde sie mit ihm sprechen können.

Glücklicherweise gab die Tür beim Öffnen kein einziges Geräusch von sich. Ivy sah sich im Flur um. Sie schien allein zu sein. Als sie an der

Treppe rechts vom Zimmer ankam, wurde ihr klar, wo sie sich befand: Sie war noch immer in der Stadtvilla der Gardners. Sie musste mit Vince in einem der vielen Gästezimmer im dritten Stock übernachtet haben, von denen Heath ihr erzählt hatte, als sie das erste Mal hier zu Besuch gewesen war. Beim Gedanken an ihn zog sich ihr Magen zusammen. Sie erinnerte sich noch daran, wie er Vince angesehen hatte. So … eifersüchtig. Und wie sie Vince daraufhin zum Tanzen überredet hatte. Der Alkohol hatte ein unbekanntes Biest in ihr geweckt. Ein Biest, das die Gefühle anderer zu seinem eigenen Vorteil nutzte und manipulierte. Ein Biest wie Penelope. Doch eine gemeinsame Nacht hatte sie garantiert nicht geplant. Verdammt! Wie hatte es nur so weit kommen können?

Barfuß eilte sie die Stufen hinab. Sie hatte die Schultern nach oben gezogen, als könnte sie damit verhindern, entdeckt zu werden. Vom letzten Treppenabsatz aus konnte sie schon durch das Foyer – mittlerweile von den Stehtischen und der Dekoration des gestrigen Empfangs befreit – die Vordertür sehen. Sie warf noch einen Blick über das Geländer in die menschenleere Eingangshalle und beschleunigte ihre Schritte. Sie konnte es schaffen und unentdeckt von hier verschwinden. So erleichtert hatte sie sich noch nie gefühlt.

Gerade als sie die Haustür öffnen wollte, räusperte sich jemand hinter ihr. Ivy bekam den Schreck ihres Lebens.

»Glaub mir, du willst da nicht raus. Schon gar nicht *so*.«

Ivy holte tief Luft, während sie sich langsam umdrehte. Penelope trat unter der Treppe hervor. Ihre Miene war ein Musterbeispiel an Kälte – trotz des vermeintlich gut gemeinten Ratschlags. Sie war top gestylt, ihre seidigen Haare fielen über ihre schmalen Schultern, die bereits in der Bluse mit dem aufgestickten Baum steckten. Sie trat näher und ließ Ivy dabei keinen Moment aus den Augen.

»Ich muss sagen, ich bin beeindruckt.« Die Worte schienen ihr nur widerwillig über die Lippen zu kommen. »Ich habe mit Daphne gewettet, dass du einen Rückzieher machst. Wer konnte schon ahnen, dass in dir eine richtige Partymaus steckt?«

Sie blieb wenige Schritte vor Ivy stehen, die sich automatisch anspannte.

»Was willst du?«, brachte sie mit krächzender Stimme hervor.

»Ich finde, du solltest *mitspielen*. Das könnte lustig werden.«

»Ganz sicher nicht«, erwiderte Ivy sofort. Ihr Kopfschütteln sorgte für eine Schmerzattacke, die ihr sämtliche Kraft in der Stimme raubte, aber gleichzeitig fragte sie sich, woher Penelope wusste, dass sie nicht am Spiel teilnahm.

»Wirklich?«, fragte Penelope und setzte eine Unschuldsmiene auf, ehe sie zum Angriff überging. »Es gibt so viele interessante Bilder und Videos von gestern ...« Den Rest ließ sie offen und genoss es, wie Ivy um Fassung rang.

Aber Ivy wollte sich nicht einschüchtern lassen. Sie hatte nichts Verbotenes getan!

»Du willst mich erpressen?« Ivy versuchte, Penelopes herausfordernden Blick zu imitieren, erzielte aber nicht dieselbe Wirkung.

Penelope klimperte nur mit den falschen Wimpern. »Ich will dich motivieren! Denk darüber nach.« Sie wollte sich abwenden, da fiel ihr noch etwas ein und ihre Stimme veränderte sich. »Die Warnung war übrigens ernst gemeint. Dort draußen lauern noch ein paar Reporter.« Sie deutete mit einer abfälligen Geste auf Ivys verkaterte Erscheinung. »Nimm den Hinterausgang. Ich habe dir ein Taxi gerufen.«

Ehe Ivy reagieren konnte, verschwand Penelope mit eleganten Schritten. Hätte sie sich bedanken sollen? Ivy war sich nicht sicher, was sie von diesem Teil des seltsamen Gesprächs halten sollte, und dachte darüber nach, welche Fallstricke auf sie lauern könnten, während sie das Untergeschoss in Richtung Hintertür durchquerte. Auch mit Heath hatte sie immer diesen Ausgang benutzt, weil er sie ebenso unbemerkt hinausschleusen wollte. Das war ihr nur nicht bewusst gewesen. Zum Glück wartete in der schmalen Straße, die normalerweise für das Personal oder Anlieferungen gedacht war, tatsächlich ein gelbes Taxi auf Ivy, und sie ließ sich erleichtert auf den Rücksitz sinken. Selbst das Ziel kannte der Fahrer bereits.

Etwa eine halbe Stunde später hielt der Wagen vor der German Church of St. Paul. Ivy hatte ihre Schuhe angezogen, die Haare mit den Fingern einigermaßen durchgekämmt und die endlose Flut an Nachrichten von Kelly durchgescrollt, bis ihr Akku schlappgemacht hatte.

Sie bat den Taxifahrer, zu warten, damit sie Geld holen konnte, doch er versicherte ihr, dass alles bereits bezahlt war. Ivy würde es Penelope später in der Schule zurückgeben. Sie wollte keine Schulden haben, schon gar nicht bei ihr.

Leider war es nahezu unmöglich, unentdeckt in die kleine, der Kirche angeschlossenen Wohnung der St. Paul zu gelangen, trotz versteckter Ersatzschlüssel. So war Ivy wenig verwundert, die Stimme ihres Vaters zu hören, als sie sich mehr oder weniger elegant an der Küche vorbeischleichen wollte.

»Guten Morgen, Ivory«, begrüßte er sie. Ihr Vater sprach sie nur selten mit ihrem vollen Namen an. »Kaffee?«

Sie nickte, ließ sich auf den Stuhl gegenüber ihrem Vater fallen und nahm dankbar die dampfende Tasse entgegen.

»Soll ich fragen, weshalb du immer noch das Kleid von gestern Abend anhast?« Ihr Vater bemühte sich eindeutig, nicht zu grinsen, versagte aber kläglich.

Ivy grunzte nur in ihren Kaffee.

»Von mir wird niemand etwas erfahren, wenn du es nicht willst.« Mit zusammengepresstem Daumen und Zeigefinger verschloss er seine Lippen. »Ich war schließlich auch mal jung.«

Ivy stellte sich lieber nicht vor, was das Funkeln in den Augen ihres Vaters zu bedeuten hatte. Das war ein Thema, über das sie lieber nicht sprechen wollte. Schon gar nicht mit diesem dumpfen Gefühl in ihrem Kopf. Noch während sie den Kaffee trank, füllte ihr Vater ein Glas mit Wasser und stellte es zusammen mit zwei Aspirin auf den Tisch. »Gegen den Kater. Auch wenn ich dich eigentlich zur Abschreckung leiden lassen sollte.«

Ivy sah zu ihm auf. Für eine schlagfertige Bemerkung, wie es sich für einen Teenager gehörte, hatte sie nicht die Kraft, daher gab sie klein bei und murmelte: »Ich bin genug abgeschreckt, glaub mir.«

Ihr Vater lachte triumphierend. »Das ist mein Mädchen.« Er klopfte ihr auf die Schulter, sodass Ivy vor Kopfschmerzen zusammenzuckte.

Die Tabletten wirkten und eine Dusche später fühlte sie sich wieder wie ein halbwegs normaler Mensch. Seufzend schlüpfte sie in ihre Schuluniform. Da Kelly nicht am Empfang teilgenommen hatte und dadurch nicht von den ersten beiden Stunden befreit war, musste Ivy allein zur Schule fahren. Dort wartete sie vor Kellys Unterrichtsraum, bis die zweite Stunde endlich vorbei war.

Ihr Handy hatte sie in den Spind geworfen, nachdem sie wieder einige Einladungen zum Spiel gelöscht hatte. Ihr war auch noch keine Erklärung eingefallen, warum Penelope heute Morgen beinahe … freundlich gewesen war.

»Sie versucht, dich um den Finger zu wickeln, damit du beim Spiel mitmachst und dich blamierst«, war Kellys spontane Erklärung. »Ich würde mit dir um die monatliche Auszahlung aus meinem Fonds wetten, dass sie weiß, wer hinter der diesjährigen Spielleitung steckt und vielleicht sogar einen Gefallen einfordert. Sie sieht in dir ein interessantes Opfer. Oder eine Gegnerin.«

Ivy sah ihre Freundin fragend an, die gerade ihre Sportsachen aus dem Spind kramte.

»Du hättest die anderen letztes Jahr sehen sollen! Sogar Pen hat so einiges getan, von dem ich Herpes kriegen würde – das kann nicht aus freien Stücken passiert sein.« Kelly schauderte demonstrativ. »Das ist der Einsatz, den eine zukünftige Spielleiterin zeigt, da bin ich mir sicher.«

»Aber warum sollte sie mich unbedingt dabeihaben wollen? Was hätte sie davon?« Ivy war die ganze Sache mit dem Spiel noch immer suspekt. Scheinbar gab es neben den eigentlichen, einfachen Regeln noch Motive, die sie als Außenseiterin einfach nicht durchschaute.

»Sie kennt dich nicht. Sie kennt deine Geheimnisse nicht, hat nichts gegen dich in der Hand. Für jemanden wie sie ist das gefährlich.«

»Na klar, weil ich ja auch so Furcht einflößend bin«, erwiderte Ivy sarkastisch.

»Das bist du wirklich. Menschen wie Penelope überleben nur durch Geheimnisse.«

Über diesen Satz dachte Ivy während der gesamten Sportstunde nach. Kellys Erklärung klang erschreckend logisch – in Anbetracht der besonderen Verhältnisse, in die Ivy durch den Umzug geschlittert war.

Nach dem Sportunterricht verabschiedete sich Kelly schnell wegen eines wichtigen Termins – und Ivy lief ausgerechnet Heath in die Arme. Sofort meldete sich ihr schlechtes Gewissen, obwohl es dafür gar keinen Grund gab. Heath hatte ihre *Beziehung* zum Fake erklärt und sie abserviert. Sie sollte sauer sein und sich nicht schlecht fühlen, weil sie neben Vince aufgewacht war.

»Guten Morgen, Ivy.« Sein Lächeln versetzte ihr einen Stich. Es war wieder das ehrliche Lächeln, das er ihr so oft geschenkt hatte. »Wie geht es dir?« Er spielte nervös an seinem Armband – dem Gegenstück zu dem, das er ihr geschenkt hatte und das sie am Vorabend in der Gästetoilette hatte liegen lassen – und sah sich immer wieder um.

Ivy griff wie von selbst an die nun leere Stelle an ihrem Handgelenk und überlegte, wieso er sie überhaupt ansprach. Hatte Penelope ihm von ihrem Gespräch am Morgen erzählt?

»Gut, wieso?«, fragte sie misstrauisch.

»Du warst gestern ... Du hast einiges getrunken und ich habe mir Sorgen gemacht, als du plötzlich verschwunden bist.« Er wirkte tatsächlich besorgt. Anscheinend hatte Penelope ihm nichts erzählt. Noch nicht.

»Mir geht es gut, danke.« Sie wollte sich zum Gehen wenden, um nicht als Letzte in der Schlange der Cafeteria zu landen, da griff er nach ihrer Hand und hielt sie zurück. Sein Blick blieb an ihrem nackten Handgelenk hängen und er sah aus, als wolle er etwas sagen, doch er presste nur die Lippen zusammen und schüttelte den Kopf. Kurz kreiste sein Daumen über ihrer Haut, eine flüchtige Erinnerung an die zärtlichen Berührungen im Sommer, dann ließ er ihre Hand fallen, als hätte er sich verbrannt. Er machte so schnell kehrt und verschwand auf dem Gang, als wäre eine Horde Paparazzi hinter ihm her – dabei tauchten nur Bryan und Daphne hinter Ivy auf. Von diesen Gefühlsschwankungen konnte man ja seekrank werden. Gegen ihren Willen entzündete sich eine kleine Flamme in Ivys Brust – die sofort von ihrem schlechten Gewissen gelöscht wurde. Wie hätte Heath reagiert, wenn sie heute Morgen *ihm* in die Arme gelaufen wäre?

Plötzlich kam ihr Penelopes Verhalten vorhin vollkommen logisch vor. Sie teilten nun ein Geheimnis. Und ein Geheimnis war für Menschen wie Penelope die Währung, mit der man einfach alles bezahlen konnte.

Und das machte Ivy Angst.

KAPITEL 11
Heath

Heath rannte beinahe den Flur hinunter, flüchtete vor Daphne, die natürlich genau in dem Moment auftauchen musste, als er mit Ivy reden wollte. Dieses Mädchen war ein Fluch, von dem er Bryan unbedingt befreien musste. Heath wollte nicht, dass Ivy in die Schusslinie des Spiels geriet – nicht noch mehr –, und es sprach einiges dafür, dass Daphnes Einsatz im vergangenen Jahr genug Punkte gebracht hatte, um ihr die Spielleitung in diesem Jahr zu sichern. Er kannte nur einige der schmutzigen Details. Ihre Show im *Up!*, bei der sie den Bräutigam während einer Junggesellenparty verführen sollte, war schon beinahe legendär. Daphne war bereit, über Leichen zu gehen, um sich das, was sie für Respekt hielt, zu verschaffen. Für andere war das Spiel ein Spaß, für Daphne bitterer Ernst und eine Möglichkeit, aus Penelopes Schatten zu treten.

Wenn Daphne die Spielleiterin war, würde das auch Bryans seltsame Loyalität ihr gegenüber erklären. Sein bester Freund saß in der Falle und Heath wollte ihm helfen. Doch zuerst musste er seinen eigenen Kopf aus der Schlinge ziehen. Dann konnte er die beschützen, die ihm wichtig waren.

X

»Du magst sie wirklich?« Sie kam im Flur vor Bryans Wohnzimmer mit Bambiaugen auf ihn zu und legte die Hände auf seine Brust.

Wie gern hätte er ihr die Meinung gesagt, hätte herausgebrüllt, was er wusste. Doch das war zu riskant. Eine einzige Nacht seines Lebens war ihm zum Verhängnis geworden. Er verabscheute das Spiel, ebenso wie er *sie* verabscheute. Eine vertraute Duftnote stieg ihm in die Nase und er fühlte sich an den kleinen Laden mit den Biofrüchten erinnert, den er hin und wieder besuchte. An *ihr* hatte er die Note noch nie gerochen, sie trug sonst immer ein blumiges Parfum, das schwer in der Luft hing. Sofort hatte er wieder jene Nacht vor Augen, die seither sein Leben beeinflusste – was sie vermutlich beabsichtigt hatte.

Er gab nur ein Knurren von sich und schob ihre Hände beiseite. Warum musste sie ihn so quälen? Es gab nur eine Antwort: Für sie war das kein Spiel. Es war ihr Leben. Sie war es gewohnt, andere klein zu halten, um wichtiger zu erscheinen. Etwas, das er bei vielen Menschen der Upper East Side täglich sah. Vom Finanzdirektor, der seinen Chauffeur anbellte, bis hin zur feinen Ehegattin, die der Kellnerin ein übertriebenes Trinkgeld gab, um ihr deutlich zu machen, dass sie auf sie angewiesen war und weit unter ihr stand – versteckt hinter einem Lächeln und einem nach außen hin so »wohltätigen« Verhalten.

KAPITEL 12
Ivory

Die Mittagspause verbrachte Ivy allein auf einer der Bänke draußen und hoffte, dass Kelly bald von ihrem kurzfristigen Termin zurückkehrte. Sie hatte erst heute Morgen davon erfahren und schien alles andere als begeistert gewesen zu sein. Auf Ivys sorgenvolles Nachhaken hin hatte Kelly schnell wieder ihre strahlende Maske aufgesetzt und Ivy mit Alessandras Artikel zu einem Foto von Ivy und Vince abgelenkt. »Manhattans Jugend hat ein neues Traumpaar«, war der Titel, doch das wirklich gelungene Bild, auf dem sich die beiden anstrahlten, als wären sie tatsächlich ein Paar, weckte in Ivy nur die verhängnisvolle Erinnerung an den heutigen Morgen. Krampfhaft hatte sie versucht, nicht darüber nachzudenken und stattdessen mehr über Kellys Termin herauszubekommen, aber ihre Freundin hatte das Thema mit den Worten beendet, dass unangenehme Begegnungen eben auch zu ihren Pflichten gehörten. Wieder ein Punkt, der Ivy zeigte, dass in ihrem neuen Freundeskreis alles ganz anders lief. Die Pflichten ihrer früheren Freundinnen beschränkten sich darauf, ihre Zimmer aufzuräumen und die Hausaufgaben zu erledigen. Vielleicht noch ein Instrument zu üben.

Andere Verpflichtungen gab es nicht und so saß Ivy nun allein auf *ihrer* Bank und fröstelte leicht. Ein paar Blätter lösten sich von den Bäumen. Ivy biss in ihr Sandwich, das sie sich in der Cafeteria geschnappt hatte, und beobachtete ein Eichhörnchen, das am Stamm des größten Baumes nach oben huschte. Daher bemerkte sie erst viel zu spät, dass sich Penelope und Daphne aus der Menge der Schüler auf dem Hof lösten und auf sie zusteuerten.

Sie hatte keine Chance mehr, sich zu verstecken, auch wenn sie einen sehr starken Drang danach verspürte. Also versuchte sie, Kellys Ratschlag umzusetzen, und sah den beiden gelangweilt entgegen.

Daphne reichte Penelope ihr Handy und sagte übertrieben laut, damit Ivy es auch wirklich hören konnte: »Das sagt doch alles, oder?«

Wieder einmal fragte sich Ivy, wie ein so hübsches Mädchen derart grausam lächeln konnte. Daphne war wie immer perfekt gestylt und geschminkt, als wäre sie auf dem Weg zu einem Fotoshooting – oder als wollte sie Beyoncé auf der Bühne vertreten. Ein Hauch Goldpuder brachte ihre bronzefarbenen Wangen zum Schimmern und ihre tiefschwarzen Haare glänzten wie in einer Shampoo-Werbung. Neben ihr sah selbst Penelope beinahe normal aus. Daphne hatte die Figur und das perfekte Aussehen von ihrer Mutter geerbt, die noch während ihrer Karriere als Model eine eigene Agentur eröffnet hatte.

»Ich denke, wir sollten es Ivory zeigen, meinst du nicht?«, erwiderte Penelope. Die beiden waren nur noch wenige Schritte von Ivys Bank entfernt.

»Absolut!«, säuselte Daphne. Sie trat auf Ivy zu und hielt ihr das Handy so dicht vor die Nase, dass sie hätte schielen müssen, um überhaupt etwas zu erkennen. Wieder so eine kleine Demonstration ihres gehässigen Verhaltens. Mit ihrer gespielt gelangweilten Miene schob Ivy Daphnes Hand beiseite. Sie wollte keinen Blick auf das Foto werfen, doch aus dem Augenwinkel erkannte sie, wer darauf zu sehen war.

Ein eiskalter Schauer lief ihr über den Rücken, als sie Daphne das Handy aus der Hand nahm. Das Foto war auf der Party entstanden und zeigte Ivy mit glasigem Blick und geröteten Wangen in Vince' Armen auf der Tanzfläche. Aus ihrem trägerlosen Kleid lugte mehr als der von Francis empfohlene Hauch Spitze hervor.

Ivy ließ sich nichts anmerken. Das Bild war vielleicht nicht das allerbeste von ihr, aber kein Grund zur Beunruhigung. Mit einem Lächeln reichte sie Daphne das Handy.

»Oh, du hast ihr das falsche Bild gezeigt!«, bemerkte Penelope und strich über das Display, ohne Ivy das Handy abzunehmen. Wie von selbst warf Ivy erneut einen Blick darauf und ihr Herzschlag setzte kurz aus. Die Kulisse hatte sich geändert. Ivy erkannte das Gästezimmer der Gardners, wo sie mit glänzenden Augen auf dem Bett saß und Vince dabei zusah, wie er sich das Hemd abstreifte.

In ihrem Hals bildete sich ein dicker Kloß, den sie nicht hinunterschlucken konnte.

»Was wohl deine Eltern dazu sagen würden?« Penelope legte den Zeigefinger an die Lippen und setzte eine übertrieben nachdenkliche Miene auf.

Ivy kochte vor Wut, versuchte aber, ihre Gefühle unter Kontrolle zu halten, um sich nicht angreifbar zu machen.

»Ich bin immer noch der Meinung, dass du am Spiel teilnehmen solltest«, fuhr Penelope fort.

»Nein!«, erwiderte Ivy mit bemüht fester Stimme und dachte sofort an das Mädchen im blauen Kleid. Nur für das Spiel war dieses Mädchen offensichtlich bereit gewesen, eine Beziehung zu zerstören. So wollte sie nicht sein. Sie würde sich nicht erpressen lassen. Selbst wenn Penelope die beiden Bilder an ihre Eltern schicken würde – sie würden ihr verzeihen. Auch was das Stipendium anging, waren die Bilder harmlos. Penelope besaß nicht das Druckmittel, das sie sich erhofft hatte. Das war ihr für einen Moment eindeutig anzusehen.

»Du willst riskieren, dass die Bilder an deine Eltern gehen? Oder im Internetportal der Gemeinde veröffentlicht werden? Es gibt noch mehr Bilder.« Sie schnappte sich das Handy und wedelte damit demonstrativ in der Luft herum.

Ivy ging nicht darauf ein und zuckte nur mit den Schultern, was Penelope völlig aus dem Konzept brachte. Ihr Blick huschte hin und her, als suche sie nach einem Ausweg. Ivy verstand immer noch nicht, warum Penelope wollte, dass sie am Spiel teilnahm. Es konnte ihr doch vollkommen egal sein.

»Wenn du teilnimmst, bekommst du am Ende der Qualifikationsphase ein Empfehlungsschreiben von meiner Mutter.«

Die Welt um Ivy hatte sich nicht verändert. Noch immer segelten vereinzelte Blätter von den Bäumen, entfernt hörte sie die Stimmen der anderen Schüler, weit über ihr kämpfte sich die Sonne durch die Wolken. Aber in diesem Moment eröffnete sich für Ivy eine Perspektive, die sie sich bislang nicht einmal ernsthaft erträumt hatte. »*Wenn du noch immer von einer Anwaltskarriere träumst, wäre Celia Gardner die perfekte Adressatin dafür*«, hatte ihre Mutter gesagt. Penelope wusste, dass Ivy auf ein Stipendium angewiesen war, und hielt ihr nun das Ticket vor die Nase.

Penelope erkannte, dass sie Ivy zum Nachdenken gebracht hatte. Sie nickte Daphne zufrieden zu und legte dann noch eins drauf: »Vielleicht würdest du auch gern erfahren, warum sich mein lieber Halbbruder aktuell so sonderbar verhält.« Sie warf ihr Haar über die Schulter, und wie einstudiert drehte sie sich mit Daphne um und stakste davon. Ivy blieb mit ihren Grübeleien allein zurück.

Im Kopf erstellte sie eine altmodische Pro- und Kontra-Liste, verlor jedoch schnell den Überblick über all die Kontras. Also nahm sie ihr Handy und machte sich Notizen.

Pro:

Empfehlungsschreiben = einmalige Chance

Kontra:
Das Spiel ist böse!
Man kann nicht aussteigen.
Wenn ich erwischt werde, fliege ich von der Schule.
Ich weiß nicht, wozu ich gezwungen werde.
Würde ich so weit gehen wie das Mädchen im blauen Kleid?
Will ich so sein wie Penelope und Daphne?
Würde ich der Spielleitung meine Geheimnisse verraten?

Doch ganz gleich, wie viele Kontras sie dazusetzte, das Empfehlungsschreiben wog scheinbar immer mehr. Auch Penelopes Andeutung über Heath, die Ivy nicht auf die Liste setzen wollte, ließ ihre Fingerspitzen kribbeln. Es war eine so unfassbare Chance! Daher beantwortete sie sich die letzte Frage auf der Kontra-Liste selbst: *Habe ich wirklich etwas zu verbergen, das niemand wissen darf?*

Gedankenverloren überhörte Ivy fast das erste Läuten. Wie aus einem tiefen Traum über die perfekte Zukunft gerissen, taumelte sie in Richtung Schulgebäude, als eine Nachricht auf ihrem Display erschien:

> Bist du bereit für das Spiel?

Ivy antwortete nicht. Sie wollte erst mit Kelly darüber reden.

> Das spezielle Angebot gilt nur noch bis zum zweiten Läuten.

Panisch sah Ivy auf die Zeitanzeige ihres Handys. Sie musste noch ihre Bücher für die nächste Stunde holen.

> Tick ... tack. Die Zeit läuft.

Sofort folgte eine weitere Nachricht:

> Wie viel ist dir deine Zukunft wert?

Hatte Ivy nicht genau darüber nachgedacht? Ob sie am Spiel teilgenommen hätte, als noch ein Stipendium an einem Elitecollege der Gewinn gewesen war? Kurz sah sie sich in einem Gerichtssaal, wo sie gerade einen Fall gewonnen hatte. Die Gesichter ihrer Eltern waren voller Stolz. Sie verspürte so etwas wie Torschlusspanik. Mit Zeitdruck war sie noch nie gut zurechtgekommen. Sie hatte Klassenarbeiten in der Schule immer panisch entgegengesehen, bis sie sich selbst oft genug bewiesen hatte, dass sie alles in der geforderten Zeit erledigen konnte.

> Du solltest dich beeilen.
> 3 ... 2 ...

> Ich werde teilnehmen.

Mit zitternden Fingern drückte sie auf »Senden«.

Doch sofort kam eine ganz andere Panik in ihr auf. Was hatte sie nur getan? Nein, sie wollte nicht mitmachen. Sie wollte nicht so sein wie Penelope oder Daphne. So intrigant und oberflächlich. Sie wollte keine Dinge tun, von denen man Herpes bekam, wie Kelly behauptet hatte, oder Beziehungen zerstören. Sie wollte die Nachricht löschen, doch sie war bereits abgerufen. Als sie es dennoch versuchte, kam prompt die nächste Nachricht:

> Zu spät. Deine Teilnahme am Spiel wurde bestätigt.
> Entscheide dich zwischen Wahl, Wahrheit oder Pflicht.
> Jede Aufgabe bringt dich deinem Ziel näher, die Spielleitung des kommenden Jahres zu übernehmen und die Geheimnisse aller bisherigen Teilnehmer zu erfahren.

Ivy reagierte nicht darauf. Sie war an ihrem Spind angekommen, schaltete das Handy aus und schnappte sich ihre Unterlagen für die nächste Stunde.

Etwas verspätet kam sie im Kunstraum an. Auf dem Weg durch die langen Flure war ihr die Angst gefolgt, von einem der Lehrer als Spieler enttarnt zu werden. Schon beim kleinsten Geräusch war sie zusammengezuckt.

Kelly wartete bereits an ihrem Platz auf sie. Ivy ließ sich gerade auf ihren Stuhl fallen, als ihr junger Kunstlehrer Mr Cannon eintrat. Wie bereits im letzten Schuljahr sorgte er für ein paar Seufzer unter den Schülerinnen. Ivy hätte wetten können, dass sich die meisten von ihnen nicht aus Interesse an Kunst für den Kurs eingeschrieben hatten. Mr Cannon sah für einen Lehrer extrem gut aus. Sein dunkles Haar lockte sich um sein gebräuntes Gesicht, in dem dunkle, vertrauensvolle Augen der Blickfang schlechthin waren. Wenn er über Kunstwerke referierte, leuchteten sie geradezu, und Ivy hatte sich bei der ersten Begegnung ernsthaft gefragt, ob er wirklich ein Lehrer war. Er hatte sie zusammen mit Rektorin DeLaCourt in seiner Funktion als Vertrauenslehrer an ihrem ersten Tag an der St. Mitchell empfangen.

»Willkommen zu eurer ersten Kunststunde als *Senior*. Wie ich euch kenne, wollt ihr nicht wissen, was wir in diesem Schuljahr vorhaben.« Er suchte im Raum nach Gegenstimmen, die jedoch ausblieben. »Dachte ich mir. Dann fangen wir einfach mit dem ersten Thema an: Aktmalerei.«

Es folgte verhaltenes Kichern wie in der Grundschule und Mr Cannon schmunzelte. »Meine Damen – und unsere zwei anwesenden Herren«, er sah zu den beiden einzigen Jungs hinüber, »heute werde ich euch etwas zur Geschichte des Aktes erzählen.«

Mr Cannon gab den Schülern eine kurze Übersicht und erklärte, dass aus der Sicht des Künstlers in der Aktmalerei nichts Verwerfliches oder Sexuelles lag. Das Wort wurde aus dem lateinischen Begriff für »Bewegung« abgeleitet und war lediglich eine Art Bewegungsstudie. Ivy machte sich nicht wie sonst pflichtbewusst Notizen, während an der Wand hinter Mr Cannon ein berühmtes Gemälde nach dem anderen erschien. Vielmehr sah sie in jedem der Bilder eine potentielle Herausforderung. Ihre Fantasie drehte regelrecht durch und sie konnte nur noch an die Aufgabe denken, die vermutlich in ihrem Spind auf sie wartete. Sie verpasste sogar eine direkte Frage von Mr Cannon, der daraufhin wissen wollte, ob es ihr gut ginge. Am liebsten hätte sie ihm gesagt, wie mies sie sich fühlte, weil sie so bescheuert gewesen war, sich von Penelope locken zu lassen, und diesem verdammten Spiel beigetreten war. Doch das hätte für einen Schulverweis gesorgt.

Die Stunde zog sich endlos hin, das Kichern wurde immer weniger und zuletzt teilten wohl alle Mr Cannons Meinung, dass »Akt« nicht mit »nackt« gleichgesetzt werden sollte. Ivy fand die Reise durch die Epochen durchaus interessant und versuchte, sich auf den Unterricht zu konzentrieren und jegliche Gedanken an das Spiel und die Konsequenzen ihrer übereilten Entscheidung zu verdrängen.

Doch schon in der Pause wurde sie wieder davon eingeholt. Sie hörte Kelly nur mit einem Ohr zu, die von irgendeiner Benefizgala berichtete, und blieb stocksteif vor ihrem Spind stehen, während sie die Nachricht der Spielleitung auf ihrem Handy las:

> Entscheide dich zwischen Wahl,
> Wahrheit oder Pflicht.

»Ivory?« Kelly sah ihre Freundin besorgt an. »Ist alles okay?«

Ivy presste die Lippen zusammen. Wie hatte sie nur zusagen können, ohne vorher mit Kelly zu reden? Es fühlte sich an, als hätte sie ihre beste Freundin verraten. Sie schüttelte den Kopf und reichte Kelly das Handy.

Kellys Augen huschten hin und her, während sie nach unten scrollte. Ihr Gesichtsausdruck verfinsterte sich. Als sie zu Ivy aufsah, wirkte sie ernsthaft enttäuscht. Ivy konnte sie gut verstehen. Sie war selbst wütend auf sich und ihre spontane Entscheidung, nur weil sie sich unter Druck gesetzt gefühlt hatte.

Sie versuchte, Kelly alles zu erklären, und zeigte ihr die Pro- und Kontra-Liste.

»Ich könnte noch mindestens zehn Punkte dazusetzen, Ivy.« Kellys Stimme war verdächtig ruhig, was Ivy Sorgen machte. »Ich dachte, du wärst anders und hättest aus dem gelernt, was ich dir erzählt habe.« Sie schüttelte fast abfällig den Kopf. So distanziert hatte Ivy sie nie zuvor erlebt. »Du willst nur für deine Karriere über Leichen gehen?«

Ivy zuckte tief getroffen zurück. »Ich wollte gleich wieder aussteigen, ich habe die Nachricht sogar gelöscht. Hast du das nicht gesehen?«

»Du kannst nicht aussteigen. Das habe ich dir doch erklärt!« Kellys Stimme war eiskalt.

»Vielleicht hat es nur noch keiner ernsthaft versucht?« Ivy glaubte selbst kaum daran und klang deshalb auch wenig überzeugt.

Kelly lachte auf. »Ich hätte mehr von dir erwartet, Ivy. Jetzt musst du da wohl durch.« Sie wandte sich zum Gehen, doch Ivy hielt sie zurück.

»Hilf mir! Bitte!«

»Ich muss das erst mal verdauen. Tut mir leid.« Mit diesen Worten stapfte sie davon.

Ivy wollte sich von dem Spiel auf keinen Fall die Freundschaft zu Kelly kaputt machen lassen und tippte entschlossen eine Nachricht an die Spielleitung.

> Ich steige aus. Ich wollte nie teilnehmen. Sende mir keine Nachrichten mehr.

Sie schickte die Nachricht ab und sah unvermittelt zu Penelope hinüber, die in ihr Handy vertieft war. Daphne klebte an Bryans Lippen, während Vince sich mit irgendeinem jüngeren Typen unterhielt. War Penelope wirklich die Spielleiterin? Die Nachrichten, die sie nach ihrem Gespräch auf dem Schulhof von der Spielleitung bekommen hatte, ließen eigentlich keine Zweifel zu. Andererseits sah es nicht so aus, als hätte Penelope ein zweites Handy. Aber die Inhalte des Spielleiterhandys konnten bestimmt auf jedes Handy überspielt werden, oder? Vielleicht war es doch Daphne ...

Ivy starrte in jeder Pause auf ihr Handy, doch es gingen keine neuen Nachrichten ein. Als sie sich allein auf den Nachhauseweg machte, fühlte sie sich von einer Last befreit, die sie im Laufe des Tages immer weiter nach unten gedrückt hatte. Sie schwor sich, sich nie wieder zu einer

Kurzschlussreaktion wie dieser Spielzusage hinreißen zu lassen. Allein diese paar Stunden, in denen sie sich wie eine Spielerin gefühlt hatte, die etwas Verbotenes tat, hatten sie total fertiggemacht. So wollte sie nie mehr empfinden.

Sie hatte gerade den Tisch für das gemeinsame Abendessen gedeckt, da vibrierte ihr Handy. Ivy hoffte auf eine Nachricht von Kelly, die sich wieder beruhigt hatte, und öffnete aufgeregt den Messenger. Ein Bild erschien und sie erstarrte. Es folgte eine ganze Fotoserie ihres verhängnisvollen Abends auf der Party nach dem Debütantenempfang. Penelope hatte recht behalten: Es gab noch viel schlimmere Bilder.

Es kam ihr vor, als würde sie sich einen Stop-Motion-Film oder eins dieser Daumenkinos ansehen, die sie in der Grundschule gezeichnet hatte, während sie von einem Bild zum nächsten wischte. Nur dass es sich um eine alles andere als lockere Tanzszene mit Vince handelte, die in Küsse überging. Ivy war schockiert über sich selbst. Das letzte Bild fraß sich regelrecht in ihr Gehirn – die Nahaufnahme eines Zungenkusses, während ihre Hände fleißig daran arbeiteten, Vince' Hemd aufzuknöpfen und seine Finger eindeutig unter den Spitzenrand ihres BHs glitten. Scheinbar war ihnen jemand in das Gästezimmer gefolgt. Kannten diese Menschen so etwas wie Privatsphäre? Doch schon ging das nächste Bild ein – dieselbe Szene aus etwas größerer Entfernung – und darauf war deutlich zu erkennen, dass sie sich immer noch im Partyraum aufhielten. Sie hatte sich vor allen anderen von Vince betatschen lassen und ihn halb ausgezogen? Wo war Heath in diesem Moment gewesen? Ivy wurde übel und rannte an ihrem Vater vorbei, der soeben mit einem Topf in der Hand ins Esszimmer trat.

»Was ist denn los?«, rief er ihr nach, doch Ivy blieb nicht stehen. Sie hetzte die Stufen hinauf und warf sich in ihrem Zimmer aufs Bett. Was hatte sie sich nur dabei gedacht?

X

»Ich danke dir für deine Hilfe.« Sie reichte ihm einen Umschlag.

Seine Miene zeigte eindeutig, was er von ihr hielt. Die Abscheu ließ sich nicht verbergen. Dennoch nahm er das Geld an sich.

»Ohne dich wäre mein Plan nicht aufgegangen.«

Sein Gesichtsausdruck kümmerte sie nicht, sie wirkte eher zufrieden. Was waren das nur für Menschen?

»Ich melde mich bei dir, sollte ich deine Dienste erneut in Anspruch nehmen müssen.«

Er hoffte, dass es nie dazu kommen würde. Er wollte mit diesen Leuten nichts mehr zu tun haben, ganz gleich, wie dringend er das Geld brauchte. Er wollte sich gar nicht ausmalen, welche Konsequenzen seine kleine Tat für das Mädchen gehabt hatten.

KAPITEL 13
Ivory

> Du hast noch Zeit bis morgen früh oder die Fotos gehen an alle Spieler. Entscheide dich: Wahl, Wahrheit oder Pflicht?

Ivy starrte die Nachricht so lange an, bis das Display erlosch. Sie aktivierte es erneut, starrte darauf, ohne wirklich etwas zu lesen, und verfluchte sich wieder und wieder für ihre übereilte Zusage zum Spiel. Was würde Heath zu diesen Bildern sagen? Es sollte ihr egal sein, was er von ihr hielt, dessen war sie sich bewusst, aber immer wieder kehrten ihre Gedanken zum Vormittag zurück. Zu jenem ehrlich besorgten Ausdruck in seinen Augen. Penelope musste ihr die versprochene Erklärung für sein Verhalten liefern. Sie bildete sich sein seltsames Verhalten nicht ein, es gab einen Grund dafür, über den Penelope Bescheid wusste.

Aber angesichts ihrer jetzigen Lage war das zweitrangig. Sie wusste nicht weiter. Was, wenn es noch eindeutigere Bilder von ihr und Vince gab? Würde das ausreichen, um sie bei der Schulleitung oder dem kirchlichen Träger, dem sie das Stipendium verdankte, zu denunzieren? Sie fühlte sich immer unsicherer und je mehr Zeit verstrich, in der ihr Vater und ihre Mutter abwechselnd an der Tür klopften, desto klarer wurde ihr, dass sie Hilfe brauchte.

Sie wählte Kellys Nummer erst, nachdem sie in ihrer Instagram-Story ein Foto von ihr in einem lässigen Thor-Fanshirt in ihrem Zimmer gesehen hatte. Während der endlos langen Klingelphase legte sie sich etliche Entschuldigungen zurecht. Doch als Kelly endlich abnahm, kam Ivy gar nicht zu Wort, denn ihre Freundin redete sofort wie ein Wasserfall auf sie ein.

»Ich muss mich bei dir entschuldigen. Nach dem Treffen in der Mittagspause hatte ich schlechte Laune und habe sie an dir ausgelassen. Du bist neu hier, du kennst das alles nicht und ich mache dir Vorwürfe. Ich habe dir die Konsequenzen nicht ernsthaft genug erklärt. Es ist meine Schuld, dass du dich hast verführen lassen. Ich mache es wieder gut, okay?« Ihre Stimme klang so flehend, dass Ivy Tränen in die Augen stiegen. Sie war unendlich erleichtert.

»Mir tut es auch leid. Ich hätte auf dich hören sollen!« Ivy blinzelte die Tränen weg. »Es gibt Bilder von mir und Vince. Bilder, die vielleicht dafür sorgen könnten, dass ich mein Stipendium verliere!« Nun gab es kein Halten mehr. Ivy schluchzte, weil sie ihre Zukunft in Scherben vor sich sah.

»Keine Panik, ich helfe dir da durch.«

Sie telefonierten bis spät in die Nacht. Kelly konnte Ivy so weit beruhigen, dass sie irgendwann tatsächlich Pläne schmiedeten und in Ivy die Hoffnung aufkeimte, dass sie die drei Wochen der Qualifikation überstehen konnte. Immerhin war die erste Woche schon beinahe zu Ende.

»*Pflicht* ist die fieseste Aufgabe von allen. Noch sind die Aufgaben nicht allzu schlimm, aber vertrau mir, sie werden immer widerlicher. Du solltest dir *Wahl* bis zum Ende aufheben. So hast du zumindest den

Hauch einer Chance. Und was *Wahrheit* angeht«, Kelly machte eine Pause, als überlegte sie, was für Geheimnisse Ivy verbergen könnte, »da dürftest du dir keine Sorgen machen müssen. Oder hast du irgendwelche Leichen im Keller, von denen ich nichts weiß?«

Ivy lachte nur, daher fuhr Kelly fort: »Aber ganz gleich, was deine Wahrheit ist: Sie wird dich erpressbar machen und du musst damit rechnen, dass andere Spieler darauf reagieren.«

Ivy schluckte, aber alles, was Kelly sagte, kam ihr logisch vor. Also schrieb sie der Spielleitung, dass sie sich für *Pflicht* entschied.

Kelly erzählte Ivy, dass sie ihre Pflichtaufgabe bereits erledigt hatte, was Ivy in ihrer Vermutung bestätigte, dass Kelly erneut zur Teilnahme am Spiel gezwungen worden war. Ihre Aufgabe hatte darin bestanden, während der Mittagspause aus der Schule zu verschwinden. Erst im Nachhinein war ihr klar geworden, dass es dabei nur darum gegangen war, Ivy allein zu lassen, wofür sie sich noch etliche Male entschuldigte. Kurz darauf – Ivys Sätze endeten alle in einem Gähnen – verabschiedete sich Kelly und Ivy fiel wenig später in einen unruhigen Schlaf.

Am Morgen warf sie als Erstes einen Blick auf ihr Handy und öffnete mit pochendem Herzen die Antwort der Spielleitung.

> Das ist deine Pflichtaufgabe: Du schließt dich für den Rest der Qualifikationsphase der Clique an. Du wirst dich wie eine von ihnen verhalten, du wirst eine von ihnen *sein*. Mit allen Konsequenzen.

Welche Tragweite diese Aufgabe hatte, erkannte Ivy jedoch erst, als sie vor der Schule aus Kellys Limousine stieg. Die beiden wollten flüsternd weitere Pläne schmieden, da traten ihnen Penelope und Daphne in den Weg. Sie hakten sich links und rechts bei Ivy unter und zogen sie von

Kelly weg. Ivy versuchte vergeblich, sich ihnen zu entziehen, und warf einen entschuldigenden Blick zu Kelly, die fassungslos mit anhörte, wie Penelope laut genug sagte: »Du bist jetzt eine von uns. Mit der da«, ihre Haare hüpften während der schnellen Kopfbewegung nach hinten, »haben wir nichts zu tun.«

»Rede nicht mit ihr. Und lass dich nicht mit ihr sehen«, fügte Daphne hinzu.

Ivy schluckte mehrmals, die Bilder der Party zogen vor ihrem inneren Auge vorbei und sie dachte an die bitteren Konsequenzen. Ihre Zukunft, ihre Traumkarriere, drohte zu zerbrechen wie ein Spiegel. Das Einzige, was sie davor schützen konnte, war die Teilnahme am Spiel – und die Einhaltung aller Spielregeln. Und dann ging ihr wieder Penelopes Andeutung über Heath durch den Kopf. Hatte er denselben Grund? Eine Hoffnung keimte in ihr auf, wenn schon nicht auf ein Happy End, dann vielleicht auf eine sinnvolle Erklärung. Vielleicht war er in irgendetwas Furchtbares verstrickt? Sie schluckte den Kloß in ihrem Hals hinunter, warf noch einen letzten Blick auf Kelly, die ihre emotionslose Maske aufgesetzt hatte, und nickte dann Penelope und Daphne zu.

Zwei Wochen und der Rest von dieser. Sie musste nur durchhalten.

KAPITEL 14
Ivory

Nur so zu tun, als gehörte sie zur Clique und sich nach wie vor mit Kelly zu treffen, war schwieriger, als Ivy erwartet hatte – und das, obwohl sie sich bereits das Schlimmste ausgemalt hatte. Jedes Mal wenn sie auch nur in Kellys Richtung *sah*, versetzten ihr Penelope oder Daphne einen kurzen Stoß.

»Was hat sie euch denn getan, dass ihr sie so behandelt?«, fragte Ivy beim Betreten der Cafeteria, während sie auf ihren gewohnten Tisch zusteuerte.

»Sie hat uns nichts *getan*«, antwortete Penelope und zog Ivy zu dem einzigen runden Tisch in der Mitte der Cafeteria. Um diesen Tisch hatte Ivy mit Kelly immer einen großen Bogen gemacht, weil er für die Clique und ihre »Gäste« reserviert war – Menschen, von denen sich Penelope etwas versprach. Nun spürte Ivy die neugierigen, teils neidischen Blicke aus allen Richtungen, während sie sich setzte. Penelope und Daphne mochte das gefallen, Ivy war es unangenehm.

»Aber …«, begann Ivy, doch Penelope brachte sie mit einer Handbewegung zum Schweigen, während sie auf das Tablett schaute, das ein jüngeres Mädchen soeben auf dem Tisch abstellte. Auf dem Tablett standen drei große Gläser mit grasgrünem Inhalt. Für einen kurzen Moment dachte Ivy an einen Scherz, doch dann griff Daphne nach einem Glas und wünschte einen guten Appetit, während Penelope das wartende Mädchen anstarrte. »Du kannst gehen.«

»Sie serviert euch das Mittagessen? Wenn man das überhaupt so nennen kann«, sagte Ivy und sah zu, wie das Mädchen mit hängenden Schultern davonzog.

»Sie wollen alle an unseren Tisch eingeladen werden. Und gewöhn dich besser daran.«

Während Daphne nur mit den Schultern zuckte, setzte sich das Mädchen zu ein paar Gleichaltrigen, die sie daraufhin trösteten. Anscheinend hatte Penelope recht – so krass es sich für Ivy auch anhörte, es erstrebenswert zu finden, mit den beiden an einem Tisch zu sitzen. Ivy hätte liebend gern mit dem Mädchen getauscht.

»Trink!«, befahl Penelope, und Ivy legte den sehnsüchtigen Blick ab, den sie in Richtung der nun wieder fröhlich plaudernden Mädchengruppe geworfen hatte. Vorsichtig sog sie am Strohhalm und bemühte sich, nicht allzu angewidert auszusehen. Nebenbei erfuhr sie, dass der Smoothie tatsächlich das Einzige war, das die beiden Mädchen zum Mittagessen zu sich nahmen. Natürlich verlangten sie das auch von Ivy. Mit knurrendem Magen trank sie Schluck für Schluck und wartete vergeblich auf ein Sättigungsgefühl.

Daphne schob ihr leeres Glas von sich, ehe sie von ihrem Handy aufsah und einen kurzen Blick mit Penelope wechselte, die daraufhin nickte.

»Heute Abend gehen wir alle auf eine Party«, sagte Daphne, ohne eine Emotion zu zeigen. Dann musterte sie Ivy mit gesenkten Brauen. »Ich hoffe, du hast etwas Passendes anzuziehen.« Sie schien keine Antwort zu erwarten, denn sie war bereits wieder mit ihrem Handy beschäftigt und scrollte durch etliche Bilder auf Instagram. Im Gegensatz zu Ivys abonnierten Feeds befand sich kein einziges Buchfoto darunter, sondern nur Fotos von Stars, Models und Partys, auf denen Ivy auf die Schnelle niemanden erkennen konnte.

»Hast du die Bilder von Janice gesehen?« Endlich eine Gefühlsregung von Daphne. Aber war es Begeisterung, Neid oder doch ein Schock? Es sah aus, als wäre ihr das Gesicht verrutscht. »Dieses Kleid! Wir werden uns etwas einfallen lassen müssen.« Daphne schob Penelope ihr Handy zu.

Auch Ivy warf einen Blick auf das Display. Janice war seit Jahren eine regelrechte Modeikone. Selbst in Deutschland war über sie berichtet worden. »Das It-Girl der It-Girls« hieß es damals überall in den sozialen Medien.

»Das heißt, sie kommt auch?« Für einen Moment vergaß Ivy, mit wem sie am Tisch saß. Auch sie hatte sich dem Hype um Janice nicht verwehren können. Sie hatte sich zwar nicht wie nahezu all ihre Klassenkameradinnen – und selbst ihre Freundin Laura – als *Fanice* bezeichnet, aber sie konnte nicht reinen Gewissens behaupten, dass sie nicht auch das eine oder andere Video auf Instagram verfolgt und versucht hatte, Janice' Tipps umzusetzen, ehe ihr *Fashionista* deutlich den Rang abgelaufen hatte – vor allem, weil sie natürlicher wirkte und Bücher liebte. Vor rund zwei Jahren hatte Janice dann begonnen, gegen andere – insbesondere *@fashionista_k_montalvo* – zu wettern, und nur noch mit fiesen Posts auf sich aufmerksam gemacht. Als die Läster- und Bodyshamingposts überhandnahmen, war es um Janice immer stiller geworden – zumindest in den sozialen Medien. Kelly hatte zu der Zeit viele Sympathiepunkte gewonnen, weil einige der Lästerattacken auf *Fashionistas* »Gammeloutfits für Kleinkinder« abzielten – woraufhin eine Shitstormwelle zahlreicher Fandoms losgerollt war, die Kellys Account zum Explodieren gebracht hatte. Ivy hätte an *Fashionistas* Stelle nicht so cool reagiert und sich einfach aus dem Social-Media-Krieg ihrer Fans gegen die von Janice heraushalten können.

»Leider. Wann immer sie in der Stadt ist, überbieten sich die Partyveranstalter mit Einladungen und Angeboten«, antwortete Daphne und zog die Nase kraus. »Sie ist so ein Miststück.«

Ivory verschluckte sich fast an ihrem Grasdrink. Wenn Daphne Janice als Miststück betitelte, könnte sie in ihrem echten Leben entweder der Teufel persönlich oder das genaue Gegenteil sein. Neid war ein hässlicher Partner und zwang aus irgendeinem Grund vor allem Frauen dazu, die Krallen auszufahren. Penelope und Daphne wechselten verstohlene Blicke. Sie schienen wortlos zu kommunizieren. Daphne gab sich schließlich geschlagen und nickte. Wurde sie etwa nervös?

»Sie war bis zu ihrem Abschluss vor zwei Jahren auch an der St. Mitchell und hat sich aufgeführt, als wäre sie die Königin der Schule«, klärte Penelope Ivy auf.

»Dabei war sie eine Diktatorin«, warf Daphne ungewohnt leise ein. Sie war regelrecht blass geworden und schob nun trotzig ihre volle Unterlippe vor. Penelope strich ihr sanft über die Hand. Die Geste, die keinesfalls oberflächlich war, kam für Ivy so überraschend, dass sie den Blick nicht davon lösen konnte.

»Janice hat damals dafür gesorgt, dass auf einer Party einige Leute aus … einige von Daphnes früheren Bekannten auftauchten«, fuhr Penelope fort. Dabei versicherte sie sich, ob es für Daphne okay war, das zu erzählen. »Daphne hat also allen Grund, Janice zu hassen.«

Die Stimmung am Tisch hatte sich verändert und Ivy fühlte sich, als wäre sie in eine intime Szene hineingeplatzt, einen privaten Moment, den sonst niemand zu sehen bekam. Daphne räusperte sich und schoss ein paar böse Blicke auf den Nebentisch ab, wo eindeutig über sie getuschelt wurde. Sofort erstarb das Flüstern und Daphnes Miene entspannte sich. Je kleiner sich die Schülerinnen am Nebentisch machten, desto höher hob sie ihr Kinn. Offensichtlich war ihr verletzlicher Moment vorbei.

»Wo wird die Party denn stattfinden?«, fragte Ivy, um Daphne davon abzuhalten, die Mädchen noch weiter zu malträtieren.

»Im *Up!* natürlich.« Daphne verdrehte die Augen.

»Dann kann ich wohl nicht mitkommen. Ich habe keinen gefälschten Ausweis.« Sie wusste von Kelly, dass jeder Jugendliche in Manhattan scheinbar gleich mehrere Versionen davon hatte. Ivy hatte einige gesehen, sich aber nicht vorstellen können, dass irgendjemand im Großraum New York so hinter dem Mond lebte und die Mädchen und Jungs nicht erkannte, die ständig von irgendwelchen Fotografen verfolgt wurden oder selbst Bilder von sich posteten. Aber die Stadt hatte vermutlich ihre eigenen Regeln.

»Im *Up!* brauchen wir keinen Ausweis. Bryan ist unsere Eintrittskarte.«

Ivy wollte gerade etwas sagen, da tauchte – wie herbeigerufen – Bryan hinter Daphne auf, beugte sich zu ihr hinunter und drückte ihr einen flüchtigen Kuss auf die Wange.

»Hab ich da meinen Namen gehört?« Er hob verheißungsvoll die Augenbrauen und begrüßte Penelope und auch Ivy mit einem Lächeln. Kein arrogantes Lächeln, sondern ein wirklich freundliches, was Ivy irgendwie irritierte, sodass sie nervös an ihrem Strohhalm herumspielte.

»Vielleicht habe ich dich ja vermisst«, antwortete Daphne und es sah tatsächlich so aus, als würden ihre Mundwinkel nach oben wandern.

Ivy beobachtete sie genau und fand, dass Daphne plötzlich ganz anders wirkte – absolut bezaubernd. Und sie konnte es sich nicht verkneifen, ihr das auch zu sagen. »Du solltest öfter lächeln.«

Bryan prustete los, woraufhin Daphne ihm einen finsteren Blick zuwarf. Dann drehte er den Stuhl neben Daphne um und setzte sich breitbeinig hin. Einen Arm legte er lässig auf die niedrige Lehne und sah dabei aus, als würde er für ein Fotoshooting posieren. Dasselbe dachte wohl auch Penelope, die gleich ein Foto von ihm machte. Bryan hatte eine unglaubliche Ausstrahlung. Sein dunkles Haar war sorgfältig gestylt, die kantigen Gesichtszüge wurden von einem leichten Bartschatten betont und die dunklen Augen funkelten beinahe spitzbübisch. Irgendwann in den Ferien hatte Ivy einen Artikel gelesen, in dem Bryan als James Dean dieses Jahrtausends bezeichnet wurde.

»Darf ich erfahren, worum es bei eurem Gespräch über mich ging?« Er sah den Mädchen nacheinander in die Augen. Tatsächlich behandelte er Ivy so, als wäre sie schon immer Teil der Clique. Hatte Penelope ihm das ... befohlen? Oder war er einfach nur nett?

»Wir haben nicht über dich gesprochen«, erwiderte Penelope kühl. »Sondern über die Party.«

»Du kommst doch auch, oder?«, wandte sich Bryan an Ivy. »Wir haben einen neuen DJ aus Europa, der ist *das* Stadtgespräch.«

»Natürlich wird sie kommen«, antwortete Penelope und sah Ivy an. »Und vor der Party kommst du zu mir, damit wir dich passend kleiden können.«

»Nein, danke«, lehnte Ivy ab. Sie hatte zugestimmt, Teil der Clique zu sein, aber sie wollte nicht mehr Zeit als nötig mit Penelope verbringen. Freitags hatten sie am Nachmittag nur zwei Stunden Unterricht und anschließend hatte sie sich fest vorgenommen, Kelly zu besuchen.

»Deal ist Deal«, erwiderte Penelope eiskalt, wandte sich innerhalb eines Wimpernschlags wieder an Bryan und zuckte locker mit den Schultern. »Die Jungs treffen sich auch bei uns. Nach einem kleinen Warm-up fahren wir zum Club.«

Ivy schluckte und nickte langsam. Dann würde sie eben nicht so lange bei Kelly bleiben können, wie sie geplant hatte. Doch selbst diese kurze Zeit wurde ihr verwehrt. Als sie nach der letzten Stunde ihre Unterlagen für die Hausaufgaben aus ihrem Spind kramte, tauchten Penelope und Daphne hinter ihr auf.

»Lass die Sachen hier. Du wirst am Wochenende keine Zeit dafür haben.« Ivy schaffte es gerade noch, Kelly abzusagen, ehe ihr das Handy aus der Hand gerissen wurde und in Penelopes Tasche verschwand.

Die wenigen Kosmetiksalons, die Ivy bisher von innen gesehen hatte, waren ein Nichts gegen Penelopes Schmink- und Ankleidezimmer. Sie kannte Heath' Zimmer, das schon weit größer war als Küche plus Wohn- und Esszimmer ihrer Eltern. Penelope beanspruchte gleich zwei dieser großen Räume, eines davon eigens für etliche Kleiderstangen und drei beleuchtete Spiegel, die eine komplette Wand einnahmen. Die dunkelhaarige Frau, die nun den hellen Raum betrat, wurde ihr von Penelope als Elly vorgestellt, ihre allerliebste Stylistin. Ivy schätzte sie auf das Alter ihrer Mutter. Sie war ihr von Anfang an sympathisch und sorgte mit ihrer lockeren Art für eine ungezwungene Atmosphäre, die Ivy regelrecht genoss. Stolz erzählte sie von ihrer Tochter, die ganz frisch eine Ausbildung begonnen hatte, während Penelope und Daphne die etlichen Kleiderständer durchgingen und ihr Outfit für den Abend aussuchten.

»Das Kleid kannst du nicht anziehen, dafür braucht man Brüste«, sagte Elly mit einem kurzen prüfenden Blick zu Daphne, die gerade mit Penelopes Hilfe in ein weit ausgeschnittenes Kleid geschlüpft war. Ivy hielt die Luft an. Eine derartige Beleidigung würde Daphne bestimmt nicht auf sich sitzen lassen. Doch entgegen ihrer Erwartung presste Daphne die Hände unter ihre Brüste und hob sie soweit an, dass sie den Ausschnitt ausfüllten, wobei sie die Lippen zu einem Schmollmund verzog.

»Elly hat recht. Du bist zu dünn dafür«, meinte nun auch Penelope.

Ivy konnte nicht fassen, dass es tatsächlich jemanden gab, der den beiden die Meinung sagen konnte, ohne dass sie sich dafür auf boshafte Weise rächten. Im Gegenteil: Penelope und Daphne schienen die Sticheleien regelrecht zu genießen. Sie lachten und warfen sich Sprüche an den Kopf, für die sie andere ermordet hätten.

Nach Ellys Schönheitsbehandlung bekam Ivy ein Kleid überreicht, das sie im ersten Moment für eine gehässige Tat von Daphne gehalten hatte. Das helle Teil hatte von Weitem wie einer der Kleidersäcke ausgesehen, in denen die Klamotten steckten, die Penelope zur Anprobe dahatte. »Wer will schon mit vielen anderen einkaufen gehen, wenn man das auch zu Hause erledigen kann?«, war Penelopes Erklärung gewesen.

Obwohl Ivy den Freundinnen die Genugtuung eigentlich nicht gönnen wollte, zog sie widerstrebend das schnurgerade Ding über den Kopf. Der Stoff glitt kühl über ihre Haut und entpuppte sich als das Gegenteil von dem, was sie erwartet hatte. Kaum hatte sie das Kleid übergestreift, schlangen Penelope, Daphne und Elly einzelne dünne Gürtel um ihre Taille und zupften den Stoff etwas hervor. Als Ivy sich im Spiegel betrachtete, nahm sie sich vor, nie wieder so vorschnell zu urteilen. Das Kleid sah wirklich umwerfend aus. Der Stoff glänzte matt, ließ ihre Haut frischer und sonnengebräunter wirken und endete in der Mitte ihrer Oberschenkel, was ihre Beine optisch streckte, die in seidigweißen Sandalen mit Bändern bis zu den Waden steckten.

»Du siehst aus wie eine römische Göttin«, stellte Penelope ehrlich und mit einem Hauch Selbstzufriedenheit fest. Sie zupfte noch ein wenig an dem Kleid herum, während Ivy das Kompliment sacken ließ. Daphne schoss ein paar Fotos, auf denen Ivy ausgelassen und glücklich wirkte. Ihre Vorurteile gegenüber Penelope und Daphne schienen mit einem Mal völlig aus der Luft gegriffen, weshalb sich Ivy immer wieder daran erinnern musste, dass Penelope sie zum Spiel gezwungen hatte – *ihrem* Spiel? Irgendwann würde sie ihre Karte ziehen und Ivy spüren lassen, dass sie nicht dazugehörte.

Als sie die Treppe ins Foyer der Gardners hinabstiegen, meldete sich Ivys romantische Ader zurück. Sie hoffte insgeheim, Heath dort unten stehen zu sehen, der sich für alles entschuldigen wollte und die notwendigen Erklärungen lieferte, die sie auch von Penelope noch nicht bekommen hatte. Doch unten angekommen sah sie sich vergeblich nach ihm um.

»Die Jungs sind schon im *Up!* und wärmen sich auf«, sagte Daphne. Sie war eine erstaunlich gute Beobachterin.

Ivy folgte den beiden zur Limousine, die sie zum Club brachte.

»Auf dass wir Janice vor Neid erblassen lassen«, sagte Daphne und prostete Ivy und Penelope mit einer Flasche zu. Ivy hatte keine Ahnung von Champagner, ging aber davon aus, dass die Flasche mehr kostete als ihr monatliches Taschengeld und dass es sich nicht gehörte, direkt daraus zu trinken – wie den billigen Prosecco, der auf den Feten ihrer früheren Freunde oft die Runde gemacht hatte. Dennoch nahm Daphne einen Schluck und reichte die Flasche an Penelope weiter.

»Auf dass wir die Königinnen des Abends sein werden«, sagte Penelope, ehe sie ebenfalls einen Schluck trank und den Champagner Ivy hinhielt. »Mit dir werden wir Gesprächsthema Nummer eins sein.«

Diese Worte ernüchterten Ivy. Der Champagner schmeckte bitter, das sonst angenehme Prickeln fühlte sich wie ein Kratzen an. Sie versetzte sich in Gedanken einen Klaps auf den Hinterkopf. Hatte sie ernsthaft gedacht, die beiden wären grundlos so nett zu ihr? Kellys Worte fielen ihr wieder ein – dass ihr Auftritt vor dem Komitee dafür sorgen würde, dass die Presse sie auch weiterhin im Blick behielt.

Für den Rest der Fahrt lag ihr der Champagner schwer im Magen und all die Vorfreude, die sie während der Partyvorbereitung gespürt hatte, war verflogen. Penelopes und Daphnes Gespräche und Gelächter wurde zu einem Hintergrundrauschen, das gut zu den vorbeiziehenden Lichtern passte. Schließlich fädelte sich die Limousine in die Spur zur Einfahrt des gigantischen Gebäudes ein. Ivy sah die bunt beleuchtete Glasfassade immer weiter über sich aufragen, bis sie verschluckt wurde, als der Wagen an den massiven Betonsäulen entlangfuhr, die den runden, erkerähnlichen Vorbau des Gebäudes trugen. Mit einem Mal war es taghell, so viele Spots waren in die Decke eingelassen.

Etwas abseits vom Haupteingang, der zum Restaurant im Erdgeschoss sowie zu den Büros und Apartments in den oberen Etagen führte, befand sich eine breite Metalltür, die ebenso gut zu einem Bunker hätte führen können. Doch die Männer in Anzügen, die zu beiden Seiten der Tür standen, und die nahezu endlose Warteschlange, die sich bis zum Ende des Blocks erstreckte – oder vielleicht noch weiter –, deuteten auf etwas ganz anderes hin.

Wer *in* sein wollte, ließ sich derzeit im *Up!* blicken, das wusste Ivy. Sie hatte auch gehört, dass hier streng auf das Mindestalter geachtet wurde. Aber das galt wohl nur für die Normalsterblichen in der Warteschlange, deren Ende von Daphne und Penelope geflissentlich ignoriert wurde. Mit Ivy in der Mitte gingen sie auf den Haupteingang zu – natürlich nicht, ohne ein paarmal in Richtung der Wartenden zu lächeln, die lautstark brüllten und die Handys hochhielten.

Nahezu im Gleichschritt passierten sie den gläsernen Eingang und durchquerten das hell erleuchtete Foyer, das Ivy eher an eine nagelneue Tiefgarage erinnerte als an den Eingangsbereich eines Büro- und Wohngebäudes. Ein schlichter Wegweiser zeigte einen Gang entlang in Richtung Restaurant, ansonsten war alles kahl. Einzelne Lichtflecken blitzten auf dem glänzenden weißen Boden auf. In die nackten Betonwände waren verglaste und indirekt beleuchtete Fächer eingelassen, hinter denen mal ein Baseball, mal eine Gitarre wie Exponate in einem Museum ausgestellt waren. Daneben war jeweils ein kleines Schild angebracht, das Ivy aber nicht lesen konnte, weil Penelope und Daphne weiterhin im Stechschritt dem Wegweiser nach zu den Lastenaufzügen staksten.

Dort stand ein weiterer Mann im Anzug, der Penelope und Daphne anlächelte und sofort eine Karte vor den Sensor hielt, damit sich der Fahrstuhl öffnete. Lastenaufzüge hatten hier wohl eine andere Bedeutung als in Deutschland, dachte Ivy, während sie sich in der verspiegelten Kabine umsah, die in diesem Moment nach unten fuhr. Leise Musik war zu hören, die deutlich lauter wurde, als sich die Fahrstuhltür öffnete. Ein Securitymann nickte den Mädchen zu. Sie folgten dem schummrig beleuchteten Flur, immer weiter der Musik entgegen. Ein Mann im Anzug – was für eine Überraschung – öffnete ihnen ohne ein Wort eine weitere Tür. Sofort schlugen Ivy die wummernden Bässe so laut entgegen, dass ihr ganzer Körper vibrierte.

Ivy blieb stehen und nahm die Atmosphäre in sich auf. Sie befand sich auf einer Art Balkon – nein, einer Brücke –, unter der sich eine bunte Masse rhythmisch zu den Beats bewegte. Sie hielt sich am Metallgeländer fest und beugte sich vor, um zu sehen, wo die Menschenmasse aufhörte, doch Penelope zog sie zurück.

»Was zur Hölle tust du da? Du blamierst uns!«, brüllte sie in Ivys Ohr. »Komm mit!«

Ivy konnte die gigantischen Ausmaße des *Up!* kaum fassen. Der Club musste die komplette Grundfläche des Gebäudes einnehmen, vermutlich drei oder vier Stockwerke unter dem Erdgeschoss. Allein die eingezogene Zwischenebene, auf der sie sich bewegten, lag mindestens ein Stockwerk über den Tanzenden. Auf gleicher Höhe entdeckte Ivy das DJ-Pult am anderen Ende der Halle – ein Balkon inmitten einer gigantischen Leinwand, die den Sound in grellen Farben grafisch darstellte.

Die Brücke endete an einer gläsernen, dunklen Schwingtür, die eine Frau in einem eleganten Kleid für die Mädchen aufschob. Kaum hatte sich die Tür hinter ihnen geschlossen, sank die Lautstärke auf ein erträgliches Maß. Nur die Bässe dröhnten noch durch Ivys Körper.

Sie befanden sich in einem Bereich des Clubs, den Ivy ohne Penelope und Daphne vermutlich nie zu Gesicht bekommen hätte – eine Insel über einem Meer aus Tanzenden. An den gläsernen Wänden standen lederne Sitzecken, die eine kleine Tanzfläche einrahmten, auf der sich hübsche junge Frauen und Männer rhythmisch bewegten und damit Gäste zum Mitmachen animierten. An der hinteren Glaswand zog sich eine Bar entlang, die wie ein beleuchteter Betonklotz aussah. Die hellen Regale voller Gläser und Flaschen dahinter wirkten, als würden sie schweben.

»Willkommen im Glaspalast«, sagte Daphne und machte mit leuchtenden Augen eine ausladende Geste. »Wer hier Zutritt erhält, hat es geschafft und gehört zu den trendigsten Menschen der Stadt.«

Ivy konnte ihre Stimmung nicht wirklich einschätzen. Vielleicht lag ihr strahlender Blick nur an den bunten Lichtern, die hin und wieder durch die gläserne Außenwand schossen wie Blitze oder Laserstrahlen.

Penelope steuerte unterdessen zielstrebig auf eine der Sitzecken zu. Daphne überholte sie hastig und ließ sich von Bryan in eine Umarmung ziehen, die in so heftige Küsse überging, dass Ivy wegsehen musste – direkt in Heath' Gesicht, der in der Mitte der halbrunden Bank saß und sie höflich interessiert musterte, als würde er sie das erste Mal sehen. Ivy hatte gewusst, dass er hier sein würde. Aber im Gegensatz zu ihrem

Tagtraum vorhin in der Villa der Gardners war dieser Moment alles andere als magisch. Ganz im Gegenteil. Heath' Miene veränderte sich und er schaute weg.

Daphne saß inzwischen auf Bryans Schoß und Penelope rutschte neben die beiden. Ivy blieb unschlüssig stehen. Ihr Blick huschte über die Bank. Penelope, Daphne und Bryan, Heath und Vince – neben dem der einzige freie Platz war. Ivys Magen stülpte sich um. Am liebsten wäre sie davongelaufen. Sie hatte verdrängt, neben wem sie Donnerstagmorgen aufgewacht war und wer darüber Bescheid wusste. Nun kroch ihr die Röte ins Gesicht, denn Penelope und Daphne beobachteten sie natürlich genau.

Vince ging dagegen ganz locker mit der Situation um. »Ich beiße nicht«, sagte er und lächelte so, wie Ivy es sich von Heath gewünscht hätte. Instinktiv lächelte sie zurück und setzte sich neben ihn. Penelope sah von ihr zu Vince und wieder zurück, dann schmunzelte sie, was Ivy innerlich zusammenzucken ließ.

Eine Kellnerin stellte ein Tablett mit Schnapsgläsern auf den Tisch. Die Getränke darin schimmerten in grellen Neonfarben. Ivy griff nicht wie alle anderen direkt zu, daher schob Vince ihr ein Glas hin.

Ivy schüttelte den Kopf. Noch so eine Szene wie bei der Party nach dem Empfang konnte sie sich nicht leisten. Es sollte nicht noch mehr Bilder geben, die sie erpressbar machten.

»Du bist jetzt eine von uns, also benimm dich auch so«, sagte Penelope. »Trink!« Sie hob ihr Glas und prostete in die Runde. Alle taten es ihr nach und warteten, bis auch Ivy ihr Glas in der Hand hielt und ihnen zuprostete. Wie es sich gehörte, sah Ivy allen in die Augen, die sie ganz unterschiedlich musterten: amüsiert, neugierig, höflich desinteressiert bis hin zu … verärgert, als sie Heath' Blick streifte. Vince war ihr dann so verflucht nah, dass sich Ivys Augen erst auf die kurze Distanz einstellen mussten, weshalb sie ihn viel länger anschaute als die anderen.

Ein Knall ließ sie hochschrecken. Heath hatte sein Glas geleert und mit voller Wucht auf den Tisch geknallt. In seinen Augen lag regelrechte Abscheu und sie spülte das widerliche Gefühl, das er in ihr auslöste, mit dem neonfarbenen Getränk hinunter. Es schmeckte erstaunlich gut, nicht nach hochprozentigem Alkohol, sondern eher wie eine fruchtige Bowle, die auf der Zunge prickelte.

Während die anderen ein Getränk nach dem anderen bestellten, nippte Ivy nur an ihrem zweiten Drink und vermied es, in Heath' Richtung zu sehen. Stattdessen ertappte sie sich immer wieder dabei, wie sie an ihrem Armband spielen wollte. Sie verbot sich jeden Gedanken daran, warum er sie mit einem Mal zu hassen schien.

Nach und nach entspannte sie sich ein wenig. Sie blendete die Gespräche am Tisch aus – irgendwelche Footballgeschichten, die sie sowieso nicht interessierten –, lauschte lieber der Musik und sah immer wieder an Vince vorbei durch die gläserne Wand nach unten auf die Tanzenden, während ihr Bein im Takt wippte.

»Willst du tanzen?«, fragte Vince, aber Ivy lehnte ab. Die kleine Tanzfläche hier oben war ihr viel zu leer und sie wollte nicht auffallen.

»Wir können auch nach unten gehen, wenn dir das lieber ist«, schlug Vince vor, als hätte er ihre Gedanken gelesen. Er warf einen Blick auf Bryan und Daphne, die schon wieder wild herumknutschten. Ivy verstand nicht, wie diese On-Off-Beziehung zwischen Daphne, Bryan und Vince funktionierte, aber sie erkannte in Vince' Blick dasselbe verletzte Gefühl, das auch sie in sich trug. Daher stimmte sie zu und stand auf.

Vince' Hand lag heiß auf ihrem Rücken, als er sie nach unten zur Tanzfläche führte.

KAPITEL 15
Heath

Nachdem Ivy und Vince gegangen waren, löste sich Daphne von Bryan und flüsterte Penelope etwas ins Ohr.

Heath beobachtete sie. Hatten die beiden das eingefädelt? Wollten sie ihm zeigen, dass Ivy doch wie die anderen war und nur ein Ticket in ihr Leben wollte? Er schnappte sich zwei Gläser und leerte sie direkt hintereinander. Er hätte es besser wissen müssen.

»Was läuft hier?«, fragte er mit dem fruchtig-süßen Geschmack im Mund. Er bemühte sich um einen neutralen Tonfall, doch seine Enttäuschung war nicht zu überhören.

Penelope umrundete den Tisch und rutschte auf der Bank bis zu ihm auf. »Sie ist unser kleines Projekt«, sagte sie mit einem Lächeln.

Unwillkürlich musste er an die Nacht denken, die für ihn alles verändert hatte. Nur allzu gern wäre er von ihr abgerückt, aber dann hätte er sich auf Bryans Schoß setzen müssen. Glücklicherweise brachte die Kellnerin ein neues Tablett und Heath konzentrierte sich auf seinen Drink.

Penelope sah ein, dass er keine gute Gesellschaft war, und setzte sich wieder an ihren vorherigen Platz, während Bryan auf ihn einredete, dass er es doch langsam gelernt haben sollte.

Heath reagierte kaum darauf. Erst als er wieder jemanden rechts neben sich spürte, sah er auf und wollte Penelope genervt anfahren – doch sie saß gar nicht neben ihm. Es war Janice.

Der Abend konnte gar nicht schlimmer werden.

KAPITEL 16
Ivory

Ivy genoss es, wie die Musik durch ihren Körper floss, wie sich die Hitze in ihr ausbreitete, während sie sich im Rhythmus der wummernden Bässe bewegte. Sie liebte es, zu tanzen, kam sich aber immer ein wenig ungelenk vor. Da sich Vince jedoch noch nicht mit fremdschämendem Blick von ihr abgewandt hatte, stellte sie sich vermutlich gar nicht so schlecht an. Er bewegte sich nur zögerlich, als hätte er nicht ganz so viel Spaß wie sie, aber vermutlich wollte er sie auch nicht allein unter all den Fremden lassen, was sie ihm hoch anrechnete. Irgendwann – er lächelte sie wieder einmal an, während er seine halblangen Haare aus dem Gesicht strich – fasste sie den Entschluss, mit ihm zu reden.

»Wollen wir etwas trinken?«, fragte sie und beglückwünschte sich für ihren Mut.

Vince sah sie zuerst irritiert an, doch dann nickte er. Sie gingen wieder nach oben und suchten sich einen Platz an der Bar. Auch die Tanzfläche der VIP-Lounge war inzwischen gut gefüllt. Ivy war so warm, dass sie ihren Körper am liebsten gegen den kühlen Beton der Theke gepresst hätte. Stattdessen setzte sie sich auf einen der Barhocker und zupfte am Stoff ihres Kleides, um wenigstens einen kleinen Kühleffekt zu erzeugen.

»Willst du etwas Alkoholisches oder wieder einen Cocktail für Mädchen?«, fragte Vince mit belustigtem Grinsen. Das letzte Wort betonte er so, dass es eindeutig nicht nach einer Beleidigung oder einem Vorurteil klang. Sie sah ihn mit gespielter Empörung an, was ihm ein Strahlen entlockte, das seine Augen regelrecht leuchten ließ und seine gesamte Erscheinung überirdisch machte. Er sah einfach verboten gut aus und Ivy konnte ihr betrunkenes Ich, das mit ihm herumgeknutscht hatte, durchaus verstehen. Vermutlich hatte sie ihn etwas zu lange angestarrt, denn er fuhr sich leicht nervös durch die Haare. Ivy musste unwillkürlich lächeln. Seine Gegenwart war angenehm – im Gegensatz zum Rest der Clique. Vielleicht lag das auch daran, weil sie mitbekommen hatte, wie er manchmal von Heath behandelt und mit abweisenden Blicken bedacht wurde – genau wie sie seit Ende der Ferien. In Vince' Nähe fühlte sie sich erstaunlich leicht, lebendig. Sie genoss diese Empfindung und wandte sich zur Bar. Atmete Vince erleichtert aus?

»Zwei Sex on the Beach«, bestellte sie bei der Barkeeperin.

»Ach, Herausforderung akzeptiert?«, fragte Vince in neckendem Tonfall.

Ivy nahm allen Mut zusammen, um ihn über Mittwochnacht auszuquetschen – doch sie bekam keine Gelegenheit dazu. Ihre Hand mit dem Glas erstarrte mitten in der Bewegung, als sie sah, wer da gerade zur Tanzfläche ging.

»Kelly?«, murmelte sie vor sich hin, um sich in die Wirklichkeit zurückzuholen. »Was macht sie hier? Mit Heath?«

Vollkommen reglos schaute sie zu, wie Kelly und Heath sich einander näherten, während sie immer wieder von den Tanzenden verdeckt wurden. Was zur Hölle war da los?

Ivy wollte gerade aufstehen und Kelly zur Rede stellen, als etwas geschah, was sie niemals erwartet hätte und überhaupt nicht sehen wollte:

Kelly – Ivys beste Freundin – drängte sich noch näher an Heath. Im Stroboskoplicht neigten sich ihre Köpfe wie in Zeitlupe einander zu. Ivys Herz setzte einen Schlag aus und klopfte erst mit dem nächsten zuckenden Laserstrahl verbrannt und unter enormen Schmerzen weiter, als die beiden wieder hinter den Tanzenden verschwunden waren.

Wie konnte Kelly ihr so etwas antun? Hatte sie Ivy am ersten Schultag etwa nicht ganz uneigennützig von einer Aussprache mit Heath abgehalten? Jetzt rückten alle Gespräche mit ihr über Heath in ein ganz anderes Licht und warfen tiefe Schatten auf ihre Freundschaft.

»Beruhige dich«, sagte Vince in ihr Ohr und legte die Hand auf ihre Schulter. »Es ist nur ein Spiel.« Er deutete auf eine Person, die auffällig unauffällig soeben ihr Handy senkte.

Verdammt! Sie hatte das Spiel, den Grund, warum sie überhaupt hier war – mit der Clique –, völlig verdrängt. Kelly hatte zugegeben, dass sie spielte – sie war erpressbar und musste mitmachen. Sie … nein, ganz gleich, was Ivys Vernunft ihr einreden wollte, sie konnte Kelly in diesem Moment nicht verzeihen. Dafür war sie viel zu aufgewühlt.

Sie wandte sich von der Tanzfläche ab, nahm einen Schluck von ihrem Cocktail und ignorierte dabei ihre leicht zitternden Hände.

Vince sprach weiter auf sie ein, doch sie blendete ihn aus und konzentrierte sich nur auf die Musik, ließ den Schmerz und die Enttäuschung aus ihrem Körper fließen. Irgendwann drang eine Stimme aus dem Mikrofon und kündigte den DJ aus Europa an. Die Lautstärke wurde aufgedreht, das Grölen und Jubeln der Menge von unten drang sogar durch die isolierten Scheiben. Wie hypnotisiert verfolgte Ivy die Lasershow, fasziniert davon, wie Licht und Nebel in der Dunkelheit solche Bilder erschaffen konnten. Bilder, die bei Tag nahezu unsichtbar wären, waren jetzt grelle und gestochen scharfe Realität. Ivy war so abgelenkt, dass sie nicht merkte, wie jemand neben sie trat.

»Du bist die Neue in der Clique, oder?«

Ivy fuhr auf ihrem Barhocker herum und prallte beinahe gegen Janice. *Die* Janice. Sie war genauso hübsch, wie Ivy sie aus dem Internet kannte, trotz der vom Schweiß leicht glänzenden Haut und der zarten Fältchen, die ihre Augen umrahmten und die sie auf Fotos und in ihren Videos gut kaschierte. Ihre dunklen Augen waren im gedimmten Licht nahezu schwarz und ihre Wangenknochen traten kantig hervor. Sie trug Hotpants und ein Shirt, das mehr Löcher als Stoff hatte und an allen möglichen Stellen Haut aufblitzen ließ.

Ivy wusste sofort Bescheid. »Du hast eben Kelly und Heath fotografiert.«

Das war nicht die Antwort, die Janice erwartet hatte. »Das konnte Kel ja schlecht selbst machen.« Ihr Lächeln war von ihren Lippen verschwunden, die Fältchen vertieften sich, als sie die Augen leicht zusammenkniff. Es waren also keine Lachfalten, sondern Beweise für Argwohn und häufige abfällige Blicke. Ivy dachte wieder an Daphnes und Penelopes Bemerkungen über Janice und sie fing an, ihnen tatsächlich zu glauben. Instinktiv sah sie sich nach Vince um, doch der musste während der Lasershow gegangen sein.

»War es ein Beweisfoto?«, presste Ivy hervor. Sie sollte nicht irgendeine Fremde danach fragen, sondern Kelly, ihre Freundin. Doch dafür fehlte ihr in diesem Moment die Kraft.

»Was für ein Beweisfoto?«, erwiderte Janice emotionslos und zupfte einen nicht vorhandenen Fussel von ihrem Shirt.

»Für das Sp…« Weiter kam sie nicht. Janice' Kopf schnellte nach oben und Ivy zuckte beim Anblick ihrer plötzlich roten Augen zurück. Nur einen Augenblick später tastete sich das rote Laserlicht langsam weiter über ihr Gesicht nach unten.

»Sprich nicht darüber oder du fliegst aus dem Spiel!« Janice' Stimme klang drohend. »Mit allen Konsequenzen.« Sie warf ihr lockiges Haar über die Schultern und stolzierte davon.

Ohne ein Wort, aber mit etwas Abstand, folgte Ivy ihr.

Als Janice an der Sitzecke der Clique angekommen war, setzte sie sich sofort auf die Bank. Ivy verspürte den bisher absolut unmöglichen Drang, Penelope und Daphne zur Seite zu stehen. Jetzt, wo sich Janice' wölfisches Grinsen in ihre Netzhaut gebrannt hatte und die Drohung in ihr widerhallte.

Zielgenau legte sie die letzten Schritte bis zur Sitzecke zurück, auch wenn ihr Gehirn die Bilder nur leicht zeitversetzt interpretierte. Sie achtete nicht auf die Personen, die an den anderen Tischen saßen, daher entfuhr ihr ein leiser Schrei, als sie plötzlich zur Seite gerissen wurde und sich Kelly gegenübersah.

»Es hatte nichts mit dir zu tun«, sagte Kelly ohne eine Begrüßung. »Wenn ich gewusst hätte, dass du auch hier bist ...« Enttäuscht und beinahe vorwurfsvoll schüttelte sie den Kopf. »Ich hab dir geschrieben, aber du hast nicht geantwortet.«

Ivy war von dem Vorwurf so überrumpelt, dass sie automatisch versuchte, sich zu rechtfertigen. »Penelope hat mein Handy nicht mehr rausgerückt.«

Was tat sie da? Sie war ihrer Freundin keine Erklärung schuldig. Also stellte sie Kelly die alles entscheidende Frage: »War es eine Aufgabe?«

Kelly sah sich nach allen Seiten um und zog merkwürdig die Schultern hoch. Sollte diese Geste ja bedeuten oder druckste sie nur herum? Diese Geheimniskrämerei, die scheinbar für alle hier völlig normal war, ging Ivy ziemlich auf die Nerven.

»Die Spielleitung muss im Gegensatz zu mir gewusst haben, dass du hier bist«, sagte Kelly ganz nah an Ivys Ohr und lachte dann, als hätte sie ihr einen Witz erzählt. Wurden sie beobachtet? Ivys Nacken kribbelte und sie ließ den Blick über die Tische in ihrer Nähe gleiten. War Kelly paranoid geworden? Doch etwas an ihren Worten stieß ihr sauer auf, auch wenn sie den Gedanken erst verzögert formulieren konnte.

»Heißt das, die Sache wäre für dich okay gewesen, wenn ich dich nicht mit Heath gesehen hätte?« Am liebsten hätte sie die Worte laut herausgebrüllt. In ihrem Inneren tobte ein Sturm, der ihr bisheriges Bild von Kelly fortzureißen drohte. Sie wusste nicht, was schlimmer war – dass Kelly sich für das Spiel an Heath rangemacht hatte oder dass sie gehofft hatte, damit durchzukommen, ohne dass Ivy davon erfuhr. Sie schob sich ein Stück von Kelly weg, die wenigstens so viel Anstand besaß, betroffen zu wirken. Ivy schüttelte den Kopf und ließ Kelly allein sitzen. Für heute war sie genug enttäuscht worden.

Sie umrundete die Trennwand zur Sitzecke der Clique und wollte sich neben Penelope quetschen, um sie zu fragen, wie lange sie noch bleiben musste. Jeglicher Spaß, den sie anfangs noch verspürt hatte, war verflogen wie der Rauch der Lasershow. Doch anstelle von Penelope fand sie sich Oberschenkel an Oberschenkel neben Janice wieder, die nicht von ihrem Handy aufsah. Es war eine so demonstrative Geste, dass Ivy wie von selbst einen Blick auf das Display warf. Ihr Puls begann zu rasen, als sie erkannte, wer auf den Bildern zu sehen war: Heath und Kelly – bei Tageslicht, irgendwo vor einer nichtssagenden Mauer. Dann kam ein Selfie von Janice mit streng zurückgekämmten Haaren und einer riesengroßen Sonnenbrille, die ihr halbes Gesicht verdeckte. Ivy hatte es schon einmal auf Instagram gesehen und nur gedacht, dass Janice aussah wie Puck die Stubenfliege. Sie fand solche Brillen – trendy oder nicht – einfach schrecklich. Ivy überlegte, wann sie das Foto gesehen hatte, als weitere Bilder von Kelly und Heath folgten. Die beiden standen immer nah beisammen und Ivys Magen rumorte. Kelly und Heath hatten ihre Schuluniformen an, befanden sich aber eindeutig nicht auf dem Schulgelände. Wann hatten sie sich getroffen? Und warum verschwieg ihr Kelly etwas so Wichtiges? Auf einem Foto lag Kellys Hand auf Heath' Unterarm, eine eigentlich harmlose, freundschaftliche Geste, die Ivy dennoch fassungslos machte. Zwischen ihr und Heath war Schluss, ihre Beziehung – wenn man es überhaupt so nennen konnte – war beendet. Kelly hatte das Recht, sich mit ihm zu treffen, auch wenn es schmerzhaft war.

»Wenn ich gewusst hätte, dass du *auch hier bist* ...«, hallte Kellys Stimme in Ivys Kopf wider und mischte sich mit ihrer Beschreibung des Spiels – dass es auch viele gab, die die Gelegenheit ausnutzten und unter dem Deckmantel des Spiels machten, was sie wollten.

War Kelly eine von ihnen? Verriet sie für das Spiel und ihren eigenen Spaß einfach alles, woran sie glaubte? So etwas wie einen Ehrenkodex unter Freundinnen, sich nicht auf Expartner einzulassen, existierte in New York offensichtlich nicht. Es tat weh, so sehr weh, dass Ivys Augen brannten und sie sich abwenden musste.

Als hätte sie ihr Ziel erreicht, schaltete Janice das Handy aus und packte es in ihre Handtasche. Dann widmete sie sich aufmerksam dem Gespräch am Tisch, oder besser gesagt dem Gesprächsinitiator Bryan, der seinen Arm locker um Daphnes Taille gelegt hatte und einen Witz nach dem anderen riss. Janice lachte jedes Mal übertrieben und fixierte ihn für Ivys Geschmack viel zu intensiv. Als würde sie ihn mit ihren Blicken ausziehen wollen.

Heath warf Ivy währenddessen immer wieder Blicke zu, die so voller Enttäuschung waren, dass sie nicht wusste, wie sie damit umgehen sollte. Sie war es doch, die von ihm enttäuscht worden war. Und dieses Gefühl lag nun mit einem noch schwereren Gewicht auf ihrer Brust.

»Ist alles okay bei dir?«, fragte Vince über den Tisch hinweg. Er wirkte ehrlich besorgt.

»Natürlich ist alles okay«, antwortete Janice an Ivys Stelle. »Nicht wahr?« Mit ihren dunklen, starrenden Augen hätte sie auch in einem Dämonenfilm mitspielen können.

Ivy reichten die Sticheleien und unterschwelligen Drohungen. »Warum behandelst du mich so?«, fragte sie geradeheraus.

Das Gespräch über die Musikauswahl des DJs verstummte. Daphne setzte sich auf und blickte fast erschrocken zwischen Ivy und Janice hin und her, genau wie der Rest der Clique.

»Weil ich es kann. Im Gegensatz zu anderen hier«, sie warf Daphne einen demonstrativen Blick zu, die gleich mehrere Zentimeter kleiner wurde. »Ich habe jedes Recht der Welt, hier zu sein und zu machen, was ich will. Wer bei den Großen mitspielt, sollte auch die Spielregeln kennen.« Sie drängte Ivy zur Seite, die unwillkürlich zurückwich und beinahe von der Bank gestürzt wäre. Als Ivy fassungslos aufstand, drängte sich Janice mit einem arroganten Lächeln an ihr vorbei, warf die Haare über die Schulter und verschwand in Richtung Bar.

»Du bist mutig«, sagte Bryan und lachte, doch Ivy merkte gleich, dass es nicht echt war.

»Bist du verrückt geworden?«, mischte sich nun auch Heath ein. Es war das erste Mal, dass er an diesem Abend mit ihr sprach. »Sie wird dir das Leben zur Hölle machen!«

Penelope zog Ivy zurück auf die Bank. Ihr Blick war ... voller Mitleid, doch das legte sich binnen eines Wimpernschlags. Was für ein falsches Biest! Sie war für das alles verantwortlich. Sie hatte gewusst, wie sehr es Ivy treffen würde, wenn sie Heath und Kelly so vertraut miteinander sah. Sie hatte den richtigen Moment abgepasst – als Ivy mit Vince getanzt hatte – und Kelly dann den Auftrag gegeben, Heath anzumachen. Ivy empfand eine so tiefe Abscheu für Penelope und die anderen am Tisch, die taten, als wären solche Spielchen das Normalste der Welt, dass ihr ganz flau im Magen wurde. Es konnte gar nicht anders sein: Penelope *war* die Spielleiterin!

Ivy rappelte sich hoch. Sie wollte einfach nur verschwinden, besann sich dann aber eines Besseren und wandte sich der Clique noch einmal zu. Heath sah sie am längsten in die Augen. »Janice kann mir das Leben nicht zur Hölle machen. Das habt *ihr* bereits getan!«

Dann drehte sie sich um und ging. Ihre Schritte folgten dem Beat und die laute Musik löschte jeden Gedanken aus. Sie ließ sich vom Portier ein Taxi rufen, weil Penelope immer noch ihr Handy hatte, und war froh, endlich auf dem Heimweg zu sein.

Freitag.

Das Wochenende und zwei weitere Wochen noch. Jetzt war sie sich nicht mehr so sicher, ob sie die Zeit durchstehen würde.

KAPITEL 17
Heath

»Verdammt, was war das denn?« In Bryans Augen lag dieser typische Glanz, der Heath immer wütend machte. Die Drogen würden noch einmal sein Untergang sein.

Er war der Aufforderung der Spielleitung gefolgt, nach Ivy zu sehen. Als er zurückkam, roch es süßlich in der Sitzecke, was nicht am Rauch der Nebelmaschinen unten in der Haupthalle des Clubs lag. Heath warf sein Handy auf den Tisch. Am liebsten hätte er es gegen die Wand gefeuert – aber die Spielleitung würde andere Wege finden, ihm seine Aufgaben zu übermitteln. Das wusste er nur allzu gut. Es gab Gerüchte über Spieler, die ihre Aufträge auf Zetteln in ihren Spinden in der Schule gefunden hatten – oder direkt außen an der Tür verewigt, was natürlich für einen sofortigen Schulverweis und jede Menge unangenehme Gespräche mit dem damaligen Rektor gesorgt hatte.

Das Display leuchtete wieder auf.

> Das hast du gut gemacht.

Sofort sah er sich um. Daphne spielte gerade mit ihrem Handy, während Bryan ihren Nacken küsste. Auch Penelopes Blick war nach unten gerichtet, auf ihrer Stirn zeichneten sich Falten ab. Was sie wohl sagen würde, wenn er sie in diesem Moment fotografieren würde? Leider brachte ihn der Gedanke nicht zum Lächeln wie früher, wenn er etwas gefunden hatte, womit er seine Stiefschwester necken konnte. Seit *damals* hatte sich einiges zwischen ihnen verändert.

> Du hast deinen nächsten Bonuspunkt erhalten.

Als wäre ihm das wichtig! Angewidert blickte er auf und begegnete Janice' Blick in der Sitzecke gegenüber, die soeben ihr Handy senkte, um sich mit ein paar Mädchen fotografieren zu lassen.

Heath gefror das Blut in den Adern, als er sah, wer dort auch noch saß. Er drängte Vince ohne Entschuldigung nach außen, sprang von der Bank auf und lief schnurstracks auf seinen jüngeren Bruder zu.

»Was zur Hölle machst du hier?« Er widerstand dem Drang, Zach an seinem halb aufgeknöpften Designerhemd hochzuzerren und eigenhändig zum Ausgang zu schleppen.

Janice schien sich göttlich zu amüsieren. Über wen genau, konnte Heath nicht sagen. Der Anblick seines Bruders bot für einen Außenstehenden jedoch genug Grund zur Belustigung. Er war einen halben Kopf kleiner als Heath, baute sich aber vor ihm auf, als wäre er ein Riese, bei dessen Anblick jeder vor Angst erzittern müsste.

»Ich habe dasselbe Recht, hier zu sein, wie du«, stieß er mit bemüht tiefer Stimme hervor.

Heath musste sich ernsthaft zusammenreißen. »Hast du nicht! Du bist minderjährig!« Er hob die Hand, um Zachs Einwurf abzuschmettern. Auch Heath war noch minderjährig, aber immerhin anderthalb Jahre älter.

»Lass uns gehen, Kleiner«, säuselte Janice und strich mit ihren Krallen über Zachs Hemdkragen.

Heath musste sich fast übergeben. Er konnte sich nicht länger beherrschen – nicht, wenn es um seinen kleinen Bruder ging –, griff nach ihrem Arm und zog sie zwei Schritte nach hinten. Trotz ihrer mörderisch hohen Schuhe stolperte sie nicht einmal.

»Was willst du von ihm?«, zischte Heath ihr zu.

Sie schlug verführerisch die Augen auf. Früher hätte ihn das angemacht, jetzt war er einfach nur angewidert.

»Ich soll dich nur daran erinnern, worum es hier geht.« Sie entzog ihm ihren Arm und ging erhobenen Hauptes zu Zach zurück, dessen Blick auffällig glasig wirkte. Sie hakte sich bei ihm unter und ging mit ihm zwischen den Tischen hindurch. Natürlich nicht, ohne immer wieder anzuhalten, weil jemand um ein Foto von ihr bat.

Was zur Hölle hatte Janice mit Zach zu schaffen? Wie hatten sie sich überhaupt kennengelernt? Janice hatte vor zwei Jahren ihren Abschluss gemacht. Sein Bruder war zu der Zeit noch ein pausbackiger Junge gewesen – zumindest in Heath' Augen.

Er nahm sich vor, Zach zu Hause zur Rede zu stellen, ehe diese dämlichen Spielchen noch mehr Opfer forderten. Opfer, die sich blindlings auf ihre Zerstörung einließen.

KAPITEL 18
Ivory

Ivy wollte nicht aufstehen. Sie gammelte seit über einer Stunde in ihrem Bett herum und versuchte, ein Buch zu lesen, doch es konnte sie nicht genug fesseln und von ihren Gedanken ablenken. Sie hatte lange über den Vorabend nachgedacht, über diese oberflächliche bescheuerte Welt, an die sie noch zwei weitere Wochen gefesselt war. Und sie war immer wieder bei Kelly hängen geblieben. Mit etwas Abstand sah sie Kelly plötzlich mit anderen Augen. Sie war erpresst worden, etwas zu tun, das sie nicht wollte. Ivy hätte sie gern angerufen, aber Penelope hatte immer noch ihr Handy. Vielleicht sollte sie sich Kellys Nummer für Notfälle notieren, damit sie auch mit einem anderen Telefon bei ihr anrufen konnte.

Und was war mit Heath? Hatte die Spielleitung ihm die Fotos von ihr und Vince geschickt? Hatte er sie vielleicht sogar auf der Party beobachtet? War er eifersüchtig und verdeckte es mit dieser ablehnenden Haltung? Er hatte kein Recht dazu, sie gehörte ihm nicht und er war es, der ... nein, »Beziehung beenden« konnte man es nicht einmal nennen.

»Ivy, du hast Besuch!«, drang die Stimme ihrer Mutter von unten durch die geschlossene Tür ihres Zimmers. Ivy richtete sich sofort auf. Nicht oft verirrte sich jemand ins Pastorenhaus der St. Paul. Ivys Füße versanken gerade in ihrem flauschigen Teppich, da klopfte es. Die Tür ging auf und Iljanas roter Lockenkopf erschien.

»Deine Mom sagt, du verkriechst dich in deinem Zimmer. Ich soll dich mit Essen runterlocken, weil sie gleich losmuss.« Sie trat ein und streckte Ivy einen Teller mit zwei Scheiben herrlich duftendem, kross gebratenem Bacon entgegen, worauf Ivys Magen mit einem lauten Knurren antwortete. »Unten ist noch mehr. Und es gibt Spiegelei, soll ich dir ausrichten.«

Ivy wäre für Frühstücksspeck gestorben. Schon als sie klein war, hatte sie sich an den Wochenenden nie daran sattessen können, ganz gleich, wie oft ihre Freundin Laura die Nase gerümpft und versucht hatte, ihr tierische Produkte auszureden.

»Wie war denn deine Woche?«, fragte Ivy, während sie in ihre Hausschuhe schlüpfte.

»Das Übliche«, sagte Iljana schulterzuckend. »Fast nirgendwo Empfang, keine Kommunikation nach draußen und heißglühende DVD-Laufwerke.«

Ivy verdrehte die Augen. Iljanas Antworten gaben fast nie etwas über sie selbst preis.

»Wie hat dir deine erste Woche als Senior gefallen?«, hakte Ivy genauer nach und schnappte sich einen Baconstreifen vom Teller.

Iljana überlegte kurz. »Gut«, antwortete sie dann knapp.

Ivy gab auf. Sie schob sich auch noch das zweite Stück Bacon in den Mund, nahm Iljana den Teller ab und ging mit ihr nach unten, wo sie umgeben vom himmlischen Frühstücksduft seufzte. Die Mädchen setzten sich an den Tisch, doch Iljana lehnte höflich ab, als Ivys Mutter ihr einen Teller hinstellen wollte. Nur zu einer Tasse Kaffee sagte sie nicht Nein. Dann verabschiedete sich Ivys Mutter auch schon, um den Samstagsgottesdienst vorzubereiten.

»Wie war denn deine erste Woche als Senior?«, fragte Iljana, während sie die Lippen spitzte und über ihre Kaffeetasse pustete. Einige ihrer roten Locken fielen wie ein Vorhang vor ihr Gesicht.

»Ganz ehrlich?«

Alarmiert von Ivys Tonfall blickte Iljana auf.

»Es war die Hölle. Heath ... ich weiß nicht, was mit ihm los ist. Er behandelt mich, als würde er mich nicht kennen. Oder noch schlimmer, als hätte ich ihm etwas angetan!« Sie versuchte, nicht allzu erbärmlich zu klingen. Um sich abzulenken, massierte sie ihr Handgelenk, weil sie kein Armband mehr zum Herumspielen trug.

»Die Leute an der St. Mitchell tun am Beginn des Schuljahres oft Dinge, die niemand versteht.«

Ivy hörte auf zu kauen. Sie wollte wissen, was Iljana darüber dachte – als jemand, der den wahren Grund nicht kannte, also hakte sie nach.

»Was meinst du damit?«

In diesem Moment klingelte es. Das konnte nur der Postbote sein. Ivy eilte durch den Flur und öffnete mit einem Lächeln die Tür.

»Warum zur Hölle antwortest du nicht?«

Ivys Lächeln gefror, als ihr Kelly mit vorwurfsvollem Blick gegenüberstand. Sie war perfekt frisiert und geschminkt und hielt ihr Handy ausnahmsweise nicht vor der Nase, sondern an der Seite.

»Penelope hat mein Handy eingesteckt, das habe ich dir doch gestern schon im *Up!* gesagt.«

Kelly seufzte theatralisch, dann trat sie vor und zog Ivy in eine für sie sehr untypische Umarmung.

»Siehst du das?« Sie deutete auf ihre Augen, wo Ivy rein gar nichts Auffälliges erkennen konnte. »Ich habe kaum geschlafen. Ich wollte mit dir reden, wenn nicht gerade Hunderte Augen spionieren. Du kennst die dämlichen Regeln.« Dann schnaubte sie kopfschüttelnd. »Pen hat dein Handy? Das hat das Biest ja geschickt eingefädelt. Ohne Handy kannst du nichts klären.«

Das hatte Ivy auch schon bemerkt.

»Lass uns einen Kaffee trinken gehen. Ich lade dich ein. Ich habe zwar in einer halben Stunde einen Termin im Spa, aber die werden auf mich warten.« Sie musterte Ivys Schlabberlook und die Hausschuhe mit dem Hogwarts-Logo. »Vielleicht solltest du dich vorher umziehen. Na los!« Sie drängte die völlig überrumpelte Ivy ins Haus und schloss die Tür hinter sich. Als sie Ivy in Richtung Treppe dirigierte, trat Iljana aus der Küche. Ivy entging nicht, wie Kelly erstarrte. Ebenso wie Iljana, die gerade etwas hatte sagen wollen und nun mit offenem Mund dastand und Kelly musterte.

»Iljana, das ist Kelly. Meine Freundin aus der St. Mitchell.« Ivy deutete auf Kelly, aber Iljana müsste sie bereits von den Fotos erkannt haben.

Mehrere Gefühlsregungen huschten über Iljanas Gesicht, ehe sie sich wieder fing und lächelnd zu ihnen trat.

»Kel, das ist Iljana. Ich habe dir von ihr erzählt.«

Kelly nickte pflichtbewusst, wirkte jedoch abwesend, als würde sie überlegen, was Ivy ihr von Iljana erzählt hatte.

»Die Romanov-Erbin«, sagte Kelly dann.

Ivy verdrehte die Augen. Natürlich kam Kelly diese Tatsache als Erstes in den Sinn.

Iljana verschränkte die Arme vor der Brust. »Fashionista«, konterte sie ebenso oberflächlich, aber zumindest mit einem Lächeln.

Ivy sah mehrmals zwischen ihren Freundinnen hin und her. Die Spannung war fast greifbar. Waren sie sich schon einmal begegnet?

»Kennt ihr euch?«, fragte sie.

Erst nach mehreren Herzschlägen ergriff Kelly mit einer lässigen

Geste das Wort. »Hier kennt sich jeder. Mehr oder weniger. Manhattan ist ein Dorf.«

Kelly hatte auf Ivy schon lange nicht mehr so … fremd gewirkt. Das war eine Seite an ihr, die nur andere zu sehen bekamen. Iljana zum Beispiel. Aber das konnte sie ändern.

»Lasst uns zusammen einen Kaffee trinken«, schlug sie vor und ging direkt voraus. Sie war schon in der Küche angekommen, als sie Kellys Absätze auf den Fliesen im Flur hinter sich herkommen hörte. Sie goss Kelly eine Tasse Kaffee ein und warf drei Zuckerwürfel hinein, wie Kelly es immer tat.

Als ihre Freundinnen eintraten, schien die Temperatur in der Küche um mehrere Grad zu sinken. Ivy tat so, als bemerke sie es nicht, und deutete auf die Stühle. Sie setzten sich hin und Ivy schob Kelly den überzuckerten Kaffee hin. Die Stimmung war nicht auszuhalten.

»Wollt ihr mir erzählen, warum ihr euch so verhaltet?«, fragte Ivy in die erdrückende Stille hinein und imitierte dabei die beruhigende Stimmlage ihrer Mutter – die Pastorenstimme.

Die Mädchen sahen sich lange an. Dann räusperte sich Iljana, nahm ihre Tasse in beide Hände und sah Ivy direkt an. »Wir kennen uns von der St. Mitchell. Bis Anfang des letzten Schuljahres war ich noch Schülerin dort.« Sie schluckte hörbar.

Es war so still, dass Ivy ihre Gedanken schreien hörte. All die finsteren Anspielungen auf die Schule, Iljanas warnende Bemerkungen, die Ivy nicht hatten schlafen lassen. Das war kein Hörensagen gewesen. Iljana hatte die ganze Zeit gewusst, wovon sie sprach. Es dauerte einen Moment, bis Ivy den Schock überwunden hatte.

»Und du hast das nie erwähnt, weil …?«

Iljana zupfte an einer ihrer Locken und starrte auf ihren Kaffee, als würde sie dort die Antwort suchen. »Ich wurde der Schule verwiesen – wegen ›ungebührlichen Verhaltens‹.«

»Wie bitte?« Ivy konnte es nicht fassen. Ausgerechnet Iljana? Die Unschuld in Person?

»Es war ein Missverständnis«, erklärte Iljana. »Die Anwälte meiner Eltern wollten die Sache klären, aber die Gerüchte hätten sich gehalten. Du kennst die Schule.«

Ivy nickte. Sie dachte an die ständigen Tuscheleien, die Geheimnisse, Intrigen und wie sehr Penelope und Daphne angehimmelt wurden.

»Daher hielten es meine Eltern und ich für das Beste, wenn ich aufs Internat gehe.« Ihr Mund war so fest zusammengepresst, dass ihre Lippen nicht mehr zu sehen waren. Wirklich erfreut schien Iljana über diese Entwicklung nicht. Sie spielte gedankenverloren an ihrer Uhr und fuhr mit dem Finger über den eingravierten Romanov-Schriftzug.

Ivy wartete auf eine Reaktion von Kelly, doch ihr Gesicht war vollkommen ausdruckslos. Krampfhaft umklammerte sie ihr Handy.

»Warum hast du nie etwas gesagt, wenn ich von Iljana gesprochen habe?« Kelly gab ständig irgendwelche Storys über andere zum Besten, lauter unwichtiges Zeug – und wenn es um Ivys andere beste Freundin ging, schwieg sie?

»Es war nicht meine Sache, dir davon zu erzählen«, konterte Kelly und hob demonstrativ das Kinn. Dann fiel sie in ihr gewohntes Muster, aktivierte ihr Handy und warf einen Blick auf das Display. »Ich sollte jetzt zu meiner Spa-Behandlung. Heute steht noch ein Shooting für eine Kosmetikfirma an und ich will ja meine Follower nicht vergraulen.« Der Witz war miserabel und ihr gekünsteltes Lachen machte es auch nicht besser. »Wir reden später, okay?« Sie strich Ivy kurz über den Handrücken und erhob sich von ihrem Stuhl. »Sieh zu, dass du dein Handy zurückbekommst«, sagte sie noch, ehe sie mit schnellen Schritten verschwand.

Nun konnte sich Ivy in Ruhe Iljana widmen. »Ungebührliches Verhalten?«, hakte sie nach.

Iljana zuckte mit den Schultern. »Du kennst den Grund. Ich habe dich gewarnt.« Obwohl sie nicht mehr an der St. Mitchell war, wollte sie offenbar nicht über das Spiel reden.

»Du hast teilgenommen?« Ivy versuchte, sich Iljana zwischen all diesen Intrigen vorzustellen. Ohne Erfolg.

Iljana verdrehte nur die Augen. »Jeder nimmt teil, das ist Gesetz. Wenn du dich weigerst, findet die Spielleitung jemanden, der dich ausreichend *motiviert*.«

Ivy dachte einen kurzen Moment darüber nach. Ihre Motivation war das Empfehlungsschreiben gewesen. Aber Iljana hatte so etwas nicht nötig.

»Womit wurdest du denn motiviert?«, fragte sie daher und versuchte, ihren pochenden Herzschlag unter Kontrolle zu bringen. Sie hatte das Gefühl, endlich mehr über Iljanas Persönlichkeit erfahren zu können, den Kokon zu durchbrechen, mit dem sich die Millionenerbin schützte.

»Ich spreche nicht darüber«, wehrte Iljana ab.

»Das ist okay«, sagte Ivy, denn sie wollte ihre Freundin nicht bedrängen. »Wenn du irgendwann doch darüber reden willst, bin ich für dich da.« Sie legte sanft eine Hand auf Iljanas Unterarm, eine beruhigende Geste, die sie von ihrer Mutter kannte. Doch Iljana zog hastig ihren Arm weg und vergrub ihre Hände unbeholfen unter dem Tisch.

»Und dein ›ungebührliches Verhalten‹? Verrätst du mir wenigstens, was es damit auf sich hatte?«, startete Ivy einen neuen Versuch. »Gibt es etwa doch irgendwelche Jungsgeschichten, von denen ich nichts weiß?« Sie zuckte übertrieben mit den Brauen, was Iljana endlich zum Lachen brachte.

»Es war eine absolut dämliche Aktion ...« Iljana schüttelte den Kopf, während ihr Blick in die Ferne rückte. »Eigentlich sollte ich nur ein Beweisfoto schießen. Das war meine Aufgabe. Ich dachte noch, was für eine einfache Pflichtaufgabe, aber ... nun ja.« Sie runzelte die Stirn und schien sich über sich selbst zu ärgern. »Heath«, sie ließ den Namen kurz auf Ivy wirken, deren Puls sofort zu rasen begann, während sich ihre Finger um ihr bloßes Handgelenk schlossen, »sollte sich nach Unterrichtsschluss im Schulhof ausziehen. Er hat sich die Schlüssel vom Hausmeister *besorgt* und wir sind abends noch mal dorthin gefahren, damit er seine Aufgabe erledigen konnte.«

»Er hat sich einfach so vor dir ausgezogen?« Ivy schluckte. Heath hatte also auch eine Vergangenheit mit Iljana.

»Als hätte er ein Problem damit«, antwortete Iljana. »Was du mir in den Ferien über ihn erzählt hast, klang nach einem völlig anderen Menschen.« Sie zog die Unterlippe zwischen die Zähne und fuhr dann fort. »Aber ich wollte ihn auf dem Foto nicht in all seiner *Pracht* zeigen. Niemand hat es verdient, mit nackten Tatsachen erpresst zu werden ...«

Ivy versuchte, sich die Szene vorzustellen. Heath nackt unter den Bäumen auf dem Schulhof. Iljana direkt vor ihm, einzelne Locken wehten in der sanften Brise. Ivys Unterbewusstsein dichtete die Szene weiter, ihr Magen rebellierte, als sich Heath vollkommen unbekleidet der elfengleichen Iljana näherte und sie mit zärtlichen Küssen bedeckte, ehe er ihre Bluse aufknöpfte – der mögliche Grund für Iljanas ungebührliches Verhalten. Sie schluckte den bitteren Geschmack im Mund hinunter.

»Ich habe also nach einem guten Winkel für das Foto gesucht, als

Blitzlichter uns blendeten. Ein paar Sekunden später hatte ich ein Foto von der Spielleitung auf dem Handy.« Sie lachte freudlos auf. »Die Perspektive war natürlich perfekt gewählt. Es sah aus, als würde ich mich vor ihn knien und ... Du kannst es dir bestimmt denken.« Iljana senkte den Blick, ihre Wangen leuchteten rot wie ein Signalfeuer.

»Und dieses Foto ging auch an die Schulleitung?« Ivy schnappte nach Luft. Für sie hätte das den Verlust des Stipendiums bedeutet.

Iljana zögerte mit ihrer Antwort. »Zum Glück nicht. Aber ein Foto, das mich mitten in der Nacht auf dem Schulhof zeigt, als wollte ich einbrechen.«

»Und Heath? Warum ist er nicht von der Schule geflogen?« Er hatte sich schließlich sogar ausgezogen!

»Mir wurde *nahegelegt*, ihn nicht zu erwähnen. Ansonsten hätte die Schulleitung das andere Bild bekommen – und damit auch meine Eltern. Wenn das dann noch die Klatschpresse spitzgekriegt hätte ... Ich wäre so oder so von der Schule geflogen.« Sie versuchte, lässig zu wirken, doch Ivy sah, wie bleich – noch bleicher als sonst – Iljana war. Sie hatte offenbar immer noch mit den Konsequenzen dieser scheinbar so einfachen Aufgabe zu kämpfen. »Du hast meine Eltern kennengelernt.«

Ivy schauderte beim Gedanken an ihre erste Begegnung. Die Romanovs liebten ihre Tochter, waren aber auch unglaublich streng, was Ivy oft genug miterlebt hatte. Außerdem waren sie sehr gottesfürchtig und hätten Iljana bei derartigen Fotos vielleicht zusätzlich bestraft. Aber so genau wollte Ivy das gar nicht wissen.

Vor Anspannung hatte sie sich immer weiter nach vorn gelehnt und ließ sich nun nach hinten fallen. Dieses ganze Spiel war krank! Absolut krank. Sie konnte gut verstehen, dass sich Iljana lieber für das Internat entschieden hatte.

Das Schweigen zwischen ihnen wurde immer erdrückender. Zur Ablenkung nippte Ivy an ihrem Kaffee und warf Iljana verstohlene Blicke zu, die nun gar nicht mehr wie Merida wirkte, mit der Ivy ihre lebhafte Freundin immer verglich. Das Funkeln in ihren Augen war verschwunden und sie schien tief in Gedanken versunken zu sein. Warum hatte sie sich überhaupt erst zu dem Spiel überreden lassen? Was steckte nur dahinter?

Als es erneut klingelte, zuckte Ivy vor Schreck zusammen.

»Ich sollte gehen. Wir sehen uns morgen beim Gottesdienst«, sagte Iljana schnell und folgte Ivy zur Tür. Sie umarmte Ivy kurz und drängte sich an dem Kurier vorbei, ohne dass Ivy sie zurückhalten konnte, weil sie für das Päckchen unterschreiben musste. Als sie damit fertig war, sah sie gerade noch, wie Iljana in die Limousine stieg. Kaum hatte sie die Tür geschlossen, fuhr der Wagen davon.

Ivy ging mit dem kleinen Paket zurück in die Küche und stellte fest, dass es nicht wie sonst an ihren Vater oder ihre Mutter adressiert war, sondern direkt an sie. Sie erwartete eigentlich keine Sendung, schon gar nicht per Kurier. Die Neugier weckte regelrechte Superkräfte in ihr und in The-Flash-Geschwindigkeit, dessen Blitzsymbol heute sogar auf ihrem Shirt prangte, hatte sie das Paket geöffnet. Darin lagen ihr Handy und eine hastig hingekritzelte Nachricht.

Du hast es gar nicht zurückverlangt.
Wie willst du Punkte sammeln, wenn die
Spielleitung dich nicht erreichen kann?

Pen

Dann war es jetzt ihre Schuld, dass sie ihr Handy nicht zurückbekommen hatte? Doch sie war so erleichtert, es wieder zu haben, dass ihr

Ärger schnell abebbte. Sie schaltete es ein und stellte fest, dass Penelope es sogar aufgeladen hatte. Der Akku war voll und auf dem Sperrbildschirm waren etliche Benachrichtigungen – vor allem von Kelly, wie sie bereits angekündigt hatte –, aber keine einzige Nachricht von der Spielleitung. Ivy sah extra im Chat nach, ob Pen es irgendwie geschafft hatte, ihren Code zu knacken, und spioniert hatte.

Natürlich hast du keine Nachricht von der Spielleitung, meldete sich Ivys innere Stimme mit einem sarkastisch-belehrenden Tonfall. *Penelope wusste ja, dass du sie nicht abrufen konntest.*

Kelly hatte sich in mehreren Text- und Voice-Nachrichten auf alle erdenkliche Arten entschuldigt, ihr sogar ein Foto mit Schmollmund und Dackelblick geschickt. In einer der Sprachnachrichten erklärte sie Ivy auch, was sie mit Janice zu schaffen hatte.

»*Ich hatte doch gestern diesen unerfreulichen Termin in der Mittagspause, weißt du noch? Der war mit Janice. Mein neuer Sponsor besteht darauf, dass wir gemeinsam ein Video drehen und Fotos machen. Zwei junge Sterne am Modehimmel.*« Sie betonte den letzten Satz so übertrieben ironisch, dass Ivy ihr angewidertes Gesicht deutlich vor sich sehen konnte. »*Kurz nach den Fotos in Janice' Story kam die Aufgabe.*«

Welche Aufgabe das genau war, erwähnte Kelly jedoch nicht. Aber Ivy ahnte, worum es sich gehandelt hatte. Sie scrollte weiter durch die endlose Reihe an Emojis. Die letzte Nachricht war kurz vor ihrem Überraschungsbesuch eingegangen.

> Ich komm dich jetzt besuchen und sperre dich notfalls ein, bis du mir verzeihst.
> Es ist nichts gelaufen. Ganz gleich, wie es aussah. Du glaubst mir doch?

Ivy versuchte, sich vorzustellen, wie Kelly dieses Gespräch mit ihr führte. Vielleicht war sie sogar ganz froh gewesen, dass Iljana zu Besuch gewesen war. Obwohl sie als *Fashionista* tagtäglich ihre Sprachgewandtheit bewies, fielen ihr direkte Gespräche manchmal schwer, vor allem wenn es um heikle Themen ging. Die panischen und traurigen Emojis, über die Ivys Finger nun fuhren, bildeten exakt die Emotionen ab, die Ivy am Vorabend bei Kelly vermisst hatte. Ivys Mundwinkel hoben sich leicht. Bis ihr wieder einfiel, welche Bilder sie auf Janice' Handy gesehen hatte.

> Und warum hast du dich auch an einem Nachmittag mit Heath getroffen?

Ihr war bewusst, dass sie nicht auf Kellys Entschuldigung eingegangen war. Doch sie musste es wissen. Wie sollte sie ihrer Freundin sonst verzeihen?

Kelly war natürlich online und schrieb sofort zurück.

> Das war doch die Aufgabe!

Im spiegelnden Display sah Ivy die Furche zwischen ihren Brauen. Da kam auch schon die nächste Nachricht von Kelly.

> Im Club habe ich ihn von Pen weggelockt, um mit ihm darüber zu reden. Er hat all meine Nachrichten ignoriert. :-/

Erleichterung durchflutete Ivy. Also hatte Kelly Heath doch nicht angebaggert. Sie reckte ihr Gesicht den Sonnenstrahlen entgegen, die durch ihr Fenster fielen. Der Nebel über New York – und über ihrer Freundschaft – hatte sich endlich aufgelöst. Jetzt hatte sie wieder das Gefühl, das Spiel überstehen zu können.

> Du darfst mir nichts mehr verheimlichen!

Kelly schickte eine Sprachnachricht zurück. Ein lautes Quietschen ließ Ivy zusammenzucken, ehe Kellys Stimme viel zu laut durchs Zimmer hallte: »*Danke, dass du mir verzeihst. Ich weiß nicht, was ich sonst gemacht hätte. Du bist einer meiner Lieblingsmenschen. Ich verspreche, dir von nun an alles zu erzählen! Wenn die nächste Aufgabe kommt, sage ich dir sofort Bescheid.*«

Ihre Stimme klang so ehrlich befreit, wie auch Ivy sich fühlte. Sie ging duschen, suchte Klamotten aus dem Schrank und legte ihrer Mom einen Zettel auf den Küchentisch, dass sie bei *Bookish Dreams* vorbeischauen würde. Es war zu ihrem ganz eigenen Ritual geworden, jeden Samstagvormittag ihren Vater im Buchladen zu besuchen, über die hübsch aufgebauten Neuerscheinungen zu streichen und vor allem die neuesten Leseexemplare durchzusehen.

Mit dem gestern begonnenen Roman in der Hand schloss sie die Haustür hinter sich. Vielleicht konnte sie noch ein paar Sonnenstrahlen im Bryant Park genießen.

Sie war noch nicht einmal am Ende des Blocks angekommen, als eine dunkle Limousine neben ihr hielt. Ivy sah die deutlich erblasste Spiegelung ihres Gesichts, während sich die abgedunkelte Scheibe senkte. Dahinter kam eine übergroße Sonnenbrille zum Vorschein, die von leuchtend goldenem Haar umrahmt war.

»Guten Morgen, Penelope«, sagte Ivy höflich.

»Da wir uns nun so nahestehen, darfst du mich Pen nennen. Wir wollten dich gerade abholen. Samstage sind immer so entsetzlich verplant.«

»Nein, danke«, erwiderte Ivy schnell und ignorierte den Fahrer, der soeben aus dem Fahrzeug stieg, obwohl er den kompletten Verkehr behinderte. Er umrundete den Wagen und öffnete ihr die Tür.

Ivy trat unwillkürlich einen Schritt zurück. »Ich bin gerade auf dem Weg zur Buchhandlung meines Dads. Das ist mein Samstagsplan.«

Penelope sah ins Wageninnere, wo vermutlich Daphne saß. Sie unterhielten sich so leise, dass Ivy durch den Verkehrslärm nichts verstand.

»Deal ist Deal«, wandte sich Penelope kurz darauf wieder an Ivy. »Aber wir verschieben den ersten Termin und fahren mit dir zur Buchhandlung. Steig ein.«

Obwohl dieses Angebot ein echtes Entgegenkommen war, klang es bei Penelope eher wie eine zuschnappende Falle. Der Fahrer hielt immer noch die Wagentür auf und sah Ivy beinahe flehend an, während hinter der Limousine immer lauter gehupt wurde. Ivy gab sich geschlagen und stieg ein, wo ihr sofort ein blumig-fruchtiger Parfumduft entgegenschlug.

KAPITEL 19
Ivory

Im Wagen erfuhr Ivy, wie ihr heutiger Terminplan aussah: Gesichtsbehandlung, Personal Trainer, Massage, Besuche in diversen Designershops, um einen Blick auf die neusten Kollektionen zu werfen. Den Rest konnte sie sich nicht merken.

Ivy sah vor ihrem inneren Auge, wie sich das Bild von ihr auf einer Bank im Park in der Sonne sitzend und in fremde Welten versunken auflöste. Sie seufzte, was ihr sofort die Aufmerksamkeit ihrer Mitfahrerinnen einbrachte.

»Wenn du dir Sorgen wegen der Bezahlung machst…« Penelope zog eine schwarze Kreditkarte hervor und ließ die durch das Glasdach einfallenden Sonnenstrahlen darauf tanzen. »Das ist kein Problem.«

»Ich mache mir keine Sorgen wegen der Ausgaben«, sagte Ivy ehrlich. Daran hatte sie nicht einmal gedacht.

»Warum wirkst du dann so niedergeschlagen?«, fragte Daphne und sah sie ehrlich interessiert an.

»Kannst du dir vorstellen, dass man seine Tage auch ohne Geld ausgeben verbringen kann?« Die Antwort kam ungewollt bissig rüber.

Daphne presste die Lippen zusammen, schob den Unterkiefer vor und wandte sich eingeschnappt ab. Penelope tätschelte ihre Hand.

»Tut mir leid«, sagte Ivy. »Ich genieße es einfach, im Park zu sitzen und zu lesen. Oft nehme ich mir eine Decke mit und lege mich ins Gras. Dann fühle ich mich wie zu Hause in Deutschland.« Weit weg von New York, fügte sie in Gedanken hinzu. Heute hätte sie dieses Gefühl dringend gebraucht.

»Was hältst du davon, wenn wir bei deinem Vater ein paar Bücher kaufen und anschließend im Park picknicken und lesen, bevor wir zur Gesichtsbehandlung fahren?«, fragte Penelope.

Ivy hielt das für einen Witz und reagierte nicht, bis Pen die Trennscheibe zum Fahrer herunterfahren ließ und ihm die Anweisung gab, sie bei *Bookish Dreams* abzusetzen und anschließend alles für ein Picknick zu besorgen.

Auch Daphne schien von der Idee ganz angetan zu sein. Sie erzählte, dass sie sich sowieso noch die Fortsetzung ihrer neuen Lieblingsreihe holen wollte. Den Vorgängerband hatte sie gerade erst beendet. Ivy konnte Daphne nur anstarren und überlegte, ob es ein gutes Zeichen war, dass sie beide auf Sarah J. Maas standen. Normalerweise fand Ivy Menschen mit demselben Lesegeschmack immer sympathisch. Aber sie hatte die oberflächliche Daphne nicht für eine Leseratte gehalten – Vorurteil hin oder her.

»Ich habe dir doch gesagt, dass du die Bücher unbedingt lesen musst. Warum hast du dich so lange davor gedrückt?« Penelope sah Daphne triumphierend an und Ivys Sicht auf die Welt verschob sich ein weiteres Mal.

»Warum starrst du uns so an?«, fragte Daphne nun wieder in ihrem arroganten Tonfall.

Ivy lächelte nur. »Nichts. Ich hätte nur nie gedacht, dass …«

»… wir lesen können?«, beendete Daphne den Satz. »Wir sind an der teuersten Privatschule von Manhattan, die hätten ihren Job sehr schlecht gemacht, wenn es nicht so wäre.« Sie schnaubte verächtlich.

»Das war mir klar. Nur hätte ich euch eher für ... Zeitschriftenleserinnen gehalten. Dass ihr euch auch für sexy Highlords und das Reich der Fae begeistern könnt, hätte ich euch nicht zugetraut.«

Daphne schwärmte daraufhin in einem Zug von den Figuren, bis sie die heiligen Hallen von *Bookish Dreams* betraten. Penelope und Daphne sahen sich mit leuchtenden Augen um. Ohne das typische Upper East Side Gehabe wirkten die beiden wie vollkommen andere Personen. Daphne stürzte auf die Jugendbuchabteilung zu und Penelope folgte Ivy zu den Neuerscheinungen. Ivy deutete auf ein paar Bücher, die sie bereits vorabgelesen hatte und absolut empfehlen konnte. Penelope konnte sich gar nicht entscheiden.

Ivy nutzte die entspannte Stimmung und fasste sich ein Herz, um endlich die Frage zu stellen, die ihr seit ihrer Zusage zum Spiel auf der Zunge brannte.

»Du wolltest mir noch erzählen, was mit Heath los ist«, sagte sie und bemühte sich, ihre Neugier zu verbergen.

»Hm?«, fragte Penelope gedankenverloren und sah von einem eindeutig nicht jugendfreien Roman auf, dessen Klappentext sie gerade las.

»Heath. Du wolltest mir sagen, warum er sich so seltsam verhält.«

Penelopes entspannter Ausdruck, den sie seit Betreten der Buchhandlung nicht abgelegt hatte, verschwand.

»Das war der Deal«, legte Ivy nach. In ihrem Magen verdichteten sich Nervosität, Hoffnung und Enttäuschung zu einem festen Knäuel.

Penelope verdrehte die Augen und machte eine wegwerfende Handbewegung. »Du kennst die Antwort doch schon.«

»Wie meinst du das?« Das Knäuel wurde immer größer. Lag es etwa an Kelly? Lief doch mehr zwischen den beiden?

»Ich spreche natürlich vom Spiel. Jeder an der St. Mitchell verhält sich *seltsam* während der Qualifikationswochen.« Sie zuckte lässig mit den Schultern und übersah – oder ignorierte –, wie sich Ivys Hand um das Buch in ihrer Hand krallte.

»Das soll die versprochene Erklärung sein?« Ivys Puls raste. Die ganze Zeit hatte sie sich einen vernünftigen Grund herbeigewünscht. Und jetzt das?

»Jeder muss seine Aufgaben erledigen. Heath steckt genauso drin wie alle anderen. Lass uns bezahlen gehen.« Mit klackernden Schritten machte sich Penelope auf den Weg zur Kasse.

Während sich Ivy über Penelopes Unverschämtheit und den wissentlichen Betrug ärgerte, ging ihr gleichzeitig der genaue Wortlaut nicht mehr aus dem Kopf. »Wie alle anderen«, hatte Penelope gesagt und nicht »wie wir alle«. Hatte sie damit zugegeben, dass sie die Spielleiterin war?

Der Gedanke ließ sie auch nicht los, als sie kurz nach ihrem Dad sehen wollte wie bei jedem Besuch. Auf dem Weg nach oben kam ihr eine ältere Dame entgegen. Erst als sie Ivy namentlich begrüßte, sah Ivy genauer hin. Sie erkannte die Frau wieder, auch wenn sie einen Moment brauchte, bis sie den Namen in den Untiefen ihres Gehirns gefunden hatte.

»Guten Morgen, Mrs Anderton«, sagte sie höflich, um einen guten Eindruck zu hinterlassen.

Die Frau des Generalstaatsanwalts lächelte sie freundlich an. Sie wirkte überhaupt nicht so oberflächlich distanziert, wie sonst immer alle taten. Ivy schrak zusammen, als Mrs Anderton nach einer kurzen Begrüßung ihre blasse Hand hob und sie an der Schulter berührte. Unwillkürlich wich sie zurück. Mrs Anderton wirkte betroffen und Ivy ohrfeigte sich in Gedanken für ihre Reaktion. Warum konnte sie sich nicht besser beherrschen?

»Ich ... hätte nicht erwartet, Sie hier zu sehen«, sagte sie, weil ihr nichts anderes einfiel.

»Liest du denn gern?«, fragte Mrs Anderton im Plauderton und deutete auf den Roman in Ivys Hand. Damit war das Eis gebrochen. Über ihr liebstes Hobby konnte sie so viel erzählen! Mit ihrer Schwärmerei schien sie auch Mrs Anderton anzustecken. Ihre blassen Augen leuchteten regelrecht auf und sie lernten sich in diesen wenigen Minuten auf einer ganz anderen Ebene kennen, weil sie eine Gemeinsamkeit abseits der oberflächlichen Partys hatten. Genau das hatte ihre Mutter gemeint.

Mrs Anderton verabschiedete sich mit einem »Wir treffen uns hoffentlich bald wieder« von Ivy und umschloss ihre Hand ganz fest. Ivy hielt ihrem musternden Blick ehrlich lächelnd stand und lobte sich innerlich dafür, dass sie nicht zurückgezuckt war. Anschließend sagte Ivy endlich ihrem Vater kurz Hallo, bevor sie zu Penelope und Daphne zurückging. Durch das Gespräch mit Mrs Anderton nahezu berauscht, störte sich Ivy auch nicht am Jammern der beiden, sie hätten in der Wartezeit ein ganzes Bodypeeling durchziehen können.

Nur langsam kehrte Ivy aus ihrer Gute-Laune-Blase zurück. Heute hatte sie gleich drei Menschen getroffen, von denen sie nicht erwartet hätte, dass sie ihr liebstes Hobby teilten. Sie warf einen Seitenblick zu Penelope, die sich gerade von Daphne die geänderten Termine geben ließ. Wie konnte jemand, der Bücher offensichtlich genauso liebte wie Ivy, nach außen hin so ein Biest sein? Sie würde ihr nie verzeihen, dass sie sie mit einer unsinnigen »Erklärung« zu diesem Spiel überredet hatte und sie nun in all diesen Intrigen feststeckte.

In Schneckengeschwindigkeit gingen die drei zum Park, wo tatsächlich Penelopes Fahrer mit einer Picknickdecke und einem *Home & Garden*-tauglichen Weidenkorb auf sie wartete.

Mit einem Kloß im Hals sah Ivy zu, wie der Fahrer die Decke ausbreitete, die sie sofort daran erinnerte, wie sie im Sommer immer mit Heath im Central Park gesessen hatte. Penelope und Daphne holten unterdessen lauter gesundes Essen aus dem Korb. Wie hatte der Fahrer es nur geschafft, in dieser kurzen Zeit all die frischen Sachen zu besorgen?

Sie beobachtete die beiden, während sie Fotos schossen und ganz unbefangen miteinander umgingen. Hin und wieder las eins der Mädchen ein Stück aus ihrem Buch vor und Ivy bemerkte, dass sie das gemeinsame Schmökern genoss. Sie wurde einfach nicht schlau aus den beiden.

Die Sonne stieg immer höher. Daphnes Handy vibrierte auf der Decke und kaum, dass sie die Nachricht gelesen hatte, verschwand ihre gute Stimmung.

»Wir sollten gehen«, sagte sie nur an Penelope gewandt. »Die Li… Sie sind hier.«

»Hier?«, erwiderte Penelope mit zittriger Stimme. »So weit entfernt von ihrem Gebiet?« Doch sie erwartete keine Antwort. Im Bruchteil einer Sekunde hatte Penelope den Fahrer herangewunken und warf mit Daphne die auf der Decke verstreuten Picknickreste in den Korb. Keine zwei Minuten später hatten sie die große Wiese verlassen und liefen den Weg unter den Bäumen entlang zur Limousine. Dabei kamen sie an einer Gruppe Jugendlicher vorbei, die wirklich jedes Klischee einer Gang erfüllten. Sie grölten und lachten und machten anzügliche Gesten in ihre Richtung. Ivys Nacken kribbelte und sie rieb sich die Gänsehaut von den Armen. Ihr Herzschlag beschleunigte sich.

Angst. Sie hatte lange keine echte Angst mehr verspürt, dachte sie bei sich und beobachtete Penelope und Daphne, die fast schon rannten. Auch sie hatten Angst, trotz des Fahrers an ihrer Seite, der bei seiner

Statur vermutlich mehr als nur ein Chauffeur war. Für solche Gangs mussten Kids der Upper East Side wie ein rotes Tuch sein. Bisher war Ivy immer ganz unbeschwert im Park gewesen, irgendwelche Gruppen von Jugendlichen hatten ihr keine Sorgen gemacht. Doch in diesem Moment gehörte sie zu den »Rich Kids« und der Gedanke, was alles passieren könnte, schnürte ihr die Kehle zu.

Daphne hatte die Schultern hochgezogen und hielt den Kopf gesenkt. Als ihr Name fiel, zuckte sie zusammen. Sie wurde als Verräterin, Schlampe und noch Schlimmeres beschimpft. Wenn schon Ivy ihre Hände zu Fäusten ballen musste, um wie vom Fahrer instruiert einfach weiterzugehen, wie mochte sich Daphne dann wohl fühlen?

Ivy reimte sich aus dem Wissen über Daphnes Vergangenheit zusammen, dass es sich bei dieser Gang vermutlich um besagte alte *Bekannte* handelte, die Penelope erwähnt hatte und die dank Janice auf irgendeiner Party aufgetaucht waren. An Daphnes Stelle würde sie Janice ebenso dafür hassen. Wo zum Teufel war sie da nur hineingeraten?

Erst in der Limousine erlaubte sie sich, tief Luft zu holen und nachzufragen. »Wer waren die?«

»Das waren die Lions«, erklärte Penelope.

Daphne zuckte bei der Erwähnung zusammen und hob die Hand, um Penelope vom Weiterreden abzuhalten. Ivy wollte schon nachhaken – sie waren offensichtlich in Gefahr gewesen und das ging ja wohl weit über ihre Aufgabe hinaus, sich der Clique anzuschließen –, da strich Daphne ihre vollen pechschwarzen Haare über die Schulter nach vorn und drehte sich um. In ihrem Nacken befand sich ein quartergroßer heller Fleck, der sich von ihrer dunkelbraunen Haut abhob. Wäre er etwas erhaben, hätte Ivy ihn für eine Narbe gehalten.

»Dort war das Tattoo der Gang«, sagte Daphne leise. »Ich war eine von ihnen und niemand steigt aus der *Familie* aus, ohne dafür zu bezahlen.« Sie warf ihre Haare wieder nach hinten, wandte sich aber nicht wieder um. Ivy sah, wie ihre Schultern bebten.

»Ich denke, es ist besser, wenn wir wieder unserem regulären Programm folgen.« Penelopes Worte waren unmissverständlich. Das »reguläre Programm« sorgte dafür, dass sie sich außerhalb der Reichweite der Lions aufhielten und ein klein wenig verstand Ivy nun das Verhalten der beiden. Sie würde an ihrer Stelle auch einen weiten Bogen um alle Orte machen, an denen die Gang auftauchen könnte. Das Gefühl der nackten Angst war schlimmer als die Sorge, beim Spiel erwischt zu werden.

Penelope und Daphne schienen inzwischen damit abgeschlossen zu haben und widmeten sich wieder ihren Handys. Ivy konnte ihre Gefühle nicht so schnell abstellen. Die Klimaanlage des Wagens sorgte für einen leichten Luftstrom, der ihre schweißnasse Haut eiskalt werden ließ. Es dauerte eine Weile, bis sie sich endlich soweit gefasst hatte, auch einen kurzen Blick auf ihr Handy zu werfen – wo eine neue Nachricht der Spielleitung wartete.

X

»Keine Widerrede! Du wirst es tun oder dein Geheimnis wird öffentlich. Es ist ein besonderer Tag und es ist ganz leicht.«

So energisch hatte er sie seit Langem nicht erlebt. Etwas musste vorgefallen sein. Er klammerte die Hand so fest um das Handy, dass die Plastikhülle knirschte. Hätte er sich damals nur nie überreden lassen! Dann läge sein Leben jetzt nicht in ihrer Hand. Sie lächelte ihn milde an. Aber er sah die Wahrheit hinter diesem Lächeln.

»Was genau willst du?«, gab er sich geschlagen. Jeder Widerstand brach, wenn es etwas gab, das man um jeden Preis beschützen wollte – und das waren in dieser Welt die eigenen Geheimnisse.

Mit aufgesetztem Lächeln erklärte sie ihm ihren Plan. Dann wurde ihre Miene weicher. »Du weißt, dass sie es sonst nicht verstehen wird.«

KAPITEL 20
Ivory

> Heute wird geküsst! Mit deinem Beweisfoto verdienst du dir einen Sonderpunkt.

Ivy las mehrmals die Nachricht der Spielleitung und beschloss, sie nicht als offizielle Aufgabe zu betrachten. Kelly hatte ihr erklärt, dass man Sonderpunkte für freiwillige Aufgaben sammeln konnte – was Ivy definitiv nicht vorhatte.

Den Rest des Tages verbrachte sie in der sicheren Umgebung von Manhattans Boutiquen und gut bewachten Schmuckateliers, schleppte etliche Tüten und Schachteln mit den Logos der teuersten Labels der Welt und hörte Penelope und Daphne am späten Nachmittag während einer entspannenden Gesichtsbehandlung zu, wie sie Pläne für den Abend schmiedeten.

»Die Party ist Tradition«, erklärte Penelope und wartete vermutlich darauf, dass Ivy nachhakte. Was sie nicht tat. Nachdem Daphne ihre Vergangenheit und damit ihre Schwäche offenbart hatte, waren die Mädchen wieder zu ihrem zickigen und oberflächlichen Verhalten zurückgekehrt und Ivy hatte keine Lust, darauf zu reagieren.

Doch Penelope ging nicht auf ihre ablehnende Haltung ein und plapperte munter weiter. »Der erste Samstag nach den Sommerferien ist ein besonderer Tag. Die erste Privatparty im neuen Schuljahr.« Der Vorfall im Park schien vergessen – oder ertränkt in unzähligen Cremes und benebelt vom starken Duft nach Jasmin, der Ivy bereits bei der Ankunft im Salon entgegengeweht war.

»Wie in den letzten Jahren findet die Party bei Bryan statt«, ergänzte Daphne mit einem Hauch von Stolz, den Ivy nicht nachvollziehen konnte. Jedes Mal wenn Daphne sprach, musste Ivy an die wüsten Beschimpfungen ihrer »ehemaligen Freunde« denken. Ivy hatte tatsächlich Mitleid für sie empfunden, was sich durch Daphnes arrogantes Verhalten gegenüber den Angestellten der Boutiquen, dem Servicepersonal beim Mittagessen – samstags gab es tatsächlich mehr als nur grüne Flüssignahrung – und den Mitarbeiterinnen des Kosmetikstudios wieder verflüchtigte. Selbst wenn Daphne damit nur ihre Angst überspielte, war ihr mieses Zickengehabe für Ivy ein Grund zum Fremdschämen.

Nach der Behandlung wurden die drei Mädchen noch geschminkt und zogen in einem Nebenraum ihre neu gekauften Kleider an. Ivy hatte sich zunächst geweigert, Penelopes Geschenk anzunehmen, aber sie hatte ihr versichert, dass sie das für jeden in der Clique tun würde und Ivy ja jetzt dazugehörte. Außerdem könnte man sich sonst nicht mit ihr auf der Party blicken lassen, hatte sie noch gehässig hinterhergeschoben. An Ivy prallten diese Dinge mittlerweile ab. Innerhalb einer Woche war ihr Fell deutlich gewachsen.

Wenig später fuhr die Limousine die Mädchen zum Club. Heute gingen sie jedoch nicht zum Lastenaufzug, der sie ins *Up!* gebracht hatte. Stattdessen betraten sie den regulären Fahrstuhl, der ein Stockwerk unter dem Penthouse anhielt. Die Türen öffneten sich zu einem breiten Flur, der voller Menschen war. Auf den ersten Blick entdeckte Ivy kein bekanntes Gesicht.

Daphne und Penelope drückten ihre dünnen Jäckchen einem Mädchen in die Hand, das in der anderen einen Becher hielt und definitiv nicht nach Servicepersonal aussah, die Kleidungsstücke jedoch pflichtschuldig zur Garderobe brachte und sich sogar noch darüber zu freuen schien. Ivy behielt die mehr nach Bluse aussehende Jacke an. Das ärmellose, türkisgrün schimmernde Cocktailkleid, das Penelope ihr aufgeschwatzt hatte und das Ivy an Arielle erinnerte, erschien ihr viel zu freizügig – vor allem beim Anblick der vielen jungen Männer, die teils in langärmeligen Hemden den Flur bevölkerten.

Ivy wurde von Penelope und Daphne in die Mitte genommen und zu einem Raum geführt, der größer war als der Gemeindesaal der St. Paul. Es war unerträglich warm und wimmelte von Leuten. Von einer Privatparty hatte Ivy etwas völlig anderes erwartet, aber die Atmosphäre zog sie in ihren Bann. Im gedimmten Licht sah sie teils tanzende und teils küssenden Pärchen auf Sofas und anderen Sitzmöglichkeiten und trotz der Musik konnte man sich noch gut unterhalten. Die komplette Wand ihr gegenüber war verglast und im Gegensatz zu allen anderen Orten, die sie täglich besuchte, gab es draußen nur wenige Wolkenkratzer, die sie überragten. Hinter der Scheibe war eine durch Sichtschutzwände abgeteilte Nische in Dampf gehüllt, sodass der Außenwhirlpool kaum zu erkennen war – geschweige denn, die dunklen Schemen, die darin saßen.

Penelope lächelte wie eine Königin und sondierte die Lage. Bryan tauchte plötzlich neben ihnen auf und riss Daphne von Ivys Seite, um sie stürmisch zu küssen. Dabei hielt er sein Handy in der ausgestreckten Hand und schoss ein Foto.

»Aufgabe erfüllt«, sagte er selbstzufrieden. Als er Daphne stolz das Display zeigte, zog sie die Nase kraus und beschwerte sich, dass er sie nicht gut getroffen hatte.

Also wiederholten sie die Szene, was Bryan natürlich sehr gelegen kam.

Ivy sah sich kurz um, dann wandte sie sich fragend an Penelope. »Aufgabe? Ich dachte, es ist verboten ...«

»Hast du nicht zugehört? Heute ist ein besonderer Tag«, begann Penelope, wurde dann jedoch von einem jungen Mann unterbrochen, der auf sie zukam. Er war vielleicht drei oder vier Jahre älter als sie und wedelte mit seinem Handy.

Pen streckte sofort den Arm aus und hielt ihn auf Distanz. »Vergiss es!«

Als der junge Mann mit einem Schulterzucken abzog, fuhr sie mit ihrer Antwort fort. »Der erste Samstag nach den Ferien ist der Tag des Kusses. Heute gibt es keine Presse, nur eigene Fotos, und man kann küssen, wen man will. Das Erinnerungsfoto ist obligatorisch. Aber niemand verlässt ungeküsst die Party.«

Ivy erstarrte, doch das schien Penelope entweder zu ignorieren oder tatsächlich nicht zu bemerken. Sie wollte weitergehen, wurde jedoch von Ivy zurückgerissen, die immer noch bei ihr eingehakt war. Schnell zog Ivy ihren Arm weg.

»Ich werde niemanden küssen!«, sagte Ivy entschieden. Ihr Blick blieb an einer großen Leinwand an der rechten Wand hängen, vor der mehrere Sessel für das Publikum standen, das fleißig johlend ein *Guitar Hero*-Duell zwischen einem Mädchen und einem jungen Typen mit Brille verfolgte. In der Ecke stand ein Billardtisch, um den sich viele Neugierige versammelt hatten und das Spiel eines anderen Paares verfolgten.

»Ach, Ivy. Sei doch nicht so prüde«, sagte Daphne lachend. Bryan drückte ihr gerade ein Glas in die Hand. »Die Auswahl ist so groß! Und es sind nur aktuelle oder ehemalige ›Teilnehmer‹ hier. Daher gilt die Verschwiegenheit des ... du weißt schon«, ergänzte sie.

Und es gibt Sonderpunkte, dachte Ivy bei sich. Endlich verstand sie die Nachricht der Spielleitung vom Nachmittag. Die Gelegenheit, der Position der zukünftigen Spielleitung näher zu kommen. Daphne hatte ihren Sonderpunkt erhalten, während Penelope erneut einen Jungen mit schüchternem Blick abblitzen ließ. Hatte sie keine Sonderpunkte nötig?

»Der war doch ganz süß«, stellte Daphne so leise fest, dass Bryan es beim Weggehen nicht mehr hören konnte. »Ich glaube, er ist in der Achten.«

»Ich werde doch keine Frösche küssen.« Penelope schüttelte sich vor Ekel und blickte in Richtung Billardtisch, wo eine Gruppe Jugendlicher gerade mit Bierflaschen anstieß. Erst als ein sehr ausgiebiger Kuss zweier Jungs endete und die beiden Hand in Hand in Richtung Tanzfläche gingen, sah Ivy Heath dahinter, der mit einer hübschen Dunkelhaarigen mit Engelsgesicht sprach.

Auch Penelope hatte Heath entdeckt und Ivy bemerkte aus dem Augenwinkel, dass ihr Blick viel zu lange auf ihrem Stiefbruder ruhte. Als Ivy sich wegdrehen wollte, sah sie Heath lächeln. Ein Lächeln, das definitiv nicht ihr galt. Seine Begleitung wandte sich nun ebenfalls halb um und winkte schüchtern. Hatte Heath dieses Mädchen geküsst? Machte er bei diesem Blödsinn mit?

»Ich kann gern einspringen, falls ihr Bedarf habt«, bot Bryan an, der soeben mit zwei weiteren Gläsern ankam und sie Penelope und Ivy reichte.

»Vergiss es!«, schimpfte Daphne und zog ihn an sich, um ihre Besitzansprüche geltend zu machen. Bryan küsste sie lachend und wirbelte Daphne herum, ehe er wieder wegging.

Ivy nahm einen Schluck aus ihrem Glas und während der Sekt – oder Champagner – in ihrem Mund prickelte, überlegte sie, was wohl passieren würde, wenn sie heute niemanden küsste. Sie wollte Penelope fragen, doch die sprach gerade mit zwei jungen Frauen. Automatisch wanderte ihr Blick zurück zu Heath und sie überlegte, ob er sich im Zweifelsfall von ihr küssen lassen würde, da wurde ihre Sicht von Vince versperrt.

»Gefällt er dir?«, fragte Daphne, die Ivy beobachtet hatte.

»Er sieht gut aus und scheint nett zu sein«, wich Ivy der Frage aus. Sie wollte auf keinen Fall auf die Nacht nach dem Komitee-Empfang angesprochen werden. »Was läuft da zwischen euch dreien?«, fragte sie deshalb zurück, um von sich abzulenken.

»Wir haben eine ... Vereinbarung. Vince hilft mir dabei, Bryan daran zu erinnern, was er an mir hat.«

Ivy runzelte die Stirn über so viel Ehrlichkeit. Daphnes Miene machte jedenfalls nicht den Anschein, als hätte sie nur einen Witz gerissen oder gelogen.

»Ansonsten kann er tun und lassen, was er will«, ergänzte Daphne, was für Ivy fast nach einer Erlaubnis klang, auch wenn ihr Worte irgendwie auswendig gelernt wirkten. Das Gespräch mit Daphne wurde von Bryan beendet, der seine Freundin erneut an sich zog und küsste.

Ivy stand alleine da und wusste nicht, was sie tun sollte, als Vince mit entschlossenem Gesichtsausdruck auf sie zu kam. Ehe sie sichs versah, legte er die Arme um Ivys Taille und küsste sie. Es dauerte einen Moment, bis Ivy ihn völlig überrumpelt von sich stoßen konnte und dabei fast den Rest ihres Getränks über ihn schüttete.

»Was zur Hölle sollte das?«, schimpfte sie.

Doch Vince beachtete sie gar nicht. Er sah Daphne an, die sich soeben aus dem Kuss mit Bryan löste. Ivys nächster Gedanke wiederum galt Heath. Sie erinnerte sich an seinen Blick am Vorabend und sah sich hastig nach ihm um, konnte ihn aber nirgendwo entdecken. Gestern hatte sie nur mit Vince getanzt, heute war die Szene schon eindeutiger gewesen.

Sie ließ Vince stehen, der noch immer Daphne anstarrte, und schob sich zwischen den Partygästen zum Balkon durch. Kühle Luft wehte ihr ins Gesicht, Dampfschwaden schwebten zu ihr hinüber und neben dem Gluckern des Whirlpools hörte sie leise Stimmen. Sie ging an der Nische vorbei und entdeckte eine Sonnenliege am Ende des Balkons. Obwohl ihr kalt war, ging sie darauf zu. Hinter der Ecke des Gebäudes lauerte die Dunkelheit auf sie, weil das Licht des Wohnzimmers dort nicht hinreichte. Von den vielen kleinen Lichtern der Wolkenkratzer angezogen, trat sie an die Mauer, die den Balkon begrenzte. Der Blick auf das Lichtermeer verschlug ihr den Atem. Leuchtende gelbe und rote Streifen flossen weit unter ihr träge dahin und verschafften ihr endlich etwas Distanz zu den Geschehnissen der letzten Tage. Mit einem Mal schienen ihre Probleme weit weg zu sein, irgendwo dort unten. Sie rieb sich die kalten Unterarme, starrte auf das leuchtende Manhattan und atmete tief durch.

»Hast du dich gut amüsiert?«

Ivy erschrak zu Tode und gab einen erstickten Laut von sich. Sie spähte in die Dunkelheit, wo sich Heath aus dem Schatten löste und näher trat. Sie versuchte, aus seiner Miene abzulesen, was seine neutrale Tonlage ihr verschwieg, doch es war zu dunkel dafür.

Sie antwortete nicht und kämpfte gegen die eisige Kälte, die sich nun auch von ihrem Herzen durch den Körper fraß. Der Wind frischte auf und ließ sie zusätzlich frösteln. Heath stellte sich neben sie und drückte ihr etwas Weiches in die Hand, wobei sein Blick überdeutlich an ihrem Handgelenk hängen blieb, doch sie wollte nicht darüber reden und ignorierte ihn. Stattdessen schlang sie dankbar die Wolldecke um sich, die bisher um seine Schultern gelegen haben musste. Der herbe Duft seines Parfums weckte Erinnerungen in ihr und sie schloss die Augen. Vielleicht seufzte sie sogar. Sie spürte, wie er sich ihr weiter näherte.

»Du solltest reingehen«, sagte er leise.

Sie schüttelte den Kopf, zog die Decke noch fester um sich und starrte auf die wenigen höheren Wolkenkratzer, die mit leuchtenden Augen auf sie hinabsahen.

Ivy schluckte mehrmals, als Heath mit der Hand über ihren Arm unter der Decke rieb, weil sie immer mehr zitterte. Lag das nur an der kühlen Nacht oder auch an seiner Gegenwart? Wie lange war er ihr nicht mehr so nah gewesen? So nah, dass sie sein Aftershave roch, sogar einen Hauch seines Haargels. Dann spürte sie seinen warmen Atem an ihrer Wange und drehte sich instinktiv zu ihm wie eine Sonnenblume zur Sonne.

In der allumfassenden Stille, während der Rest der Welt weit entfernt schien, hörte sie, wie er schluckte. Ihre Lippen wurden trocken, ihr Mund glich einer Wüste und sie hatte Mühe, zu atmen. Ihre Gesichter waren nur wenige Zentimeter voneinander entfernt, sodass Ivy am liebsten alles vergessen und sich näher zu ihm gebeugt hätte. Sie konnte seine weichen Lippen bereits erahnen, sein warmer Atem streifte sie wie der Vorbote eines flüchtigen Kusses. Ein Kuss, der immer leidenschaftlicher wurde, ihren Verstand vernebelte und ihren gesamten Körper zum Erhitzen brachte – wie im Sommer. Es wäre leicht, zu vergessen.

So leicht.

Und sich selbst dabei zu verraten.

Sofort dachte sie an Penelopes Worte, dass sie keine Frösche küssen würde, während sie Heath mit Blicken ausgezogen hatte. Sie erinnerte sich wieder an die Wut, die ihr am Vorabend entgegengeschlagen war. Heath war hier, um *sich* etwas zu beweisen. Nicht *ihr*. Es kostete sie jeden Funken ihrer Selbstkontrolle, von ihm abzurücken. Sofort kroch die Kälte an ihre Seite, die er eben noch gewärmt hatte.

»Du solltest dich vor Vince in Acht nehmen.« Sein Flüstern war kaum hörbar, daher sah sie ihn wieder an, um die Worte auch zu sehen und nicht nur zu hören. »Mit ihm stimmt etwas nicht. Ich weiß noch nicht, was, aber ich werde es herausfinden.«

Sie hätte sich geschmeichelt fühlen sollen, denn er war offenbar eifersüchtig und machte sich Sorgen, aber ihre Stimmung war ganz anderer Natur. »Du willst mich ernsthaft warnen? Vor *Vince*?« Die Worte sprudelten nur so aus ihr heraus. »Du bist derjenige, der aufpassen sollte.«

Keine Frösche küssen.

Er sah sie an, als hätte sie ihm eine schockierende Neuigkeit erzählt. War er tatsächlich so blind und sah nicht, wie er beeinflusst wurde?

»Oder was läuft da zwischen dir und Penelope? Merkst du denn nicht, wie sie dich immer dazu bringt, genau das zu tun, was sie will? Sie manipuliert dich wie alle anderen!«

Er atmete tief ein und lehnte sich bemüht entspannt gegen die Mauer. »So ist sie nicht. Sie hat ihre Macken, aber …«

»Ach nein? Was plant sie dann? Sie hat bisher alle Typen abgewimmelt, weil sie ›keine Frösche küssen‹ will. Aber ihr Blick zu dir war mehr als deutlich. Bestimmt wartet sie schon auf dich.« Ivy wusste nicht, was in sie gefahren war, alle unterdrückten Gefühle seit Beginn des Schuljahres brachen plötzlich aus ihr heraus. »Du solltest schnell zu ihr gehen und dich um *sie* kümmern.«

Heath wich getroffen zurück, doch Ivys Miene blieb starr. Sie hatte diese Spielchen so satt. Sie sah ihm nicht nach, als er mit stampfenden Schritten an ihr vorbeiging. Seine letzten Worte drangen vom Wind verzerrt zu ihr, ehe die Stille sie wieder umfing. »Sie ist es nicht, die ich heute küssen wollte.«

KAPITEL 21
Ivory

Ivy wickelte sich fest in die Wolldecke, um dem Drang zu widerstehen, Heath hinterherzulaufen. Was war da gerade passiert? Wenn sie den Eindruck erwecken wollte, dass Heath ihr egal war, hatte sie vermutlich Erfolg gehabt. Nun hockte sie eingehüllt in eine beigefarbene Wolldecke auf einer einsamen Sonnenliege hoch über Manhattan und malte sich aus, wie Heath Penelope küsste, wie sie ihn an sich zog und nicht mehr losließ.

Warum tat der Gedanke so verdammt weh? Warum konnte sie nicht tough sein, einfach einen Schalter umlegen und mit ihm abschließen? Warum nistete sich schon wieder dieses schlechte Gewissen ein, weil sie Vince geküsst hatte – und das nicht einmal freiwillig?

Wie das Zeichen einer höheren Macht vibrierte ihr Handy und Kellys Name erschien auf dem Display. Ivy nahm den Anruf entgegen.

»Du hast mit Vince rumgeknutscht? Wie küsst er denn so?« Kellys Neugier triefte regelrecht durch den Lautsprecher.

»Woher weißt du das?« Nicht einmal die Wolldecke konnte verhindern, dass Ivy fröstelte. Hatte Penelope nicht gesagt, dass niemand von der Presse anwesend sein würde?

»Alessandra hat etliche Fotos in ihrer Story. Deshalb gehe ich am ersten Samstag des neuen Schuljahres nicht auf Partys. Die Ehemaligen sind überall und nutzen ihre Position aus, auch wenn offiziell nirgendwo etwas erscheinen darf«, erklärte Kelly im Plauderton.

Das fühlte sich alles so falsch an, dass sich Ivy der Magen umdrehte.

»Du hättest mich vorwarnen können, vor der Aufg…«, Ivy verbesserte sich schnell, »vor diesem besonderen Tag. Das erklärt die vielen älteren Typen und Frauen, die ich noch nie gesehen habe.«

»Das hab ich wohl vergessen, als ich Iljana bei dir getroffen habe.« Nun schlug Kellys Stimmung um.

»Sorry, mein Abend war nicht der beste. Ich habe mit Heath gesprochen.«

In der Leitung wurde es so still, dass Ivy das Handy vom Ohr nahm und nachsah, ob das Gespräch unterbrochen worden war.

»Worüber?«

»Über sein Verhältnis zu seiner *Schwester*. Er hält sie ganz offensichtlich für die Unschuld in Person und erkennt nicht, wie sie sich ihm an den Hals wirft und ihn manipuliert.« Ivy erzählte Kelly auch, welchen dämlichen Vorschlag sie Heath gemacht hatte. Kelly klatschte laut Beifall, was sich anfühlte wie Applaus bei einer Beerdigung. Ivy reagierte nicht darauf, denn sie hing ihren eigenen Gedanken nach.

»Irgendwie hatte ich das Gefühl, dass er mir etwas anderes sagen wollte«, fuhr sie fort, während sie mit einem Faden spielte, den sie aus dem Saum der Decke gepult hatte.

»Was denn?«

»Ich … Keine Ahnung. Er war heute irgendwie anders, nicht so abweisend. Ach, ich weiß auch nicht.« Was die reine ungeschönte Wahrheit war, die so was von gar nicht weiterhalf.

»Hm«, war Kellys wenig hilfreicher Kommentar dazu.

»Ich muss jetzt wieder rein. Selbst mit der Decke ist es ganz schön kalt hier draußen.« Der Wind hatte aufgefrischt und drang nun auch durch den weichen Stoff.

»Wir telefonieren morgen wieder, okay?«

»Okay«, sagte Ivy noch, ehe sie ohne Abschiedsworte auflegte.

Sie befreite sich aus der Decke und wollte gerade aufstehen, als ein Quieken durch die Nacht hallte. Es folgte ein Kichern und ein lautes Platschen. Wer auch immer sich im Whirlpool vergnügte, hatte definitiv Millionen Mal mehr Spaß als sie.

Kaum hatte sie die Sichtschutzwand passiert, legte sich der Dampf auf ihre kalte Haut. Sie sah absichtlich nicht zum Jacuzzi, ignorierte das Klirren von Gläsern und reagierte auch nicht auf das Plätschern des Wassers. Deshalb war sie vollkommen überrascht, als sie jemand von hinten packte. Sie quiekte nun ihrerseits auf, ihr Rücken war binnen Sekunden vollkommen durchnässt und die Kälte kroch nun endgültig in ihre Haut. Sie schauderte.

»Dir ist offensichtlich kalt. Du solltest mit ins Wasser kommen.« Sie wandte sich aus dem Griff und drehte sich um. Heath' kleiner Bruder Zach stand ihr mit nacktem Oberkörper und triefend nasser Hose gegenüber und grinste sie unter halb geöffneten Lidern an. Ihm schien der kühle Wind nichts auszumachen.

»Du bist betrunken, Zach«, sagte Ivy.

»Und du klingst wie Heath«, konterte Zach wie ein Kind im Grundschulalter, verdrehte dabei die Augen und strich sich die triefenden Haare aus der Stirn.

»Und wenn schon«, gab Ivy knapp zurück.

»Ihr beide seid echte Spaßbremsen! Als er gerade hier vorbeikam, hat er nur mit Vorwürfen um sich geworfen. Sag mir, dass du nicht auch sofort zu meiner lieben *Schwester* rennst.«

Instinktiv suchte Ivys Blick hinter den Wohnzimmerfenstern nach

Heath. Er stand tatsächlich direkt neben Penelope. War er ihrem Rat bereits gefolgt und hatte sie geküsst? Die beiden sahen nicht so aus, als würden sie sich streiten.

»Was will die nur von ihm?«, hörte Ivy zu ihrem Erstaunen Zach neben sich ihren Gedanken aussprechen.

»Wie kommst du darauf?« Ivy musste mehr erfahren. Vielleicht verriet ihr Zach, wie Penelope sich zu Hause benahm. Er schien zumindest weniger geblendet zu sein als Heath – auch wenn Ivy das nie erwartet hätte. Und in seinem betrunkenen Zustand war er besonders redselig.

»Ich erzähle dir mehr, wenn du mit reinkommst.« Er deutete mit einem kurzen Nicken zum Whirlpool. Sein neckisches Grinsen ließ ihn noch jünger erscheinen.

Ivy sah noch einmal kurz zu Heath und Penelope, dann wieder zu Zach, der den perfekten Dackelblick aufgesetzt hatte. Mit Alkohol war er definitiv erträglicher.

Das ist deine Chance, mehr über Penelope zu erfahren, drängte ihre innere Stimme.

»Ich … ich hab nichts anderes anzuziehen«, versuchte sie, sich herauszureden.

Zach stieß ein kehliges Lachen aus. »Du willst also lieber nackt baden?«

Wie konnte die Stimme eines Sechzehnjährigen so rau klingen wie die eines alten Bikers?

»Nicht wirklich.« Jetzt musste auch Ivy lachen. Zach war zwar nur anderthalb Jahre jünger als Heath, aber er blieb immer der kleine Bruder. Sie konnte das Geflirte nicht ernst nehmen.

»Na dann!« Ohne Vorwarnung legte Zach einen Arm um ihre Taille, den anderen unter ihre Kniekehlen und hob sie hoch. Ihre schlichten Pumps fielen von ihren Füßen und sie stieß einen leisen Schrei aus. »Mein Handy!« Sie wedelte damit vor Zachs Nase.

»Nehmt es und bringt es in Sicherheit«, bellte er den beiden Mädchen im Wasser zu, die seiner Anweisung sofort folgten, während Ivy versuchte, sich freizustrampeln. Penelope würde sie umbringen, wenn sie mit dem Kleid baden ging. Doch Zach war stärker, als er aussah. Sie hatte nicht die leiseste Chance. Panisch sah sich um und überlegte, ob ein Hilfeschrei durch die dicken Scheiben zu den anderen Partygästen dringen würde. Die zwei Mädchen, die soeben aus dem Whirlpool stiegen, würden ihr definitiv nicht helfen. Eher im Gegenteil. Mit einem missmutigen Gesicht nahm ihr die Blonde das Handy aus der Hand und stapfte mit ihrer Freundin in Richtung Tür davon. An einer kleinen Bank blieben sie kurz stehen und wickelten sich in Bademäntel.

Zach war es tatsächlich ernst.

»Du hast gewonnen! Lass mich runter!«, sagte Ivy. Sie stemmte sich fest gegen seine Brust, um sich wegzudrücken, auch wenn sie dabei auf dem Hintern landen würde, doch Zach gab nicht nach. Sein Grinsen wurde regelrecht teuflisch.

»Ich bin schon klatschnass, Zach!« Die Kälte und die Nässe ließen sie am ganzen Körper zittern.

»Dann ist es ja gar nicht mehr so tragisch«, erwiderte er, hob sie über die Außenwand des Whirlpools und ließ sie los.

Die Hitze des blubbernden Wassers tat im ersten Moment so gut, dass sie sich erst verzögert beschwerte. Mit einem Satz über den Rand landete Zach platschend neben ihr.

»Draußen ist es echt scheißkalt.« Er ließ sich bis zum Hals ins Wasser sinken und seufzte mit geschlossenen Augen. Er sah so verdammt jung aus, besaß noch Reste der kindlichen Züge, die bereits aus Heath' Gesicht gewichen waren. Zach war zu jung, um sich mit all den intriganten

Menschen abzugeben. Obwohl er sich ihr gegenüber immer so arrogant verhalten hatte, weckte er in diesem Moment eine Art Beschützerinstinkt in ihr.

»Was willst du dir damit beweisen?«, fragte sie ehrlich interessiert.

Er öffnete erst ein Lid, dann drehte er ihr sein Gesicht zu und machte das zweite auf. Seine Pupillen waren in dem schwachen Licht riesengroß. Hatte er irgendwelche Drogen genommen oder kam das vom Alkohol?

»Ich muss mir nichts beweisen«, sagte er und verschränkte die Arme vor der nackten Brust.

»Das glaube ich nicht«, erwiderte sie herausfordernd. »Liegt es an Penelope? *Gefällt* sie dir?« Der Gedanke war ihr eben erst gekommen – dass Zach eifersüchtig sein könnte. Eifersüchtig auf seinen Bruder und seine Stiefschwester? Sie verkniff sich, angewidert das Gesicht zu verziehen.

Zach schob sich ein Stück aus dem Wasser und griff hinter sich auf eine Art Tisch. Das Blubbern wurde stärker, dann hatte er eine Flasche in der Hand. Das Etikett konnte Ivy nicht erkennen, aber die Flüssigkeit darin war bernsteinfarben, vielleicht Whiskey, den er direkt aus der Flasche in sich hineinschüttete. Nun verzog sie doch angewidert das Gesicht.

»Sie ist ein Biest!«, sagte er, nachdem er die Flasche gesenkt hatte.

Ivy lachte auf. »Das ist mir auch schon aufgefallen.«

Er nahm einen weiteren Schluck und streckte ihr die Flasche entgegen. Sie schüttelte den Kopf.

»Trink!«, befahl er.

»Nein, danke. Erzähl mir lieber, was Penelope dir getan hat.« Vielleicht fand sie etwas heraus, mit dem sie Penelope loswerden konnte. Verdammt, sie dachte sogar schon wie *sie*.

»Wenn du trinkst.« Er kippte die Flasche hin und her, sodass die goldbraune Flüssigkeit darin herumschwappte. Als sich ihre Blicke begegneten, erkannte sie die Herausforderung in seinen Augen. Auch für ihn war es nur ein Spiel. Aber vielleicht konnte sie damit Penelopes Macht ein Ende bereiten.

Sie holte tief Luft, griff nach der Flasche und setzte sie an die Lippen. Sie trank nicht wirklich, schluckte nur zur Tarnung und ließ die Flasche wieder sinken. Doch schon die wenige Flüssigkeit, die sie erwischt hatte, zog eine Feuerspur durch ihre Kehle und die gesamte Speiseröhre. Ivy hustete, was Zach zum Lachen brachte, ehe er wieder ernst wurde und seinen typischen selbstgefälligen Ausdruck auflegte wie eine Maske. Auch er war bereits gut geübt darin, seine Gefühle zu verbergen.

Ivy reichte ihm die Flasche und forderte ihn auf, zu erzählen.

Er seufzte, nahm noch einen Schluck und begann, leise zu sprechen. Über das Blubbern hinweg konnte Ivy ihn kaum hören, daher rutschte sie ein wenig näher.

»Vor zwei Jahren war ich total in Janice verschossen, bin ihr wie ein Idiot überall hin gefolgt.« Er sah über Ivy hinweg in die Ferne. »Sie war nett zu mir, hat mit mir geflirtet, sich hin und wieder mit mir getroffen.« Sein Kehlkopf hob und senkte sich. »Doch sie wollte nichts von mir, sie war nur an Heath interessiert.«

Ivy überlegte kurz, wie sie auf dieses Geständnis reagieren sollte, das bei ihr einen fiesen Stich der Eifersucht auslöste. »Was hat das mit Penelope zu tun?«

»Sie hat Janice dazu angestiftet. Es war eine dämliche Wette.« Er fuhr sich mit der nassen Hand übers Gesicht. Sein überhebliches Grinsen und das oberflächliche Getue waren verschwunden. Vor zwei Jahren war er vierzehn gewesen! Kein Wunder, dass er heute so war, wie er war. Penelope und Janice hatten ihn dazu gemacht.

Wenn die beiden jetzt hier wären, würde sie … Sie wusste nicht genau, wozu sie dann imstande wäre, aber das Mitleid mit dem Häufchen Elend, das nun neben ihr saß, war in diesem Moment enorm. Kannte Penelope überhaupt keine Grenzen? Und hatten sie und Daphne nicht behauptet, sie könnten Janice nicht ausstehen? Warum dann so eine Wette?

Völlig in Gedanken versunken, täuschte sie einen weiteren Schluck aus der Flasche an und hätte beinahe tatsächlich die Lippen geöffnet, weil sie plötzlich eine Hand an ihrem Oberschenkel spürte. Sofort rückte sie von Zach ab.

»Was denn?«, murrte er.

»Sorry, Zach, aber das hier«, sie deutete von sich zu ihm, »wird definitiv nicht stattfinden.«

»Weil du immer noch meinem tollen Bruder hinterhertrauerst?«, forderte er sie heraus. Sein Blick durchbohrte sie regelrecht. Alles, was eben noch ihr Mitleid erregt hatte, war wie weggewischt.

»Nein, das ist es nicht«, wehrte Ivy ab.

»Dann interessiert es dich also nicht, was Penelope gegen ihn in der Hand hat?« Sein dämonisches Lächeln kehrte zurück.

Ivy ging ihre Möglichkeiten durch. Konnte sie mit Zach über das Spiel sprechen oder riskierte sie damit zu viel? Hielt er Penelope vielleicht auch für die Spielleiterin? Konnte sie ihm Desinteresse vorheucheln und ihn trotzdem dazu bringen, ihr alles zu erzählen? Nein, garantiert nicht. Er war zwischen diesen Biestern aufgewachsen und kannte die Regeln – den Tausch von Geheimnissen.

»Was willst du, Zach?«, stieß sie hervor.

»Etwas erledigen.« Er griff über ihre Schulter hinweg. Sie wollte zurückweichen, doch da hatte er sein Handy bereits in der Hand. »Mein Beweisfoto für den Tag des Kusses.«

Eine Million Gedanken schossen Ivy durch den Kopf. Sie sah durch die Fenster ins Wohnzimmer, wo alle fröhlich miteinander plauderten, vor der Leinwand fleißig die künftigen Gitarrengötter angefeuert wurden und mehrere Pärchen knutschend auf den Sofas fläzten – unter anderem Daphne und Bryan. Doch auf die Schnelle entdeckte sie weder Heath noch Penelope.

Und niemand schien ein Interesse daran zu haben, was hier draußen vor sich ging.

»Deal?«, fragte Zach erneut und rückte etwas näher, als hätte Ivy schon zugesagt.

»Du hast die Kuss-Challenge doch garantiert schon gemeistert, wozu also noch ...«

»Weil ich es will«, unterbrach er sie und musterte sie mit leicht geneigtem Kopf. Es wäre eine Kleinigkeit, sich kurz nach vorn zu beugen und ihn zu küssen. Heute gab es einen Freifahrtschein, oder?

Zach starrte auf ihren Mund und fuhr sich mit der Zunge über die Unterlippe. Sein Atem roch nach Whiskey, während die wenigen Tropfen, die sie geschluckt hatte, noch immer in ihrem Magen brannten.

Es war ein verdammt dämlicher Gedanke, eine blöde Idee, aber dennoch ein geringer Preis, um endlich die Wahrheit zu erfahren und zu wissen, was wirklich zwischen Penelope und Heath lief.

Sein Gesicht kam in Zeitlupe näher. Im Gegensatz zu vorhin gab er ihr die Gelegenheit, sich zurückzuziehen. Ihr Puls beschleunigte sich, während sie immer und immer wieder der Antwort auf ihre Frage hinterherjagte. War es das wert?

Nur noch ein Hauch von Luft trennte ihre Lippen.

Ivy fuhr so schnell zurück, dass das Wasser überschwappte.

Zach musterte sie mit seinem typisch spöttischen Grinsen. Dann nickte er langsam und prostete ihr mit der Flasche zu. »Sie hat dich wohl falsch eingeschätzt.«

»Wie meinst du das?«, flüsterte Ivy, doch Zach war wieder so verschlossen wie immer und tippte kurz auf sein Handy ein. Nur Sekunden später kamen die beiden Mädchen wieder, die er kurz zuvor verscheucht hatte. Sie trugen beide noch die weißen flauschigen Bademäntel.

»Da hinten sind noch mehr Bademäntel«, sagte Zach ausdruckslos und deutete vage zur Gebäudewand neben der Fensterfront. »Dein Handy sollte auch dort liegen.« Er sah kurz fragend zu den Mädchen, die soeben die Bademäntel auszogen und nur in Unterwäsche zu Zach ins Wasser stiegen.

Völlig paralysiert sah Ivy zu, wie sie sich an Zach schmiegten, während er Ivy keines einzigen Blickes mehr würdigte.

»Wer hat mich falsch eingeschätzt?«, fragte sie laut genug, um die Aufmerksamkeit der Mädchen auf sich zu ziehen. Sie wollte, dass er Penelope verriet, wünschte sich nichts mehr, als ihren Intrigen ein Ende zu bereiten – doch sie hatte keine Chance.

»Viel Spaß beim Herausfinden!« Zach nahm einen weiteren Schluck, stellte die Flasche dann wieder neben dem Whirlpool ab und wandte sich den Mädchen zu. Ivy wartete, ob sie vielleicht doch noch etwas herausfinden konnte, stieg dann jedoch aus dem Wasser, weil Zach mit seinen Gedanken offensichtlich schon meilenweit woanders war.

Die Kälte verbiss sich in ihrer Haut wie ein wildes Tier und innerhalb weniger Sekunden fror Ivy bis auf die Knochen. Auch der Bademantel, neben dem tatsächlich ihr Handy bereitgelegen hatte, half nicht wirklich. Sie konnte nicht hier draußen warten, bis sie einigermaßen trocken war, eher würde sie sich den Tod holen.

Also knotete sie den Bademantelgürtel fest zu, schlüpfte in ihre

Schuhe und fuhr sich alibimäßig über die Haare und unter den Augen entlang, auch wenn das vermutlich nicht viel half, ehe sie die Hand gegen die Glastür presste. Als wäre es ganz normal, dass sie halb triefend, zitternd und mit einem Bademantel bekleidet in Bryans Wohnung herumspazierte, trat sie mit erhobenem Kopf hinein. Sie spürte die Blicke der anderen wie Nadelstiche und wie in der Schule wurde getuschelt. Sie ignorierte die Aufmerksamkeit und durchquerte das Wohnzimmer in Richtung Ausgang, vorbei an den Jubelschreien vor der Leinwand und den klackernden Billardkugeln.

Daphne und Penelope waren nirgends zu sehen, aber wenigstens hatte Ivy heute ihr Handy. Sie suchte gerade nach der Nummer eines Taxiunternehmens, als ihr im Flur jemand in den Weg trat.

Ivy wollte schon eine Entschuldigung murmeln, da begegnete sie dem strahlenden Lächeln von Alessandra Satora. Ivy runzelte die Stirn. Hatte Kelly nicht gesagt, dass sie Kussfotos von ihr und Vince bei Alessandra gesehen hatte?

»Wir wurden uns noch gar nicht vorgestellt«, säuselte Alessandra freundlich und reichte ihr die Hand, ohne Ivys seltsame Bekleidung zu beachten. »Ich bin Alessandra. Du warst beim Empfang der Hit! Die Bilder von dir hatten unglaublich viele Likes. Francis' Kleid war aber auch der Hammer.«

Ivy ignorierte die Hand und ließ sich nicht von Alessandras freundlichem Plauderton einlullen. Erst jetzt setzte sie eins und eins zusammen und verstand, was Kelly vorhin gemeint hatte – warum Alessandra hier war, hier sein *durfte*.

»Du bist eine Ehemalige der St. Mitchell«, stellte sie fest.

»Das ist kein Geheimnis. Ich habe den Abschluss im letzten Jahr gemacht. Aber anstatt die letzten paar Wochen nach den Prüfungen dort abzusitzen, habe ich das Angebot eines Medienunternehmens angenommen, ein Praktikum zu machen, bis mein Studium beginnt. Deshalb haben wir uns leider nie kennengelernt.« Sie schien diese Tatsache wirklich zu bedauern – die perfekte Schauspielerin. »Aber nach deinem erfolgreichen Debüt beim Komitee musste ich das dringend nachholen.« Sie verzog die vollen Lippen.

»Du hast mich mit Vince fotografiert und die Bilder gepostet«, warf Ivy ihr vor. Sie hatte keine Lust, das nette Mädchen zu spielen und ein weiteres Mal getäuscht zu werden, weil sie auf das Theater hereinfiel wie bei Zach. Ihre Naivität hätte sie beinahe Heath' kleinen Bruder küssen lassen! Sie schüttelte den hässlichen Gedanken ab.

»Ich habe euch nicht fotografiert!« Alessandra wirkte ehrlich bestürzt und griff in eine kleine glitzernde Handtasche, aus der sie ihr Handy hervorzauberte. »Hier, sieh nach.« Sie klickte auf ihre Kolumne »*Alessandra's High*« – eine Art Blog über die Upper East Side – und scrollte durch die Bilder. Ivy sah lächelnde und prostende Grüppchen, tanzende Pärchen und ein Mädchen mit der *Guitar Hero*-Gitarre in einer wilden Rockerpose mit fliegenden Locken, während ihre Gegnerin, die Daphnes kleine Schwester sein könnte, sich hochkonzentriert auf die Zunge biss. Danach gab es keine Fotos mehr. Ivy schnappte sich das Handy und blätterte aufmerksam zurück.

»Da!« Im Vordergrund tanzten die beiden Jungs, die sie schon vorhin zusammen gesehen hatte, eng umschlungen miteinander und im Hintergrund waren Ivy und Vince zu sehen. Kelly schien wirklich auf jedes Detail zu achten. Ivys Blick war von den Emotionen der beiden Tanzenden gefangen – das Lächeln, der Glanz in ihren Augen, die Vertrautheit zwischen ihnen – ein perfekt eingefangener Moment. Niemand achtete bei einem Bild wie diesem auf den Hintergrund. Niemand außer Kelly, die jedes Foto mit dem Perfektionismus von *Fashionista* betrachtete.

»Ich kann es löschen«, bot Alessandra an und senkte beinahe traurig den Kopf. Sie wusste, dass sie die Emotionen der beiden verliebten Jungs nicht noch einmal so abbilden konnte. Daher erstaunte Ivy das Angebot – doch sofort kam die Ernüchterung.

»Was willst du im Gegenzug?«, fragte sie.

Alessandras Brauen zogen sich zusammen. »Wieso sollte ich ...« Dann begriff sie. »Ach, das Spiel.« Sie verdrehte die Augen, aber in Ivy schrie eine warnende Stimme: *Falle! Falle!* Sie durfte sich nicht noch einmal auf irgendetwas einlassen. Auch Ehemalige konnten hinter der Spielleitung stecken, das hatte Kelly ihr erklärt. Und wie sollte eine zwar übernatürlich hübsche, aber dennoch unerfahrene Highschoolabsolventin sonst an einen Kolumnen-Job bei einem der größten Medienunternehmen der Stadt kommen? Außerdem war das Foto schon eine Weile online, wer es darauf abzielte, hatte sicher schon einen Screenshot davon gemacht.

Ivy wollte nicht noch erpressbarer werden, nicht noch mehr von sich preisgeben oder Gefallen gewähren. Also reagierte sie nicht weiter auf Alessandras Bemerkung.

»Ich werde jetzt gehen. Viel Spaß noch auf der Party.« Mit diesen Worten wandte sich Ivy von Alessandra ab, die noch eine Abschiedsfloskel murmelte.

Im Flur waren etliche Spiegel angebracht, die Ivy zeigten, wie lächerlich sie in ihrem weißen Bademantel, mit dem verlaufenen Make-up und in den hohen Schuhen aussah. Unten warteten garantiert wieder etliche Leute auf den Einlass ins *Up!*. Das könnte peinlich werden. Obwohl ihr das gar nicht ähnlich sah, griff sie daher an der Garderobe nach einem langen Mantel und tauschte den Bademantel dagegen aus. Der Stoff lag weit schwerer auf ihren Schultern, als sie es von einem so teuren Mantel erwartet hatte. Das Gewicht des schlechten Gewissens.

In der Fahrstuhlkabine schien ihr ein fremder Mensch aus dem Spiegel entgegenzublicken. Diese Person war aus Gruppenzwang von Vince geküsst worden und hätte im Whirlpool beinahe mit Heath' kleinem Bruder rumgeknutscht. Sie war klitschnass, roch nach Whiskey und hatte soeben einen Mantel gestohlen, der vermutlich mehr kostete, als sie in einem Jahr Taschengeld bekam. Der Besitzerin würde der Verlust vermutlich nicht mehr als ein Frösteln auf dem Weg zur Limousine bescheren, aber sie hatte dennoch gestohlen! Ivy erkannte sich nicht wieder.

Sie wollte gerade die Nummer des Taxiunternehmens wählen, nachdem sie aus dem Fahrstuhl gestiegen war, da sah sie durch die Fenster bereits mehrere wartende Taxis, die für die *Up!*-Gäste bereitstanden. Ivy ging auf den ersten Wagen zu und nannte ihre Adresse.

Die Fahrt verlor sich im Lichterglanz des nächtlichen Manhattans und in dunklen Gedanken über die Person, zu der sie nach nur einer Woche an der Seite von Penelope und Daphne geworden war.

Aber das war noch nicht alles. Zu Hause angekommen wollte sie sich gleich in ihr Zimmer schleichen, doch ihr Vater trat mit einem Buch in der Hand aus dem Wohnzimmer und begrüßte sie.

»Wo ist Mom?«, fragte Ivy, um von ihrer seltsamen Erscheinung mit den nassen Haarspitzen und dem verschmierten Augen-Make-up abzulenken, ganz zu schweigen von dem fremden Mantel.

»Mr Healy ist am späten Nachmittag gestorben.« Ihr Vater senkte die Stimme. »Deine Mutter ist bei seiner Familie.«

Ivy presste die Lippen zusammen. Mr Healy war einer der nettesten Menschen der Gemeinde gewesen, der immer viele humorvolle Storys zum Besten gegeben hatte. Ivy wusste, dass er Krebs gehabt hatte, aber das hatte man ihm nicht angemerkt, deshalb war sie davon ausgegangen, dass er noch viele Jahre Geschichten erzählen würde.

Ivy spürte den prüfenden Vaterblick. »Wie war dein Abend?«

»Gut«, log sie, was ihr Vater natürlich sofort bemerkte.

»Warst du auf einer privaten Party oder in einem Club?« Eine Fangfrage. Sie durfte aufgrund ihres Alters noch gar keine Clubs besuchen.

»Party.« Sie merkte selbst, wie einsilbig sie war, aber sie musste die Wahrheit unbedingt vor ihrem Vater verbergen. Er würde es nicht verstehen.

»Und weshalb ist dieser Mantel – ist das überhaupt deiner – so nass?« Er deutete vage auf Höhe ihrer Brust und mit einem Blick nach unten stellte Ivy erschrocken fest, dass ihr Push-Up-BH eine Menge Wasser aufgesogen haben musste und sie nun zwei nasse Flecken auf der Brust hatte.

»Ich will nicht darüber reden.« Sie verschränkte die Arme, als könnte sie damit die Entdeckung ihres Vaters rückgängig machen. Sie hasste es, ihn belügen zu müssen.

»Du weißt, dass ich mir Sorgen mache. Die Menschen hier sind … anders als in unserem alten Zuhause. Ich will, dass du vorsichtig bist, auf dich aufpasst und dich nicht auf ihre intriganten Spielchen einlässt.«

Dafür ist es wohl zu spät, dachte Ivy nur, nickte jedoch.

»Gute Nacht, Dad.«

»Gute Nacht, Kleines. Und das«, er deutete noch einmal auf ihre Erscheinung, »sagen wir deiner Mom besser nicht.«

Ivy lächelte erleichtert. Ihre Mom würde sie definitiv mehr ausquetschen als ihr Dad.

Sie ging in ihr Zimmer und pellte sich die nasse Kleidung vom Leib, ehe sie eine Ewigkeit unter der heißen Dusche stand und nur hoffen konnte, sich keine fiese Erkältung zugezogen zu haben. Wobei … das wäre der perfekte Grund, die zweite Woche des Spiels zu verpassen. Der

Gedanke verfolgte sie bis unter die Bettdecke, wo sie endlich ihre Zehen wieder spüren konnte. Was wäre, wenn sie blaumachen würde?

Ihr Handy schrie nach Nahrung und Ivy rutschte in die Decke gewickelt zum Ladekabel, um noch mit Kelly zu schreiben. Sie klickte sich gerade durch Kellys neue Bilder – unter anderem eine Modestrecke mit Janice, die Ivy aus Prinzip nicht likte. In *@fashionistas_k_montalvos* Story sah sie Fotos von einem Laufsteg und einer After-Show-Party mit einigen Selfies von Janice und Kelly. Ivy reagierte mit einem angewiderten Emoji.

Sofort kam eine Nachricht von Kelly.

> Du weißt, dass ich die Fotos machen MUSS. :-/

> Ja, die Chance kannst du dir nicht entgehen lassen.
> Aber gefallen muss es mir trotzdem nicht.

> Stimmt. Ich wollte nur, dass du weißt, dass mir deine Reaktion nicht gleichgültig ist. Wie war es noch auf der Party?

Ivy wechselte in den Messenger und schickte eine Sprachnachricht über die Begegnung mit Alessandra, ihr Angebot, das Foto zu löschen, und wie gut Kellys Augen waren.

> Für meinen Traumjob muss ich ein gutes Auge haben. Ich gehe jetzt schlafen.
> Sehen wir uns morgen oder entführen dich die Giftspritzen wieder?

> Keine Ahnung. Morgen ist Gottesdienst, ich melde mich danach bei dir, in Ordnung?

> Klar. Bis dann!
> Und süße Träume ...
> ... von Vince :-P

Ivy schickte nur noch einen Smiley, der die Augen verdrehte.

In der Nacht bestrafte sie ihr Unterbewusstsein mit Träumen von ihrem Diebstahl und der falschen Küsserei. Sie sah sich zuerst mit Vince, danach mit Zach im Whirlpool und zuletzt mit Heath, der nicht abgehauen war, um seine Kussaufgabe bei Penelope einzulösen. Sie klammerte sich an seinen letzten Anblick, während sie selbst zu einer Kopie von Penelope wurde und mit boshaftem Gelächter Leute niedermachte.

X

Ich glaube, du überschätzt dich. Aber versuch es. Wenn du tatsächlich etwas herausfindest, kann mir das nur weiterhelfen.

Du zweifelst an mir?

Nein, nicht an deinem Charme. Nur an deiner Wirkung auf *sie*.

Du hattest recht. Sie ist nicht auf mein Angebot eingegangen.

Irgendwann wird sie nachgeben müssen.

KAPITEL 22
Heath

»Was willst du, Pen?«

Sie setzte sich auf Bryans Bett und schlug die Beine übereinander. Ihr blumiges Parfum verteilte sich im Raum und sorgte für … Erinnerungen.

»Einen Handel.«

Heath lachte.

»Du meinst wohl *Erpressung*. Darin bist du ja unübertroffen.« Er lehnte sich gegen die geschlossene Tür und verschränkte die Arme vor der Brust.

»Nein, ich meine einen Deal. Ich hatte damit bisher noch nichts zu tun.« Sie schien ernsthaft enttäuscht von seiner Bemerkung.

»Was kannst du mir denn bieten, das ich nicht auch so bekomme?« Er imitierte ihren schnippischen Tonfall.

»Ivory Harris' Zuneigung.«

»Sie ist eine eigenständige Person. Du kannst sie nicht beeinflussen.«

»Ich könnte dafür sorgen, dass sie nicht mehr glaubt, wir hätten was miteinander.« Ihr geübter Augenaufschlag zog bei ihm nicht. Sie war seine Stiefschwester, verdammt.

»Warum sollte sie das glauben? Hast du ihr …« Er trat einen Schritt in Richtung Bett. Die Aufgaben waren eine Sache, aber die Beweise für etwas anderes als das Spiel zu nutzen war einfach nur falsch.

Penelope richtete sich auf und winkte ab. »Das war gar nicht nötig.« Sie lächelte ihn an, während sie sich langsam vom Bett erhob und näher kam. »Eine Berührung hier«, sie strich ihm über den Unterarm, »eine Geste dort«, sie sah ihm mit verführerisch geöffneten Lippen kurz an, »und in der Fantasie des Beobachters mischt sich das Ganze mit den Gerüchten, die sowieso schon über uns im Umlauf sind.«

Jetzt konnte er sich nicht mehr beherrschen. Er packte Penelopes Oberarme so fest, dass sie sich nicht mehr rühren konnte. »Was zur Hölle hast du getan? Ist sie deshalb ständig bei Vince?«

Penelope zuckte mit den Schultern und grinste spöttisch. »Das Spiel läuft. Und du bist nicht mit vollem Herzen dabei. Nicht wie früher ...« Sie riss sich los, ging um ihn herum und streifte dabei seine Taille. Er folgte ihrer Bewegung und beobachtete sie.

»So etwas wird es nie wieder geben!« Ein widerwärtiger Geschmack stieg in seinem Mund auf.

»Sag niemals nie, großer *Bruder*.« Sie zog ihr Handy aus der Tasche.

»Verdammt, was willst du, Pen?«

»Ich will nur meine Aufgaben erfüllen.«

Und dann küsste sie ihn. Innerhalb des winzigen Augenblicks, in dem er vollkommen überrumpelt dastand, schlang sie einen Arm um ihn und ließ sich mit ihm aufs Bett fallen. Das Handy hielt sie für den Fotobeweis ausgestreckt in der anderen Hand.

»Vergiss es!«, knurrte er und entriss ihr das Handy. Sie hatte es schnell noch ausgeschaltet, also hielt er ihr die Facecam entgegen, um das Display zu entsperren. Es funktionierte nicht, weil sie die Augen geschlossen hatte und wilde Grimassen schnitt. Selbst wenn er das

Handy zerstören würde, könnte sie die Bilder aus der Cloud retten. Daher musste er zum Gegenangriff übergehen und ließ von ihr ab.

»Sollst du Ivy damit eifersüchtig machen? Das wird nicht funktionieren. Ich werde die Sache ein für alle Mal klären! Das Spiel kann mich mal!«

Wild entschlossen, dem Versprechen Taten folgen zu lassen, zog er sein Handy aus der Tasche, und verließ Bryans Schlafzimmer. Er suchte im Wohnzimmer, in der Küche und auf dem Balkon nach Ivy, fand sie jedoch nirgendwo.

> Wo steckst du?
> Ist alles okay bei dir?

Er bekam keine Antwort.

»Hast du Ivy gesehen?«, fragte er schließlich Bryan, der schon wieder völlig zugedröhnt auf der Couch saß – zwischen Sasha und einer jungen Frau, die Heath nicht auf die Schnelle erkannte.

»Frag deinen Bruder«, lallte Bryan.

Heath war sofort alarmiert. Er hatte Zach vorhin im Whirlpool gesehen und sich tierisch darüber aufgeregt. Aber was hatte sein kleiner Bruder mit Ivy zu schaffen? Am liebsten hätte er ihn erneut zusammengestaucht, aber im Moment gab es Wichtigeres zu klären.

»Warum sollte Zach wissen, wo Ivy steckt?«

»Weil sie eine ziemlich lange Zeit mit ihm in einer Dampfwolke verschwunden ist.« Die fremde junge Frau zwinkerte ihm zu. Zwinkern. Ernsthaft? Doch ihre Behauptung, die erst verzögert zu ihm durchsickerte, war noch viel erschreckender.

»Sie war mit Zach im Whirlpool?« Er spürte ein unangenehmes Kneifen im Magen.

»Eine ganze Weile sogar.« Sasha nickte, legte aber zumindest eine entschuldigende Miene auf.

Heath rannte regelrecht nach draußen, stieß die Tür auf und rief nach Zach, während er die Dampfschwaden des überheizten Jacuzzi durchschritt. Er zerrte ein Mädchen von einer zweiten Person, die jedoch eindeutig nicht Zach war.

Rasch murmelte er eine Entschuldigung, kehrte um und zog das Handy aus der Tasche, um Zach anzurufen. Natürlich nahm er nicht ab.

KAPITEL 23
Ivory

»Guten Morgen.«

Die Worte mischten sich mit ihrem Traum, in dem sie gerade mit Heath neben sich aufgewacht war. Erst als sie den letzten Traumdunst abgeschüttelt hatte, erkannte sie die Gestalt an der Tür.

»Morgen, Dad«, murmelte sie mit rauer Stimme. Ihr Mund war trocken, ihre Kehle kratzte – vermutlich von dem unfreiwilligen Bad und dem Herumstehen im kalten Wind.

»Geht es dir nicht gut?« Ihr Vater trat näher. »Deine Mom ist schon früher in der Kirche, sie will die heutige Predigt ändern – für Mr Healys Familie. Ich sollte dich wecken und mit dir frühstücken.«

Ivy streckte sich unter der Decke und stöhnte. Die Kälte hatte sich vermutlich doch nicht von der heißen Dusche vertreiben lassen und sich über Nacht in gefühlt jedem Knochen ihres Körpers verbissen.

»Geht es dir nicht gut?«, wiederholte ihr Vater in sorgenvollem Ton.

Das war Ivys Chance, sich krank zu stellen. »Ich glaube, ich habe mir eine Erkältung eingefangen«, erwiderte sie matt und räusperte sich, um das Kratzen loszuwerden.

»Ich mache dir einen Tee. Du kannst dich heute nach dem Gottesdienst erholen. In den ersten Wochen des Schuljahres kann man nicht wegen eines kleinen Hustens zu Hause bleiben.«

Ohne kurz ihre Stirn zu berühren – oder was Eltern sonst noch so taten, wenn ihr Kind erwähnte, dass es sich krank fühlte –, ging ihr Vater nach unten. War es so offensichtlich, dass sie übertrieben hatte?

Ivy fühlte sich *wirklich* krank, aber sie war ja auch selbst schuld daran. Von der Bemerkung ihres Dads überrumpelt, kletterte sie aus dem Bett. Ein Tee und etwas Bewegung würden ihr bestimmt guttun. Seufzend ging sie ins Bad und zog sich an.

Auf dem Weg nach unten dachte sie darüber nach, wie gut Eltern ihre Kinder durchschauen konnten und womit genau sie sich verraten hatte. Oder hatte sie einfach Pech gehabt, dass ihr Vater sie geweckt hatte und nicht ihre Mutter?

Beim Frühstück sprach ihr Dad sie noch einmal auf den Vorabend an. »Ich will, dass du auf dich achtgibst, Ivy.«

Sie nickte, während sie den Dampf ihres Tees einatmete, als würde sie inhalieren.

»Dazu gehört auch, dass du nichts tust, was du nicht willst. Ich dachte immer, ich müsste dir so etwas nicht erst sagen, aber nach gestern ...« Er wirkte so verzweifelt, dass Ivy sich schuldig fühlte und betroffen auf ihre Hände sah, die die Tasse fest umklammert hielten.

»Ich kenne so viele Geschichten über diese Schule und ich weiß, wo die ganzen Spielchen der Upper East Side hinführen können. Du musst nicht sein wie sie, du bist besser als sie, vergiss das nie.«

Das hatte ihr Vater schon immer behauptet. Selbst in der Grundschule, als ein Mädchen namens Leonie so getan hatte, als wäre sie Ivys beste Freundin, nur um sie dazu zu bringen, über andere herzuziehen und gegen sämtliche Regeln zu verstoßen, war ihr Vater mit diesem Spruch gekommen. Er hatte ihr die Augen geöffnet und ihr gezeigt, wie sich die andere Seite – ihre spätere beste Freundin Christiana – dabei fühlte. Ivys Augen brannten bei der Erinnerung an Christiana, an den schlimmen Verlust, und sie blinzelte, was ihr Vater völlig falsch deutete.

»Willst du mir etwas über den gestrigen Abend erzählen? Ist etwas vorgefallen?«, drängte er nahezu.

Wie gut es tun würde, ihm von dem Spiel zu erzählen, von den Aufgaben und wozu sie von Penelope gezwungen wurde. Auf fatale Weise ähnelte es den damaligen Erlebnissen mit Leonie. Aber was würde ihr Vater dann machen? Zur Polizei rennen? Zur Schulleitung, die alles dementieren würde, um den guten Ruf der Schule zu wahren? Es würde nichts bringen, ihn einzuweihen. Von außen war keine Hilfe zu erwarten – eine weitere gelungene Taktik, damit das Spiel geheim blieb.

»Nein, es ist alles in Ordnung, Dad«, sagte sie mit bestmöglicher Überzeugungskraft und nahm ein paar Schlucke von ihrem Tee, bis ihr Vater endlich seinen prüfenden Blick von ihr nahm, seinen Kaffee austrank und die Tasse in die Spülmaschine stellte.

»Ich geh dann schon mal rüber und helfe deiner Mutter bei den Blumenarrangements«, sagte er, bevor er die Küche verließ.

Ivy biss von ihrem Toast ab und bedauerte, dass es heute kein gemeinsames Frühstück mit Speck gegeben hatte. Bei diesem Gedanken zuckte sie beschämt zusammen. Ein so lieber Mensch war gestorben, eine Familie hatte einen Vater, Großvater und Ehemann verloren und sie dachte an Speck. Sie würgte den Rest ihres Toasts hinunter und suchte dann in ihrem Zimmer nach ihrem Handy.

Ihre Stimmung hob sich schlagartig, als sie eine Nachricht von Heath auf dem Display sah. Ihr Herz stolperte aufgeregt, als sie die Nachricht öffnete. Er hatte sie in der Nacht geschickt, kurz nachdem Ivy eingeschlafen war.

> Wo steckst du?
> Ist alles okay bei dir?

Hastig tippten ihre Finger eine Antwort, während sie sich auf ihr Bett fallen ließ.

> Ich bin früher gegangen. Ich wollte mich noch für mein zickiges Verhalten entschuldigen, es war einfach

Nein, das klang dämlich. Sie löschte den Text schnell wieder. Sie wusste ja nicht, warum er sie gesucht hatte. Eine weitere ... Taktik? Ihr Kiefer schmerzte, so sehr hatte sie die Zähne zusammengebissen. Sie schrieb eine neue Nachricht.

> Guten Morgen

Die Nachricht wurde direkt übertragen und Heath' Status änderte sich auf online. Um diese Uhrzeit konnte das nur ein gutes Zeichen sein, oder?

> Guten Morgen

> Warum bist du um diese Zeit schon wach?

Sie ärgerte sich über die blöde Frage. War das nicht endlich die Gelegenheit, ihn direkt auf sein Verhalten anzusprechen? Warum nistete sich diese Angst in ihrem Nacken ein? Fürchtete sie eine weitere Zurückweisung?

> Hab schlecht geschlafen.

War sie der Grund dafür? Oder Penelope? Was wusste Zach über all das? Warum konnte sie ihre konfusen Gedanken nicht einfach formulieren und auf senden drücken?

> Tut mir leid.

Keine Reaktion. Eine Weile starrte sie ihr Spiegelbild auf dem erloschenen Display an. Dann wagte sie einen kleinen Vorstoß.

> Warum hast du nach mir gesucht?

Zum Glück bekam er nicht mit, wie hoffnungsvoll die Worte in ihrem Kopf klangen, wie sehr sie sich wünschte, dass er ihr endlich alles erklärte. Dass er zugab, wie viel ihm an ihr lag und dass er eifersüchtig auf Vince war.

Er tippte und tippte. Mit jeder Sekunde, die verstrich, wuchs Ivys Hoffnung, endlich die Wahrheit zu erfahren. Sie ging etliche mögliche Antworten durch, überlegte sich, wie sie reagieren könnte, ohne blöd dazustehen oder wie ein naives Mädchen zu wirken, das alles mit sich machen ließ. Doch als das Handy endlich wieder aufleuchtete, zerfielen alle zuversichtlichen Gedanken zu Staub und rannen ihr zwischen den Fingern hindurch.

> Hat sich erledigt.
> Sorry für die Störung.

Ivy warf ihr Handy aufs Bett und hätte sich am liebsten unter ihrer Decke verkrochen. Sie hätte diese dumme Hoffnung nicht zulassen dürfen! Sie *war* dieses naive Mädchen, das sie niemals sein wollte. Doch damit war nun endgültig Schluss! Mit zusammengepressten Lippen griff sie erneut nach dem Handy und tippte, ohne nachzudenken.

> Kein Problem.
> Du kannst tun und lassen, was du willst.

Sie dachte an Daphne, die ihr altes Leben nur hinter sich hatte lassen können, indem sie sich am Verhalten der anderen orientierte, und sich nur dort aufhielt, wo sie von dem *Davor* nicht eingeholt werden konnte. Es war an der Zeit, dass auch Ivy sich anpasste. Nur so konnte sie das Spiel überleben.

Sie durchwühlte ihren Schrank und zog ein ausgefallenes Designerkleid an, das Kelly ihr geschenkt hatte und das sie unter normalen Umständen nie getragen hätte – schon gar nicht in der Kirche. Dann ging sie noch einmal ins Bad, um sich zu schminken, was sie sonst tagsüber nie tat, öffnete ihr hochgestecktes Haar und ließ es locker über ihre Schultern fallen. Sie schlüpfte in halbhohe Sandalen und hängte sich eine kleine Tasche um, in die sie ihr Handy stecken konnte. Sie nahm es eigentlich nie mit zum Gottesdienst, weil es sich einfach falsch anfühlte, aber heute machte sie eine Ausnahme.

Wenig später saß sie in der Kirche, jedoch nicht wie üblich neben ihrem Dad in der ersten Reihe, sondern in der zweiten. Beim Betreten der Kirche war ihr das Outfit doch zu übertrieben vorgekommen und sie schämte sich für die übereilte Kleiderwahl. Mit gesenktem Kopf war sie nach vorn geschlichen und hatte ständig an dem Kleid herumgezupft, während ihr ein leises Flüstern gefolgt war.

Nach und nach stieg die Geräuschkulisse an, während sich die Gemeindemitglieder über die vergangene Woche austauschten. Ivy starrte nur auf das Foto von Mr Healy, das in einem Goldrahmen auf einer Staffelei aufgestellt war, sodass sie nicht bemerkte, wie auch der letzte Platz neben ihr besetzt wurde.

»Ivy«, zischte jemand und stupste sie dabei an.

Ivy kehrte aus den Erinnerungen an die Geschichten von Mr Healy zurück, die sich mit denen ihrer Großmutter vermischt hatten, und sah zur Seite. Iljana wirkte wieder einmal wie die Unschuld in Person, ihre wilden Locken waren zu einem Knoten geschlungen, ihre Kleidung wirkte beinahe streberhaft brav.

»Was ist denn mit dir passiert? Ist eure Waschmaschine kaputt?«, fragte Iljana und deutete auf Ivys Kleid. »Und warum bist du so aufgetakelt?« Pures Missfallen stand in ihren Augen.

»Mir war heute danach«, erwiderte Ivy ausweichend.

»Hat das etwas mit deinen neuen Freunden zu tun?« Gift troff aus ihren Worten, auch wenn sie sich um Beherrschung bemühte.

Ivy musterte ihre Freundin aufmerksam, versuchte, hinter die Maske zu sehen, die Iljana nur ein einziges Mal verrutscht war – als sie von der St. Mitchell erzählt hatte. Iljana hatte am Spiel teilgenommen, das hatte sie selbst zugegeben. Aber wie viel Einsatz hatte sie gezeigt? Sie hasste die Clique, das war eindeutig. Ivy wusste, warum sie Heath hasste – aber wieso die anderen? Wie weit würde sie gehen, um sich für den Rauswurf zu rächen? Würde sie Ivy beeinflussen? Oder hatte sie das bereits?

»Wir sehen uns nachher draußen«, flüsterte Iljana und schob sich aus der Reihe, um sich wieder zu ihren Eltern weiter hinten zu setzen. Ivy konnte sie von ihrem Platz aus nicht sehen, spürte aber zahlreiche Blicke auf sich. Kam ihr das nur so vor, weil sie sich nicht wohlfühlte? Weil sie wusste, dass sie diese Blicke verdient hatte?

Ivy seufzte leise auf. Sie wusste einfach nicht mehr, was sie noch glauben sollte. Selbst hier, in einer Kirche, wo sich alles um Glauben und Vertrauen drehte, fühlte sie sich irgendwie verloren. Sie erkannte sich selbst nicht wieder und versuchte beschämt, das viel zu kurze Kleid bis an die Knie zu ziehen. Als die Glocke anschlug und sich alle von ihren Plätzen erhoben, brummte ihr Handy. Vorwurfsvolle Blicke und leises Murmeln trafen sie aus allen Richtungen. Sobald sie wieder saß, holte sie das Handy aus der Tasche, um den Vibrationsalarm abzustellen, und sah dabei flüchtig, dass die Spielleitung ihr geschrieben hatte – gesplittet in drei Nachrichten, sodass der gesamte Text in der Vorschau des Sperrbildschirms zu erkennen war:

> Morgen startet die zweite Woche der Qualifikationsphase.

> Entscheide dich zwischen Wahl oder Wahrheit.

> Je schneller du antwortest, desto leichter wird deine Aufgabe ausfallen.

Ivys Hand verkrampfte sich um ihre Tasche. War das ernst gemeint? Würde ihre Aufgabe leichter ausfallen, wenn sie sofort antwortete? Sie starrte auf das Handy in ihrer Tasche, bis das Display erlosch. Die ältere Dame neben ihr – Mrs Helstein – zischte empört in ihre Richtung. Doch Ivy konnte nicht widerstehen. Sie öffnete den Messenger und tippte halb blind, um so wenig Aufmerksamkeit wie möglich auf sich zu ziehen.

> Wahrheit

Noch ehe sie ihre Tasche schließen konnte, kam die Antwort.

> Dann sag mir die Wahrheit: Was empfindest du für Heath Gardner?

Ivy runzelte die Stirn. Sollte »Wahrheit« nicht eine Herausforderung sein? Sie nestelte an ihrem Ärmel, ihr Unterbewusstsein vermisste Heath' Armband noch immer.

Mrs Helstein konzentrierte sich wieder auf die Predigt von Ivys Mutter, daher wagte Ivy es, zu antworten.

> Er ist mir egal.

> Bist du dir sicher?

> Ja

> Dann hast du nichts dagegen, wenn ich ihm einen Screenshot von unserem kleinen Chat schicke?

Ivy schluckte. Natürlich! Wahrheit war dazu da, sie erpressbar zu machen.

> Willst du es dir noch mal überlegen?

> Er hat mit mir Schluss gemacht.

> Das sagt nichts über deine Gefühle aus.

> Liebst du ihn noch?

Sie tippte zwei Buchstaben. Die bittere Wahrheit. Ivy konnte sich noch so viel einreden, sich noch so viel ablenken lassen – sie liebte Heath noch immer und hoffte auf eine Erklärung. Herz gegen Verstand hieß das in Büchern. Scheinbar war ihr Verstand der Verlierer. Sie drückte auf senden.

> Ja

Ivy wartete, doch es kam keine weitere Nachricht. War es das schon gewesen? Die Wochenaufgabe? Was stellte die Spielleitung mit dem Wissen an? Sie war so in ihre Grübeleien vertieft, dass sie nicht ein Wort ihrer Mutter hörte und nur roboterhaft aufstand, wenn es die anderen taten. Sie hätte beinahe das Ende des Gottesdienstes verpasst, wenn Mrs Helstein sie nicht regelrecht aus der Bank gedrängt hätte.

Gedankenverloren verließ sie die St. Paul mit den anderen Besuchern, die draußen in der Sonne von ihrer Mutter verabschiedet wurden. Als sie Ivy erblickte, funkelten ihre Augen kurz auf, doch sie beherrschte sich vorbildlich. Kaum war der Smalltalk mit den letzten Gemeindemitgliedern beendet, kam sie auf Ivy zu.

»Was ist nur in dich gefahren? Du kommst so aufgetakelt in die Kirche und schreibst während meiner Predigt Nachrichten?« Sie schüttelte den Kopf. Doch ihre Worte trafen Ivy nicht so sehr wie die Enttäuschung in ihren Augen. Kathrin Harris war noch nie von ihrer Tochter enttäuscht gewesen – zumindest hatte sie es sich nie anmerken lassen.

Ivy war so tief getroffen, dass sie mit brennenden Augen davonrannte, so schnell es die Sandalen zuließen. Jetzt verstand sie, wozu die

Aufgabe wirklich da gewesen und warum sie ausgerechnet während des Gottesdienstes eingegangen war. Sie hatte damit ihre Mutter enttäuscht und konnte sich nicht einmal dafür entschuldigen, ohne ihr alles zu erklären. Warum war sie darauf hereingefallen?

Für den Rest des Tages verkroch sie sich in ihrem Zimmer, schaltete das Handy aus – und damit die Welt, die Upper East Side und ganz besonders das Spiel – und verlor sich in den Leseexemplaren, die ihr Vater samstags immer mit nach Hause brachte.

Ihre Mutter war richtig sauer. Ivy wurde weder zum Mittag- noch zum Abendessen gerufen, worüber sie eigentlich ganz froh war. Sie wollte nicht über ihr Fehlverhalten sprechen, sie *konnte* es nicht, ohne sich in weitere Lügen zu verstricken. Das Spiel vergiftete nicht nur sie, sondern auch die Beziehung zu ihren Eltern. Und das Schlimmste war, dass Ivy absolut nichts dagegen tun konnte.

KAPITEL 24
Ivory

Am nächsten Tag hielten sich Penelope und Daphne außerhalb der Schule mit ihren Besitzansprüchen gegenüber Ivy zurück, was Ivy einerseits erleichterte, ihr andererseits aber genug Zeit zum Grübeln ließ, welche fiesen Pläne die beiden diesmal schmiedeten. Am Dienstagnachmittag konnte sie sich sogar mit Kelly treffen, die am Vortag die erste Fotostrecke einer Modekollektion überwacht hatte, an der sie aktiv mitgewirkt hatte.

Natürlich war Kellys erste Frage, was »das Biest« ihr angetan hatte. »Ich sehe doch, wie du leidest. Hätte sich Daphne nicht wie dein persönlicher Leibwächter aufgeführt, hätte ich dich in der Schule von Penelope weggezerrt.« Sie nahm einen großen Löffel Eis. Als sie vorhin aus dem Fahrstuhl in den Flur der Montalvos getreten waren, hatte ihre Haushälterin nach einem Blick auf Ivy gemurmelt, dass da nur Kalorien helfen konnten. Jetzt saßen sich die Freundinnen in der blitzenden Designerküche gegenüber und löffelten Eis mit Schlagsahne und jeder Menge Schokosplitter in sich hinein. Natürlich erst nachdem Kelly die gigantischen Eisbecher hübsch in Szene gesetzt und fotografiert hatte.

»Ich halte das nicht länger aus, Kel«, flüsterte Ivy kaum hörbar. »Mein Leben löst sich auf, dabei ist erst eine Woche vergangen. Ich muss aussteigen.«

»Du kannst nicht aussteigen, das weißt du.« Kelly versuchte, ihren Ärger mit einem Löffel Sahne hinunterschlucken. »Es sei denn, du bringst Penelope dazu, sich zu outen.«

»Als ob sie sich verraten würde!« Ivy stieß ein Schnauben aus. »Selbst wenn ich es irgendwem erzähle, steht mein Wort gegen ihres.«

»Und wenn es nicht nur dein Wort wäre? Wenn wir noch mehr Leute finden, die sie beschuldigen? Wenn ich meine Vermutung öffentlich mache?«

»Es redet doch niemand darüber! Und eine Vermutung ist kein Beweis«, brauste Ivy auf und sah sich erschrocken um. War sie schon paranoid geworden? Etwas leiser fügte sie hinzu: »Selbst ich verkneife mir jede Bemerkung darüber. Es ist ... grausam, niemandem vertrauen zu können.«

Kelly hing schon wieder an ihrem Handy und nickte langsam. Dann hob sie den Kopf, ihre Augen leuchteten kampfbereit. »Sie hat von mir verlangt, mit Heath zu flirten. Sie will uns auseinanderbringen, aber das werde ich nicht zulassen!« Kelly ballte die Finger fest um den Löffel und hielt ihn wie eine Waffe in die Höhe – vielleicht auch wie einen Zauberstab.

Genau das hatte Ivy auch schon vermutet. Die Spielleitung versuchte, sie von allen zu isolieren.

»Was ist deine nächste Aufgabe?«, fragte Ivy.

»Dich zu verraten.« Kelly wich Ivys Blick aus. »Die Spielleitung ist nicht an meinen Geheimnissen interessiert – sie will eine Wahrheit über *dich*, obwohl das gegen die Regeln verstößt.«

Das Eis schien in Ivys Kehle zu einem Klumpen gefroren zu sein. »Was hast du geantwortet?«

»Nichts. Ich habe ja Zeit bis zum Ende der Woche.« Kelly erstach mit ihrem Löffel eine weitere Kugel Eis. »Wir müssen Penelope aufhalten oder ich brauche etwas wirklich Gutes, das ich ihr erzählen kann.«

»Da gibt es nichts zu erzählen«, stieß Ivy hervor. »Also Plan A. Wir halten sie auf. Nur wie?«

»Indem wir andere suchen, bei denen sie sich ebenfalls nicht an die Regeln hält. Und ich weiß vielleicht sogar, wie ich das anstellen kann.« Ihre Augen funkelten jetzt verschwörerisch, aber sie verlor kein Wort über ihren Plan, sosehr Ivy auch bettelte.

»Du musst mit Heath sprechen. Versöhn dich mit ihm, notfalls auch auf der Freundschaftsebene, aber finde heraus, was wirklich zwischen ihm und Pen läuft. Er wohnt mit ihr zusammen, er kennt sie besser als jeder andere. Wenn sie ihm gegenüber etwas angedeutet hat, kann mir das helfen, andere zu überzeugen.«

Bei Kelly klang das so leicht. Als könnte Ivy einfach mit den Fingern schnippen, ihre Gefühle ausschalten und auf »Freundin« machen. Ivy wusste es besser. Es würde ihr das Herz zerreißen.

Immer noch besser als deine ganze Familie zu verlieren, wenn das so weitergeht, kommentierte ihre innere Stimme. *Es wird eskalieren!*

Also versprach sie, es zumindest zu versuchen.

Schon am nächsten Tag bekam sie die Gelegenheit dazu, denn Daphne lud sie zu einem kleinen Spieleabend ein – der natürlich ganz anders ablief, als Ivy sich vorgestellt hatte.

Schon in der Limousine beäugte Ivy die Mädchen kritisch. Penelope trug eine Strickstrumpfhose, einen Kaschmirrock, Stulpen, von denen Ivy geglaubt hatte, dass sie längst ausgerottet waren, eine Bluse und ein Shirt darüber. Daphne war ebenso seltsam gekleidet. Sie hatte eine Hose und mehrere Oberteile übereinander an, was Ivy zu dem Schluss brachte, dass sie in ihrem Top und der engen Jeans definitiv erfrieren würde.

Was aber nicht der Fall war, denn der Spieleabend fand bei Bryan statt, wo es sogar ziemlich warm war. Ivy fragte sich insgeheim, ob die beiden vorhatten, den Abend auf dem Balkon zu verbringen. An ihrer Stelle würde sie vor Hitze eingehen oder sich sofort die Klamotten vom Leib reißen.

Bryans Wohnzimmer sah ganz anders aus als bei ihrem letzten Besuch. Ein paar gedimmte Deckenstrahler sorgten für eine gemütliche Atmosphäre, im offenen Kamin flackerte ein Feuer, wahrscheinlich mithilfe von Bioethanol, denn es gab keinen Abzug. Sämtliche Sofas und Sessel waren um einen kniehohen Tisch aufgestellt, fast alle der rund zwanzig Plätze waren besetzt.

Bryan lächelte den Mädchen entgegen und klopfte neben sich. Daphne eilte zu ihm, während Ivy hinter Penelope herschlich, die sich auf den Zweisitzer neben Heath fallen ließ. Der einzige noch freie Platz war auf einem Dreiersofa neben Zach, auf dessen anderer Seite ein Mädchen saß, das Ivy letzten Samstag bei Heath gesehen hatte. Bemüht, sich ihre Gefühle nicht anmerken zu lassen, sagte sie höflich hallo, bekam von Zach aber nur ein breites Grinsen zurück. Auf dem Sessel links von ihr saß Vince, der sie freundlich anlächelte.

Ivy wollte gerade fragen, was genau sie denn nun vorhatten, als eine Kellnerin ein Tablett mit Schnapsgläsern auf den Tisch stellte und jeder – außer Ivy – ohne Aufforderung danach griff.

Vince reichte ihr ein Glas und prostete ihr zu.

»Sitzen wir hier etwa den ganzen Abend im Kreis zusammen und trinken?«, frage Ivy unwillkürlich.

Vince verzog kurz das Gesicht und grinste.

»Ein Drink, damit alle etwas lockerer werden«, verkündete Bryan in diesem Moment.

Alle erhoben die Gläser und tranken, ohne zu husten, während das

Brennen in Ivys Hals unerträglich war. Zum Glück hatte sie nicht so viel an wie die anderen Mädchen im Raum. Die Stirn des Mädchens neben Zach glänzte bereits und Ivy verstand nicht, warum sie sich nicht wenigstens die Weste über ihrer Bluse auszog. Rund um den Tisch plauderten einzelne Grüppchen miteinander, bis die Kellnerin die Gläser abgeräumt hatte und vermutlich gleich Nachschub bringen würde. Doch es kam noch schlimmer.

Bryan beugte sich vor und hob eine Flasche auf. Sie war leer und Ivy sah sich um, wie die anderen darauf reagierten. Ein paar grinsten, andere hatten leuchtende Augen, und mit einem Blick auf Bryan verdrehte Ivy die Augen. Sie ahnte schon, was jetzt kam.

»Runde eins, Leute. Das erste Ziel beginnt.« Mit dieser Ansage legte Bryan die Flasche auf den Tisch und stieß sie an.

Ivy starrte auf die kreisende Flasche. Bilder früherer Klassenfeten zogen vor ihrem inneren Auge vorbei – wie sie in der Siebten den süßen Leon geküsst hatte und direkt danach den widerlichen Tom, der so feuchte Lippen gehabt hatte, dass Ivy selbst heute noch bei der Erinnerung daran schauderte.

Die Flasche wurde immer langsamer und hielt schließlich an. Der Hals zeigte auf Zachs hübsche Begleiterin, die unter dem Beifall einiger Jungs die Flasche erneut anstieß. Als hätte sie die Flasche beschworen, kam sie auf Zach gerichtet zum Stehen, der das Mädchen daraufhin in den Arm zog und innig küsste, bis die anderen von fünf heruntergezählt hatten. Er ließ erst deutlich nach der Null von ihr ab, was ihm ein lautes Johlen einbrachte. Dann drehte er die Flasche und warf Ivy dabei ein anzügliches Grinsen zu. Ivy betete, dass die Flasche nicht auf sie zeigte, und sie hatte Glück. Der Flaschenhals hielt bei Penelope, die ihren kleinen *Bruder* angewidert ansah und entsetzt aufsprang. »Niemals!«

Einige kicherten, andere tuschelten, aber eines hatten alle gemeinsam: Sie warteten gespannt, was passieren würde. Vermutlich gingen ihnen genau wie Ivy die Gerüchte um Penelope und Heath durch den Kopf: Was, wenn da etwas dran war? Was, wenn es nicht bei einem Bruder blieb?

Penelope sah beinahe verzweifelt zu Daphne und Bryan, der nur mit den Schultern zuckte, ehe sie sich mit flehenden Blicken an Heath wandte, der sie jedoch nicht beachtete, weil er seinen kleinen Bruder mit Blicken erdolchte. Die Stimmung wurde immer angespannter, bis Penelope die Schultern straffte, ihre Haare über die Schulter warf und ihre gelangweilte Miene aufsetzte.

Mit breitem Grinsen rutschte Zach nach vorne, stand auf und beugte sich über den Tisch. Dann wurde Ivy Zeuge eines Kusses unter Geschwistern, wie er niemals stattfinden sollte. Ihr war es egal, ob sie Stiefgeschwister waren oder nicht. Auf diese Art sollten sie sich nicht küssen – schon gar nicht in der Öffentlichkeit. Kaum hatten die anderen von fünf heruntergezählt, wich Penelope zurück und fuhr sich beinahe unbemerkt über den Mund, als würde sie sich die Haare aus dem Gesicht streichen. Doch Ivy hatte es genau gesehen.

Nachdem sich der Beifall für diese Show gelegt hatte, ließ sich Zach mit einem überheblichen Lächeln auf das Sofa fallen, sodass Ivy sich gerade noch halten konnte, um nicht auf ihn zu kippen. Sie rutschte wieder so weit möglich von ihm ab, und sah gerade noch, wie die von Penelope angestupste Flasche stehen blieb. Die Öffnung des Halses starrte Ivy entgegen. Penelope verdrehte die Augen, lehnte sich aber über den Tisch und wartete, bis Ivy ihr entgegenkam. Ivys Blick blieb an Heath hängen, der die Lippen fest zusammenpresste und jede ihrer Bewegungen verfolgte. Sie ließ ihn nicht aus den Augen, während sie sich langsam nach vorn beugte, Penelopes Gesicht entgegen. Ivy hatte noch nie ein Mädchen geküsst – zumindest nach der Definition, die hier offenbar galt. Ihre Fingerspitzen kribbelten, Aufregung mischte sich mit der Hitze in ihrem Magen, als sich ihre Gesichter näherten und sie Penelopes Parfum überdeutlich wahrnahm. Heath sah aus, als würde er jeden Moment aufspringen, und als sich ihre Lippen trafen und Ivy automatisch die Augen schloss, überlegte sie, ob er wegen Penelope oder wegen ihr so aufgebracht war. Dann hörte sie für einen Moment auf zu denken, selbst das Klatschen und Johlen und die dämlichen Kommentare der anderen wurden zu einem Rauschen im Hintergrund. Penelopes Mund war weich, duftete nach Erdbeeren, und als sich ihre Zunge langsam vortastete, reagierte Ivy instinktiv und öffnete ihre Lippen. Sie konnte nicht sagen, wie lange der Kuss wirklich gedauert hatte, aber weder sie noch Penelope waren bei »Null!« entsetzt zurückgewichen. Entgegen ihrer Erwartung, wie widerwärtig es sein müsste, ausgerechnet die Schlange Penelope zu küssen, hatte es sich gut angefühlt. Beinahe so gut wie die Küsse von Heath.

Als sie in die Realität zurückkehrte, nahm Penelope gerade wieder neben Heath Platz, der Ivy einen zweifelsfrei sehnsüchtigen Blick zuwarf. Wünschte er sich, an Penelopes Stelle gewesen zu sein?

»Du bist dran.« Vince stieß Ivy an und deutete auf die Flasche.

Ivy sah in die aufgeregten Gesichter, ehe sie die Flasche anstieß und sich von dem verschwimmenden Glas, das immer wieder die Lichter einfing und aufblitzte, hypnotisieren ließ.

Wie konnte Penelope einerseits so eiskalt und falsch sein und dann so sanft küssen? Der Gedanke ging Ivy nicht aus dem Kopf. Das passte überhaupt nicht zusammen. In Liebesromanen konnten die Heldinnen an einem Kuss erkennen, wie ihr Gegenüber wirklich war, ein Kuss entschied, ob man zusammengehörte oder nicht. Wenn das auch auf die Realität zutraf, hatte Ivy definitiv einen defekten Empfänger dafür.

Plötzlich wurde sie zur Seite gerissen und in einen weiteren Kuss gedrängt, wieder von Beifall und einem Countdown begleitet. Sie hatte gar nicht mitbekommen, dass der Flaschenhals offensichtlich bei Vince gelandet war. Vollkommen überrumpelt von der vertrauten Umarmung erwiderte sie den Kuss, spürte die Hitze durch ihre Adern pulsieren, ehe ein lautes »Das reicht!« das Grölen wie eine Klinge durchschnitt. Alle wurden still und richteten ihre Aufmerksamkeit auf Heath, der sich aufgerichtet hatte und aussah, als würde er gleich über den Tisch springen.

Vince hob die Hände, wie um sich zu ergeben, und schubste schnell die Flasche an, die nun bei Zachs Sitznachbarin zum Stehen kam. Zach sah gleichgültig zu, wie Vince und das Mädchen direkt vor ihnen herumknutschten, während Ivy es mehr als unangenehm fand, dass Zach dabei so nah zu ihr gerutscht war.

Nach dem zehnten Kuss läutete Bryan eine Pause ein, Schnapsgläser wurden auf den Tisch gestellt und ein Wagen mit anderen Getränken hereingeschoben. Ein paar der Jugendlichen verzogen sich nach draußen, darunter auch Zachs Begleiterin. Ivy wollte nicht allein neben Zach sitzen bleiben. Sie sprang hastig auf und holte sich eine Cola vom Servierwagen. Während das kalte Getränk endlich den schwelenden Brand in ihrer Kehle löschte, blieb ihr Blick an Heath hängen und sie dachte an seinen Gefühlsausbruch. Hatte er aus Eifersucht oder aus falschen Besitzansprüchen so reagiert? Kellys Worte hallten durch ihren Kopf, doch im Moment war sie zu durcheinander, um mit ihm zu reden.

Wenig später betrat Bryan mit einem Mann im Anzug den Raum, der sofort alle Blicke auf sich zog. Er wurde von Bryan in die Ecke geführt, wo ein Tisch und sieben Stühle standen. Einige folgten ihnen, nur Ivy wusste nicht, was sie tun sollte.

Penelope bemerkte ihr Zögern und trat neben sie. »Spielst du Poker?«

Ivy schüttelte den Kopf. »Nicht besonders gut.«

»Dann solltest du besser beim Flaschendrehen bleiben«, mischte sich Daphne ein. Sie schnappte sich ein Wasser und kehrte zum Sofa zurück – ohne Bryan, der gerade mit Zachs hübscher Begleiterin am Tisch Platz nahm, an dessen Kopfende der Anzugträger stand. Zach setzte sich mit drei anderen Mädchen dazu, während der fremde Mann begann, wie ein Zauberer die Karten zu mischen.

In diesem Moment verstand Ivy. Sie sah Penelope an und schüttelte den Kopf. »Strippoker? Ernsthaft?«

Penelope zuckte nur mit den Schultern. »Es macht Spaß und jeder gewinnt gern. Du kannst natürlich auch die Flasche entscheiden lassen, ob du deine Klamotten anbehalten darfst.«

»Hättest du mich nicht vorwarnen können? Dann hätte ich mir auch mehr angezogen.«

»Wo bliebe denn der Spaß, wenn wir alle Neuen einweihen würden? Du bist übrigens nicht die Einzige.« Sie deutete auf zwei Jungs, die nur ein T-Shirt zur Jeans trugen und nicht mal einen Gürtel umhatten.

»Ich hasse dich!«, rutschte es Ivy heraus, aber das schien Penelope nicht zu stören.

»Das fühlte sich vorhin aber gar nicht so an.« Sie leckte sich über die Lippen, ging mit großen Schritten zum Pokertisch und ließ Ivy mit ihrem Gefühlschaos allein.

Daphne saß mit ein paar anderen gut vorbereitet an ihrem alten Platz. Auf dem Tisch wartete bereits die Flasche auf ihren nächsten Einsatz – der nun offensichtlich darin bestand, dass die Anvisierten ein Kleidungsstück nach dem anderen ausziehen mussten.

Ivy wägte ihre Chancen ab. Ihr Dad hatte eine Zeit lang jede Woche mit Freunden gepokert – um bunte Plastikchips – und er hatte ihr die Grundzüge beigebracht. Wahrscheinlich würde sie ihre Klamotten am Pokertisch nicht so schnell verlieren wie beim Flaschendrehen, wo sie dem reinen Zufall ausgesetzt wäre.

Daher ging sie zielstrebig an den Sofas und Sesseln vorbei und setzte sich zu den anderen an den Tisch. Während der ersten Pokerrunde sah sie immer wieder über Penelopes Schulter hinweg zur Sofaecke, wo sich die Spieler rasend schnell entkleideten. Einer der beiden Neuen hockte bereits in Boxershorts da, während Heath noch das enge Shirt trug, das er immer unter seinem Hemd anhatte. Daphne saß nur noch in einem Longshirt da, sah aber recht zufrieden aus – vermutlich war sie lieber nackt, als vor Hitze zu sterben. Im Gegensatz zu Penelope, die eine Pokerrunde nach der anderen gewann und trotz leichtem Schweißfilm auf der Stirn ihre Kleidungsschichten anbehielt.

Erst als Ivy nur noch in BH und Slip hätte mitmachen können, beendete Bryan die Pokerrunde und gratulierte Penelope zu ihrer spielerischen Leistung. Aber das war ja kein Wunder. Wenn es um Täuschung ging, war Penelope ganz in ihrem Element.

Die nächste Spielrunde hatte weder etwas mit Küssen noch mit Strippen zu tun. Auf wen die Flasche zeigte, musste ein halbes Glas Whiskey trinken, was im Gegensatz zu Ivy allen zu gefallen schien. Zum Glück hatte sie sich wieder anziehen dürfen und musste nicht mehr neben Zach sitzen, der ihr am Pokertisch anzügliche Blicke zugeworfen hatte. Stattdessen saß sie neben Penelope, was ihr in diesem Moment das geringere Übel zu sein schien.

Sie beteiligte sich nicht an den Gesprächen, die immer ungezwungener wurden, je mehr Alkohol floss. Sie hörte jedoch aufmerksam zu und schnappte auf, wie sich ein Mädchen namens Michelle damit brüstete, den Freund ihrer Freundin mit ihren Küssen so heiß gemacht zu haben, dass er ihr ins Schlafzimmer gefolgt war.« »Ihr hättet sein Gesicht sehen sollen, als dort Naomi auf ihn wartete und Schluss gemacht hat.« Michelle hob ihr Glas und prostete allen zu. Ivy hoffte, dass Michelle diesen Treuetest nicht aus freien Stücken, sondern für das Spiel gemacht hatte. Oder sollte diese Naomi froh sein, dass sie ihren untreuen Freund losgeworden war? Ivys Hand verkrampfte sich um ihr Glas. Ihr moralischer Kompass schien ernsthaft defekt zu sein.

»Zeit für das Finale«, verkündete Bryan. Ivy graute schon davor, welches Kinderspiel als Nächstes an der Reihe war, als Bryan zum Balkon deutete, wo der Whirlpool dampfte.

»Zeit für *Fünf Minuten im Himmel*.« Er hob sein Glas und trank es in einem Zug aus.

»Oder eher in der Hölle, wenn du den Falschen erwischst«, hörte Ivy Zachs hübsche Begleiterin – sie hieß Sasha, wie Ivy inzwischen mitbekommen hatte – der Treuetesterin Michelle ins Ohr flüstern, die daraufhin kicherte.

»Freiwillige?«, Bryan sah sich um.

Ivy war sich sicher, dass es einige in der Runde gab, die durchaus freiwillig nach draußen gehen würden, wenn das richtige Zielobjekt ebenfalls mitkommen würde. Aber so selbstbewusst auch alle taten, niemand traute sich, die Initiative zu ergreifen. Öffentliche Zurückweisung stand wahrscheinlich nicht gerade auf der Bucketlist dieser verwöhnten Kids, auch wenn die Hemmschwelle durch den Alkohol ziemlich gesunken war. Um ihre Unsicherheit zu überspielen, griffen sie auf all diese kindischen Spielchen zurück.

Für Ivy hatte sich die Sache damit erledigt und sie wollte Penelope fragen, wann sie nach Hause gehen würden. Das träge Nippen an dem scheußlich brennenden Whiskey hatte ihre Gedanken leicht vernebelt und sie war müde. Doch da zog Daphne eine glitzernde Schale unter dem Tisch hervor. Ivy stöhnte genervt auf. Versuchten diese Kids einem blöden Klischee nachzueifern oder warum hatten sie es nötig, Spiele zu spielen, die Ivy schon vor Jahren für bescheuert gehalten hatte. Sie war eben im Begriff, aufzustehen und den Kindergarten zu verlassen, als Heath' Name fiel.

Daphne grinste breit und wedelte mit einem kleinen türkisfarbenen Zettel. Danach tauchte sie die Hand wieder in die Glitzerschale und zog einen lilafarbenen Zettel heraus. Die Mädchen verfolgten mit neugierigen Gesichtern, wie Daphne ihn langsam auseinanderfaltete. Ivy versuchte unterdessen, aus Heath' Miene schlau zu werden, während er den Blick über die Anwesenden wandern ließ – und bei Ivy innehielt. Seine Haltung war angespannt, doch er ließ keine Gefühle erkennen. Sie wusste nicht, ob er fürchtete, dass Ivys Name auf dem Zettel stehen könne oder ob er sich darüber freuen würde. Ivy witterte jedoch ihre Chance für Kellys Plan, schloss die Augen und flüsterte in Gedanken wieder und wieder ihren eigenen Namen.

»Pen!«, kreischte Daphne.

Ivy riss die Lider auf und sah zu Heath, der sie immer noch fixierte. Ein harter Zug lag um seine Lippen.

»Viel Spaß ihr beiden!« Daphne zerrte an Penelopes Arm, die mit siegesgewissem Lächeln in die Runde blickte. Heath erhob sich und folgte ihr alles andere als zögerlich. Ivy hatte eher den Eindruck, dass er seine fünf Minuten mit ihr voll auskosten wollte. Sie nahm einen Schluck von ihrer Cola, die jedoch fahl schmeckte und den bitteren Geschmack der Enttäuschung nicht überdecken konnte. Heath und Penelope verschwanden im Dampf, der zwischen den Sichtschutzwänden festhing.

»Wir sollten uns ein wenig die Zeit vertreiben, wer weiß, wie lange die beiden beschäftigt sind.« Bryan lachte und die meisten anderen stimmten mit ein. In Ivys Ohren klang es wie höhnisches Gelächter.

Auf einmal sprang Daphne auf. »Das wagst du nicht! Du hast es versprochen!«

Wie alle anderen starrte Ivy nun zwischen der aufgebrachten Daphne und dem entspannt auf dem Sofa zurückgelehnten Bryan hin und her, der eben ein silbernes Etui öffnete und sich eine Zigarette anzündete. Nein, keine Zigarette, wie Ivy feststellte, als er den Rauch über den Tisch pustete. Der Geruch war zu süß für Tabak. Er nahm einen weiteren tiefen Zug und streckte Daphne die Hand entgegen, um sie wieder zu sich zu ziehen.

Doch anstatt darauf einzugehen, wandte sich Daphne von ihm ab. Sie setzte sich provokativ auf die Armlehne von Vince' Sessel, beugte sich zu ihm und küsste ihn. Direkt vor Bryans Augen glitt sie auf Vince' Schoß, vergrub die Hände in seinen Haaren und stöhnte übertrieben auf. Vince reagierte etwas zeitverzögert und schob sie vollkommen überrumpelt von sich.

»Ich mache das nicht länger mit.« Seine Stimme war eiskalt. Er strich sich die blonden Haare aus dem Gesicht und sprang auf. »Ihr seid einfach nur krank. Ihr alle!« Mit einem Satz sprang er auf und verließ mit wenigen kurzen Schritten den Raum.

Ivy war wie erstarrt. Sie hatte nur noch Vince' verletzten Ausdruck vor Augen, der sonst niemanden zu interessieren schien. Waren sie nicht seine Freunde?

Sie erhob sich, schüttelte abfällig den Kopf und folgte Vince. Bevor sie auf den Flur hinaustrat, warf sie Daphne noch einen wütenden Blick zu, doch die funkelte nur Bryan an.

Vor dem Fahrstuhl holte sie Vince ein.

»Was willst du?«, fragte er, ohne sich umzudrehen. Er sah lediglich ihr verzerrtes Spiegelbild im Glas der geschlossenen Tür vor sich.

Sein knurrender Tonfall sollte sie abschrecken, aber sie holte tief Luft und beruhigte ihren hämmernden Herzschlag. »Ich wollte nach dir sehen.«

Langsam wandte er sich um. Er musterte sie beunruhigend lange, bis das Öffnen der Fahrstuhltür den Bann brach. »Es ist alles gut.«

Er trat in den Fahrstuhl, drückte auf einen der Knöpfe und starrte zu Boden, sodass die blonden Haarsträhnen nach vorne fielen. Kurz bevor sich die Tür schloss, sah er plötzlich auf. Seine geröteten Augen brachten Ivy instinktiv dazu, den Arm auszustrecken, sodass die Tür wieder aufglitt. Vince stand reglos da, während Ivy neben ihn trat, bevor der Fahrstuhl sich endgültig schloss und nach unten fuhr. Doch nur wenige Sekunden später hielt er wieder an.

Irritiert blickte Ivy zur Anzeige hinauf. Sie waren nur fünf Stockwerke weit gekommen, aber im Flur wartete niemand, der mitfahren wollte. Stattdessen stieg Vince aus.

Ivy folgte ihm nach kurzem Zögern. Sie konnte nicht einmal genau sagen, warum sie das tat. Sie wusste nur, dass sie Vince in diesem Zustand nicht allein lassen wollte – oder konnte. Er hatte ihr beim Debütantenempfang geholfen. Und ganz gleich, warum er sich am Tag des Kusses ausgerechnet sie ausgesucht hatte, das hatte nichts mit diesem Moment zu tun.

Vor Apartment B blieb Vince stehen und zog eine Karte aus der Hosentasche.

»Du wohnst hier?«

»Was dagegen?« Er warf ihr einen Seitenblick zu, öffnete die Tür und ging hinein.

Ivy folgte ihm.

»Was zur Hölle willst du?« Vince warf seine Karte aufs Sideboard und verschwand in einem unbeleuchteten Raum.

Einen Moment lang stand Ivy unschlüssig im Flur, doch ein kurzes dumpfes Geräusch, Klirren von Glas und das anschließende Zischen beim Öffnen einer Flasche holten sie aus ihrer Erstarrung. Sie schloss die Wohnungstür hinter sich und ging vorsichtig in die Richtung, aus der die Geräusche gekommen waren. Fahles Licht leuchtete ihr entgegen, drang jedoch nicht bis in den Flur, sodass Ivy aufpassen musste, nicht zu stolpern. Langsam gewöhnten sich ihre Augen an das Dämmerlicht, das nur vom Mond und den umliegenden Hochhäusern durch die Fenster hereinkam. Sie befand sich nicht in einer Wohnung, sondern in einem Hotelzimmer. Es war geräumig und teuer eingerichtet, aber karg und ohne Persönlichkeit. Vince saß mit einer Flasche Bier in der Hand auf einer Ledercouch direkt vor einem großen Fenster. Sein Gesicht lag im Schatten der Skyline.

»Du solltest nicht hier sein, sondern da oben beim Rest der Clique.«

»Vielleicht.« Ivy zuckte mit den Schultern. »Vielleicht werde ich aber auch hier gebraucht.«

Er schnaubte und sie setzte sich auf den Sessel neben dem Sofa.

Vince schaute sie lange an, ehe er auf seine Flasche hinabsah und murmelte: »Du bist anders.«

Ivy konnte nicht sagen, ob das positiv oder negativ gemeint war, also ging sie nicht weiter darauf ein. »Du magst sie, oder?«, fragte sie stattdessen. Sie musste nicht erwähnen, dass sie Daphne meinte.

Vince seufzte, sagte jedoch nichts.

»Sie hat mir erzählt, dass ihr eine Vereinbarung habt.«

Nun schnellte sein Blick zu ihr, seine Augen waren weit geöffnet und er wirkte, als würde er jeden Moment aufspringen und davonlaufen.

»Sie hat auch gesagt, dass du mit dem ... Arrangement einverstanden wärst und nur Zeit mit ihr verbringst, um Bryan eifersüchtig zu machen.«

Vince stieß einen langen Atemzug aus, sagte aber noch immer nichts. Ivy ließ sich davon nicht beirren. Sie wollte zu ihm durchdringen, verstehen, was da zwischen ihnen lief. Sie setzte sich neben Vince auf das Sofa und nahm ihm die Flasche ab. Schweigend sah er zu, wie sie einen großen Schluck nahm. Das Bier schmeckte herb, aber immer noch besser als der brennende Whiskey. Sie hielt ihm die Flasche wieder hin.

»Ich hätte diesen dämlichen Spielchen niemals zustimmen sollen.« Er leerte die Flasche, stand auf und kehrte kurz darauf mit zwei weiteren aus der Minibar zurück.

»Du hast dich in sie verliebt.« Es war eine Feststellung, keine Frage. Sein Zähneknirschen sagte alles. »Weiß sie davon?«

»Sie liebt Bryan. Sie hasst nur die Drogen.« Er trank einen Schluck, während Ivy sich die Hintergründe zusammenreimte. Deshalb war Daphne so aufgebracht gewesen und hatte Vince geküsst, dem es jedes Mal Schmerzen bereiten musste, wenn sie das tat. Von jemandem geküsst zu werden, den man liebte, der die Gefühle jedoch nicht erwiderte, musste schrecklich sein. Aber liebte Daphne Bryan wirklich oder hatte sie es nur auf seinen Einfluss abgesehen? Hatte Kelly nicht gesagt, dass Daphne alles tat, was Penelope verlangte, weil sie ohne sie ein Nichts wäre? Mit Bryan an ihrer Seite hätte sie diesen Druck nicht.

»Was denkst du gerade?« Vince hatte sich nach vorn gebeugt, stützte sich mit den Ellbogen auf den Oberschenkeln ab und beobachtete sie genau. In dem fahlen Licht, das ihn nun von der Seite beleuchtete, sah er beinahe überirdisch aus.

Ivy schluckte. »Ich denke, dass wir uns beide in die falschen Menschen verliebt haben.« Die Wahrheit schmeckte bitterer als der Inhalt der Flasche, die sie nun wieder an die Lippen hob.

»Auf die falsche Liebe!« Der miese Trinkspruch brachte Ivy fast zum Lächeln und sie prostete Vince zu.

Er zog sein Handy aus der Hosentasche und tippte kurz darauf herum. Leise Gitarrenriffs ertönten aus unsichtbaren Lautsprechern.

Schweigend saßen sie da und lauschten der Musik. Es war eine angenehme Stille. In Vince' Gegenwart hatte sie nicht das Gefühl, sich verstellen zu müssen wie bei den anderen. Beim Intro des nächsten Songs seufzte Ivy. Lieder über das Verlassenwerden waren immer traurig, besonders wenn die eigene Wunde noch frisch war. Auch wenn das Lied aus dem letzten Jahrtausend stammte, trafen Jon Bon Jovis Zeilen mitten in Ivys Herz. All die Fotos von ihr und Heath waren auch für sie Erinnerungen an ein anderes Leben, dabei waren die Sommerferien noch keine zwei Wochen vorbei. Sie schloss die Augen und legte Daumen und Zeigefinger um ihr Handgelenk. Vom Liedtext geführt, sah sie vor sich, wie Penelope und Heath in den Dampfschwaden das Whirlpools verschwanden. Und in diesem Moment wünschte sie sich nichts sehnlicher, als an Pens Stelle zu sein.

»Ich hasse es!«, mischte sich Vince' Stimme in den Refrain.

Ivy schob nur langsam die Bilder einer Versöhnung mit Heath von sich und öffnete die Augen.

»Ich hasse es, wenn es wehtut«, fügte Vince hinzu und drückte kurz das Bier an die Brust, ehe er erneut trank.

Ivy tat es ihm nach und stellte die Flasche ab. »Ich hole uns noch was.« Sie musste auf andere Gedanken kommen und ging zu dem gläsernen Minikühlschrank. Hinter sich hörte sie das Klirren von Vince' Flasche auf dem Glastisch.

Erst als sie seine Hand auf ihrer spürte, realisierte sie, dass sich ihre Finger um den Griff verkrampft hatten. Durch die melancholische Musik hatte sie sich immer mehr in den Verlust hineingesteigert. Vince strich sanft über ihre Hand, um sie zu lockern. Als er mit der anderen ihre Haare zur Seite schob und ihren Nacken küsste, fuhr seine Berührung wie ein Stromstoß durch ihren Körper. Sie zitterte, ihre Beine drohten nachzugeben, konnten der Last aus Schmerz und Melancholie und dem Wunsch, nicht allein zu sein, kaum standhalten. Seine Hände glitten über ihre Arme und lösten eine Welle unterschiedlicher Emotionen aus. Ihr Verstand war in einem Kampf zwischen Weglaufen und Genießen gefangen. Sie waren beide ungebunden, es war nichts Falsches daran. Doch warum schlug ausgerechnet jetzt ihr moralischer Kompass Alarm?

Vince küsste sie weiter. Vom Nacken fuhr er an ihrem Hals entlang, während Ivys Herz immer schneller und schneller schlug und Endorphine in ihrem Körper freigesetzt wurden, bis Ivy nachgab und sich zu ihm umdrehte. Der Kuss war anders als die vorherigen. Voller Schmerz und Sehnsucht. Ivy dachte an Heath, wie er in diesem Moment vielleicht Penelope küsste und ihr zärtliche Worte ins Ohr flüsterte. Sie ließ alles los, schaltete ihr Gewissen aus und tauchte in das vom Alkohol angeheizte explosive Gemisch aus Berührungen, Küssen und immer schnelleren Atemzügen. Vince hob sie hoch, ohne den Kuss zu unterbrechen, und trug sie in einen Nebenraum, wo er sie auf dem Bett ablegte. Ivys gesamter Körper war wie elektrisiert, jeder Kuss, jeder noch so leichte Hautkontakt glich einem Stromschlag.

Dieses Mal war es kein Spiel, niemand hatte sie überredet oder gezwungen, von den Umständen vielleicht einmal abgesehen. Wie von selbst erkundete sie seinen mittlerweile vom Hemd befreiten Oberkörper, strich über die Wölbung seiner Brust und weiter über seinen Bauch. Er lächelte kurz, als sich die Muskulatur unter ihrer Berührung zusammenzog. Mit Vince fühlte sich plötzlich alles ganz leicht an, es war einfach, sich in seiner Gegenwart, in seinen Küssen und dem leisen

Stöhnen zu verlieren, während sich ihr Körper seinen Berührungen entgegenwölbte, die Welt für eine Ewigkeit nur noch aus prickelnden Gefühlen bestand.

Als er ihr das Top ausziehen wollte, zog sie die Reißleine.

»Es ist falsch.« Sie rollte sich auf den Rücken.

Vince ließ sich zur Seite fallen. »Wahrscheinlich hast du recht.«

Sie lachte auf und drehte den Kopf zu ihm. Sein Gesicht war nur eine blasse Silhouette in der Dunkelheit. Er sah aus wie ein Gott oder ein Engel oder was auch immer.

»Du bist auch anders«, sprach sie ihren nächsten Gedanken leise aus.

Seine Miene kühlte ab, das Lächeln verschwand von seinen Lippen. »Wie meinst du das?«

Sie dachte kurz darüber nach. »Du spielst nicht nur diese Spielchen. Du bist nicht so eiskalt wie die anderen.«

Er richtete seinen Blick zur Decke. Ivy studierte sein Profil, bis er antwortete. »Heath spielt keine Spielchen mit dir. Ich glaube, er liebt dich wirklich«, sagte er dann völlig unvermittelt.

»Dann hat er aber eine ganz miese Art, das zu zeigen.« Sie versuchte, sarkastisch zu klingen, was aber völlig danebenging.

»Ich kenne ihn seit ein paar Jahren, habe viele Dinge mitbekommen, die über ihn geredet werden. Aber meistens sind es einfach nur Gerüchte, die es ihm ermöglichen, Abstand zu halten. Ich habe ihn bisher nie *so* erlebt.«

»Wie?« In Ivys Bauch erhob sich ein Schwarm Schmetterlinge.

»Er ist wahnsinnig vor Eifersucht. Er konnte mich noch nie ausstehen, aber so offen feindselig ist er erst seit dem Empfang.«

Ivy legte sich auf die Seite und stützte den Kopf mit der Hand ab. »Weil du mir draußen zwischen den Reportern geholfen hast?«

Auch Vince wandte sich ihr nun wieder zu. Die Stimmung zwischen ihnen hatte sich verändert, das falsche aufgeputzte Prickeln war verflogen. Er nickte.

»An dem Abend hat er mir gesagt, dass ich während des Sommers nur ein Zeitvertreib für ihn war.« Heath' Worte hallten in Ivys Kopf wider.

»Und das glaubst du ihm?«

»Ich wollte es nicht glauben, habe ewig auf eine Erklärung gehofft, aber das war umsonst. Das gehört zu dem kranken Spiel von Pen und ihm – oder auch Zach!«

Vince zog die Brauen zusammen. »Was hat Zach damit zu tun?«

Ivy erzählte ihm, was bei Bryans Party vorgefallen war.

»Er ist echt das wandelnde Beispiel für die schlechten Klischees der ganzen Leute hier.«

»Der ganzen Leute hier?«, fragte Ivy verständnislos. »Du gehörst ja wohl dazu.«

Er lachte aufgesetzt. »Ich bin nicht von hier. Ich bin nur Daphne gefolgt.«

»Wo habt ihr euch kennengelernt?«

Er strich sich über das Gesicht. »In den Hamptons. Es war rein zufällig.«

»Und du hast dich sofort unsterblich in sie verliebt, sodass du ihr gefolgt und in ein Hotel gezogen bist?« Das klang selbst für Ivy ziemlich kitschig.

»So ähnlich.«

»Und warum bist du geblieben?«

Er zuckte mit den Schultern.

»Ich bin mir nicht sicher, ob Daphne Bryan wirklich liebt oder nur an seinem Status interessiert ist«, sprach Ivy ihre Gedanken von vorhin aus. »Und den hast du doch auch.«

Vince wirkte für einen Moment unendlich traurig, ehe er sich fing und nahezu verbittert die Lippen zusammenpresste. »Ich bin kein *Cormack*. Bryan wird das gesamte Gebäude hier erben, samt Hotel, Club und Restaurant – neben all dem Geld und den Immobilien außerhalb der Stadt.«

Darauf wusste Ivy nichts zu erwidern. Sie schwiegen, während aus dem Wohnzimmer noch immer leise Musik zu ihnen drang.

»Ich sollte jetzt gehen«, sagte sie irgendwann. »Ich wünsche mir für dich, dass Daphne endlich die Augen öffnet und erkennt, was wirklich wichtig ist. Und das ist garantiert kein materieller Besitz.«

Vince lächelte sie an und setzte sich auf. »Ich wünschte, sie wäre mehr wie du.«

»Sag ihr das bloß nicht.« Ivy lachte.

Vince begleitete sie noch bis zur Wohnungstür und drückte ihr einen flüchtigen Kuss auf die Stirn. »Wir sehen uns morgen in der Schule.«

Warum konnte sie so ungezwungen mit ihm reden? Weil keine echten Gefühle im Spiel waren und sie nicht verletzt werden konnte?

Ivy strich ihre Haare glatt, während sie auf den Fahrstuhl wartete, und zog dann ihr Handy hervor.

> Wo steckst du?

Sie kannte die Nummer nicht, es war also weder die Spielleitung noch Penelope, die sich freundlicherweise am ersten Tag ihrer »Freundschaft« selbst eingespeichert hatte.

Es gab noch eine Nachricht von derselben Nummer.

> Wenn du mit ihm abgezogen bist, kannst du was erleben. Er gehört mir.

> Daphne?

Prompt kam die Antwort:

> Wo bist du?

Ivy hielt es für besser, nicht zu erwähnen, dass sie gerade erst in den Fahrstuhl stieg, während sie tippte.

> Auf dem Weg nach Hause.

»Wo kommst du denn her?«

Ivys Herz setzte vor Schreck einen Moment aus. Sie hätte beinahe das Handy fallen gelassen.

Sasha, Zachs Begleiterin und das Mädchen, mit dem sie Heath letzten Samstag gesehen hatte, lehnte an der Fahrstuhlwand und musterte Ivy mit erhobener Braue. Sie fuhr sich mit der Zunge über die Unterlippe, ehe sie den Kopf schüttelte. »Daphne wird ausflippen!«

»Es war nichts.« Ivy verdrehte die Augen. Musste sie sich jetzt schon vor fremden Leuten im Fahrstuhl rechtfertigen?

»Das *Nichts* hat aber ganz schön lange gedauert ... und Spuren hinterlassen.« Sasha lachte. Sie sah einfach hübsch aus mit ihren hohen Wangenknochen, den großen Augen und vollen Lippen. »Ein kleiner Rat für die Zukunft: Check deinen Lippenstift, ehe du dich nach einem *Nichts* in der Öffentlichkeit blicken lässt.« Sie deutete zum Spiegel an der Seite des Fahrstuhls und Ivy stellte entsetzt fest, dass ihre Lippen noch immer leicht geschwollen und die Haut rund um ihren Mund gerötet war, als hätte sie irgendeine Krankheit. Sasha wühlte in ihrer Handtasche und reichte Ivy ein Tuch, mit dem sie sich eilig den verschmierten Lippenstift abwischte.

»Danke«, sagte Ivy ehrlich.

»Es wäre doch schade um Vince, wenn Heath ihn umbringt.«

Ivy erwiderte nichts, sondern starrte auf die Anzeige im Fahrstuhl, die sich nicht regte. Erst dann verstand sie, dass sie gar keinen Knopf gedrückt hatte.

»Wolltest du nicht nach Hause?«, fragte sie Sasha und sofort geisterte ihr die naheliegende Frage durch den Kopf, ob sie auf dem Weg zu Vince war.

»Ich bin zu Hause.« Sasha betätigte den Türöffner und stieg aus dem Fahrstuhl. »Apartment F.«

Sie ging nach links und winkte Ivy noch zu, die sofort den Knopf fürs Erdgeschoss drückte und tief durchatmete.

Im Taxi nach Hause überschlugen sich ihre Gedanken, bis sie Kopfschmerzen bekam. Vielleicht lag das aber auch an den Nachwirkungen des Alkohols. Immer wieder versuchte sie, sich zu erklären, was Daphne für ein dämliches Spiel trieb und wen sie wirklich liebte. Ivy war sich sicher, dass Daphne an Sashas Stelle auf sie losgegangen wäre.

Sie schrieb Kelly, wie der Abend ausgegangen war.

> Ich hatte dir doch schon auf der Komitee-Party dazu geraten. Wie war er so?

> Es ist nichts passiert.

...

> Das ist mein Ernst! Wir waren beide nur durcheinander und verletzt und alkoholisiert. Keine Ahnung, auf jeden Fall ist nicht *das* passiert, was du jetzt vermutest.

Kein Sex?

> Was denkst du denn von mir? :o

Vince ist heiß, er könnte Thors kleiner Bruder sein und nett ist er auch. Warum hast du das nicht ausgenutzt?

Ivy starrte ihr Handy voller Abscheu an. Was war heute in Kelly gefahren?

> Weil ich nichts ausnutzen will! Das ist falsch!

Nimm doch nicht alles so ernst, Ivory. :-) Willst du noch vorbeikommen?

> Morgen ist Schule und es ist schon spät. Morgen Abend vielleicht?

Wenn du nicht wieder Penelope-Arrest hast?!

> Das war nicht witzig.

> Doch, gib's zu. 8)

Ivy lächelte ihr Handy an, bezahlte den Fahrer und stieg aus dem Taxi. Während sie die Stufen zur Haustür hochging, schrieb sie Kelly noch einen kurzen Gute-Nacht-Gruß.

»Wo kommst du um diese Zeit her?«

Die Stimme ihrer Mom ließ Ivy zusammenfahren und die Tür geräuschvoller schließen als beabsichtigt.

»Von einem Spieleabend«, erwiderte Ivy ehrlich.

Ihre Mutter kniff die Augen zusammen, ihr typischer Scannerblick. Ivys Herzschlag beschleunigte sich. Aber sie hatte nicht gelogen. In Gedanken dankte sie Sasha ein weiteres Mal für den Hinweis auf den verschmierten Lippenstift.

Ihre Mom atmete auf und ihr Ausdruck wurde wieder normal. »Es ist spät, ab ins Bett.«

»Gute Nacht, Mom.« Ivy war froh, weiteren Nachfragen entkommen zu können.

»Gute Nacht, Süße.«

Mit der bitteren Gewissheit, nun auch ihrer Mutter nicht die ganze Wahrheit erzählt zu haben, schlief Ivy wenig später erschöpft ein.

KAPITEL 25
Ivory

Der Sportunterricht am Donnerstagnachmittag zeigte Ivy wieder einmal das wahre Gesicht von Penelope und Daphne – das komplette Gegenteil der Mädchen, mit denen sie *Bookish Dreams* besucht hatte. Niemand in der Umkleidekabine konnte überhören, wie Penelope über Cassia herzog, die nicht gerade Talent im Umgang mit Volleybällen hatte.

»Mit etwas weniger Fett im Hintern würde sie es vielleicht schaffen, ab und zu hoch genug zu springen, um den Ball über das Netz zu schmettern.« Ihre Stimme triefte vor Spott.

In Ivy brannte eine Sicherung durch. Bisher hatte sie solche Lästereien nie direkt mitbekommen. Vielleicht war sie immer zu sehr mit Kelly beschäftigt gewesen. Doch heute schlüpfte sie direkt neben Daphne und Penelope in die Bluse ihrer Schuluniform. Sie gehörte zu *ihnen*, nicht zu den anderen Mädchen, die sich mit einer Bank Abstand umzogen und entweder so taten, als hätten sie nichts gehört, nickten oder beschämt zur Seite starrten, während Cassia kurz davor war, in Tränen auszubrechen. Kelly stand neben ihr und redete auf sie ein. Ivy konnte nicht hören, was sie sagte, aber so eine Beleidigung ließ sich bestimmt nicht mit ein paar beruhigenden Worten auslöschen.

»Es reicht!«, sagte Ivy laut und drehte sich langsam zu Penelope um.

»Misch dich nicht ein!«, zischte Daphne. »Du hast Glück, dass dein Übergewicht dich nicht beeinträchtigt.« Sie deutete auf Ivys Bauch, der nicht nur aus Haut und Muskeln bestand wie Daphnes makelloser Modellkörper, sondern die natürliche Weichheit besaß, für die sich Ivy absolut nicht zu schämen brauchte. Sofort ging ihr durch den Kopf, dass für Daphne nur die oberflächliche Wirkung auf andere zählte. Dass ihr Besitz wichtiger war als echte Gefühle. Sie sah wieder Vince' verletzten Ausdruck vor sich, was sie noch mehr anheizte.

»Du solltest echt deine Prioritäten überdenken. Meine Achtung bekommst du jedenfalls nicht, indem du andere runtermachst. Du solltest erst mal lernen, mit dem zufrieden zu sein, was du hast, und anfangen, dich selbst zu lieben. Vielleicht erkennst du dann auch, was wirklich wichtig ist.« Ivy holte geräuschvoll Luft, als endlich alles raus war.

In der Umkleide war es totenstill. Mit einem Blick über die Schulter erkannte sie, dass wirklich alle sie mit teils offenem Mund anstarrten. Daphne war kurz davor, zu explodieren. Hätte sie nicht diesen dunklen Teint, wäre sie bestimmt knallrot im Gesicht. Ihre Nasenflügel bebten, während sie versuchte, sich mit geballten Fäusten zu beherrschen.

Vielleicht war Ivy etwas übers Ziel hinausgeschossen, aber sie gehörte nicht freiwillig zur Clique. Penelope hatte dafür gesorgt, dass sie jetzt eine von ihnen war – und damit doch scheinbar jedes Recht hatte, andere fertigzumachen.

Das leise Rascheln ihrer Bluse beim Zuknöpfen war das einzige Geräusch im Raum, bis Daphne leise zischte: »Das wirst du bereuen.«

Ivy sah so ungerührt wie möglich auf. »Ich bereue nur, dass ich das nicht schon früher gesagt habe.«

Dann drehte sie sich um, nahm ihre Tasche und durchquerte den Umkleideraum. Die anderen wichen zur Seite, um ihr Platz zu machen, und Cassia flüsterte ihr ein »Dankeschön« zu.

Ivy verstaute gerade ihre Sportsachen im Spind, als Kelly neben ihr auftauchte.

»Das war so absolut cool! Warum hatte ich nur kein Handy dabei?« Sie strahlte regelrecht, als sie ihren eigenen Spind öffnete, ihr Handy hervorholte und sofort das Display checkte. »Aber sie wird sich rächen«, fügte sie viel leiser hinzu.

»Ich werde es überleben«, erwiderte Ivy weit entspannter, als sie sich fühlte. Zögernd suchte sie zwischen ihren Büchern ebenfalls nach ihrem Handy und schaltete es an. Natürlich war eine Nachricht von der Spielleitung eingegangen.

> Du hast deine Pflichtaufgabe nicht erfüllt. Du solltest Teil der Clique sein und dich auch so benehmen. Kein Mitglied der Clique stellt sich in der Öffentlichkeit gegen ein anderes Mitglied.
> Weil du versagt hast, ist unser Deal hinfällig. Die Bilder der Party werden noch heute veröffentlicht. Ich hoffe, das war es dir wert.

Ivy zitterte, ihr Herz schlug nicht mehr, sondern vibrierte. In der Umkleide hatte sie für einen Moment verdrängt, dass sie gefangen war, hatte durch die Gitterstäbe hindurchgesehen und vergessen, dass sie nicht machen konnte, was sie wollte, sondern den Regeln des Spiels unterworfen war. Sie senkte das Handy und blinzelte gegen die Tränen an.

»Was ist los? Penelopes Rache?«

Ivy schluckte und reichte Kelly das Handy.

»So ein Miststück!« Kelly stieß einen undefinierbaren Laut aus, während sie nachdachte. »Bitte sie um Verzeihung und eine zusätzliche

Pflichtaufgabe. Wir brauchen etwas mehr Zeit, um die anderen zum Reden zu bringen.«

»Glaubst du, das bringt was?« Ivy sank immer mehr in sich zusammen.

»Ich weiß es nicht. Es wird sie vielleicht reizen und die Aufgabe wird fies werden, aber besser als … du weißt schon.« Kelly bemühte sich sichtlich, Ivy aufzumuntern, aber ihr sorgenvoller Blick war nicht gerade hilfreich.

Dennoch nahm Ivy ihr Handy wieder an sich und tippte eine Nachricht. Die Buchstaben verschwammen vor ihren Augen.

> Es tut mir leid.
> Ich werde meine Aufgaben in Zukunft ernst nehmen.
> Gib mir eine weitere Pflichtaufgabe und ich beweise es dir.

Sie wartete und wartete, doch die Nachricht blieb bis zum Klingeln nach der Mittagspause unbeantwortet. Penelope und Daphne hatten keine Anstalten gemacht, sie zum »Essen« an ihren Tisch zu zwingen, daher hatte sie mit Kelly draußen auf der Bank gesessen, obwohl es immer wieder nieselte.

Ivy war zu weit gegangen, hatte sich nicht beherrschen können. Bekümmert legte sie das Handy nach der Pause zurück auf ihre Bücher, zog ihre Notizen für den Kunstunterricht hervor und schloss die Tür zum Spind. Sie hatte es verbockt und ihre einzige Chance auf ihre Traumkarriere weggeworfen.

Kelly begleitete sie bis zum Kunstraum und drückte an der Tür ihren Unterarm. »Es wird alles gut«, sagte sie tröstend. Sie sah noch kurz in den Raum, wo Mr Cannon in der Mitte der im Kreis aufgestellten Staffeleien neben einer Frau und einem Mann im Bademantel stand.

Mr Cannon verharrte einen Moment mitten in seinen wilden Gesten, als er Ivy sah. Hatte sich ihre Ansprache in der Umkleide schon bis zu den Lehrern herumgesprochen? Sie verabschiedete sich von Kelly und eilte zu ihrem Platz.

Ivy konnte sich kein bisschen konzentrieren und brachte keinen gelungenen Strich zu Papier – was aber definitiv nicht an den nackten Modellen lag, die sie zeichnen sollte. Die Stunde raste vorüber und sie hatte nach wie vor nur eine schwammige Schaufensterpuppe vor sich.

Mr Cannon stand eine Weile hinter ihr, was ihre Nervosität noch verstärkte. Als es klingelte und alle ihre Sachen zusammenpackten, bat er sie, noch zu bleiben.

Ivy rechnete mit einer Ermahnung und entschuldigte sich schon vorher für ihr Verhalten. »Ich stand heute vollkommen neben mir. Kommt nie wieder vor.« Weil ich von der Schule fliege, fügte sie in Gedanken hinzu.

Mr Cannon runzelte die Stirn. »Kunst kann man nicht erzwingen, Ivory. Ich wollte dir nur anbieten, mit mir zu reden, wenn du Probleme hast. Ich bin der Vertrauenslehrer dieser Schule, solltest du das vergessen haben.«

Das hatte sie tatsächlich. Vertrauenslehrer. Wie gern würde sie ihm alles erzählen.

»Danke für das Angebot«, sagte sie schnell, schnappte sich ihre Sachen und verließ fluchtartig den Raum. Im Flur stand Kelly mit dem Rücken an die Wand gelehnt neben der Tür und wartete auf sie.

»Ich wollte dir nur Geleitschutz geben. Um dich vor all dem Gift zu schützen, das dich gleich treffen wird.« Sie deutete den Flur hinunter. Sämtliche Mitschüler starrten in ihre Richtung. Unter ihnen war auch Cassia, um die sich viele versammelt hatten, die Ivy anlächelten oder den Daumen hoben.

Doch die Verteidiger von Cassia waren deutlich in der Unterzahl, wie Ivy schnell zu spüren bekam. Anfangs noch beflügelt von den Gratulationen und Dankesworten, wurde Ivy an Kellys Seite mit jedem Schritt kleiner. Schüler, die sie überhaupt nicht kannte, zischten ihr Worte wie »Verräterin!« oder »Undankbare Schlampe!« zu. Auch das Mädchen, das mittags in der Cafeteria immer die Smoothies brachte. Für sie war es undenkbar, gegen Queen Penelope und ihre Nummer eins aufzubegehren.

Als Ivy schließlich ihren Spind öffnete, quollen etliche durch die Lüftungsschlitze gesteckte Zettelchen mit der Aufschrift »Verräterin« hervor und segelten zu Boden wie Federn. Irgendwo hinter ihr lachte jemand. Ivy bemühte sich, das demütigende Gefühl nicht nach außen dringen zu lassen, und kramte ihre Mathematiksachen hervor. Jedes fallende Papier ließ sie fester die Zähne zusammenbeißen. Zufällig berührte sie das Display ihres Handys, das sofort aufleuchtete. Sie hatte eine neue Nachricht von der Spielleitung. Mit klopfendem Herzen warf sie einen Blick darauf.

> Das ist deine letzte Chance.
> Noch so ein »Ausrutscher« und du wirst dir wünschen, die Flure dieser Schule nie betreten zu haben. Du wirst dich bedingungslos an all meine Anweisungen halten.

Ein eiskalter Schauer lief über Ivys Rücken. Dennoch antwortete sie sofort.

> Natürlich. Alles, was du willst.

> Dann lass dir schon mal eine gute Ausrede einfallen. Du machst morgen blau. Ein wichtiger Wochenendausflug wartet auf dich.

Die zweite Nachricht lautete:

> Und halte dich von Kelly fern. Das war ebenfalls Teil des Deals!

Blaumachen? Wochenendausflug? Ivy starrte auf die Nachricht, als könnten sich die Worte jeden Moment verwandeln und die echte Botschaft offenbaren.

»Hat sie angebissen?«, fragte Kelly neben Ivys Ohr und sie erschrak erneut zu Tode.

»Kannst du endlich damit aufhören?«, schimpfte sie böser als beabsichtigt.

»Sorry!«, gab Kelly pikiert zurück.

»Tut mir leid. Ja, ich habe eine zweite Chance«, erklärte Ivy schnell und dachte sofort an die zweite Nachricht. »Aber ich muss mich von dir fernhalten. Wir schreiben, in Ordnung?« Sie hoffte auf Kellys Verständnis, die jedoch nur die Nase rümpfte. Ivy warf das Handy zu den Büchern, nahm ihr Mathebuch und floh beinahe vor ihrer besten Freundin.

Anstatt sich aktiv am Unterricht zu beteiligen, verpasste sie zwei Aufforderungen der Lehrerin und verfiel ins Grübeln, was passieren könnte, wenn sie morgen die Schule schwänzte. Riskierte sie nur eine

Verwarnung oder ebenfalls einen Rauswurf, der ihr definitiv bevorstand, wenn die Bilder der Party öffentlich wurden? Und was sollte sie ihren Eltern erzählen?

»Hier, das wirst du brauchen.« Penelope wedelte nach dem Unterricht gelangweilt mit einem Zettel vor Ivys Nase herum.

»Was ist das?«, fragte Ivy automatisch.

»Kannst du nicht lesen?«, stichelte Daphne, was Ivy nur mit einem lautlosen bis drei Zählen ignorieren konnte. Sie schnappte sich den Zettel, der sehr offiziell aussah.

»Du brauchst ja eine Ausrede für deine Eltern, wenn du morgen wegfährst«, erklärte Penelope in fast normalem Ton.

Ivys Blick huschte über die Seite, die oben das Logo der Schule trug. Es war eine Einverständniserklärung für eine Exkursion.

»Das kommt recht kurzfristig, denkst du nicht auch?« Ivy konnte die Worte nicht zurückhalten, aber Penelope zuckte nur mit den Schultern.

»Du musst einfach so tun, als wäre das so üblich. Wir holen dich um Punkt acht ab. Pack dir was Hübsches ein.«

»Wo fahren wir hin?«

»In unser Landhaus in den Hamptons. Ich war zwar erst vor zwei Wochen da, aber es ist immer so herrlich dort. Einfach verführerisch.« Sie verzog die Lippen, aber das Lächeln erreichte nicht ihre Augen.

Das war das Wochenende, nachdem Heath sich so verändert hat, ging Ivy durch den Kopf, während sie zusah, wie Penelope und Daphne davonstaksten.

Sie nahm die U-Bahn nach Hause und hätte in Gedanken versunken beinahe ihre Station verpasst.

Mit einem mulmigen Gefühl im Magen schloss sie die Haustür auf.

»Ivy, bist du das?«, fragte ihre Mutter und erschien kurz darauf in der Tür zur Küche.

Ivy kam sich vor wie eine Schwerverbrecherin, als sie in ihrer Tasche nach dem Zettel von Penelope kramte.

»Ist etwas passiert?«, fragte Kathrin alarmiert. »Du bist so still.«

Endlich hatte Ivy das Schreiben gefunden und reichte es ihrer Mutter. »Für morgen ist eine Exkursion geplant«, murmelte sie bemüht beiläufig. »Man hatte vergessen, mir die Einverständniserklärung zu geben. Kannst du das unterschreiben?«

Ihre Mutter kehrte mit dem Zettel in der Hand in die Küche zurück, Ivy folgte ihr. Sie hatte ein dermaßen schlechtes Gefühl dabei, ihre Mutter so offensichtlich zu täuschen, dass sie sich sicher war, jeden Moment ertappt zu werden.

Doch Kathrin rührte nur kurz in dem Topf, während sie den Zettel überflog, ging dann zu einer Schublade und zog einen Stift hervor. Sie unterzeichnete die Einverständniserklärung zwischen den schon bereitstehenden Tellern auf dem Tisch und schob sie Ivy hin.

»Viel Spaß, Liebes.«

Ihre Mutter vertraute ihr blind und Ivy fühlte sich noch schlechter. Wie sollte sie das alles irgendwann wieder geradebiegen?

Beim Abendessen kam das Gespräch auf die Exkursion. Ihr Vater musterte Ivy so lange, dass sie beinahe in Panik ausbrach und die Lüge gestanden hätte.

»Pass auf dich auf, Ivy«, sagte er schließlich.

Ivy war irritiert.

»Dein Dad übertreibt es mal wieder mit seinem Beschützerinstinkt«, mischte sich ihre Mutter ein. »Du weißt schließlich genau, was richtig und falsch ist.« Sie drückte Ivy kurz die Hand. »Hab einfach nur Spaß.«

Ivy schluckte mehrmals, doch der Kloß in ihrem Hals verschwand nicht. Unfähig, etwas zu sagen, nickte sie nur und versuchte sich an einem Lächeln, ehe sie sich wieder den Nudeln auf ihrem Teller widmete.

Nach dem Abräumen, das beunruhigend still abgelaufen war, eilte sie in ihr Zimmer zu ihrem Handy. Kelly hatte mehrmals versucht, sie zu erreichen. Schließlich hatte Ivy ihr versprochen, zu schreiben. Sofort wählte sie Kellys Nummer.

»Na endlich!«, sagte Kelly zur Begrüßung. »Du musst vor über einer Stunde zu Hause angekommen sein. Was hast du denn die ganze Zeit gemacht?«

»Einige von uns haben ein Familienleben«, konterte Ivy und bereute es im selben Moment.

Ein leises Zischen ertönte am anderen Ende der Leitung.

»Tut mir leid. Mir werden die ganzen Lügen zu viel. Es ist … Ich will nicht mehr, Kelly. Ich soll morgen die Schule schwänzen und mit in die Hamptons in das Landhaus der Gardners fahren. Ich habe meine Eltern belogen – schon wieder.«

Kelly ging nicht auf Ivys Beichte ein. »Das ist die Gelegenheit, Beweise zu sammeln«, murmelte sie stattdessen.

»Und wie soll ich das anstellen?«, fragte Ivy.

»Doch nicht du! Ich kann mit den anderen sprechen, wenn die Clique nicht in der Schule ist.«

Ivy wünschte sich in diesem Moment nichts sehnlicher, als dass Kelly erfolgreich war, äußerte jedoch ihre Bedenken, während sie begann, Klamotten für das Wochenende herauszusuchen.

»Ein paar von ihnen werden reden, glaub mir. Ich schreibe dir, was Penelope ihnen angetan hat. Dann kannst du sie gleich in den Hamptons damit konfrontieren. Und am Montag werden wir ihr widerwärtiges Spiel beenden.«

Das Ende des Spiels. Das Ende der Lügen! Es klang zu gut, um wahr zu werden.

»Bist du noch da?«, fragte Kelly.

»Ja«, erwiderte Ivy gedankenverloren.

»Du darfst dir vorerst nichts anmerken lassen, hörst du? Spiel bei allem mit, nicht dass Penelope die Fotos von dir und Vince an die Schulleitung schickt. Schwör mir, dass du dich zurückhältst!«

»Ich schwöre es«, antwortete Ivy und hielt wie von selbst Zeige- und Mittelfinger in die Höhe – in ihrer Kindheit das geheime Schwurzeichen von ihr und Christiana.

»Wie geht es eigentlich Iljana?«, fragte Kelly dann völlig unvermittelt. Ihre Stimme klang neugierig.

»Was?« Ivy hörte auf, in ihren Klamotten zu wühlen.

»Ich habe seit unserer Begegnung bei dir ihre Feeds gecheckt. Sie ist ganz schön still geworden. Das Gegenteil der früheren Iljana, als sie noch an der St. Mitchell war.«

»Sie ist erst am Wochenende wieder da. Im Internat gibt es keinen Empfang, das LAN ist eingeschränkt, damit alle sich ganz aufs Lernen konzentrieren«, betete sie Iljanas Entschuldigung herunter.

»In einer so teuren Schule? Ernsthaft?« Für Kelly musste das nach purer Folter klingen.

»So hat sie es mir gesagt.« Ivy zog ein Kleid vom Bügel, das sie in Deutschland bei einem Fabrikverkauf erstanden hatte. Zwei weitere folgten. Weil sie nicht wusste, was sie am Wochenende erwarten würde, warf sie auch noch Leggins, mehrere bequeme Shirts und Tanktops auf den Stapel.

»Ich halte dich morgen in den Pausen auf dem Laufenden, okay? Ich muss jetzt los, Termin bei Francis.«

»Viel Spaß und bis dann«, erwiderte Ivy schon wieder völlig in Gedanken versunken. Was hatte Penelope geplant? Wer würde überhaupt alles dabei sein? Nur die Clique? Sofort dachte sie an Zach, der irgendwie ein Anhängsel der Clique war. Sie schauderte bei der Vorstellung, ihm irgendwo in diesem Landhaus allein zu begegnen. War Sasha ebenfalls dabei? Sie war Ivy ziemlich nett vorgekommen, aber der erste Eindruck konnte täuschen. Vielleicht spielte sie nur die Nette, immerhin teilten sie und Ivy ein Geheimnis, für das Daphne sie töten würde – auch wenn nichts Gravierendes zwischen ihr und Vince gelaufen war.

Penelope schickte Ivy am Abend noch eine Nachricht, wo sie sich am nächsten Morgen einzufinden hatte, bevor Ivy mit gepacktem Koffer vor ihrem Bett in einen unruhigen Schlaf fiel.

KAPITEL 26
Heath

»Hast du sie eingeladen?« Heath warf einen Blick durch die getönte Scheibe der Limousine und sah dann Penelope an. Der Fahrer lenkte den Wagen auf den Haltestreifen der Bushaltestelle 8th Avenue Ecke 20. Straße.

»Glaub mir, es war ganz sicher nicht meine Idee«, gab Penelope pikiert zurück und verschränkte die Arme.

Heath konnte sich denken, wer dafür verantwortlich war. Es gab nur einen Menschen auf dem Planeten, der seine Stiefschwester zu etwas bringen konnte, das sie nicht wollte. Er warf einen Blick zu Vince hinüber, der neben Zach saß, den sie später zur St. Mitchell fahren würden, dann zu Bryan und Daphne auf seiner Seite der Bank. Was zur Hölle lief hier?

Die Limousine hielt an und der Fahrer stieg aus, um Ivy den Koffer abzunehmen und die Tür zu öffnen. Sie sah alles andere als begeistert aus, eher … ängstlich. So als müsste sie in ein Meer voller Haie springen. Beinahe hätte er über diesen treffenden Vergleich gelacht, aber ihm ging nicht aus dem Kopf, dass Ivy am Spieleabend Vince hinterhergelaufen war. Ausgerechnet ihm. So ein Zufall, dass sie nun beide nebeneinander ihm gegenüber in der Limousine saßen. Er ballte unauffällig die Hand zwischen sich und Pen zur Faust, was ihr natürlich nicht entging. Der Motor erwachte wieder zum Leben und die 8th Avenue zog noch kurz vorbei, ehe sie in Richtung Norden abbogen. Erst als Heath erkannte, dass sie nicht zur Upper East Side zurückkehrten, wurde er stutzig.

»Du wolltest nur, dass wir dich später absetzen«, wandte er sich direkt an Zach, der gerade mit der lose geknüpften Krawatte seiner Uniform spielte und nun zu Heath aufsah. Alle Blicke waren auf die beiden gerichtet.

»Wenn ihr alle zum Landhaus fahrt, lasse ich mir das doch nicht entgehen.« Er grinste so breit, dass er um Jahre jünger wirkte.

Heath wollte seinen kleinen Bruder aus alldem heraushalten. In diesem Jahr war das Spiel anders, es schien eine bösartige Dynamik zu entwickeln – vom ersten Moment an. Er hätte sich für Zach gewünscht, dass er nicht unbedingt dabei war, wenn er die Spielleitung enttarnte und für die miesen Spielchen zur Rechenschaft zog.

Heath bemerkte, wie Ivy unruhig hin und her rutschte und damit Vince' Aufmerksamkeit auf sich zog. Er beugte sich tatsächlich zu ihr hinüber und redete leise mit ihr. Heath konnte kein Wort davon verstehen, weil Pen und Daphne lautstark über irgendeinen neuen Kosmetiksalon diskutierten. Ivy schien sich etwas zu entspannen und Heath hasste den Gedanken, dass ausgerechnet Vince dafür gesorgt hatte.

KAPITEL 27
Ivory

Während der Fahrt nahm Ivy kaum an den Gesprächen teil, auch wenn vor allem Vince immer wieder versuchte, sie direkt anzusprechen, ihre Meinung zu hören oder sie über Deutschland auszuquetschen. Alles kam ihr so belanglos vor und sie fragte sich, was Kelly heute wohl herausfinden würde. Sie traute sich jedoch nicht, ihr Handy aus der Tasche zu holen, weil sie befürchtete, dass Vince mitlesen könnte. Auch wenn sie das Gefühl hatte, ihn seit Mittwoch etwas besser zu kennen, konnte sie nicht sicher sein, dass er etwas aufschnappte und damit direkt zu Daphne rannte, die Penelope warnen würde. Trotzdem war sie froh, neben ihm zu sitzen, er war wie ein Schutzschild zwischen ihr und den anderen, insbesondere Zach, der sie mal wieder anzüglich angrinste, ansonsten jedoch in Ruhe ließ. Sie fühlte sich verlassen in dieser vollgepackten, viel zu groß geratenen Limousine. Sasha war nicht dabei, was Ivy sogar ein bisschen schade fand. Sie hätte Zach davon abgelenkt, ständig in ihre Richtung zu starren.

Ivy wusste, dass eigentlich niemand sie wirklich dabeihaben wollte, also schaute sie aus dem Fenster und verfolgte, wie sich die Gegend draußen immer mehr veränderte. Die Gebäude wurden niedriger und nach gut einer Stunde hatte Ivy das Gefühl, nicht mit einer Gruppe intriganter Rich Kids in einer teuren Limousine gefangen zu sein, sondern mit ihren Eltern über eine Landstraße in Deutschland zu fahren. Jenseits der Stadt, die niemals schläft, gab es Felder und weite Grünflächen. Hin und wieder huschte eine Ansammlung von Häusern vorbei, ehe sie den Sunrise Highway in Richtung Hampton Bays verließen. Der Ort wirkte auf den ersten Blick wie ein verschlafenes Nest. Es gab einen Supermarkt, ein kleines Kino, eine Tankstelle mit angeschlossener Werkstatt und kleine Restaurants, sogar einen Dunkin' Donuts.

Das Gefühl hielt an, bis die ersten Wohngebäude in Sicht kamen, die alles andere als Kleinstadtflair versprühten. Versteckt hinter hohen Bäumen standen Villen, die wie eine Filmkulisse wirkten. Der Chauffeur fuhr etwas langsamer und irgendwann sah Ivy am Ende einer Straße das Meer aufblitzen. Wie von selbst richtete sie sich auf.

»Das ist die Shinnecock Bay«, erklärte ihr Vince und schob noch die Geschichte der Hamptons hinterher, die Ivy schon einmal gehört hatte. »Das ganze Land – wo jeder Quadratmeter teurer ist, als fast überall sonst auf der Welt – wurde von den Indianern damals für ein paar Äxte, Mäntel, Spiegel und Werkzeuge eingetauscht.«

Ivy nickte gedankenverloren. Sie konnte den Blick nicht von dem glitzernden Wasser nehmen. Sie bogen in eine weitere Straße ein und Ivy hatte das Gefühl, in einem Park gelandet zu sein. Die hohen Bäume und dichten Büsche schirmten jeglichen Blick auf die Gebäude dahinter ab. Kurz darauf fuhr der Wagen eine breite Zufahrt hinauf, die zu einem großen Platz vor einer gigantischen modernen Villa führte. Das sollte das »Landhaus« sein, von dem Penelope gesprochen hatte? Das war ja wohl die Untertreibung des Jahrhunderts. Es bestand aus mehreren zusammengesetzten Gebäudeteilen mit Erkern und einer riesigen Dachterrasse. Hier könnten Dutzende Familien wohnen.

Nachdem der Fahrer die Tür geöffnet hatte, stieg Penelope als Erste aus. Dann leerte sich die Bank gegenüber, bis auch Ivy an der Reihe war.

Je näher sie dem Gebäude kam, desto unwirklicher fühlte es sich an. In den letzten Wochen hatte sie bereits eine neue Form von Luxus kennengelernt, aber das hier übertraf alles.

Vince stieß sie leicht von der Seite an, weil Ivy ehrfurchtsvoll stehen geblieben war und sich umsah, anstatt den anderen ins Haus zu folgen.

»Und hier hast du auch gewohnt?«, fragte sie, als sie sich daran erinnerte, dass er und Daphne sich in den Hamptons begegnet waren.

»Nicht direkt hier.« Vince schien es unangenehm zu sein, mit dem Reichtum anzugeben, und er vergrub die Hände in den Hosentaschen. »Aber ganz in der Nähe, ja. Es gibt hinten an der Straße einen kleinen Club. Da treffen sich die Jugendlichen aus der Gegend.« Er deutete mit dem Kopf kurz zur Straße, auf der sie hergekommen waren.

Stimmt, Ivy war vorhin ein Schild mit der Aufschrift »Beach Bar« aufgefallen und sie hatte sich sofort nach dem Strand umgesehen, aber nichts entdeckt.

Vince schob sie sanft vorwärts. »Lass uns reingehen und die Zimmer auswürfeln.«

Ivy erstarrte. »Zimmer ... auswürfeln?«

»Das ist Tradition.« Vince zuckte mit den Schultern. »Immer zwei pro Zimmer, auch wenn jeder sein eigenes haben könnte. Aber das macht dieses Wochenende wohl aus.«

Ivy ahnte Schlimmes – und sie behielt recht. Als sie mit Vince ein überdimensioniertes Wohnzimmer betrat, dessen komplette Fensterfront auf einen glitzernden Pool und die nicht weit entfernte Bucht gerichtet war, warteten die anderen schon auf sie. Sie hatten sich um einen kleinen Tisch versammelt – samt Würfelbechern und sieben Würfel.

»Jetzt macht schon!«, nörgelte Daphne. »Ich will raus an den Pool.«

Ivy ließ sich von Vince zum Tisch führen, setzte sich mechanisch auf einen Sessel und nahm einen Würfelbecher entgegen, den Penelope ihr mit einem wölfischen Grinsen reichte.

»Dann mal los!«

Alle schüttelten ihre Becher und stellten sie verkehrt herum auf den Tisch. Ivy wurde unruhig, aber sie widerstand dem Drang, aufzuspringen und davonzulaufen. Wohin auch, anderthalb Stunden von zu Hause entfernt.

»Bei drei!«, sagte Heath und ließ Ivy dabei nicht aus den Augen. »Eins ... zwei ... drei!«

Alle drehten die Becher um. Ivy sah auf die unterschiedlichen Würfelpunkte vor sich. Sie hatte eine Vier gewürfelt, Daphne eine Eins, mit der sie scheinbar zufrieden war. Sie fiel Bryan, der ebenfalls eine Eins hatte, um den Hals und küsste ihn überschwänglich. Offensichtlich war der Streit vergessen, der Vince am Mittwoch so fertiggemacht hatte.

»Wer keinen Match hat, würfelt noch mal«, ordnete Penelope an, schnappte sich ihren Würfel und warf ihn wie die anderen wieder in den Becher. Konnte Ivy nicht einfach diejenige sein, die das Einzelzimmer bekam?

Während der nächsten bangen Runde überlegte Ivy, wen sie am meisten als Zimmergenossen fürchtete. Zach oder Penelope?

Vince schien ebenfalls alles andere als begeistert zu sein, als sein und Penelopes Würfel jeweils eine Drei zeigten. Penelope warf ihm nur einen gelangweilten Blick zu, bevor sie ihre Aufmerksamkeit auf die drei verbliebenen Spieler richtete. Die Würfel von Heath, Zach und Ivy zeigten keine Übereinstimmung, selbst nach zwei weiteren Runden, bei denen Ivy jedes Mal kurz das Herz stehen blieb und sie vor Erleichterung beinahe aufseufzte, weil sie nicht mit Zach in ein Zimmer musste.

»Letzte Runde«, verkündete Penelope schließlich und verfolgte gebannt, wie sie ihre Becher umdrehten.

»Was ist, wenn es wieder keine Übereinstimmung gibt?«, fragte Ivy, bevor das Ergebnis gelüftet wurde. Die Vorstellung von drei Einzelzimmern war absolut befreiend.

»Dann teilst du dir mit meinen zwei hübschen Brüdern ein Bett.« Penelope zuckte mit den Augenbrauen und erntete für diesen Spruch einen tödlichen Seitenblick von Heath. Dann zählte sie bis drei.

Ivy stand kurz vor einem Herzinfarkt, als sie die Übereinstimmung mit Zach erkannte, Penelopes letzte Worte noch in den Ohren. *Ein Bett...*

»Dann mal los!« Daphne sprang auf und zog Bryan mit sich. »Uns gehört die große Suite.«

Ivy überlegte, wer die Sauerei aufwischen würde, wenn sie sich an Ort und Stelle übergab, während alle – bis auf Heath und Zach – den Raum bereits verließen.

»Ey, Mann, ich werde sie schon nicht mitten in der Nacht überfallen«, sagte Zach beschwichtigend zu Heath, der sich ziemlich dicht vor seinem jüngeren Bruder aufgebaut hatte.

»Das will ich auch hoffen!«, erwiderte Heath mit einem drohenden Unterton. Von den folgenden leisen Worten verstand Ivy nur Bruchstücke. Es war von Beschützen die Rede, aber wen oder was genau, konnte sie nicht heraushören.

Zach nickte nur, ließ Heath stehen und wandte sich an Ivy. »Komm, ich spiele mal ausnahmsweise den artigen Hausführer und zeige dir alles.«

Ivy sah noch, wie Heath ihr aufmunternd zunickte – was mehr Wirkung gezeigt hätte, wenn er dabei die Lippen nicht so fest zusammengepresst hätte –, dann folgte sie Zach in einen Flur, der an der Fensterseite des Wohnzimmers begann und weiter über schwebende Treppenstufen ohne Geländer nach oben führte. Unwillkürlich ging

Ivy durch den Kopf, wie schnell man hier hinabstürzen konnte, und sie schauderte, was Zach scheinbar nicht entging.

»Hey, du brauchst dir keine Sorgen zu machen.«

Versuchte er tatsächlich, sie zu beruhigen?

»Nach deinem Auftritt bei der Party am letzten Wochenende habe ich ja wohl allen Grund dazu«, gab Ivy zurück.

Zach reagierte nicht darauf. Er drückte den schnörkellosen Griff einer weißen Tür nach unten und schob sie auf. Als Erstes sah Ivy das glitzernde Wasser zwischen den wehenden weißen halbtransparenten Vorhängen. Der Ausblick war gigantisch und raubte ihr für einen Moment den Atem. Sie trat ans Fenster und genoss den salzigen Meergeruch, der sich zwischen dem aufgebauschten Stoff sammelte.

»Es war Tag des Kusses und ich hatte eine besondere Aufgabe.«

Ivy drehte sich zu Zach um. »Bitte?«

»Deine Sorge ist unbegründet, dein Eindruck von mir ist … falsch.« Zach stand da und wirkte plötzlich ganz anders als der Typ im Whirlpool. Er hatte die Schultern hochgezogen und sah fast ein wenig verloren aus. »Du brauchst dir auch keine Gedanken wegen des Bettes zu machen. Ich lasse von den Angestellten ein zweites Bett aufstellen und werde dort schlafen.«

Ivy wusste nicht, was sie dazu sagen sollte. War das eine Falle? Würde er sie auslachen, wenn sie freudig zustimmte?

Sie warf einen Blick auf das riesige weiße Boxspringbett, auf dem mindestens vier Personen Platz hätten, und schüttelte den Kopf. »Ich denke, es ist breit genug für uns beide.«

Zach zuckte mit den Schultern. Als wäre plötzlich irgendeine Sicherung durchgebrannt, veränderte sich seine Miene wieder. Mit einem amüsierten Funkeln in den Augen ließ er seine Zunge über die Unterlippe gleiten. »Ich kann dir helfen, Heath eifersüchtig zu machen.«

»Als ob das was bringen würde«, rutschte es Ivy heraus.

»Oh, glaub mir, das tut es.« Er warf sich aufs Bett und streckte sich genüsslich aus. »Ich freue mich schon drauf.« Er richtete sich auf und stützte sich mit den Unterarmen ab. »Aber vorher geht's in den Pool.«

Mit diesen Worten sprang er vom Bett, rannte in den Flur und kehrte mit seinem und Ivys Koffer zurück. »Ich hoffe, du gehörst nicht zu den Menschen, die erst mal alles fein säuberlich in den Schrank packen«, sagte er, während er in seinem Koffer wühlte. Triumphierend zerrte er irgendein Teil heraus, zog sich die Krawatte über den Kopf und begann, sein Hemd aufzuknöpfen.

»Du willst dich hier vor mir ausziehen? Ernsthaft?«

»Das meiste meines Traumkörpers sollte dir doch von der Party bekannt sein«, gab er leichthin zurück und öffnete mit nacktem Oberkörper seine Hose. »Und der Rest ... Vielleicht solltest du dich umdrehen, wenn du noch mal vorhast, beim Anblick eines anderen glücklich zu werden.«

Ivy kicherte. Sie konnte einfach nicht anders. Zach warf ihr einen auffordernden Blick zu und sie drehte sich tatsächlich um, noch immer ein breites Grinsen im Gesicht. Vielleicht war das Ganze wirklich nicht so schlimm, wie sie erwartet hatte.

»Fertig, du bist dran.« Zach klatschte in die Hände.

Ivy suchte in ihrem Koffer nach ihrem Bikini, den sie ohne Penelopes Hinweis vermutlich nie eingepackt hätte. Sie wollte ins angrenzende Badezimmer gehen, doch Zach verstellte ihr in den Weg.

»Das ist gegen die Regeln. Aber ich kann mich auch umdrehen, wenn du möchtest.«

Ivy stöhnte genervt auf, gab sich dann jedoch geschlagen. »Umdrehen!«, befahl sie, was Zach tatsächlich tat. Nur wie lange? Sie wandte sich rasch ab, zog sich hastig aus und schlüpfte in den Bikini. Als sie sich wieder zu Zach umsah, lehnte er an der Wand neben der Tür und ließ den Blick über ihren fast nackten Körper gleiten.

Sie hatte ihm also doch zu vorschnell vertraut, aber die Genugtuung wollte sie ihm nicht geben. Deshalb sagte sie so schnippisch wie Penelope: »Gefällt dir etwa, was du siehst?«

»Natürlich. Mindestens genauso wie meinem Bruder.« Zach deutete grinsend in Richtung Flur, wo tatsächlich Heath auftauchte, der irgendwie gehetzt aussah. Wie Zach trug er nur Badeshorts. Die beiden sahen sich recht ähnlich, wenngleich Heath' Muskeln etwas definierter waren, vermutlich vom gezielten Training für seine Position als Quarterback.

»Ich hab das Zimmer am Ende des Flurs. Falls du es mit dem Kleinen nicht aushältst, können wir gern tauschen.«

Ivy riss die Augen auf. »Das geht?«

»Nein, das geht nicht«, sagte Zach schnell, jedoch ohne Heath aus den Augen lassen. »Es wäre gegen jede Regel, also vergiss es!«

Ivy war regelrecht zwischen die Fronten geraten und sah von Zach zu Heath und wieder zurück. In Gegenwart anderer tat Zach immer so kühl und erwachsen, dabei war er nur ein verunsicherter Teenager, der in einer Welt lebte, in der vollkommen absurde Spielchen gespielt wurden.

Mit wenigen Schritten schob sie sich zwischen die Brüder, die sich herausfordernd anfunkelten. »Lasst uns einfach schwimmen gehen.«

Die beiden stimmten zu und wenig später tauchte Ivy in den beheizten Pool.

Die folgenden Stunden verliefen sehr entspannt. Eine Angestellte servierte Getränke und leckeres Essen, Zach und Heath stritten sich nicht mehr und Ivy wurde weitestgehend in Ruhe gelassen, sodass sie sich sogar in die Geschichte ihres Buches fallen lassen und so tun konnte, als wäre sie im Urlaub.

Erst bei Sonnenuntergang kehrte sie in die Realität zurück.

KAPITEL 28
Ivory

Auf ihrem Handy warteten unzählige Nachrichten und unbeantwortete Anrufe, überwiegend von Kelly. Ivy dachte an die Anweisung der Spielleitung und traute sich nicht, zurückzurufen. Also scrollte sie durch die Nachrichten. Kelly hatte tatsächlich mehrere Schülerinnen gefunden, die Penelope als Spielleiterin outen würden, und als Beweis Screenshots geschickt hatten. Ein Mädchen behauptete, dass nur Penelope wissen konnte, dass sie im Sommer fremdgeknutscht hatte. Eine gewisse Ally sagte aus, dass sie von der Spielleitung mit dem Verdacht erpresst wurde, Sex gehabt zu haben, wofür ihre Eltern sie laut eigener Aussage töten würden. Sie war auf Penelope getroffen, als sie sich die »Pille danach« besorgt hatte, deshalb könnte nur sie dahinterstecken. Kopfschüttelnd scrollte Ivy durch die Screenshots und konnte immer nur daran denken, dass sie mit der Absenderin das ganze Wochenende in einer Villa weit weg von zu Hause verbringen musste – dieses Mal konnte sie nicht einfach ein Taxi nehmen und heimfahren.

Kelly plante, Penelope in der Folgewoche vor allen Schülern bloßzustellen. Beim Gedanken an eine öffentliche Demütigung überzog ein widerstrebendes Gefühl die Rachegedanken, die Ivy gegenüber der Spielleitung hegte. Es war nicht richtig, aber Kelly ließ sich nicht auf Ivys Bedenken ein.

> Wenn wir sie nicht überrumpeln, wird sie ihre Trümpfe ausspielen und alle fertigmachen. Pen darf nicht vorgewarnt sein.

> Wahrscheinlich hast du recht.

Trotzdem schlug noch immer ihr moralischer Kompass aus. Der Pfeil zeigte eindeutig auf »falsch«.

> Ich muss jetzt unter die Dusche. Wir schreiben später, okay?

Wenigstens zum Duschen war es okay, die Tür abzuschließen, was Zach jedoch egal zu sein schien. Er hatte die Tür sogar sperrangelweit offen gelassen.

Während sie die Wartezeit mit Lesen überbrückte, ging ihr der Gedanke nicht aus dem Kopf, was andere Mädchen dafür tun würden, jetzt an ihrer Stelle zu sein – auf einem gigantischen Bett zu liegen und sich nur umdrehen zu müssen, um Zach in all seiner natürlichen Pracht im Dampf der Dusche zu sehen. Oberflächliche Mädchen, die nur an Zachs Reichtum interessiert waren und nicht den Jungen sahen, der er wirklich war. Sie wünschte sich, dass er irgendwann das richtige Mädchen treffen würde.

Als Zach sich tropfnass und nur mit einem kleinen Handtuch umwickelt neben sie fallen ließ, wurde sie so abrupt aus ihrer Buchwelt gerissen, dass sie aufkreischte, was zur Folge hatte, dass wenige Sekunden später ein ebenso tropfnasser Heath ins Zimmer platzte.

Zach lachte, als wäre das der beste Streich seines Lebens gewesen, während Ivy seinem Bruder versicherte, dass sie sich nur erschreckt und Zach ihr absolut nichts getan hatte.

Danach stand Ivy gefühlte Stunden unter dem sanft rieselnden Wasser der Regendusche und testete sämtliche Knöpfe und Hebel, die für die Stärke des Strahls verantwortlich waren, Lichteffekte zauberten oder für Dampfschwaden sorgten, die nach Lavendel rochen, was sie an ihre Großmutter erinnerte. Sie hätte den Abend auch gut im Bad verbringen können. Stattdessen musste sie sich in Schale werfen und zum Strand gehen – auf eine Party mit völlig fremden Menschen, die wahrscheinlich genauso waren wie die Clique.

Zuerst überquerten sie die weitläufige Rasenfläche des Grundstücks, erklommen einen erhöhten gemauerten Sitzplatz mit Panoramablick über die Bucht und stiegen auf der anderen Seite zu einem Steg hinab. Es folgte eine kurze Wanderung durch den Sand, die sie zu einem geöffneten Metalltor an einer Mauer führte, die das Nachbargrundstück vom Anwesen der Gardners trennte. Jenseits dieser Mauer, die bis ins Wasser reichte, waren etliche Korbsessel, Outdoor-Himmelbetten und jede Menge weitere Sitzgelegenheiten verteilt sowie eine kleine Bar aufgebaut, von der aus fleißige Kellnerinnen und Kellner Getränke verteilten. Musik dröhnte aus Boxen, die Ivy nur von Festivals kannte, Lagerfeuer in stylischen Feuerschalen aus Metall vertieften diesen Eindruck noch. Den meisten Partygästen sah man ihren Reichtum sofort an, dazu musste Ivy nicht erst einen Blick auf den teuren Schmuck oder die Uhren werfen. Alle hier strahlten eine Überlegenheit aus, die sie fast wie eine Aura umgab. Sie waren es gewohnt, zu bekommen, was sie wollten – notfalls mit Geld, durch Intrigen, Erpressung und wer weiß was sonst noch.

Ivy fühlte sich unwohl. Das hier war kein Vergleich zum VIP-Bereich im *Up!*, es war um Längen schlimmer.

Penelope lief direkt auf ein paar Mädchen zu, die auf einem der doppelbettgroßen Polster im Sand saßen, und wurde von ihnen mit Quieken und Begrüßungsküsschen empfangen. Zum ersten Mal wurde Ivy Zeuge davon, dass Daphne nicht wirklich dazugehörte. Sie stand am Rand der Mädchengruppe und wurde kaum beachtet, hielt ihr Lächeln aber tapfer aufrecht. Ivy wäre an ihrer Stelle längst weggerannt.

Bryan besaß genug Empathie, zu Daphne zu schlendern und sie in den Arm zu nehmen, woraufhin die Mädchen aufsprangen und auch ihn überschwänglich begrüßten – und sogar Daphne mit einem aufgesetzten Lächeln kurz drückten, wohl eher Bryan zuliebe.

Heath und Zach drehten gemeinsam eine Runde, begrüßten andere Jungs und wurden von Mädchen umarmt, die beinahe alle dem eingeimpften Schönheitsideal der Medien entsprachen. Ivy bedauerte, dass Vince sich nicht wohlgefühlt hatte und im Landhaus geblieben war. Seine Nähe hätte sie ein Stück weit beruhigt.

So blieb sie am Rand des Geschehens und verschaffte sich einen Überblick. Es waren insgesamt etwa fünfzig Gäste, auf viele kleine Gruppen verteilt, dem Äußeren nach aus allen Ecken der Welt. Sie glaubte, einige der Kids sogar aus der Klatschpresse zu kennen. Söhne von Schauspielern, Töchter von Vorsitzenden weltweit vertretener Unternehmen ... Alessandra würde vermutlich töten, um hier sein zu können.

»Du siehst aus, als hättest du jede Menge Spaß«, bemerkte Zach sarkastisch, der wie aus dem Nichts neben ihr aufgetaucht war.

»Ganz bestimmt«, gab Ivy trocken zurück. »Das ist mein glückliches Gesicht.« Sie sah ihn mit ausdrucksloser Miene an, konnte sich jedoch ein Lächeln nicht verkneifen, als Zach ehrlich loslachte.

»Ich kann dich gern mit ein paar Leuten bekannt machen«, schlug er vor.

»Ich glaube nicht.« Ivy legte keinen Wert darauf, wie Daphne behandelt zu werden.

»So schlimm sind sie nicht. Heath und ich kennen die meisten, seit wir kleine Kinder waren. Das ist unsere Familie.«

Was erklärte, warum man Daphne behandelte, als wäre sie eine Aussätzige.

»Schöne Familie«, sagte Ivy. Ihr Blick blieb an einem wild knutschenden Pärchen nahe des Wassers hängen.

Zach musterte sie eine Weile, wie um sie mit Gedankenmanipulation zum Mitkommen zu überreden, gab es dann jedoch auf und schlenderte davon.

Ivy entdeckte noch mehr offensichtliche Außenseiter wie Daphne, die zwar anwesend waren, aber nicht dazugehörten, obwohl sie sich rein äußerlich überhaupt nicht von den anderen unterschieden. Ob man tatsächlich in diese Welt geboren sein musste, um voll akzeptiert zu werden?

Immer wieder traf sich ihr Blick mit einem hübschen braunhaarigen Jungen in Cargohose und offenem weißen Hemd, um ja die Aufmerksamkeit auf den trainierten Oberkörper zu lenken – was auf dieser Party eher die Regel als die Ausnahme war. Irgendwann kam der Typ auf sie zu, stellte sich als Dawson Laney vor und wollte sie überreden, mit zur Bar zu kommen.

Ivy verneinte höflich und je mehr er drängte, desto bestimmter wurde sie. Dawson war anzusehen, dass ein Nein für ihn nicht galt, vermutlich hörte er es zum ersten Mal von jemandem außerhalb der »Familie«, daher wurde er immer ungehaltener und hakte sich schließlich ohne Ivys Einwilligung bei ihr unter. Hastig hielt sie nach einer Fluchtmöglichkeit Ausschau, die sie mit einem flüchtigen Blick auf Heath fand, der am anderen Ende des Strandabschnittes stand und über mehrere Lagerfeuer hinweg in ihre Richtung sah. Sie entzog Dawson ihren Arm und trat einen Schritt zurück, doch er griff sofort wieder nach ihr.

»Lass mich in Ruhe«, sagte sie laut und deutlich, erhielt jedoch nur ein Lachen zur Antwort.

»Das willst du doch nicht wirklich, Kleine.« Er zuckte mit den dunklen Brauen.

»Oh, doch, das will ich.« Sie stieß ihn mit ausgestrecktem Arm und flacher Hand vor die Brust und Dawson geriet ins Stolpern. Sein Blick schoss zum Rest der Party, ob jemand diese Demütigung gesehen hatte, dann wandte er sich wieder Ivy zu. Sie sah den Zorn in seinen Augen funkeln, die kindische Wut eines verzogenen Kindes, ehe er sich direkt vor ihr aufbaute. Ivy wich unwillkürlich zurück. Sie war zutiefst verunsichert, wie sie mit dieser Situation umgehen sollte. Der Schlag gegen die Brust, der laut eines Selbstverteidigungskurses an ihrer alten Schule einen potentiellen Täter aus seinen zusammenfantasierten Gedanken reißen sollte, zog bei Dawson offenbar nicht. Er wusste genau, was er tat, denn er bekam immer, was er wollte. Dafür hatte es im Trainingskurs keine Lektion gegeben.

»Ich! Sagte! Nein!« Ivy zog ihre Hand zurück, nach der Dawson gerade greifen wollte, und drehte sich von ihm weg, um sich unter die Leute zu mischen und *irgendjemanden* in der Nähe zu haben. Die wenigen, die ihr Nein definitiv gehört haben mussten, schien das Ganze nicht zu interessieren. So waren Menschen. Ivy dachte sofort an die Mädchen, die einfach weggesehen hatten, nachdem Cassia von Penelope beleidigt worden war. Es war bequemer, die Wahrheit auszublenden, als sich die Hände schmutzig zu machen.

Dawson riss sie an einem Arm zurück, sodass sie ihm wieder zugewandt war. Ivys Hände wurden zu Eis, die Angst kroch an ihrer Wirbelsäule hinab und ihr Körper reagierte instinktiv. Ivy stieß ihm ihr Knie so fest in den Unterleib, dass er vor ihr in den Sand sackte. Stöhnend riss er den Kopf nach oben, der Ausdruck in seinem Gesicht kam einer Todesdrohung gleich.

Ivy taumelte zurück. Sie atmete schwer, die Angst krallte sich in ihr fest, brachte ihr Herz zum Rasen. Ihr Körper bereitete sich auf Kampf oder Flucht vor.

KAPITEL 29
Heath

Heath ließ Ivy nie aus den Augen. Nicht einmal, als er von den Kenneth-Brüdern zum Trinken überredet oder von Phoebe so eng umarmt wurde, dass er ihren vom Champagner leicht säuerlichen Atem riechen konnte. Er genoss es, wieder hier zu sein – wo niemand irgendwelche Erwartungen an ihn hatte, niemand sich durch ihn oder seine Familie einen Vorteil erhoffte. Es war … entspannend und er spürte, wie der Druck auf seinen Schultern mit jeder Minute etwas nachließ, ohne komplett zu verschwinden. Was vielleicht an Ivy lag, die seit Betreten des Grundstücks der Kenneths alles aus der Distanz beobachtete.

Ob sie sich gerade aussuchte, zu wem sie gehen könnte? Die meisten hier waren Singles oder hätten nichts dagegen, einen Outsider mit nach Hause zu nehmen. Für Ivy war diese Party die Gelegenheit, sich ins Gespräch zu bringen. Mit ihrer freundlichen Art könnte sie zu einigen von ihnen durchdringen, was Daphne mit ihrer Kratzbürstigkeit in den vergangenen Jahren nicht geschafft hatte. Immer wieder bemerkte er, wie Daphne mit dem Handy dasaß und seiner Meinung nach Anweisungen verschickte. Dass Ivy hier war, musste ebenfalls von ihr ausgegangen sein. So war sie nicht mehr die Neue. Sie musste darauf gehofft haben, dass die Gruppe nun in Ivy die Außenseiterin sah und Daphne endlich mit offenen Armen empfing. Er würde sie enttarnen, schwor er sich erneut. Wenn Heath Beweise dafür hatte, dass Daphne die Spielleiterin war, konnte sich auch Bryan nicht länger blind stellen.

Dawson Laney löste sich aus einer Gruppe Jugendlicher und ging langsam auf Ivy zu, die ihn gar nicht beachtete. Heath beobachtete ihn, denn er war neugierig, wie Ivy reagieren würde. Dawson kam nur selten hierher, die meiste Zeit verbrachte er auf dem Familiensitz auf Martha's Vineyard, wo er von Privatlehrern unterrichtet wurde. Er hatte kaum Kontakt zu anderen. Seinen Eltern gehörten landesweit einige Destillerien, der Whiskey seiner Familie war ein Statussymbol und so erzielte jede einzelne Flasche mit den Jahren immer höhere Preise, weshalb die Laneys selbst für Heath' Verhältnisse völlig abgehoben waren.

Ivy entzog Dawson gerade den Arm. Für Heath der Moment, in dem sich seine Beine wie von selbst in Bewegung setzten. Sand schleuderte in alle Richtungen und er hörte, wie sich jemand beschwerte. Er hatte das Pärchen im Sand gar nicht bemerkt – und selbst wenn, wäre es ihm egal gewesen.

Er kam nur langsam voran, deshalb konnte er absolut nichts dagegen unternehmen, als Dawson erneut nach Ivy grapschte. Als sie ihn schubste, schoss Adrenalin durch Heath' Körper. Das würde nicht gut enden. Dawson baute sich vor ihr auf, irgendwer rief Heath' Namen, doch nichts war mehr wichtig. Er stürzte zum Ende des Strandabschnittes, als hinge sein Leben davon ab – nur um Zeuge davon zu werden, wie Ivy ihr Knie in Dawson rammte, der daraufhin zusammenklappte und dann stöhnend den Kopf hob.

In einer Sandfontäne, die Dawson traf, kam Heath zum Stehen. Ivys Brust hob und senkte sich schnell.

»Eigentlich wollte ich dich vor ihm beschützen, aber wie ich sehe, hast du das nicht nötig.« Für den Bruchteil einer Sekunde litt er mit dem jammernden Dawson, seine Hand wanderte wie von selbst zu seinen empfindlichen Körperteilen, dann richtete er die Aufmerksamkeit wieder auf Ivy, die sich bei seinem Anblick sichtlich entspannte. Heath hätte nicht gedacht, wie gut sich das anfühlen konnte.

»Ist alles okay?«, fragte er, um das unangenehme Schweigen zwischen ihnen zu brechen.

Ivy nickte langsam, ihr Atem ging immer noch flach. Keiner von ihnen achtete auf die Flüche, die Dawson ausstieß, als er sich aufrappelte.

»Das wirst du büßen, miese Schlampe.«

Ivy zuckte zusammen. Heath trat instinktiv näher zu ihr und funkelte Dawson drohend an, bis er in der Menge verschwunden war.

»Nette Familie hast du da«, sagte Ivy. Wenn Heath sie nicht so gut kennen würde, hätte er das Zittern in ihrer Stimme vielleicht nicht bemerkt.

Er griff nach ihrer Hand. »Familie?«, fragte er, obwohl er ahnte, worauf sie hinauswollte. Zach oder Pen mussten mit ihr gesprochen haben.

»Zach hat erzählt, dass ihr die meisten hier schon von klein auf kennt.« Sie sah ihn an, als suche sie nach irgendetwas. »Fremde scheinen es schwer zu haben. Die Mädchen behandeln Daphne, als hätte sie eine Krankheit.«

»Glaub mir, das liegt nicht daran, dass sie nicht mit uns aufgewachsen ist, sondern an ihr.« In dem Moment, in dem er es ausgesprochen hatte, biss er sich auf die Zunge. Er wollte Ivy nicht noch mehr in die Sache hineinziehen. Er musste Daphne aus der Reserve locken, sodass sie sich selbst verriet, durfte dabei aber nicht Ivy opfern. Sie und er hatten bereits einen zu hohen Preis gezahlt.

»Ich weiß, dass die letzten beiden Wochen …«, begann er, doch Ivy hob die Hand und bei ihrem Blick zerfielen seine Worte zu Staub.

»Es ist zu spät für Entschuldigungen, Heath. Du hast mich für deine Spielchen sitzen gelassen und hattest nicht mal den Mut, es mir zu sagen.«

Ihre Bemerkung war wie ein Schlag ins Gesicht. Sie wandte sich von ihm ab und ging davon, ohne noch einmal zurückzusehen. Er war wie erstarrt. Erst als sie hinter der Grundstücksmauer verschwand, eilte er ihr nach und holte sie kurz vor dem Steg ein.

»Es tut mir leid, Ivy. Ich wollte nicht, dass es so weit kommt, ich hatte andere Pläne.« Er klang wie ein jammerndes kleines Kind. Verdammt, er flehte sie an und wünschte sich in diesem Moment nichts mehr, als dass sie ihm verzeihen würde.

Sie fuhr herum. Selbst im fahlen Mondlicht erkannte er, wie sehr er sie verletzt hatte, und er hätte den Schmerz, den er dabei empfand, am liebsten in die Nacht hinausgebrüllt.

»Wie sahen denn deine Pläne aus?«, fragte sie mit ausdrucksloser Miene, die ihm mehr Angst machte, als wenn sie eine Waffe auf ihn gerichtet hätte. Auf den Partys hatte sie ihm gegenüber wenigstens noch Gefühle gezeigt.

»Wolltest du einfach nur die ersten Wochen des Spiels auskosten, deine *Freiheit* genießen? Mit deiner *Schwester*?« Ihre Hände waren zu Fäusten geballt, sie stand vermutlich kurz davor, die Beherrschung zu verlieren. Aber alles war besser als der emotionslose Ausdruck in ihrem Gesicht.

»Es war meine Aufgabe, mich während der Qualifikationsphase von dir fernzuhalten.« Er hoffte, dass diese Erklärung ausreichen würde. Er hatte sich offen als Spieler zu erkennen gegeben, seine Aufgabe genannt – einer der schlimmsten Regelverstöße in diesem gottverdammten Spiel. Aber Ivy kannte das Spiel nicht wie er. Sie wusste vielleicht gar nicht, was für ein gigantischer Vertrauensbeweis das war – denn dieser

Verstoß berechtigte die Spielleitung, alle bisher gesammelten Beweisfotos nach eigenem Ermessen zu verwenden. Er legte sein Schicksal in ihre Hände. Doch er wollte sie nicht belehren, das war der falsche Zeitpunkt. Er konnte nur versuchen, ihr das Ganze irgendwie begreiflich zu machen.

»Als du dich an Vince gehängt hast, sind bei mir alle Sicherungen durchgebrannt«, gestand er. Erst jetzt sah er ein, dass diese Kurzschlussreaktion nur auf seine Eifersucht zurückzuführen war. Bisher hatte er nie einen Grund gehabt, auf irgendjemanden eifersüchtig zu sein. Warum auch? Doch mit etwas Abstand sah er alles plötzlich in einem anderen Licht. Hätte Ivy wirklich Interesse an Vince, wäre sie mit ihm allein im Landhaus geblieben. Bei dem Gedanken drehte sich Heath' Magen um. In seiner Enttäuschung hatte er sie falsch eingeschätzt, sie so gesehen, wie alle um ihn herum waren. Er hatte ihr Unrecht getan, was auch die Szene mit Dawson bewiesen hatte. Jetzt konnte er nur auf ihr Verständnis hoffen. Wenigstens wandte sie sich nicht sofort wieder ab und rannte davon.

Doch was konnte er noch sagen?

Wie viel konnte er preisgeben, ohne sie noch tiefer in den Abgrund zu ziehen?

»Und anstatt mit mir zu reden, deine Eifersucht einzugestehen, hast du dich lieber mit Penelope vergnügt?«

Er zuckte ertappt zusammen, als er an Pens Kuss-Aufgabe dachte. Das reichte Ivy als Antwort. Die Anspannung wich aus ihrem Körper, ihre Schultern sackten nach unten. Sie gab auf. Sie gab ihre Beziehung endgültig auf. Das konnte er nicht zulassen.

»Es tut mir leid«, wiederholte er. Es war das Einzige, was ihm sein Gehirn wieder und wieder vorsagte wie ein Mantra. Verzweiflung brannte sich durch seine Adern.

»Mir auch«, erwiderte sie nur knapp, ehe sie ihn endgültig stehen ließ.

Sanfte Wellen schlugen geräuschvoll an den Steg, was in seinen Ohren wie ein munteres Glucksen klang. Selbst das verdammte Wasser machte sich lustig über ihn. Er verfluchte sich für sein Verhalten, doch nichts konnte die letzten beiden Wochen ungeschehen machen. Rein gar nichts.

Er wollte auf keinen Fall zurück zur Party gehen, daher sprang er den Steg hinauf und überquerte den Rasen. Seine Gedanken schossen in alle Richtungen, suchten nach einem Ausweg aus der verdammten Sackgasse, in die er sich manövriert hatte. Doch mit jedem Schritt wurde ihm klarer, dass er Ivy für immer verloren hatte. Das Spiel und sein Misstrauen hatten das zerstört, was er nie zuvor gehabt hatte: eine ehrliche, aufrichtige und glückliche Beziehung mit einem absolut wundervollen Mädchen.

KAPITEL 30
Ivory

Was zur Hölle hatte Heath sich dabei gedacht? Ivy hatte so sehr gehofft, dass Heath ihr endlich einen Grund nannte, warum er sich von ihr distanziert hatte. Dass es mit dem Spiel zusammenhängen musste, hatte sie sich mittlerweile denken können. Was sie nun am meisten ärgerte, war die Tatsache, dass er ihr scheinbar nicht vertraute. Seine Erklärung kratzte nur an der Oberfläche, das hatte sie ihm angesehen.

Und dann sein Zusammenzucken bei der Erwähnung des Spieleabends, als er mit Penelope nach draußen gegangen war. Ivy musste sich eingestehen, dass ein winziger Teil von ihr sich immer noch an die Hoffnung geklammert hatte, es wäre nichts zwischen Heath und Penelope. Dass Penelope die Gerüchteküche absichtlich anheizte, weil sie es … witzig fand. Was krank war, ja, aber es würde gut zu ihr passen. Als mutmaßliche Spielleiterin ließ sie alle anderen wie Marionetten nach ihren Wünschen tanzen.

Ivy überquerte den Rasen und lief am beleuchteten Pool vorbei, dessen Oberfläche blaue Schlieren an die Hauswand warf.

»Du liebst ihn, oder?«, fragte da eine Stimme.

Ivy fuhr so schnell herum, dass sie beinahe das Gleichgewicht verloren hätte und im Wasser gelandet wäre.

Penelope saß mit einem Cocktail in der Hand auf einer der Sonnenliegen. Das Licht vom Pool reichte kaum bis zu ihr.

»Was machst du hier? Solltest du nicht bei deiner *Familie* sein und die Party genießen?« Ivy hatte keine Lust auf Höflichkeiten.

Penelope ging nicht auf Ivys abweisenden Tonfall ein und zuckte nur mit den Schultern. »Auch die Familie kann anstrengend sein. Vor allem, wenn es schwarze Schafe wie Dawson gibt. Ich habe euch gesehen.« Sie schauderte und ihr Cocktail schwappte im Glas hin und her.

»Dann danke ich dir für deine Anteilnahme«, bemerkte Ivy knapp und war im Begriff, Penelope sitzen zu lassen und ins Haus zu gehen. Sie wollte einfach nur allein sein.

»Liebst du ihn?«, ließ Penelope nicht locker.

Sofort brannte in Ivy eine Sicherung durch und sämtliche Ermahnungen von Kelly, Penelope gegenüber keine Andeutungen zu machen, waren wie ausgelöscht. »Das weißt du doch genau«, zischte sie.

Penelope reagierte nicht mit ihrem typischen überheblichen Lächeln, sondern presste die Lippen zusammen. Das bläuliche Licht vertiefte die Falten, die nun auf ihre Stirn traten. Doch sie sagte kein Wort.

Ivy schüttelte nur abfällig den Kopf und wandte sich ab.

»Meine Pflichtaufgabe war es, so zu tun, als wäre ich die Spielleiterin.«

Ivy blieb so unvermittelt stehen, als hätte jemand auf die Stopptaste gedrückt. Bilder rasten durch ihren Kopf – zu schnell, um sie sortieren zu können. Ihr Unterbewusstsein versuchte alles, um das Geständnis dieser falschen Person als Lüge zu enttarnen. Wie in Zeitlupe drehte sie sich zu Penelope um und suchte nach Zeichen für ihre Heuchelei. Doch da war nichts dergleichen. Penelope schien in sich zusammengesunken zu sein, rutschte unruhig auf der Liege herum und setzte sich schließlich auf. Sie hatte ... Angst. Das konnte nicht einmal Penelope so überzeugend vorspielen, oder?

Schweigend beobachtete Ivy, wie Penelope sich immer unwohler zu fühlen schien. Sie sah Ivy nicht mehr an, sondern richtete den Blick auf den Pool.

»Du weißt, dass es gegen die Regeln ist, jemandem seine Aufgabe zu verraten. Der Preis dafür ist die Höchststrafe im Spiel.« Ihre Stimme war kaum mehr als ein Flüstern. »Aber ich kann nicht länger zusehen, wie sehr Heath das fertigmacht. Ich gehe davon aus, dass es kein Zufall war, dass er sich seit Beginn der Qualifikationsphase von dir distanziert hat. Was auch immer sich die Spielleitung erhofft – sie hat etwas dagegen, dass ihr zusammen seid.«

Ivy bekam immer noch keinen Ton heraus. In ihrem Kopf herrschte das reinste Chaos. Kurz schob sich der Gedanke an Heath in den Vordergrund, dass er Ivy nicht vertraute – wenn jedoch das Nennen seiner Aufgabe ein Vertrauensbeweis war ...

»Ich glaube, dass du anständiger bist als alle anderen Spieler«, fuhr Penelope fort. »Ich vertraue dir, weil Heath dir offenbar vertraut. Er ist verzweifelt und wird irgendetwas Dummes tun, wenn ihn die Spielleitung weiter herausfordert. Und das wird sie.«

»Wenn du es nicht bist, wer ist es dann?« Eine nervöse Anspannung hatte sich wie Säure in Ivys Stimmbänder gefressen.

»Ich weiß es nicht. Ich habe alles versucht, es herauszufinden, und zum Dank durfte ich die kleine Cassia fertigmachen.« Sie lachte verbittert auf.

»Das war eine Aufgabe?« Ivy war fassungslos. Sie trat näher zu Penelope und setzte sich auf die Nachbarliege. Was, wenn ihre Behauptung stimmte?

Penelope sah ihr nun direkt in die Augen. »Ich habe es nicht nötig, andere Mädchen runterzumachen. Schon gar nicht für ein dämliches Volleyballspiel. Was denkst du denn von mir?«

Das sprach Ivy lieber nicht aus. Und Penelope erwartete es auch nicht. Sie wusste offenbar genau, was viele von ihr hielten, und sah beschämt auf den Boden zwischen ihren Füßen.

»Ich kann dir nicht einfach glauben«, sagte Ivy leise. Sie spürte, wie ihr Widerstand gegen Penelope bröckelte, wie ihr Verdacht zerrann, dass sie hinter der Spielleitung steckte.

Penelope nahm ihr Handy von der Liege und aktivierte das Display. Einen kurzen Moment später reichte sie es Ivy. »Hier, der Chatverlauf mit der Spielleitung.«

Ivy nahm das Handy und las:

> Willkommen zum Spiel.
> Entscheide dich zwischen Wahl,
> Wahrheit oder Pflicht.
> Jede Aufgabe bringt dich deinem Ziel
> näher, die Spielleitung des kommenden
> Jahres zu übernehmen und die
> Geheimnisse aller bisherigen Teilnehmer
> zu erfahren.

> Ich wähle Pflicht.

> Du wirst ab heute so tun, als wärst
> du die Spielleiterin. Du musst
> dich nicht outen, du sollst dich nur
> dementsprechend verhalten.
> Ich beobachte dich!

> Alle werden mich hassen!

> Das gehört zum Spiel. Solltest du dich weigern, werde ich das folgende Video an eure Eltern und an die Presse weitergeben. Ich sehe die Schlagzeile schon vor mir: Inzucht auf der Upper East Side

> Wir sind nicht verwandt, es wäre kein Verbrechen.

> Warum wehrt ihr euch dann beide so gegen die Veröffentlichung?

Ivy schluckte und hob den Blick vom Display. Das Video hatte sie nicht angeklickt. Sie hatte Angst, dass die Aufnahme ihr das Herz zerreißen würde.

»Das Video war der Beweis für eine Aufgabe aus einem früheren Spiel. Ich sollte Heath verführen, der damals sämtliche Gerüchte über uns teils mit Fäusten zum Schweigen gebracht hatte. Sie sind entstanden, als unsere Eltern geheiratet haben und Mom und ich zu den Gardners in die Stadtvilla gezogen sind.«

»Und du hast mitgespielt?«, fragte Ivy erschüttert.

»Ich … ich hatte zu der Zeit noch andere Prioritäten. Es war nichts Illegales, er ist ein gut aussehender Junge und es hat mein damaliges Ego sehr verletzt, dass er überhaupt nicht an mir interessiert war.« Sie wiegte langsam den Kopf. »Die Aufgabe war genau der Anstupser, den ich brauchte. Ich wollte mir selbst beweisen, dass ich ihn rumkriegen kann. Wir waren auf einer Party bei den Nachbarn«, sie deutete vage zum Strand, »wo Heath ziemlich viel getrunken hat. Es war einfach, da noch etwas ›unterzumischen‹. Gott, ich war so dämlich!« Ihre Fingerknöchel traten weiß hervor, so fest umkrallte sie ihr Glas. »Ich musste ihn beinahe nach Hause schleppen. Kaum war er oben im Schlafzimmer, fiel er wie tot ins Bett. Ich habe die Kamera angeschaltet und ihn geküsst. Ich weiß nicht, für welche seiner ganzen Bekanntschaften er mich gehalten hat, aber er war so zugdröhnt, dass er zuerst mitgemacht hat. Bis er gecheckt hat, dass ich es war. Aber den Teil habe ich von der Aufnahme gelöscht.«

Ivy wusste nicht, was sie sagen oder denken sollte. Penelope hatte sich und Heath aus verletztem Stolz angreifbar, erpressbar gemacht.

»Ich weiß, dass es die dämlichste Aktion überhaupt war. Glaub mir, das ist mir völlig klar. Aber seit Jahren hat niemand mehr dieses Video als Druckmittel benutzt.«

»Wurde Heath ebenfalls damit ... überzeugt?« Hatte er eingewilligt, sich während der Qualifikationsphase von ihr fernzuhalten, um sich und Penelope zu schützen?

»Ich weiß es nicht. Aber es liegt nahe. Es tut mir leid, Ivy. Nachdem das Spiel vor zwei Jahren so eskaliert ist, wurde es ausgesetzt. Ich weiß nicht, wer bis dahin die meisten Punkte hatte und die neue Spielleitung übernommen hat, aber derjenige hat es im letzten Jahr nicht übertrieben. Die Aufgaben waren leicht, ein Kuss hier, ein kleiner Treuetest da – ein Kinderspiel. Die Spielleitung in diesem Jahr stellt jedoch alles in den Schatten, was ich bisher erlebt habe. Wer auch immer dahintersteckt, scheint uns alle in- und auswendig zu kennen und unsere Reaktionen vorherzusehen. Durch gezielte Aufgaben und mithilfe der gesammelten Druckmittel aus der Vergangenheit schafft es die Spielleitung, so tiefes Misstrauen zu schüren wie nie zuvor. Ich vertraue nicht einmal mehr Daphne. Das Ganze ist einfach ... krank.«

Daphne war auch Ivys erster Verdacht gewesen. Beinahe hätte sie aufgelacht. »Und warum vertraust du ausgerechnet mir?«, fragte sie ehrlich interessiert.

»Du kannst nicht die Spielleiterin sein. Und Heath hätte mich sicher nicht mit dem Video erpresst, das auch ihn bloßstellen würde.«

Ivy nickte gedankenverloren. Was Penelope sagte, klang logisch. Ivy dachte daran, wer alles unter den Aufgaben zu leiden hatte – von denen sie wusste. Mehrere Beziehungen waren seit Beginn des Schuljahres in die Brüche gegangen, soweit sie mitbekommen hatte. Sie dachte an die Party nach dem Debütantenempfang zurück, als sie das erste Mal miterlebt hatte, wie jemand eine Aufgabe erledigte – das Mädchen im blauen Kleid. Oder dieser Treuetest, der die Beziehung der besten Freundin zerstört hatte. Doch immer wieder tauchte auch Heath in ihren Gedanken auf. Die Blicke, die er ihr stets zugeworfen hatte, sein offensichtliches Interesse an ihr, wenn niemand in der Nähe war. Und wie er sich jedes Mal zurückgezogen hatte, wenn sie auf eine Erklärung oder auf eine Entschuldigung gehofft hatte. Doch mit den Gedanken an ihn flackerten auch die Bilder von ihm und Kelly wieder vor ihrem inneren Auge auf. Kelly, die ihr ebenso vertraute und ihr von ihrer Aufgabe erzählt hatte – noch vor allen anderen, auch wenn Ivy trotz ihrer Warnung die Teilnahme am Spiel zugesagt hatte. Ivy kam zu dem Schluss, dass Penelope immer noch ihre Spielchen mit ihr trieb – ob sie nun dazu angestiftet wurde oder nicht. Sie konnte ihr auf keinen Fall vertrauen.

»Was denkst du, wer sich hinter der Spielleitung verbirgt?«, fragte sie.

»Ich weiß es nicht. Ich bin so ziemlich jeden durchgegangen, mit dem ich auch nur entfernt Kontakt habe. Es gibt nur wenige, die noch gut dastehen und von den anderen nicht gehasst werden. Aber ein paar davon schließe ich aus. Die Clique beispielsweise. Heath, Bryan, Daphne und auch Vince. Im letzten Jahr hat niemand von ihnen auffälligen *Einsatz* gezeigt. Also ganz ehrlich: Ich habe keine Ahnung.« Ihr war deutlich anzusehen, wie frustriert sie war. Oder war das nur ein geschickter Schachzug? Ivy musste erst darüber nachdenken.

»Danke, dass du mir das alles erzählt hast«, sagte sie und gähnte demonstrativ. Langsam erhob sie sich von der Liege. »Wenn du etwas Neues weißt, gib mir Bescheid.«

Penelope nickte und lehnte sich wieder auf ihrer Liege zurück. Wenn sie das Gespräch so locker beenden konnte, musste etwas faul sein.

Ivy ging zum Haus, gab den Code für die Tür ein, den ihr Vince am Nachmittag genannt hatte, und lag wenig später in Shorts und Tanktop in dem überdimensionierten Bett. Um ihre brüllenden Gedanken zu übertönen, öffnete sie Instagram und klickte sich durch einige Storys. Kelly war am Nachmittag bei einer Modenschau gewesen. Die dort entstandenen Bilder konnten sich nicht offensichtlicher von den Videos unterscheiden, die sie später bei sich zu Hause aufgenommen hatte. Mit locker zusammengeknoteten Haaren, in einem »Join the Dark Side of the Force«-Shirt und mit ihrer Lesebrille auf der Nase, die sie eigentlich gar nicht benötigte und die deshalb aus Fensterglas bestand, schwärmte sie von ihrem zuletzt gelesenen Buch. Wie immer, wenn *Fashionista* ins Schwärmen geriet, fühlte sich Ivy gleich angesteckt und wollte das Buch sofort lesen.

In der letzten Story, die sie vor rund einer halben Stunde gepostet hatte, zeigte Kelly noch das Lichtermeer vor ihrem Fenster und wünschte ihren Fans mit vielen Küsschen eine gute Nacht. Ivy antwortete kurz auf die Story und versuchte, auch endlich einzuschlafen. Zach war immer noch nicht aufgetaucht, wahrscheinlich verbrachte er die Nacht woanders.

Sie war gerade dabei, sich von der Realität zu lösen, einzelne Bilder verflochten sich bereits mit der Traumwelt, da gellte ein Schrei durchs Haus, der Ivy das Blut in den Adern gefrieren ließ. Sie sprang so schnell auf, dass ihr schwindelig wurde, fing sich jedoch schnell wieder und rannte nach draußen. Auf dem Flur begegnete ihr niemand, aber kurz vor der Treppe nach unten blieb sie stehen. Die Angst lähmte sie regelrecht. Erst als sie Stimmen hörte, darunter auch die von Heath, war sie wieder in der Lage, sich zu bewegen, und eilte nach unten. Geblendet von sämtlichen eingeschalteten Lichtern, die das große Wohnzimmer zu bieten hatte, dauerte es einen Moment, bis sie erkannte, dass alle von der Party zurückgekommen waren und schockiert in ihre Richtung sahen. Instinktiv verschränkte sie die Arme vor dem Körper, der nur in sehr wenig Stoff gehüllt war.

»Gott, Ivy. Geht es dir gut?« Heath trat mit schnellen Schritten auf sie zu, blieb aber kurz vor ihr stehen, als würde ihn etwas zurückhalten. Sein Blick scannte jeden Zentimeter von ihr.

»Ich habe geschlafen«, sagte sie und musste demonstrativ gähnen. »Was ist denn passiert? Wer hat geschrien?«

Heath sah zurück zu den anderen. Als Bryan ihm zunickte, griff Heath nach Ivys Hand, zog sie mit sich zum Rest der Clique und drehte sie um.

Sie keuchte auf – die einzige mögliche Reaktion auf das, was sie vor sich sah. Sie wehrte nicht mal Heath' Hände ab, die nun nach ihr griffen, damit sie nicht ins Taumeln geriet.

KAPITEL 31
Heath

Heath drückte Ivy an sich, die eben die Hände vor den Mund schlug. Dann richtete er seinen Blick wieder auf das Kunstwerk, das an der Wand gegenüber der Fensterfront prangte. Die schwarzen Buchstaben waren über die teuren Gemälde seiner Stiefmutter gesprayt.

IHR WERDET ALLE BÜSSEN!

Heath hatte am Strand herumgegangen, bis die anderen über den Sand gestolpert waren und ihn überredet hatten, mit zurück zum Landhaus zu kommen. Pen war auf der Liege am Pool eingeschlafen, und nachdem Daphne sie geweckt hatte, war sie benommen hinter ihr hergetorkelt. Heath hatte den Code für die Hintertür eingetippt und dabei das seltsame Gefühl gehabt, dass sie beobachtet wurden, dass etwas … anders war. Noch ehe er die Ziffern bestätigt hatte, war sein Blick durch die Scheibe auf die unübersehbaren Worte gefallen. Kaum hatte er die Tür geöffnet, hatte ein lauter Schrei direkt neben seinem Ohr beinahe sein Trommelfell zerfetzt. Er konnte nicht sagen, ob er von Penelope oder Daphne gekommen war.

»Wie konnte hier jemand einbrechen?«, flüsterte Penelope jetzt und rückte dichter zu Heath, wobei sie sich immer wieder über die Augen rieb. »Derjenige muss … direkt an mir vorbeigekommen sein.« Sie zitterte. In diesem Moment waren alle Spielchen und Meinungsverschiedenheiten zwischen den beiden wie weggewischt und er nahm sie ebenfalls in den Arm.

Ivy versteifte sich, löste sich von Heath und rückte von ihm ab. Ein kurzer Schmerz fuhr ihm in die Brust.

»Was ist denn hier los?« Vince trat durch die vordere Tür ins Wohnzimmer. Er trug nur Boxershorts und seine Haare standen wild in alle Richtungen ab.

Daphne, die bisher stocksteif dagestanden hatte, rannte auf ihn zu, warf sich in seine Arme und sagte etwas zu ihm, das Heath nicht verstehen konnte. Vince stolperte zurück, wirkte vollkommen verwirrt und sah entschuldigend zu Bryan, dessen Nasenflügel bebten.

»Du weißt doch genau, was hier los ist«, knurrte Bryan und wollte auf Vince losgehen. Heath schaffte es gerade noch, ihn am Arm zu packen und zurückzuhalten. Zach sprang dazu und gemeinsam konnten sie verhindern, dass die Nacht noch schlimmer wurde, als sie sowieso schon war.

Daphne zeigte Vince derweil die Wand.

Er wurde kreidebleich. »Ich war das nicht«, sagte er sofort.

»Die Tür war verschlossen, den Code kennen nur die Personen, die Zugang zum Haus haben.« Bryan wollte wieder losstürmen, aber Zach hielt ihn fest wie ein Fels. Heath verspürte einen gewissen Stolz für seinen kleinen Bruder, der nie zuvor erwachsener gewirkt hatte.

»Wie dämlich wäre das denn, wenn Vince so eine Aktion starten würde? Ist doch klar, dass wir ihn als Ersten verdächtigen.« Daphne stellte sich vor Vince, vermutlich, um die tödlichen Blicke abzuwehren, die Bryan unentwegt auf ihn abschoss.

»Vielleicht sollen wir ja genau das denken. Das ist doch die beste

Tarnung.« Penelope hatte sich von dem Schreck erholt und wandelte ihre Angst nun in Angriffsenergie um. »Ich habe direkt da draußen auf der Liege gelegen. Wenn jemand vorbeigekommen wäre, hätte ich das gehört.«

»Du hast geschlafen wie ein Stein«, widersprach Heath, »und sogar deinen Drink über dich geschüttet.«

Es gab jedoch jemanden, der den Code ebenfalls kannte und sich gut hätte vorbeischleichen können. Jemand, der an diesem Abend genug Hass abbekommen hatte.

»War sie den ganzen Abend bei dir?«, fragte er Bryan und deutete mit dem Kopf auf Daphne, die sich mit verlaufener Schminke an Vince' nackten Oberkörper presste.

Bryan sah seine *Freundin* lange an. Dann schüttelte er den Kopf. »Nicht die ganze Zeit.«

»Was glaubst du eigentlich, wer du bist?«, zischte Daphne wie eine Schlange, was gut zu ihr passte. Vince legte einen Arm um sie.

»Ich weiß, wer *du* bist, *Spielleiterin*!«, konfrontierte Heath sie nun direkt – vor den anderen, damit sie alles bezeugen konnten, wenn sie gegen ihn vorging. Und das würde sie. Sie mussten ihr das Handy wegnehmen.

Vince' Muskeln spannten sich an, während er Daphne zurückhielt. Heath hatte nur einen abfälligen Blick für sie übrig.

»Bist du jetzt vollkommen verrückt geworden?« So eine Reaktion hatte er erwartet – nur nicht aus dieser Richtung. Er schaute Penelope an, die ihn musterte, als hätte er den Verstand verloren. Sah sie denn nicht, dass nur Daphne von alledem profitierte? Dass sie andere denunzieren wollte, um gut dazustehen, um vielleicht endlich akzeptiert zu werden? Plötzlich hatte jeder etwas zu sagen. Wüste Vorwürfe flogen durch den Raum. Heath konnte so schnell gar nicht alles erfassen.

Da trat Ivy wieder näher zu ihm. »Liege ich richtig, wenn ich annehme, dass wir nicht die Polizei rufen?« Ihre Stimme klang vollkommen neutral, während sich die anderen in Rage redeten. Zach diskutierte mit Pen und Bryan, Vince redete auf Daphne ein.

Heath nickte nur.

Als die Beschimpfungen immer lauter wurden, brüllte Ivy: »Ruhe!« Und es funktionierte. Alle verstummten.

»Ich bin kein Freund dieser Spielchen«, fuhr Ivy fort. »Ich wollte niemals hier dabei sein. Ein kleiner Teil von mir denkt sogar, ihr habt es nicht anders verdient.«

Heath hörte ein abfälliges Schnauben, wusste aber nicht, von wem, weil er nur Augen für Ivy hatte.

»Seht ihr denn nicht, was gerade passiert?« Ivy machte eine ausladende Geste und streifte dabei seinen Arm. Die ungewollte Berührung war wie ein kurzer Stromschlag.

Niemand antwortete ihr. Nacheinander sah sie in jedes Gesicht und rückte dabei von Heath ab, was er eigentlich unmöglich körperlich spüren konnte, es aber dennoch so empfand.

»Setzt euch!«, befahl sie mit einer Autorität, die Heath bewunderte. Alle folgten dem Befehl. Sie ließen sich auf die Chaiselongue und das Sofa fallen und warteten tatsächlich auf eine Erklärung.

»Wer auch immer hinter der Spielleitung steckt, ist nicht hier. Seht euch doch an!« Sie beschrieb mit der Hand erneut einen weiten Bogen. »Die Spielleitung hetzt euch gegeneinander auf! Ihr müsst einen gemeinsamen Feind haben, der eure Schwächen nur allzu gut kennt.«

Etliche Namen zogen durch Heath' Kopf. Exfreundinnen, Exliebschaften, Teamkollegen, die ihm seine Position nicht gönnten, Schüler der Andrews Prep, ihre Erzfeinde im Kampf um den Pokal … Es gab viele, die auf eine persönliche Rache aus sein könnten. Aber wer hätte etwas davon, wenn auch die anderen litten, wenn die Clique zerbrach? Er sah seine Freunde an, verknüpfte die Namen in seinem Kopf mit ihnen, suchte nach gemeinsamen Feinden, ehe sein Blick wieder an Ivy hängen blieb.

Ivy saß neben der langen niedrigen Ledercouch auf einem Sessel wie eine Königin, eine Anführerin. Wie gern wäre er zu ihr gegangen, hätte sich auf die Lehne gesetzt und ihr seine volle Unterstützung zugesichert. Doch auch das hatte die Spielleitung zerstört – obwohl er nach bestem Gewissen gehandelt hatte. Wer konnte etwas gegen Ivy haben? Sie war neu an der Schule, hatte bisher nicht am Spiel teilgenommen, keine Leichen im Keller. Oder war sie nur ein Kollateralschaden? Er dachte an ihr erstes Treffen im Park zurück und sofort kühlte der Raum für ihn um mehrere Grad ab. Er musste die Spielleitung enttarnen, ehe noch mehr Dinge ausgegraben wurden, die längst ruhen sollten. Heath musste alle beschützen – auch sich selbst.

»Ist euch jemand eingefallen?«, fragte Ivy.

Die anderen schüttelten die Köpfe. Es fielen ein paar Namen, aber keiner der Genannten hatte tatsächlich eine Verbindung zu ihnen allen.

Zach saß tief zusammengesunken auf der Couch neben Heath und wirkte, als würde er jeden Moment einschlafen. Er war jünger als sie – gehörte nicht zur Clique – und war garantiert kein Ziel gewesen. Er hing nur mit drin, weil Heath drinsteckte. Genau das hatte er eigentlich verhindern wollen, verdammt.

Nun musste auch Heath gähnen. Kein Wunder. Er sah über die Schulter durch das Panoramafenster auf den Pool, dessen Beleuchtung kaum noch zu erkennen war, so hell war es draußen mittlerweile geworden. Mit seinem Gähnen hatte er eine Welle losgetreten. Penelope rieb sich die Augen, Bryan streckte sich und konnte kaum noch die Lider offen halten, Daphne hatte den Kopf auf Penelopes Schulter gelegt. Vince saß Ivy gegenüber allein auf einem Sessel. Das Adrenalin vom Schock über den Einbruch verebbte langsam und die Müdigkeit holte sie alle ein.

»Ehe wir nicht wieder fit sind, werden wir hier keine Lösung finden«, sagte Heath in die Runde und richtete sich auf. »Wir sollten schlafen gehen und danach besprechen, wie wir weiter vorgehen.«

Es gab keine Widerworte, alle rappelten sich auf. Daphne und Pen flüsterten miteinander, ehe Pen zu Vince trat und ihn mit einer Kopfbewegung nach oben schickte. Vince reagierte wie ein Roboter und ging los.

Daphne wartete an der Seitentür auf Bryan, der jedoch einfach an ihr vorbeiging und im Flur verschwand. Sie zuckte wie geschlagen zusammen und zum ersten Mal überlegte Heath, ob er ihr in all der Zeit Unrecht getan hatte.

Nein, hatte er nicht. Sie war nicht gut für Bryan und ihr verletzter Gesichtsausdruck galt nicht seiner Person. Sie befürchtete wahrscheinlich nur, dass sie seinen Status nicht länger ausnutzen konnte. Mit hängenden Schultern ging sie ihm nach.

Heath' Mund verzog sich zu einem Lächeln, als er zu Zach sah, der die Augen geschlossen hatte. Seine Brust hob und senkte sich gleichmäßig.

»Er ist eingeschlafen«, flüsterte Ivy. »Hast du eine Decke oder irgendwas? Oder sollen wir ihn wecken?«

Heath hob den Deckel einer kleinen weißen Sitzbank neben dem Kamin und zog eine flauschige Decke hervor. Ivy nahm sie ihm aus der Hand, ging damit zu Zach und schob ihn sanft in eine liegende Position. Zach beschwerte sich leise murmelnd, wachte jedoch nicht auf. Tiefe Sehnsucht erfüllte Heath, als Ivy die Decke über Zach ausbreitete und wie bei einem kleinen Kind an den Seiten feststeckte. Er hatte immer gedacht, sie könnte Zach nicht ausstehen, aber scheinbar hatte sie erkannt, dass mehr in ihm steckte als ein arroganter reicher Junge, der versuchte, mit seinem großen Bruder mitzuhalten. Ein Grund mehr, sie zu lieben.

»Danke!«, sagte er leise, als sie auf ihn zukam.

»Er kann nichts für all das hier. Meine Mom würde sagen, ihr seid ein schlechter Umgang für ihn.« Wäre ihr Blick nicht so todernst gewesen, hätte Heath die Bemerkung für einen Witz halten können.

»Ich weiß.« Er senkte den Kopf. Ivy war ihm jetzt so nah, dass er kurz davor war, die Hand nach ihr auszustrecken, sie an sich zu ziehen und nie wieder loszulassen. Er wäre bereit, auf Knien herumzurutschen, nur um ihr zu beweisen, dass seine Gefühle für sie echt waren. Er würde sich bereitwillig vor allen lächerlich machen, wenn er ihr damit zeigen könnte, dass er der größte Idiot auf Erden war. Würde sie ihm dann verzeihen? Jeder Blick auf ihr nacktes Handgelenk, an dem sie während des ganzen Sommers das Gegenstück zu seinem Armband getragen hatte, versetzte ihm einen Stich.

Doch er hielt sich zurück und atmete erst wieder aus, als sie an ihm vorbeigegangen und im Flur verschwunden war. Langsam folgte er ihr und stieg die Treppe hinauf. Wie von selbst ging er nach rechts bis ans Ende des Flurs, blieb dann jedoch vor der geschlossenen Tür stehen und legte die Hand dagegen. Ein mieser Ersatz. Er wollte *sie* berühren!

Doch dieses Privileg hatte er verspielt – im wahrsten Sinne des Wortes.

KAPITEL 32
Ivory

Ivys Träume hätten die Vorlage für einen Thriller sein können. Ihr Unterbewusstsein vermengte den gestrigen Abend zu einem düsteren Gemisch aus dem Übergriff von Dawson, Heath' miesem Versuch einer Entschuldigung und der gesprayten Drohung an der Wohnzimmerwand.

Das war nicht länger ein Highschoolspiel. Beim Zähneputzen zählte Ivy die Gesetzesverstöße, die ihr auf die Schnelle einfielen. Nötigung, Erpressung, unbefugtes Betreten und Sachbeschädigung (vermutlich in großer Höhe, denn die Bilder an der Wand sahen nicht aus wie Drucke, sondern mussten Originale sein). Sie wollte Anwältin werden und konnte nicht untätig herumsitzen, während so vieles falsch lief.

Sie spuckte die Zahnpasta ins Becken und sah sich im Spiegel an. Sie erwartete eigentlich, in ein fremdes Gesicht zu blicken, weil sie ihre Prinzipien aus den Augen verloren hatte. Sie hatte ihre Eltern belogen, schwänzte die Schule und schwieg über ein offensichtliches Verbrechen. Doch rein äußerlich hatte sie sich nicht verändert – von den Augenringen aufgrund des Schlafmangels einmal abgesehen – und doch erkannte sie sich nicht wieder. Die vergangenen zwei Wochen hatten einen anderen Menschen aus ihr gemacht. Einen schlechteren. Sie kämmte sich die Haare und ging zurück ins Schlafzimmer.

Weil Zach unten auf dem Sofa eingeschlafen war, hatte sie das Zimmer für sich. Sie genoss eine Weile die Ruhe, bevor die anderen aufwachten. Noch war es totenstill. Selbst als sie das Fenster öffnete und aus der Ferne ein Auto hörte, während der Geruch des Salzwassers von der Bucht zu ihr hereinwehte, war es stiller als zu jedem Zeitpunkt in New York. Sie schnappte sich ihr Handy und setzte sich auf den gemütlichen Lesesessel – nachdem sie Zachs explodierten Koffer aus dem Weg geräumt hatte.

Fashionistas Story nach zu urteilen war Kelly noch nicht wach, obwohl es schon nach zwölf Uhr war. Aber sie hatte ja auch spät in der Nacht noch gepostet und ihre Samstage waren nicht annähernd so verplant wie die von Penelope und Daphne.

Ivy fand auf den Accounts der beiden Bilder des Vorabends – ein paar Selfies mit Cocktails auf der Party, das Lagerfeuer, ein Kussbild von Daphne und Bryan, der seinen Arm um sie legte. Auf den ersten Blick wirkte Daphne glücklich, aber ihre Augen waren ohne jeglichen Glanz. Bei Pen entdeckte sie ein Bild von Heath, der lachte und zum Niederknien aussah. Ein Ziehen in ihrer Brust ließ sie schnell weiterscrollen. Unter all den Fotos der Kanäle, die sie abonniert hatte, fand sich auch noch eins von Alessandra. Doch es war keins der für sie typischen Skyline-Bilder oder ein Schnappschuss der Stars und Sternchen aus New York, sondern eine Mondsichel über tiefdunklem Wasser, entfernte Lichter glitzerten im Hintergrund. Das war keine Aussicht auf New York oder Manhattan, das war … Leider gab es keine Ortsmarkierung, daher öffnete Ivy Alessandras Profil und sah sich ihre Story an. Sich küssende Pärchen, ein Lagerfeuer … dann setzte Ivys Herz für einen Schlag aus. Vor der Tür war ein Geräusch, irgendein Scharren.

Hastig schaute sie sich im Zimmer nach einer Waffe um. Vor ihrem inneren Auge erschienen die Worte an der Wand des Wohnzimmers.

In diesem Moment wünschte sie sich, sie hätte Zach am Vorabend geweckt – dann wäre sie jetzt nicht allein.

Mit einer brusthohen Designerstehlampe bewaffnet, verharrte sie hinter der Tür. Doch es passierte nichts. Totenstille hatte sich wieder über das Haus gelegt. Sie musste zu den anderen. Langsam drückte sie die Klinke herunter. Sofort wurde die Tür aufgestoßen und Ivy schrie auf.

Heath fiel in den Raum. Er öffnete blinzelnd die Augen und rieb sich erst übers Gesicht, dann über den Nacken.

»Hast du … vor der Tür geschlafen?« Ivy war die Verwirrung deutlich anzuhören, obwohl ihre Stimme vor Angst belegt war.

Noch immer ganz benommen rappelte Heath sich langsam auf und sah sich dann irritiert um, bis sein Blick an Ivys immer noch erhobener »Waffe« hängen blieb. Er trug die Klamotten vom Vorabend, sein Hemd sah total zerknittert aus.

»Willst du mich mit Moms Lieblingslampe erschlagen?« Er zog sich am Türrahmen nach oben und streckte sich. Sein Gesicht wirkte, als hätte er Schmerzen. Kein Wunder, wenn er im Sitzen vor einer Tür geschlafen hatte.

Ivy wurde ganz warm ums Herz und sie stellte die Lampe ab. »Ich habe ein Geräusch gehört. Ich dachte, dieser … Einbrecher wäre wieder da.«

»Ich wollte auf dich aufpassen, falls dieser Einbrecher noch einmal auftaucht«, sagte Heath im selben Moment und sah beinahe verlegen zu Boden.

»Dann glaubst du also nicht mehr, dass es Daphne war?«

Er zögerte, dann schüttelte er den Kopf. »Aber es war garantiert auch nicht Pen.«

Ivy fiel ein, was sie gerade auf Instagram entdeckt hatte. Sie rannte zum Tisch neben dem Fenster, wo sie ihr Handy gegen die Lampe getauscht hatte.

»Schau mal«, sagte sie und reichte Heath das Handy.

Er scrollte durch Alessandras Story. »Sie ist hier gewesen?« Seine Brauen bewegten sich, als würden sie den feuernden Synapsen im Inneren folgen.

»Scheint so. Hast du sie auf der Party gesehen?«

Er schüttelte gedankenverloren den Kopf. Ivy war sich nicht sicher, ob er wirklich auf ihre Frage geantwortet oder sich selbst eine gestellt hatte.

»Ich brauche einen Kaffee«, sagte er dann und verließ mit Ivys Handy den Raum. Sie folgte ihm.

Das Mahlwerk des Kaffeeautomaten klang in der Stille wie ein Schlagbohrer. Bestimmt würden die anderen jeden Moment aufwachen. Heath stellte zwei dampfende Tassen Kaffee auf den glänzenden weißen Tisch mit der weißen Vase und der einsamen weißen Rose darin und holte Milch aus dem Kühlschrank, die er Ivy eingoss. Es war blöd, sich darüber zu freuen, dass er wusste, wie sie ihren Kaffee am liebsten trank – eine halbe Tasse Kaffee aufgefüllt mit kalter Milch –, aber gegen die Wärme, die gerade in ihr aufstieg, war sie vollkommen machtlos.

Schweigend setzten sie sich an den Tisch, nur das leise Rühren der Kaffeelöffel war zu hören.

»Ivy«, begann er, nachdem er seine Tasse zur Hälfte geleert hatte. »Es tut mir einfach so leid. Alles. Ich wollte dich aus dem Spiel heraushalten, habe alles versucht, um dich aus der Schusslinie zu bringen.«

Ivys Blick verlor sich im Sog des immer schneller kreisenden Milchkaffees, während er weiterredete.

»Es war ein riesengroßer Fehler. Ich hätte mir denken können –

nein, ich hätte wissen müssen, dass die Spielleitung in diesem Jahr anders ist.«

Ivy schaute auf. Heath' Augen waren gerötet und ihr Herz schlug schneller.

»Ich wurde erpresst«, flüsterte er.

Sie nickte. »Penelope hat es mir erzählt.« Bilder von Heath und Pen drängten sich in ihren Verstand und sie schluckte.

»Ich wollte aussteigen, weil ich nicht mit ansehen konnte, wie du dich … Vince zuwendest und immer weiter von mir entfernst. Doch als die Spielleitung davon erfuhr, hat sie gedroht, mit Zach dasselbe durchzuziehen wie mit mir.«

Ivy schnappte nach Luft. »Die Spielleitung hat damit gedroht, Zach verführen zu lassen, um ihn erpressbar zu machen?« Ihre Abscheu musste sich auf ihrem Gesicht widerspiegeln, denn Heath zuckte kurz zurück, bevor er ihre Worte bestätigte.

»Das muss aufhören. Ihr – wir – müssen mit irgendeinem Erwachsenen sprechen. Wenn wir gemeinsam dagegen vorgehen …«

»So läuft das nicht, Ivy. Es stecken so viele Erwachsene mit drin, gegen die es ebenfalls genügend Druckmittel gibt. Woher willst du wissen, wem du trauen kannst oder wer erpressbar ist?«

»Was ist mit dem Vertrauenslehrer? Mr Cannon?«

»Eine ganz schlechte Idee«, sagte Heath schnell. »Bei ihm hat es im letzten Jahr schon eine Schülerin versucht.«

Ein nervöses Kribbeln erfasste Ivy und sie bat Heath mit einer Handbewegung, weiterzuerzählen, wobei sie fast ihren Kaffee umstieß.

»Mr Cannon hat gegenüber der Schulleitung behauptet, sie hätte ihm ein unmoralisches Angebot gemacht. Sie wurde daraufhin wegen ungebührlichen Verhaltens von der Schule geworfen.«

Die Erkenntnis traf Ivy wie ein Blitz. »Iljana?«

Heath sah sie einen Moment lang an, dann nickte er.

»Ich dachte, sie wurde wegen dir …« Ivys Gedanken wirbelten schneller, als sie sie aussprechen konnte. »So hat sie es mir erzählt und ich bin davon ausgegangen, dass sie dich deshalb nicht leiden kann.«

»Ich hatte nichts damit zu tun. Es gab bei der Fotosache einen Hinterhalt, ja, aber am Rauswurf ist sie selbst schuld. Niemand geht zu den Lehrern! Auch keine Romanov. Nicht einmal ihre Eltern konnten sie vor den Konsequenzen schützen.« Heath knirschte mit den Zähnen und hob dann seine Tasse an die Lippen.

Auch Ivy nahm einen Schluck, während sie ihre Gedanken sortierte. »Das heißt aber, er weiß etwas, oder?«, überlegte sie laut.

»Ich habe keine Ahnung. Vielleicht schützt er die Schule, seinen Job, was weiß ich. Iljana fand es jedenfalls nicht sehr lustig, dass sie mit ihren Vorwürfen allein dastand.«

Ivy empfand tiefes Mitleid für Iljana. Sie hatte gedacht, sie hätte Freunde – doch am Ende stand sie ganz alleine da.

»Was ist mit Alessandra?« Ivy deutete vage auf ihr Handy. Vielleicht kannte sie auch von ihr nur die halbe Wahrheit.

»Sie kümmert sich nur um ihre Karriere, seit sie die St. Mitchell verlassen hat.«

»Und könnte sie die Spielleiterin sein? Sie war gestern definitiv am Strand. Vielleicht ist sie irgendwie hier eingebrochen und hat die Wand bemalt.«

»Über wen sprecht ihr?« Penelope betrat die Küche und ging auf direktem Weg zum Kaffeeautomaten. Kurze Zeit später setzte sie sich Ivy mit einer dampfenden Tasse gegenüber.

»Alessandra hat gestern Fotos von der Party gepostet«, erklärte Heath, während Penelope in ihren Kaffee seufzte. Sie sah aus wie eine kranke Version ihrer selbst. Sie war ungeschminkt, dunkle Ringe zeichneten sich unter ihren Augen ab, ihre Haare waren zu einem losen Dutt hochgesteckt.

»Sie hat doch überall ihre Spione«, winkte Penelope ab. »Oder glaubt ihr wirklich, dass sie auf all den Events ist, über die sie berichtet? Sie bezahlt Leute dafür!«

Darüber musste Ivy erst einmal nachdenken.

»Ich kann sie fragen«, bot Penelope an.

»Ja«, sagten Heath und Ivy wie aus einem Mund.

»Ich muss erst mal nach meinem Handy suchen. Ich denke, es liegt noch draußen.« Sie sah sich im Raum um, als könnte es auf mysteriöse Weise plötzlich in der Küche erscheinen. Ivy dachte an all die Screenshots, die Kelly ihr geschickt hatte – und wie logisch es für sie gewesen war, Penelope für die Spielleiterin zu halten, während Heath offensichtlich die ganze Zeit Daphne verdächtigt hatte. Dabei hatte Penelope nur so getan, weil das ihre Aufgabe war – und Daphne schützte einfach nur sich selbst und ihren Status.

»Wer ist es dann?«, fragte Ivy, erhielt aber nur ein Schulterzucken als Antwort.

»Als du gestern Abend erklärt hast, dass jemand die Clique auseinanderbringen will, hatte ich kurz Janice in Verdacht, wenn ich ehrlich bin«, sagte Penelope schließlich.

»Warum?«, fragte Ivy sofort. Janice war ihr zwar nicht gerade sympathisch, aber sie hatte auch nie etwas mit ihr zu tun gehabt. Warum sollte sie also ein Interesse daran haben, Ivy ins Spiel zu bringen und erpressbar zu machen? Sie nahm einen Schluck Kaffee.

»Sie und Kel haben einen regelrechten Zickenkrieg um die Anführerposition in der Clique veranstaltet.«

Ivy verschluckte sich und musste husten, ehe sie wieder sprechen konnte. »Kelly war Teil der Clique?«

»Wusstest du das nicht? Du hängst doch andauernd mit ihr rum? Iljana musste ständig irgendeinen Streit zwischen den beiden schlichten.« Penelope verdrehte die Augen.

»Iljana gehörte auch zu euch?« Ivy fragte sich, warum ihr weder Kelly noch Iljana etwas davon erzählt hatten. Und sie hatte die beiden für ihre besten Freundinnen gehalten ...

»Irgendwie schien Janice die Clique zusammengehalten zu haben, auch wenn sie sich ständig mit Kelly stritt. Nach ihrem Abschluss ist alles auseinandergebrochen. Kelly hat sich in ihr *Fashionista*-Leben gestürzt und uns verlassen, die beiden haben ihre Dauerrivalität online fortgesetzt. Im letzten Jahr ist Iljana von der Schule geflogen und Alessandra ist gegangen.« Penelope wirkte tatsächlich traurig darüber.

Ivy sah die rechte Treppe vor dem Schulgebäude vor sich. Wie voll sie zu jener Zeit gewesen sein muss. Sie ging alle Personen durch und suchte nach Motiven, nach Beweggründen. Ihr analytisches Denken und das Bedürfnis, Beweise zu finden, meldeten sich. Ehemalige Mitglieder einer Gruppe waren doch meistens die Hauptverdächtigen, oder? Iljana und Kelly hatten ihr verschwiegen, dass sie einst zur Clique gehörten. Aber hatte Ivy irgendwann direkt danach gefragt? Vielleicht waren sie nicht besonders erpicht darauf gewesen, ihr davon zu erzählen. Schließlich waren sie nicht im Guten auseinandergegangen. Ivy konnte das verstehen. Zu Janice konnte sie dagegen nicht viel sagen. Nicht nur Daphne hatte erwähnt, wie übel das It-Girl war, und Ivys Begegnung mit ihr war auch nicht gerade angenehm gewesen. Aber wenn sie dahintersteckte, musste sie die Spielleitung kennen und mit ihr zusammenarbeiten – denn sie war schon zu lange nicht mehr an der St. Mitchell. Und Alessandra? Die war einfach nur auf ihre Karriere fixiert, oder? Es würde ihr sicher einige Vorteile verschaffen, wenn sie die Spielleiterin wäre.

Penelope schreckte Ivy aus ihren Gedanken, als sie ihre leere Tasse auf den Tisch knallte. »Ich werde mich jetzt kurz frisch machen, mein Handy holen, Alessandra schreiben und danach weiterschlafen.«

»Du willst ernsthaft schlafen?« Ivy konnte es kaum glauben. »Gestern Abend ist jemand eingebrochen und hat eine Drohung hinterlassen! Wir sollten herausfinden, wer es war.«

Penelope stand auf und warf ihr einen Blick zu, als hätte Ivy den Verstand verloren. »Das ist nicht meine erste Drohung. Ist nichts Besonderes.«

Sie ging und ließ Ivy mit Heath allein. Ivy starrte in ihre leere Kaffeetasse und auch Heath sagte kein Wort.

Nach einer Weile räusperte er sich und Ivy zuckte zusammen. »Pen hat uns unterbrochen«, sagte er.

Ivy spürte sofort ein schweres Gewicht auf den Schultern, das sie fast erdrückte. Sie blickte zu ihm auf, sah in seine traurigen Augen.

»Ich war ein riesengroßer Idiot.« Er machte eine lange Pause. Ein flehender Unterton lag in seiner Stimme. »Ich liebe dich, Ivy. Ich habe alles versucht, mich von dir fernzuhalten und dich vor dem Spiel zu beschützen, aber es hat nicht funktioniert. Und jedes Mal, wenn ich versucht habe, die Anweisungen der Spielleitung zu missachten, habe ich alles nur schlimmer gemacht. Für dich.« Er griff nach ihrer Hand, die sich um die leere Tasse verkrampfte, und strich ihr sanft über den Handrücken.

Ivy schauderte, zog die Hand jedoch nicht zurück. Sie schloss die Lider, um das Brennen in ihren Augen erträglicher zu machen. Wie sehr hatte sie diese Worte, dieses Geständnis herbeigesehnt, hatte immer wieder versucht, seine Gefühle zu verstehen. Nun mischte sich die Euphorie über seine Liebeserklärung mit dem Schmerz, den er verursacht hatte.

Sie schüttelte langsam den Kopf. Das Brennen in ihren Augen wurde von den ersten Tränen weggeschwemmt, die ihre Sicht auf Heath verschwimmen ließen. Heath' Augen glänzten nun ebenfalls, was in Ivy einen Knoten löste. Er hatte sie schützen wollen und war nur deshalb auf die Spielchen eingegangen. Dabei hatte er die ganze Zeit dasselbe für sie empfunden wie im Sommer. Im Gegensatz zu Ivy. Sie hatte sich aus Wut und Enttäuschung – aber aus freien Stücken – auf Vince eingelassen. Ein widerlicher Geschmack breitete sich auf ihre Zunge aus.

Sie hatte Heath betrogen. Nein, das konnte nicht sein, sie waren in diesem Moment nicht zusammen gewesen, er hatte sie sitzen lassen. Und dennoch zog das schlechte Gewissen wie dichter Rauch durch ihre Gedanken und trübte alles ein – den Schmerz über sein Verhalten, aber auch die Euphorie über sein Geständnis. Was hatte sie nur getan?

Erst als sie seinen warmen Atem auf ihren Wangen spürte, den schwarzen Kaffee roch, den er kurz zuvor noch getrunken hatte, lösten sich all ihre konfusen Gedanken in Nichts auf. Ihr Herz schlug in wildem Stakkato, sämtliche Synapsen feuerten und schlugen absolut jeden Zweifel nieder.

»Ich liebe dich«, wiederholte er flüsternd und sie spürte jedes einzelne Wort als warmen Luftzug an ihren Lippen. »Und ich werde alles dafür tun, es wiedergutzumachen.«

Dann küsste er sie. Ein Kuss, der jeglichen Zweifel der letzten beiden Wochen auslöschte. Ein Kuss, der alles ausdrückte, was man nicht in Worte fassen konnte. Ein endloser Kuss voller Zuneigung, Begehren, Verzeihen und Schmerz. Zwischendurch schnappten sie nach Luft, nur um ihre Lippen direkt wieder zu vereinen.

»Ich liebe dich«, raunte er erneut. Die Verzweiflung in seiner Stimme ließ sie in die Realität zurückkehren, wo das schlechte Gewissen sie sofort wieder einholte.

»Ich … ich muss dir etwas erzählen«, sagte sie leise.

Heath tupfte ihr einen Kuss auf den Mund und schüttelte den Kopf. »Nein, nicht jetzt. Wir haben viel nachzuholen.« Seine Lippen drängten erneut gegen ihre und sie spürte, wie sie in einer Wolke tiefster Glückseligkeit davonschwebte. Sie wollte nicht wissen, was er in den vergangenen beiden Wochen getan hatte – ebenso wenig wie er. Sie beschloss, diese Zeit einfach zu vergessen. Sie sollte tief verschlossen und vergraben werden.

Der Tag nach dem Einbruch wurde zum wundervollsten Tag, den Ivy je erlebt hatte. Heath zog sie auf seinen Schoß und ließ nicht mehr von ihr ab.

Sie hörten auch nicht auf, sich zu küssen, als Pen sich etwas zu trinken aus dem Kühlschrank holte.

»Wurde ja auch langsam Zeit, Kinder!«, sagte sie lachend.

Heath lächelte an Ivys Lippen – sein schönstes Lächeln überhaupt. Endlich fühlte sich alles wieder richtig an. Selbst das Graffiti im Wohnzimmer, an dem sie auf dem Weg zum Strand Hand in Hand vorbeigingen, wirkte an Heath' Seite weit weniger bedrohlich. Jetzt hatte Ivy keine Angst mehr vor der kommenden letzten Spielwoche. Sie würden über alles reden, sie konnten es schaffen.

Der Nachmittag verging wie im Flug. Sie machten es sich auf dem Boot der Gardners bequem und Heath jagte jeden davon, der auch nur in ihre Nähe kam. Mehrmals betonte er, dass sie diesen Tag verdient hatten, und Ivy konnte ihm nur zustimmen. Sie lag an ihn geschmiegt in der Septembersonne und ließ sich vom Schaukeln des Bootes in einen Dämmerzustand wiegen.

Irgendwann würden sie wieder in die Realität zurückkehren und sich dem Spiel stellen müssen – der Suche nach der Person, die sie bedrohte. Aber dieser Tag gehörte nur ihnen. Sie holten sich Getränke aus dem

Minikühlschrank in der kleinen Kabine und fanden ein paar Snacks in den Schränken. Doch irgendwann knurrte Ivys Magen so laut, dass sie es nicht weiter ignorieren konnte.

»Vielleicht sollten wir langsam zurück«, sagte Heath und drückte Ivy einen sanften Kuss in die Halsbeuge. Sein Atem kitzelte auf ihrer Haut und ihre Mundwinkel hoben sich.

»Ich … liebe … dein … Lächeln.« Heath ließ jedem Wort einen Kuss folgen, bis er sich einen Weg zu ihrem Mund gebahnt hatte. In Ivys Magen stob wieder ein Schwarm Schmetterlinge auf.

»Ich liebe dich«, flüsterte sie, was seine Augen noch mehr zum Leuchten brachte.

Er griff nach ihrer Hand, zog sie in den Sitz und hielt ihren Blick gefangen. »Ich werde dich nie wieder verletzen und keine Geheimnisse mehr vor dir haben, das schwöre ich.« Seine Stimme klang beinahe feierlich und er legte ihre Hand auf seine Brust.

Ivy lächelte schwach, weil sich die Nacht mit Vince wie ein finsterer Schatten über die Offenheit legte, mit der Heath sie nun ansah. Schnell schmiegte sie sich an ihn, um zu vergessen.

KAPITEL 33
Ivory

Bei Sonnenuntergang verließen sie das Boot und tapsten über den Steg zurück zur Villa. Zum Abendessen setzten sie sich zu den anderen auf die Veranda und schnell machten wilde Verdächtigungen die Runde.

»Wir haben recherchiert, wer aktuell hier in der Gegend ist«, sagte Penelope und sah kurz zu Daphne, die mit einigem Abstand zu Vince und Bryan am Tisch saß. Daphne nickte, also fuhr Penelope fort. »Alessandra schließen wir aus – sie hat viel zu viel Angst, etwas in der Stadt zu verpassen.«

Das klang logisch, aber Ivy dachte noch einen Schritt weiter. »Was, wenn sie ihren ›Spion‹ auch damit beauftragt hat, uns die Botschaft zu hinterlassen?«

»Hm … Alessandra kennt den Code von früher«, führte Pen den Gedanken fort und wandte sich dann an Heath. »Mom und Dad sollten ihn unbedingt ändern.«

Heath nickte nur abwesend.

Auch Ivy war mit ihren eigenen Gedanken beschäftigt und hörte nur noch halb zu, wenn jemand mit neuen Verdächtigungen um sich warf. Stattdessen gingen ihr Kellys Worte durch den Kopf – wie überzeugt sie davon war, dass nur Penelope hinter der Spielleitung stecken konnte, die Screenshots, die als Beweis dienen sollten. Aber welchen Grund hätte Penelope, die Clique – oder das, was davon übrig war – zu zerstören? Ivy fiel keine Antwort dazu ein.

Es war spät geworden und die anderen wollten auf eine Party im Beach Club, der seinen Namen offensichtlich nicht zurecht trug. Ivy hatte eigentlich keine Lust, aber sie hörte aus den Gesprächen heraus, dass Heath viel am Wiedersehen alter Freunde lag, die heute erst in den Hamptons angekommen waren. Trotzdem wäre er bereitwillig mit ihr in der Villa geblieben und versicherte ihr immer wieder, dass sie ihm am wichtigsten war. Genau deshalb stimmte sie zu – vielleicht konnten sie dort noch etwas über die Spielleitung herausfinden.

Ivy ging in ihr Zimmer und warf einen Blick auf ihr Handy, das den ganzen Tag am Netzkabel gehangen hatte. Es waren etliche Nachrichten von Kelly auf der Startseite – und eine von der Spielleitung. Sie war am frühen Nachmittag eingegangen. Ihre Fingerspitzen wurden eiskalt, als sie die Nachricht öffnete.

> Herzlichen willkommen zu deiner letzten Aufgabe. Wähle aus:
>
> 1) Beichte Heath die Nacht mit Vince.
> 2) Verführe Zach. Drehe es so hin, dass es aussieht, als würde er dich dazu nötigen, und schick mir ein Beweisvideo.
> 3) Sende die folgenden Dokumente an die Presse.
>
> Solltest du weder Aufgabe 1 noch Aufgabe 2 bis nächsten Samstag erledigt haben, übernimmt die Spielleitung automatisch Aufgabe 3.

Die Kälte breitete sich von Ivys Fingerspitzen über ihre Hände und Arme im ganzen Körper aus, während sie die angehängten Dokumente überflog. Sie war froh, dass sie sich aufs Bett gesetzt hatte, sonst hätten ihre Knie nachgegeben und sie wäre gestürzt. Sie sah die eingescannte Kaufurkunde für ein Gebäude in der 6th Avenue. Ivy erkannte die Adresse von *Bookish Dreams* sofort. Das zweite Bild zeigte die Unterschrift ihres Vaters unter dem Kaufvertrag. Ivy wusste, dass er das Gebäude sehr günstig erworben hatte, aber der tatsächliche Preis lag noch weit unter ihren Erwartungen. Das anfänglich ungute Gefühl in ihrer Bauchgegend wurde zu einem heftigen Magenkrampf, als sie das dritte Dokument öffnete – ein von Hand verfasstes Schreiben ihres Vaters an den ehemaligen Besitzer. Sie hätte die Handschrift überall erkannt. Ivy schluckte die Magensäure hinunter.

Lieber Mikey,

um der guten alten Zeiten an der St. Mitchell willen bitte ich dich, mir das Geschäft in der 6th Avenue Ecke 41th West zu überschreiben. Mein Anwalt wird die Unterlagen vorbereiten.

Hochachtungsvoll
Jonathan Anderton

P.S.: Das beigelegte Foto dürfte dich an einen ganz speziellen Tag erinnern und dich motivieren.

Ivys Blick blieb am Namen Anderton hängen. Das war der Generalstaatsanwalt, dessen Frau ihr letzten Samstag bei *Bookish Dreams* über den Weg gelaufen war. Sie wagte es nicht, den Gedanken fortzuführen, der ihr nun in den Sinn kam. Daher sah sie sich das vierte Bild an, eine verschwommene alte Aufnahme von zwei nackten Personen mit einem undeutlichen Zeitstempel in der rechten unteren Ecke. Ivy glaubte, die Jahreszahl 1994 zu erkennen, war sich jedoch nicht sicher. Es sah aus, als wäre das Bild abfotografiert worden. Ivy wusste nicht, wer die beiden Personen waren, aber sie ging davon aus, dass es Ärger geben würde, wenn die Aufnahme öffentlich gemacht wurde.

Sie senkte das Handy und atmete tief durch. Unaussprechliche Gedanken keimten in ihrem Kopf und produzierten wilde Bilder. Auf einmal verstand sie, warum sie zu dem Spiel gedrängt worden war. Plötzlich ergab alles einen verqueren Sinn.

Sie musste auf der Stelle nach Hause und ihren Vater damit konfrontieren. Wenn Heath sie nicht begleitete, würde sie allein fahren.

Heath bestellte natürlich sofort eine Limousine und auf dem Weg zurück in die Stadt erzählte sie ihm, was sie durch die Spielleitung über ihren Vater herausgefunden hatte. Die anderen beiden Aufgaben erwähnte sie nicht, sie würden nur das fragile Konstrukt ihrer Beziehung zerstören. Sie wollte Heath nicht bestätigen, dass er zurecht eifersüchtig auf Vince gewesen war, wollte aber auch keinesfalls Zach das antun, was Heath die ganze Zeit zu verhindern versuchte. Sie schob die Aufgaben von sich und konzentrierte sich auf ihren Vater.

Gemeinsam kamen sie zu dem Schluss, dass es nicht ratsam oder förderlich wäre, wenn Heath bei einem so privaten Gespräch dabei war. Deshalb blieb er in der Limousine sitzen, als der Wagen vor der St. Paul hielt.

Er küsste Ivy noch ein letztes Mal und flüsterte ihr aufmunternde

Worte zu, aber das Rauschen in ihren Ohren war zu laut, um ihn wirklich zu verstehen.

Mit pochendem Herzen ging Ivy die Stufen zur Pastorenwohnung hinauf. Wie immer an einem späten Samstagabend fand sie ihren Dad im Wohnzimmer in ein Buch vertieft, eine Tasse Tee stand neben ihm. Ihre Mutter war glücklicherweise nicht zu Hause.

»Du bist schon zurück? Ich dachte, euer Schulausflug geht bis morgen?« Ihr Dad legte das Buch beiseite und lächelte Ivy an, während sie sich fragte, ob sie diesen Mann jemals gekannt hatte. Sein Gesicht verdüsterte sich, Sorgenfalten traten auf seine Stirn. »Ist alles in Ordnung mit dir? Setz dich zu mir und erzähl mir alles.«

Ivy presste die Lippen zusammen und schüttelte den Kopf.

»Du warst an der St. Mitchell«, sagte sie ganz leise, doch die Wirkung ihrer Worte glich einer lauten Explosion.

Ihr Vater schreckte augenblicklich zusammen. Er öffnete den Mund, aber ihm fehlten die Worte.

Ivy wartete ab, bis er seine Gefühle wieder unter Kontrolle hatte. »Und du heißt nicht Harris. Warum hast du mir nie etwas davon erzählt?«

Ihr Dad atmete mehrmals tief ein und aus und ließ sich dann nach hinten fallen. »Du solltest es nie erfahren. Ich war von Anfang an dagegen, dich auf diese Schule zu schicken.« Er rieb sich die Schläfen. Gegen Ivys Mom und ihre Begeisterung für das Stipendium an einer renommierten Privatschule hatte er keine Chance gehabt, obwohl er seine Bedenken geäußert hatte. »Ich hatte befürchtet, dass das Spiel noch immer läuft und du hineingezogen wirst. Nach unseren letzten … Begegnungen war es mir eigentlich schon klar.«

Ivy hielt es nicht mehr aus. »Du hättest mit mir reden sollen, es mir erklären müssen! Aber du hast mich ins eiskalte Wasser geworfen«, warf sie ihm mit schriller Stimme vor. »Und noch schlimmer ist, dass ich auf diese Weise erfahren musste, wie du tatsächlich an den Laden gekommen bist. Von wegen tolles Angebot!« In ihrem bitteren Tonfall vereinte sich die schmerzhafte Enttäuschung mit der Wut über das selbstgefällige Getue ihres Vaters, der bei ihren Worten erbleichte und plötzlich uralt wirkte.

»Wie hast du es erfahren?«, fragte er beinahe lautlos.

»Das spielt keine Rolle. Ich bin froh, die Wahrheit zu kennen. Es waren meine Großeltern, die ich auf dem Debütantenempfang kennengelernt habe, oder?« Sie betete, dass ihr Vater ihre wilden Hirngespinste dementierte, doch er nickte schwach.

»Weil sie und so viele andere dort waren, konnte ich dich nicht begleiten«, versuchte er ihr zu erklären.

Doch das war Ivy in diesem Moment egal. »Warum hast du nichts gesagt? Weiß Mom davon?« Sie bezweifelte, dass ihre aufrichtige Mutter bei einer so miesen Erpressung mitgemacht hätte, damit ihr Vater seinen Traum verwirklichen konnte.

»Nein. Ich habe damals geschworen, alles hinter mir zu lassen, nachdem ...« Ihr Vater fuhr sich verzweifelt durch die Haare. »Das Spiel ist damals immer mehr eskaliert. Jeder erpresste jeden. Es war ... Ich musste mit ansehen, wie aus dem Spiel ernst wurde.« Er schluckte, ehe er fortfahren konnte. »Ich habe dem ganzen Zirkus den Rücken gekehrt und einen neuen Namen angenommen. Ich habe den Kontakt zu allen abgebrochen, auch zu meinen Eltern, und behauptet, sie seien tot. Dann lernte ich deine Mutter kennen. Es war wie ein Wink des Schicksals, dass ich das Richtige getan hatte. Die Zeit mit ihr war wundervoll, und als du dann unser Leben bereichert hast, war ich der glücklichste Mensch der Welt.« Tränen schimmerten in seinen Augen und trafen Ivy mitten ins Herz. Ein dicker Kloß bildete sich in ihrem Hals.

»Dann kam die Vertretungsanfrage der Kirche. Ich wusste nicht, wie ich in der teuersten Stadt der Welt dafür sorgen sollte, meine Familie zu ernähren. Ich weiß, dass es falsch war, die letzten Beweisfotos auszunutzen, die ich damals schießen musste, aber ich sah keine andere Möglichkeit.« Er senkte den Blick und verschränkte die Hände auf seinem Schoß.

»Aber dieses Foto …«, flüsterte Ivy. »Nach so vielen Jahren kann man doch niemanden mehr mit Nacktbildern oder einer Affäre erpressen. Das ist über zwanzig Jahre her!«

»Es geht nicht um die Affäre, sondern darum, dass das Mädchen darauf nach dieser Nacht nicht mehr gesehen wurde. Das Foto trägt einen Zeitstempel. Mikey war der Letzte, der sie gesehen hat.« Er stieß einen langen Atemzug aus. »Ich schäme mich für das, was ich getan habe, nur um vor deiner Mutter gut dazustehen. Kaum habe ich nur an diese Stadt gedacht, bin ich wieder in die alten Muster verfallen. Ich bin ein schlechtes Vorbild.«

Ivy musste das alles erst einmal sacken lassen. Bisher war ihr Vater immer das perfekte Vorbild für sie gewesen.

»Ich habe mehrmals versucht, dir alles zu erklären, dich vorzuwarnen, aber ich … ich konnte es nicht.« Er nahm seine Lesebrille ab und rieb sich mit Daumen und Zeigefinger die Nasenwurzel. Nie zuvor hatte ihr Dad unerwachsener auf Ivy gewirkt. Was würde geschehen, wenn herauskam, wer er wirklich war? Würde ihn das für die anderen nicht ebenso erpressbar machen? Sie stellte ihre Frage laut.

»Ich weiß es nicht, Ivy. Ehrlich nicht. Wenn ich könnte, würde ich all das ungeschehen machen. Ich wollte das ganze Spiel einfach vergessen. Aber es verfolgt mich noch heute, wie du siehst. Zu unserer Zeit hat sich niemand getraut, dem Ganzen ein Ende zu bereiten.«

Ivy richtete sich auf. Vielleicht konnten sie und ihre Freunde das schaffen. »Wir wollen die aktuelle Spielleitung enttarnen und ihr das Handy wegnehmen.«

Ihr Vater runzelte die Stirn. Als Ivy ihm erklärte, wie heutzutage gespielt wurde, weiteten sich seine Augen und Ivy glaubte, sogar einen Funken Hoffnung darin zu sehen.

»Es ist alles auf einem Gerät gespeichert?«

Ivy nickte.

»Ich bin sicher nicht der einzige Ehemalige, der froh wäre, wenn die ganzen Daten vernichtet werden könnten.« Im nächsten Moment verlor sich der Glanz in seinen Augen wieder und er schüttelte vehement den Kopf. »Aber das ist zu gefährlich. Ich will, dass du dich da raushältst. Zieh einfach nur die Aufgaben durch, mach deinen Abschluss und vergiss die Zeit an der St. Mitchell. Wir werden irgendwann wieder nach Deutschland zurückkehren, weit weg von alldem.«

»Ist das dein Ernst? Soll ich etwa zulassen, dass der Kaufvertrag an die Öffentlichkeit geht? Jeder würde wissen, wer du bist!«

Ihre Worte schienen ihren Dad zu treffen, aber seine Miene blieb ausdruckslos. Weil es scheinbar nichts mehr zu sagen gab, verließ sie das Wohnzimmer und ging durch den Flur zur Tür. Sie war froh, dass Heath draußen in der Limousine auf sie wartete.

Ivy erzählte Heath alles. Sie mussten einen Schlachtplan schmieden. Er war der Einzige, dem sie wirklich vertraute. Ganz gleich, wer das Spielleiterhandy besaß – sie würden die Person finden und zur Verantwortung ziehen. Mit allen Konsequenzen.

Die Limousine fuhr die beiden zur Stadtvilla der Gardners, wo die Köchin ein echtes Candle-Light-Dinner vorbereitet hatte. Heath musste es organisiert haben, als Ivy mit ihrem Dad gesprochen hatte. Doch selbst die leise Klaviermusik, die aus unsichtbaren Boxen durch den Speisesaal schwebte, in dem sich Ivy fast verloren vorkam, schaffte es nicht, ihre Gedanken zu beruhigen. Unentwegt fragte sie Heath Löcher in den Bauch, der bereitwillig antwortete und sie in die düsteren Machenschaften der High Society einführte. Doch noch immer ergab es für Ivy keinen Sinn, warum sie in das Spiel hineingezogen worden war. Ihr Handy mit der letzten Wochenaufgabe brannte in der hinteren Tasche ihrer Jeans. Heath die Wahrheit über Vince zu erzählen war die einfachste der drei Aufgaben, aber Ivy hatte Angst vor seiner Reaktion.

Dafür war sie froh über sein Angebot, bei ihm zu übernachten. Sie wollte nicht nach Hause zurück, wo ihr Vater womöglich noch immer auf sie wartete – aber vor allem wollte sie nicht ihrer Mutter in die Augen sehen müssen. Ivy konnte sie einfach nicht belügen – doch morgen würde sich das nicht mehr vermeiden lassen.

Bis dahin genoss Ivy Heath' Nähe, seine Liebe, die sie wie ein Kokon umschloss, und die zärtlichen Küsse, die sie vor dem Einschlafen teilten.

KAPITEL 34
Ivory

Kurz vor Beginn des Gottesdienstes schlüpfte Ivy in die Bank direkt neben Iljana, die sie verwirrt ansah. Ivy würde am liebsten sofort mit ihr sprechen, mehr als ein kurzer Wortwechsel war jedoch nicht drin. Daher zerrte sie ihre Freundin nach dem Abschiedssegen mit sich nach draußen. Iljana entschuldigte sich höflich bei ihren Eltern, folgte ihr dann aber bereitwillig.

»Warum hast du mir nicht erzählt, dass du zur Clique gehört hast?«, kam Ivy gleich zur Sache, nachdem sie sich mit Iljana auf die Treppe vor der Pastorenwohnung gesetzt hatte.

»Du hast nie gefragt. Und bis vor Kurzem hast du auch nie Interesse an der Clique gezeigt«, erwiderte Iljana ehrlich, aber knapp wie immer.

»Und was ist mit dem wahren Grund für deinen Schulverweis?« Ivy verfluchte sich dafür, dass sie so fordernd klang wie Penelope.

Iljana wurde noch bleicher, als sie ohnehin schon war. Ein starker Kontrast zu den roten Locken, die ihr Gesicht einrahmten. »Woher weißt du davon? Das ist streng geheim. Mein Dad muss sehr, sehr viel Geld bezahlen, wenn jemand die Wahrheit erfährt. Oder es könnte noch schlimmer kommen.« Sie wirkte so verängstigt, dass Ivy beinahe zurückgerudert wäre. Doch sie riss sich zusammen.

»Warum wolltest du damals aussteigen?«

Iljana richtete ihr hübsches Gesicht auf die Straße. Ihr Kiefer schob sich nach vorn und ihre Nasenflügel bebten leicht, während der Wind mit ihren Locken spielte.

Ivy wollte schon nachhaken, da ergriff Iljana endlich das Wort. »Vor zwei Jahren ist das Spiel eskaliert«, begann sie. Das hatte Ivy auch schon von anderen gehört. »Danita hat sich umgebracht ... und alle haben so getan, als wäre nichts passiert, als würden sie den wahren Grund nicht kennen.« Danita musste das Mädchen sein, von dem Ivy ebenfalls schon gehört hatte. »Ich konnte mit diesem Wissen nicht weitermachen, doch die Drohungen der Spielleitung nahmen kein Ende. Sie wollte meinen Eltern ... etwas erzählen, das sie zerstören und von mir entfernen würde. Also habe ich Beweise gesammelt, dass Janice die Spielleiterin war, dass sie den Schülern Aufgaben gestellt hatte, die Danita in den Selbstmord getrieben haben.«

Ivy sah Iljana nur im Profil, erkannte aber genau, wie eine Träne über ihre Wange lief. Sie griff nach der Hand ihrer Freundin. »Was ist dann passiert?«, fragte sie mit sanfter Stimme, wie es ihre Mom immer tat.

»Ich bin damit zu Mr Cannon gegangen. Ich hatte immer das Gefühl, dass er seinen Job als Vertrauenslehrer wirklich ernst nimmt und den Schülern hilft. Ich dachte, dass er schon anderen beigestanden hat, die durch Aufgaben der Spielleitung in Schwierigkeiten geraten waren. Aber das war ein Trugschluss. Nachdem ich ihm die gesammelten Beweise geliefert hatte, wurde ich am nächsten Morgen zur DeLaCourt gerufen, die mir erklärte, welche Folgen sexuelle Annäherungsversuche gegenüber Lehrern haben. Er hat tatsächlich behauptet, dass ich ihn verführen wollte, um bessere Noten zu bekommen.« Iljana stieß ein heiseres Lachen aus, dann schluchzte sie leise. »Dabei wollte ich doch nur, dass Janice damit aufhört, Kellys Leben zu ruinieren, und dass die

Schule damit aufhört, der Presse Lügen zu erzählen, um den Tod von Kellys Schwester zu vertuschen.«

Ivy erstarrte. Sie nahm kaum noch etwas aus ihrer Umgebung wahr. »Das Mädchen, das sich umgebracht hat ... Danita ... war *Kellys Schwester*?«

Nun sah Iljana wieder zu ihr, sie wirkte regelrecht entsetzt. »Das wusstest du nicht?«

Ivy schüttelte langsam den Kopf. Sie dachte an die Bilder im Foyer der Montalvos und dass sie das Mädchen darauf für die junge Kelly gehalten hatte. Wie konnte Kel ihr das verschwiegen haben?

Ivy beantwortete sich die Frage selbst. Es musste zu schmerzhaft für sie sein. Ivys Mom war oft als Trauerberaterin unterwegs und hatte ihr von den verschiedenen Stufen der Trauer erzählt, die nicht selten verdrängt wurde. Dann war es schwer, zu den Hinterbliebenen durchzudringen und ihnen Hoffnung zu schenken. Kelly hatte sich nicht mit dem Verlust ihrer Schwester auseinandergesetzt, sondern war davor weggelaufen und hatte sich mehr und mehr in *Fashionistas* Leben gestürzt, war zu einer fiktiven Person geworden. Ansonsten hätte sie Ivy nicht so neutral vom Tod eines Mädchens vor zwei Jahren erzählen können. Ivy machte sich unendliche Vorwürfe, dass sie die wahren Umstände nicht erkannt oder hinterfragt hatte.

»Die Schule – oder die Ehemaligen – haben es irgendwie geschafft, sämtliche Andeutungen über einen Zusammenhang mit der St. Mitchell von der Presse fernzuhalten. Ich konnte nicht einfach zusehen und habe mein Möglichstes versucht ... aber wer die Presse in der Hand hat, kann jeden zum Schweigen bringen.«

»Womit hat man dich erpresst – oder besser gesagt deine Eltern?«

Iljana wollte gerade antworten, da rief jemand ihren Namen. Rasch stand sie auf, rieb sich kurz über die Wangen und winkte ihren Eltern zu. Iljanas Mutter hatte wieder einmal nur Todesblicke für Ivy übrig. Ivy durchzuckte ein Gedanke. Konnte es sein, dass ... Mikey ... vielleicht ein Kosename für Michail war?

War Ivys Vater mit dem Romanov-Erben zur Schule gegangen und hatte er tatsächlich Iljanas Vater um *Bookish Dreams* erpresst? Für die frühere Ivy aus einem Dorf in Süddeutschland klang das vollkommen absurd. Die neue Ivy jedoch fand ihre Schlussfolgerung logisch. Iljana wusste davon vermutlich nichts, sonst hätte sie sich nicht mit Ivy angefreundet – was ihren Eltern offensichtlich ein Dorn im Auge war. Oder sollte sie sich mit Ivy anfreunden, um sie auszuspionieren?

Ivy beugte sich nach vorn, legte ihre Ellbogen auf die Oberschenkel und rieb sich den Kopf. Sie wurde paranoid, vollkommen verrückt! Sie musste hier weg.

Sie zog ihre Jacke enger um sich und lief einfach los. Sie hatte kein Ziel, außer ihre Gedanken zu klären. Sie lief und lief, ignorierte das ständige Vibrieren ihres Handys und nahm ihre Umgebung erst wieder richtig wahr, als es merklich still um sie wurde. Der Verkehrslärm war nur noch weit entfernt, das Flattern von Flügeln war zu hören und Blätter rauschten im Wind. Sie war im Central Park gelandet, in der Nähe des kleinen Sees, an dem sie mit Heath immer gesessen hatte.

Sie war instinktiv an *ihren Platz* gekommen. Sie setzte sich auf eine Bank und zog ihr Handy aus der Tasche. Nach dieser schrecklichen Neuigkeit brauchte sie eine vertraute Stimme und war im Begriff, Heath anzurufen, drückte vorher jedoch mit zitternden Händen auf die Fotogalerie. Selfies von ihr und Heath ploppten auf und Ivy lächelte. Sie hatte es nicht übers Herz gebracht, sie zu löschen, und war nun sehr froh darüber. Sie klickte eines der Bilder an und scrollte durch die Galerie zurück bis zu den ersten Aufnahmen, auf denen Heath auch allein zu sehen war. Sie erkannte jetzt das Boot seines Vaters in Hampton

Bays, konnte den Pool und das zugehörige Poolhaus zuordnen, die auf einem anderen Bild den Hintergrund bildeten, während Heath breit in die Kamera grinste, als hätte man ihn um ein Lächeln gebeten. Er sah umwerfend aus. Sie kannte die Geschichte dazu, Heath hatte sie Ivy erzählt. Sie klickte auf das nächste Bild. Nun schaute er nicht mehr in die Kamera. Sein Blick war voller Sehnsucht in die Ferne gerichtet und er sah dabei besser aus als jedes Männermodel, das Ivy in den Sinn kam. Bryan hatte die Bilder gemacht. Er hatte sich angeschlichen und eine ganze Fotostrecke von seinem nichts ahnenden Kumpel geschossen, wie dieser verträumt auf die Bucht hinaussah.

Heath hatte Ivy auf ihren Wunsch hin die Bilder geschickt, die sie oft angeschaut hatte, während sie sich mehr und mehr in diesen verträumten, echten Heath verliebt hatte. In der Zwischenzeit war so viel geschehen – sie hatten sich weit voneinander entfernt und wieder zusammengefunden. Aber was würde passieren, wenn Heath die Wahrheit über Vince erfuhr? Würde es ihre Beziehung für immer zerstören? Ivy strich sanft über Heath' Lächeln und fuhr mit den Fingern weiter zu seinen funkelnden blauen Augen. Dabei zoomte sie das Bild versehentlich heran, bis Heath' Profil die Hälfte des Displays ausfüllte. Aber das war es nicht, was Ivy die Augen zusammenkneifen ließ, sondern die Personen weit im Hintergrund, hinter der halb zugeschobenen Tür des Poolhauses. Penelope, Daphne und Kelly, die augenscheinlich auf einen dunkelhaarigen Mann einredeten. Noch vor einem Tag wäre Ivy schockiert darüber gewesen, Kelly mit Penelope und Daphne in den Hamptons zu sehen. Wie schnell sich Dinge doch ändern konnten. Sie scrollte zum nächsten Bild und zoomte den Hintergrund näher. Wieder sah man den Mann nur verschwommen. Ivys Finger kribbelten, sie spürte, dass sie auf eine wichtige Spur gestoßen war – und doch schrak sie zusammen, als sich ihr Verdacht bestätigte.

X

»Deine Mutter hat eine wirklich beeindruckende Sammlung«, sagte er und seufzte beim Anblick der drei Werke aus Richters »Grauen Malereien«, die an der galeriegroßen weißen Wand des Poolhauses mit Spots in Szene gesetzt waren. Er hoffte, dass sie in der kalten Jahreszeit abgenommen und sicher verwahrt werden würden.

»Ich mag seine farbigen abstrakten Bilder lieber«, erklang eine süße Stimme direkt neben ihm.

Wenigstens eines der drei Mädchen war an Kunst interessiert. Die anderen beiden machten deutlich, dass ihnen jedes Cover der Vogue besser gefiel. Sie unterhielten sich ein paar Schritte entfernt über irgendwelche Popstars und ihre Affären, redeten über Mode, wo doch etwas so viel Beachtenswerteres direkt vor ihrer Nase lag. Er würde sie nie verstehen können. Aber er war dankbar für die Exkursion, die es ihm ermöglichte, diese anschauliche Privatsammlung zu genießen.

Das Mädchen neben ihm wirkte abgelenkt, während er von der Entstehung der Bilder erzählte. Sie war unruhig, ihr Blick glitt immer wieder zu den beiden anderen, die sich gerade ein Glas Wein eingossen. Er wollte ihnen keinen Vortrag halten, lehnte das Angebot, etwas mitzutrinken, jedoch ab. Lieber widmete er sich wieder den Gemälden an der Wand und ließ sie auf sich wirken.

Etwas traf ihn am Rücken, Feuchtigkeit drang durch sein Jackett und das Hemd bis auf die Haut. Erschrocken drehte er sich um und sah in schreckgeweitete dunkle Augen. Das Weiß darin bildete einen starken Kontrast zu ihrer dunklen Haut, die von goldenem Puder betont wurde. Sie sah aus wie ein Kunstwerk, ganz wie ihre Mutter.

»Es tut mir so leid«, stammelte sie regelrecht panisch.

Die andere verkniff sich ein Lachen, während die Tochter des Hauses ihre Unruhe abgelegt hatte und entschlossen näher trat.

»Sie müssen das ausziehen. Ich gebe es sofort den Angestellten zur Reinigung. Dann ist es bis zu unserer Rückfahrt wieder sauber.«

Er zögerte, sah dann in die flehenden Augen der exotischen Schönheit und nickte.

Keine zwei Minuten später reichte sie ihrer Freundin sein Hemd und Jackett, die damit das Poolhaus verließ. Als sich unter den dunklen Augen die vollen Lippen zu einem teuflischen Lächeln verzogen, realisierte er, dass er soeben den größten Fehler seines Lebens begangen hatte.

KAPITEL 35
Ivory

Fast eine Stunde vor Unterrichtsbeginn stand Ivy an der Seite des Schulgebäudes und spähte zur Eingangstreppe. So früh am Morgen war es noch recht kühl und sie trat leicht fröstelnd von einem Fuß auf den anderen. Heath, mit dem sie den Plan genau durchgesprochen hatte, wartete im Café um die Ecke. Aber Ivy wollte auf keinen Fall den richtigen Moment verpassen. Noch immer ignorierte sie die stetigen Anrufe ihrer Eltern. Sie würde sich später mit ihnen auseinandersetzen.

Endlich schritt jemand die Stufen zum Eingang hinauf und Ivy hörte das Klimpern von Schlüsseln. So schnell es ging, rannte sie die Stufen hinauf und stieß gegen die Tür, die sich gerade wieder schloss. Mr Cannon wandte sich erschrocken um. Als er Ivy sah, entspannte sich sein Gesicht jedoch wieder.

»Ach, du bist es, Ivy«, sagte er erleichtert.

»Mit wem haben Sie denn gerechnet?«, fragte sie freundlich, als wäre es witzig, dass er so etwas sagte.

Er kniff die Augen zusammen, sein Lächeln verblasste langsam. Ivy hatte richtig getippt. Er wusste etwas, war in irgendeiner Weise in das Spiel involviert.

»Wie kann ich dir denn um diese Zeit helfen?«, fragte er, während er den Flur entlang zu seinem Büro ging.

»Ich wollte ein paar Fotos mit Ihnen durchgehen. Hätten Sie Zeit für eine Beurteilung?« Ivy betrat nach ihm den gemütlich eingerichteten Raum. Hier gab es so viele Bücher in den Regalen, dass Ivy sich bei ihrem ersten Besuch an der Schule sofort wohlgefühlt hatte. Kurz vorher war sie mit ihrem Idol *@fashionista_k_montalvo* zusammengeprallt und hatte Kelly peinlich angestottert – ein scheußlicher erster Eindruck –, aber kaum hatte sie Mr Cannons Büro betreten und sich auf das abgewetzte uralte Ledersofa gesetzt, hatte sie sich etwas beruhigt.

»Normalerweise beginnt meine Sprechzeit erst mit Beginn des Unterrichts«, erklärte Mr Cannon, der seine Tasche auf den wuchtigen Schreibtisch stellte, seine Jacke auszog und über die Stuhllehne hängte.

»Ich weiß.« Ivy bemühte sich um eine verzweifelte Stimmlage, was ihr angesichts der Panik in ihrem Inneren nicht besonders schwerfiel.

Mr Cannon horchte auf. »Ist etwas … vorgefallen?« Er umrundete den Schreibtisch und setzte sich auf den kleinen Hocker in der Nähe der Couch. Er wirkte so freundlich, so … Ivy zögerte, ob sie ihm das wirklich antun konnte.

Er drängte sie nicht, sondern wartete, bis sie ihre Gedanken sortiert hatte. Sie atmete tief durch, zog ihr Handy aus der Tasche und öffnete die Bilder, die auf den Ausschnitt reduziert waren, auf den es ankam.

Mr Cannon sog scharf die Luft ein.

»Erzählen Sie mir, wer in diesem Jahr hinter der Spielleitung steckt.«

Mr Cannon fuhr sich durch die dunklen Locken und schüttelte den Kopf. »Das kann ich nicht.«

Ivy musterte ihn genau. Der Glanz in seinen Augen erlosch. Er resignierte, was gefährlich war. Sie wollte Antworten und er hatte sie, sie musste sie nur aus ihm herauslocken.

»Ich will Sie nicht erpressen. Ich will, dass es aufhört. Deshalb muss ich wissen, was nach diesem Tag passiert ist.«

Mr Cannon rang mit sich, das war deutlich zu erkennen. Er wand sich unter Ivys aufmerksamen Blick, gab sich dann jedoch mit einem Seufzen geschlagen und sackte in sich zusammen.

»Ich hätte mich nie auf diese Exkursion in die Hamptons einlassen sollen.« Er rieb sich über das Gesicht und wirkte mit einem Mal entsetzlich alt. »Es war ein abgekartetes Spiel. Die Mädchen haben mich mit den Fotos erpresst und gedroht, damit zu Mrs DeLaCourt zu gehen. Deine Aufnahmen sehe ich heute zum ersten Mal. Die Originalbilder waren eine perfekte Inszenierung. Daphne hatte einen Drink über mich geschüttet und war ganz verzweifelt darum bemüht, es wieder in Ordnung zu bringen. Ich war völlig überrumpelt. Kaum, dass Kelly verschwunden war, stolperte Daphne und instinktiv fing ich sie auf. Eine minderjährige Schülerin in den Armen ihres oberkörperfreien Lehrers …« Mr Cannon ballte die Fäuste, als würde er am liebsten auf irgendetwas einschlagen.

»Und seither werden Sie erpresst?« Ivy musste es hören, doch ihr Lehrer nickte nur.

»Sie hatten mich in der Hand, meine Karriere stand auf dem Spiel. Zuerst waren es Kleinigkeiten, bei denen ich die Augen zugedrückt oder die ich nicht offiziell gemeldet habe, nachdem Schüler mir davon berichtet haben. Doch im letzten Jahr wurden daraus immer größere Gefälligkeiten. Ich machte mich mehr und mehr strafbar und wollte aussteigen. Doch es war zu spät. Meine Vergehen, die Hilfestellungen waren haarklein aufgelistet worden und mir wurde angedroht, alles zusammen mit den Fotos an meine Frau zu schicken.« Sein Blick war auf das Fenster gerichtet, das zum Innenhof führte.

»Wer erpresst Sie?«, fragte Ivy nun direkt.

Mr Cannon schüttelte den Kopf, ehe er sich im Raum umsah, als würde er nach etwas suchen. Dann stand er auf. Mit hängenden Schultern ging er zum Schreibtisch und zog einen Notizzettel hervor. »Ich kann es nicht sagen. Das würde mein Ende bedeuten.« Er notierte etwas, dann sah er Ivy zum ersten Mal in die Augen. »Du solltest jetzt gehen.«

Er deutete mit dem Kopf auf den Zettel und Ivy las zwei Worte.

Der Raum begann sich um sie herum zu drehen, als sich der schreckliche Verdacht bestätigte, den sie niemals hatte wahrhaben wollen.

KAPITEL 36
Heath

Die Warterei machte Heath wahnsinnig. Er hätte Ivy nicht allein zu Mr Cannon lassen dürfen. Als sie den Plan geschmiedet hatten, klang es so logisch, dass sie – das süße Mädchen aus Deutschland – den Lehrer mit den Bildern konfrontieren sollte. Sie könnte ihn viel besser zu einer Aussage überreden als Heath, dessen Schwester die Bilder monatelang für kleinere Erpressungen genutzt hatte. Doch als Ivy das Café verlassen hatte, war er immer nervöser geworden. Was, wenn Mr Cannon nicht der sanfte und gutmütige Typ war, für den ihn alle hielten? Was, wenn er Ivy etwas antun würde? Was hatte er denn noch zu verlieren?

Heath sprang auf, warf ein paar Geldscheine auf den Tisch und rannte aus dem Café in Richtung Schule. Ivy verließ gerade das Gebäude und stolperte beinahe die Treppe hinab. Heath stürzte zu ihr und fing sie auf.

»Es ist Kelly«, flüsterte sie ihm zu. »Wie kann sie es sein?«

Heath presste Ivy an sich, roch an ihrem Haar und war für einen winzigen Moment dankbar, dass sie ihm verziehen hatte, bevor er sich wieder auf ihr aktuelles Problem konzentrierte. »Hast du seine Aussage aufgenommen?«

Sie löste sich von ihm, schüttelte bedauernd den Kopf und zog sein Handy aus ihrer Jackentasche.

Er hörte sich die Sprachaufzeichnung an. »Woher weißt du es dann?«
»Mr Cannon hat mir einen Zettel hingehalten. Aber so haben wir keinen Beweis, um damit zu Mrs DeLaCourt zu gehen. Ich muss mit Kelly sprechen.« Sie schluckte hörbar.

Ein Teil von ihm war stolz darauf, dass sie trotz des hinterhältigen Verrats – der unglaublich schmerzhaft für sie sein musste – bereit war, ihre Freundin zur Rede zu stellen. Doch das konnte er nicht zulassen. Kelly hatte ihnen das Leben zur Hölle gemacht. Wenn Ivy sie damit konfrontierte, würde sie sich garantiert wie ein gejagtes Tier in der Falle fühlen und wild um sich schlagen. Nein, sie mussten sich einen neuen Plan ausdenken und gemeinsam gegen die Spielleiterin vorgehen. Entschlossen hob er das Handy und wählte Pens Nummer. Mit knappen Worten verlangte er, dass sie und die anderen sich sofort auf den Weg zur Schule machen sollten. Alles Weitere würde er ihnen vor Ort erklären.

Sie warteten auf der rechten Treppe und sahen zu, wie die ersten Limousinen grün gekleidete Kids auf den Gehsteig spuckten. Heath presste Ivy noch einmal fest an sich, ehe er sich gegen die kalte Backsteinmauer lehnte. Endlich kamen Pen und Zach an, wenig später tauchten auch Bryan, Daphne und Vince auf.

Heath instruierte die Clique sofort, Ivy heute keine Sekunde aus den Augen zu lassen. Er deutete an, dass sie etwas Neues herausgefunden hatten, worüber sie jedoch nicht in der Schule sprechen sollten. Pen zögerte, nickte dann aber. Sie vertraute ihm, auch wenn er ihnen nicht alles erzählt hatte.

Der Unterricht wurde für Heath zur Qual, die Stunden zogen sich in unmenschliche Länge. In der Mittagspause saß die Clique wortkarg an ihrem Tisch. Es wurden lediglich ein paar Blicke getauscht. Niemand sprach das Thema an, das alle beschäftigte, niemand fragte nach.

Nach Ende des Unterrichts fuhren alle in Bryans Limousine mit. Kaum hatte der Chauffeur die Tür hinter ihnen zugeschlagen, zog Heath Ivy zu sich und küsste sie.

»Hat sie dich angesprochen oder dir geschrieben?«, fragte er.

Ivy schüttelte den Kopf, warf aber noch einen Blick auf ihr Handy.

»Das ist nicht gut«, sagte er mehr zu sich selbst als zu ihr. Kelly schien etwas zu wissen und er machte sich ernsthafte Sorgen.

»Willst du uns endlich mal aufklären, was los ist und warum wir heute Bodyguard für deine Freundin spielen mussten?« Penelope klang genervt. Sie spielte wieder die klischeehafte Zicke, um ihre wahren Gefühle zu verbergen.

»Sobald wir bei Bryan sind«, versprach Heath.

Während der restlichen Fahrt hielt er Ivy fest im Arm. Sie war so still. Was wohl in ihr vorging? Er musste auf jeden Fall dafür sorgen, dass sie nicht unüberlegt handelte.

Wenig später saßen sie in Bryans Wohnzimmer. Alle starrten Heath und Ivy mit erwartungsvollen Gesichtern an. Zuerst spielte Heath die Aufnahme auf seinem Handy ab. Die anderen lauschten gebannt bis zum Ende.

»Du hättest ruhig etwas mehr Druck machen können«, sagte Daphne, woraufhin Vince ihr den Ellbogen in die Seite stieß. Doch Daphne war nicht bereit, sich zu entschuldigen. »Ist doch wahr! Jetzt wissen wir immer noch nicht, wer –«

Heath unterbrach ihr Maulen, mit einem kurzen Schlag auf den Tisch, der alle zusammenzucken ließ.

»Wir wissen, wer es ist. Mr Cannon hat den Namen auf einen Zettel geschrieben«, sagte Ivy mit fester Stimme und wartete, bis sie die ungeteilte Aufmerksamkeit hatte.

»Jetzt sag schon«, verlangte Pen ungeduldig.

Aber Ivy brauchte noch einen Moment. Es fiel ihr schon schwer genug, die Wahrheit überhaupt zu akzeptieren, und es war noch schwerer, sie auszusprechen.

»Es ist Kelly«, sagte sie schließlich leise und senkte sofort den Kopf. Heath drückte sie an sich.

»Dachte ich es mir doch.« Daphne stieß ein überhebliches Schnauben aus.

Pen verdrehte nur die Augen über ihre Freundin. »Sie war eine von über zwanzig Schülern, denen du die Spielleitung zugetraut hättest. Und das nicht einmal ernsthaft. Überlegt doch mal: Sie muss im letzten Jahr unglaublich aktiv gewesen sein, um die meisten Punkte zu sammeln. Das kann doch nicht stimmen!«

Daphne lehnte sich enttäuscht zurück. »Du hast recht. Sie kann es nicht sein. Sie hat sich nach Danitas Tod komplett aus allem rausgehalten.«

»Ich habe es zuerst auch nicht geglaubt«, gab Ivy nun zu. »Sie hat mir sogar erzählt, welche Aufgaben sie hatte.« Sie wiegte langsam den Kopf. Der Verrat machte ihr schwer zu schaffen und Heath wünschte sich nichts sehnlicher, als ihr den Schmerz zu nehmen. Er strich ihr sanft über den Rücken und sie entspannte sich ein wenig. »Aber das war alles nur Show. Sie war es, die Heath und mich auseinanderbringen wollte, die euch gegeneinander aufgehetzt hat.«

»Und du glaubst, sie war im Landhaus?« Wenn Pen weiter so grübelte, würde sie bald den Beautydoc ihrer Mom besuchen müssen. »Sie kennt zwar den Code, aber war sie an dem Abend nicht bei einer Modenschau?«

Ivy richtete sich auf. »Stimmt, ich habe ihre Story auch gesehen.« Sie hoffte scheinbar so sehr, dass Kelly nicht die Spielleiterin war, dass sie nach wirklich jedem Strohhalm griff.

Vince schnaubte. »Als ob das ein Problem wäre. Sie kann die Bilder von sonst wem haben – vielleicht sind sie nicht mal von dem Abend.«

»Verdammt, jetzt ist es zu spät, um nachzusehen«, fluchte Daphne. »Die Story ist jetzt natürlich nicht mehr abrufbar. Ich hätte die Models sicher erkannt oder meine Mom fragen können.«

»Uns bleibt nur noch, geschlossen zu Mr Cannon zu gehen und ihm unsere Unterstützung zuzusichern, wenn er uns hilft«, sprach Heath nun das aus, was sich Ivy und er am Morgen überlegt hatten. Sie hatten die Tonaufnahme von ihm, in der er zugab, wie sehr er in alles verwickelt ist. Ihnen fehlte nur eine direkte Anschuldigung. Das Spiel musste gestoppt werden, ehe Ivys Familie zerstört wurde – und Pens und Heath' Zukunft ruiniert war.

»Gleich morgen früh werden wir ihn abfangen«, fuhr Heath fort. Er blickte auffordernd in die Runde, bis alle nickten. Sogar Zach, der seltsam unbeteiligt wirkte. Aber bald war der Spuk vorbei und Zach könnte die restliche Schulzeit ohne diesen zusätzlichen Druck verbringen. In diesem Moment vibrierte sein Handy – doch es war nicht das einzige. Alle hatten eine Nachricht erhalten.

Ivy erstarrte. Zitternd fischte sie ihr Handy aus der Tasche. Mr Cannon hatte Kelly bestimmt erzählt, dass Ivy herumgeschnüffelt hatte. Deshalb erwartete Heath, das Kürzel der Spielleitung auf ihrem Display zu sehen. Stattdessen stand dort die zentrale Nummer der St. Mitchell, genau wie bei allen anderen. Heath las auf Ivys Bildschirm mit:

> Sehr geehrte Schülerinnen und Schüler, hiermit werden Sie gebeten, sich am morgigen Dienstag pünktlich zur ersten Stunde in der Aula einzufinden.
> Rosalynn DeLaCourt

Heath' Herz polterte wie nach einem Run über das gesamte Footballspielfeld.

»Ihr habt dieselbe Nachricht, oder?«, fragte Ivy. Ihre Stimme war fast nur ein Flüstern. »Was denkt ihr, könnte sie von uns wollen?«

»Diese miese Schlampe muss uns angeschwärzt haben.« Daphne war aufgesprungen und ballte die Fäuste, wurde jedoch von Bryan und Vince zurück auf das Sofa gezogen.

»Worum es auch geht, da müssen wir wohl durch.« Heath versuchte, sich seine Sorge um Ivy nicht anmerken zu lassen. »Wir sind zu acht, wenn wir uns einig sind und zusammenhalten, kann Kelly uns nichts, ohne sich selbst zu outen.«

Die anderen stimmten zu.

Da niemand Lust hatte, nach Hause zu gehen, verteilten sie sich auf die Gästezimmer und verbrachten eine sehr unruhige Nacht bei Bryan – nur um am nächsten Morgen festzustellen, dass Mrs DeLaCourt die gesamte Schülerschaft der St. Mitchell in die Aula zitiert hatte.

Die Rektorin schritt zum Mikrofon am Stehpult und brachte alle mit einer lauten Rückkoppelung zum Stöhnen, bevor sie mit stockender Stimme zu sprechen begann.

»Liebe Schülerinnen und Schüler der St. Mitchell. Ich habe diese außerordentliche Versammlung aus einem traurigen Grund einberufen. Unser geschätzter Kollege Eli Cannon … ist gestern verstorben.«

Ivy keuchte neben Heath auf, während er nur einen Gedanken hatte: Das kann kein Zufall sein. Unvermittelt sah er Kelly mit einer Waffe vor sich, die auf Mr Cannon gerichtet war. Rasch verdrängte er das Bild aus seinem Kopf, um Mrs DeLaCourts Worten weiter folgen zu können.

»Mr Cannon wurde am Vorabend in einen tragischen Unfall verwickelt. Unsere Gedanken sind bei seiner Frau und seinem neugeborenen Sohn, für die wir eine Spendensammlung organisieren werden.«

Unfall! Was für eine geschickte Tarnung! Heath schnaubte verächtlich, was ihm die Aufmerksamkeit sämtlicher Mitschüler in Hörweite einbrachte, gefolgt von einem Zischen, ruhig zu sein.

»Für die Schülerinnen und Schüler unter Ihnen, die mit Mr Cannon in seiner Funktion als Vertrauenslehrer regelmäßige Gespräche geführt haben, sind externe Psychologen hier.« Sie deutete kurz zur Seite, wo fünf Männer und Frauen saßen und mitfühlend nickten. »Sie stehen Ihnen während der ganzen Woche in den Büros im Westflügel zur Verfügung. Zögern Sie nicht, sie aufzusuchen, um die mit Mr Cannon begonnenen Sitzungen fortzuführen oder über den Schock, den Schmerz und den Tod mit ihnen zu sprechen.«

Sie machte eine Pause und ließ ihre Worte wirken. Leises Gemurmel erhob sich. Nur die Reihe, in der die Clique saß, war von tödlicher Stille umgeben. Nicht nur Heath ahnte, dass es kein Unfall gewesen war. Das Spiel hatte ein weiteres Todesopfer gefordert. Sie mussten Kelly enttarnen.

»Morgen wird an unserer Schule eine Trauerfeier stattfinden, um von unserem geschätzten Kollegen und Lehrer Abschied zu nehmen. Bitte melden Sie sich für die Organisation.«

Heath sah sich in der Aula um. Zuerst meldete sich niemand, dann riss ausgerechnet Kelly den Arm nach oben. Heath hätte beinahe aufgelacht.

»Ms Montalvo!«, sagte Mrs DeLaCourt erfreut. »Ich wusste, dass ich auf Sie zählen kann. Wer Kelly unterstützen möchte, kann sich mit ihr in Verbindung setzen. Wir alle sind Ihnen sehr dankbar.«

Nach einem kurzen Nicken wollte sie vom Stehpult zurücktreten, da sprang Ivy auf und sicherte sich die Aufmerksamkeit der Versammelten. »Ich möchte Kelly helfen«, sagte sie so laut, dass auch Mrs DeLaCourt es hören konnte, die sofort lächelnd nickte.

»Durch Ihren familiären Hintergrund sind Sie Ms Montalvo sicher eine große Hilfe. Zögern Sie beide nicht, mich anzusprechen, sollten Sie noch irgendetwas benötigen.«

»Was zur Hölle tust du da?«, zischte Heath Ivy zu.

»Ich habe einen Plan. Er wird dir nicht gefallen, aber nur so haben wir eine Chance. Ich schreibe dir, sobald ich kann.« Sie drückte unauffällig seine Hand, löste sich dann von ihm und ging zu Kelly. Heath konnte nur noch zusehen, wie sie gemeinsam die Aula verließen.

Seine Gedanken drehten sich während der nächsten vierundzwanzig Stunden nur um Ivy. Er versuchte dauernd, sie zu erreichen, malte sich die schrecklichsten Szenarien aus, weshalb sie nach ihrer einzigen Nachricht nicht mehr reagierte, und stand am nächsten Tag schon lange vor der angesetzten Trauerfeier vor der Schule.

KAPITEL 37
Ivory

Ivy sah Heath erst am nächsten Tag wieder.

Es hatte sie wirklich sämtlichen Mut gekostet, die Chance zu nutzen und sich als Kellys Helferin bei der Organisation der Trauerfeier zu melden. Aber nur so hatte sie einen triftigen Grund, Kelly den ganzen Tag nicht von der Seite zu weichen. Sie hatte ihr weisgemacht, dass sie froh war, damit der Clique – und Heath – zu entkommen und mit einem heftigen Magenkneifen sogar vorgeschlagen, bei ihr zu übernachten, um die Gedenkkärtchen zu basteln. Wann immer sich das Gespräch zufällig auf die Clique oder auf Pen gerichtet hatte, war Ivy geschickt ausgewichen. Kelly war oft mit ihrem Handy beschäftigt gewesen, aber überwiegend, um auf ihrem Account von den tragischen Ereignissen zu berichten und *Fashionistas* Followern an ihrer falschen Trauer teilhaben zu lassen. Sie hatten sogar gemeinsam eine Auswahl an Büchern zum Thema Verlust herausgesucht. Aber Ivy war alles recht, was Kelly davon abhielt, weitere Mitschüler zu Aufgaben zu drängen. Deshalb hatte sie auch nur einmal die Gelegenheit genutzt und Heath eine hastig gesprochene Voicemail geschickt, während Kelly im Badezimmer gewesen war. Nun konnte Ivy nur hoffen, dass Heath wirklich alles tun würde, worum sie ihn gebeten hatte, ehe sie ihr Handy ausgeschaltet hatte.

Nach einem leckeren Frühstück, das Ivy fast wehmütig werden ließ, fuhren sie mit der Limousine der Montalvos zur Schule – wie früher, als Kelly noch ihre beste Freundin war, nicht ihre größte Feindin. Wie oft in den letzten vierundzwanzig Stunden hatte Ivy die Frage nach dem Warum zurückgedrängt? Sie konnte sich Kellys Beweggründe einfach nicht erklären. Warum hatte Kelly es auf sie abgesehen und sie gedrängt, am Spiel teilzunehmen? Sie hatte ihr nie etwas getan, sie hatten Spaß zusammen gehabt, sie hatten sich gemocht – zumindest ging es Ivy so.

Kelly drückte Ivys Hand, bevor sie aus der Limousine kletterte. Ivy lief bei dieser Berührung ein Schauer über den Rücken. Sie atmete tief durch, bevor sie ebenfalls aus dem Wagen stieg.

Wie die beiden Mädchen waren alle Schüler in Schwarz gekleidet. Während Kelly ein hochgeschlossenes Kleid trug, hatte sich Ivy einen schwarzen Hosenanzug von ihr geborgt. Sie hatte es vermieden, zu Hause vorbeizuschauen. Sämtliche Nachrichten und Anrufe ihres Vaters, die in immer kleineren Abständen eingingen, ignorierte sie. Auch die Eltern waren über den Tod des Vertrauenslehrers informiert worden – und vermutlich konnten sich einige den wahren Grund zusammenreimen. Da Ivy noch keine einzige Nachricht von ihrer Mom erhalten hatte, ging sie davon aus, dass ihr Vater sich eine gute Geschichte ausgedacht hatte, um seine Frau weiterhin zu belügen. Bald würde sich Ivy diesem Problem stellen müssen – doch zunächst galt es, Kelly zu überführen, ehe sie noch mehr Unheil anrichtete.

Mit dem ersten Gong zog die Schülermenge zur Aula, wo alle Lehrer und natürlich Mrs DeLaCourt an der Seite des Stehpults warteten. Das Bild von Mr Cannon, das Kelly per Kurier hierhergeschickt hatte, stand auf einer Staffelei aus dem Kunstraum, in dem Mr Cannon unterrichtet hatte. Ivy folgte Kelly zur ersten Reihe und pünktlich zur ersten Stunde begann Mrs DeLaCourt über unerwartete Verluste, den Tod und den hochgeschätzten Kollegen zu sprechen. Hinter ihr lief die von Kelly und Ivy erstellte Slideshow mit sämtlichen Bildern von Mr Cannon, die die Mädchen aufgetrieben hatten. Kelly war von Ivys Vorschlag sofort begeistert gewesen. Inszenierungen lagen ihr im Blut.

Nach ihrer Rede bat die Rektorin Kelly nach vorn und lobte sie für die Organisation der Trauerfeier. Auch Ivy wurde kurz erwähnt und erhielt einen höflichen Applaus. Danach nutzte Ivy rasch die Chance, ihr Handy aus der Tasche des Blazers zu ziehen und eine Nachricht zu verfassen.

> Wir haben dich durchschaut.
> Wir lassen uns nicht mehr erpressen.
> Händige uns das Spielleiterhandy aus oder wir gehen zur Schulleitung.

Mit einer kribbelnden Mischung aus Erwartung und Angst beobachtete Ivy, wie Kelly nach Verlassen der Bühne auf ihr Handy sah. Für einen kurzen Moment trafen sich ihre Blicke und Ivy zuckte innerlich zusammen. Die Ansprachen der einzelnen Lehrer drangen gar nicht mehr bis zu ihr durch.

> Du kannst mir nicht drohen.
> Ich halte alle Fäden in der Hand.
> Ich kann euch alle zerstören.
> Oder gefällt dir, was du auf dem folgenden Foto siehst?
> Sie haben dich belogen!

Ivy wurde übel, als sie das Foto sah. Sie wollte ihre Augen schließen, doch es gelang ihr nicht. Stattdessen starrte sie auf den Kuss zwischen Heath und Penelope. Es konnte keine alte Aufnahme sein, Ivy war dabei gewesen, als Pen das Kleid gekauft hatte, das sie auf dem Foto trug. Heath hatte geschworen, dass nichts zwischen ihm und Pen gelaufen war, seit sie ihn damals ausgetrickst hatte. Warum gab es dann ein Foto von ihm und ihr in einem Schlafzimmer? Pen hatte das Kleid nur einmal getragen – auf der Party am Tag des Kusses. War er nach ihrem Streit direkt zu ihr gerannt? Die Enttäuschung tat so entsetzlich weh, dass Ivy sich zusammenkrümmte. Am liebsten wäre sie hinausgestürzt und hätte sich den Schmerz von der Seele geschrien.

Sie hatten keine Chance gegen Kelly, wenn sie nicht ehrlich zueinander waren. Ivy hatte Heath noch immer nichts von der Nacht mit Vince erzählt. Wie ein Blitz fuhr sie hoch und suchte seinen Blick. Tränen der bitteren Enttäuschung schimmerten in seinen Augen. Er hatte also auch ein Bild von Kelly bekommen. Aber jetzt gab es keine Möglichkeit, mit ihm zu reden. Eine Aussprache konnte sie nur auf später verschieben. Falls es ein später geben würde.

Ivy sah sich nach Kelly um, die nicht an ihren Platz zurückgekehrt war. Wohin war sie verschwunden? Da bemerkte sie Vince, der sich am Laptop der Schule zu schaffen machte. Er war meistens für die Technik zuständig. Und dann entdeckte sie Penelope, die ihr mit ausdruckslosem Gesicht entgegenstarrte.

Hatte Heath ihre Nachricht von gestern nicht weitergegeben? Sie fühlte, wie sich ein tiefer Graben zwischen ihr und den anderen bildete. Sie musste sich wohl eingestehen, dass sie verloren hatte. Die Aula verschwamm vor ihren Augen, während sie hastig eine Nachricht an Heath tippte.

> Ich liebe dich.

Es kam keine Antwort. Ivy verbarg ihr Gesicht in den Händen und versuchte, ihre Selbstkontrolle wiederzufinden. Ihr war kalt und sie zitterte. Sie fühlte sich unendlich einsam. Hatte Kelly genau das beabsichtigt? Ivy wischte mit dem Ärmel des Blazers immer wieder über ihr Gesicht. Doch auch der Gedanke, Kellys Kleidung zu ruinierten, gab ihr keinerlei Genugtuung. Die Erkenntnis, verloren zu haben, saß einfach zu tief. Mit geschlossenen Augen versuchte sie, sich zu beruhigen und nachzudenken. Was war schiefgelaufen? Wie hatte sie sich Kelly gegenüber verraten?

Plötzlich spürte sie, wie sich die Stimmung im Saal veränderte, als wäre jemand im Ballkleid eingetreten. Ein Raunen ging durch die Menge, als sich die Biologielehrerin Mrs Welly gerade tränenreich von ihrem Kollegen verabschiedete, als wäre er ihr Ehemann gewesen.

Und dann ging es los. Handys summten, vibrierten, piepten, sangen – bis Mrs Welly erbost aufsah und über die Taktlosigkeit schimpfte. Doch niemand hörte ihr zu oder sah sie auch nur an – denn alle Blicke waren auf die weiße Wand im Hintergrund gerichtet, wo die Slideshow von Mr Cannon durch Bilder aus dem Nebenraum ersetzt worden war. Live-Bilder, wie Ivy vermutete.

Kelly saß mit ihrem Handy da und tippte, was das Zeug hielt. Unentwegt erklang ein weiteres Summen oder Piepen in der Aula. Ivy sah überall aufgebrachte und entschlossene Gesichter, bis sie bei traurigen dunkelblauen Augen hängen blieb. Trotz allem nickte Heath ihr zu. Er hatte ihre Nachricht erhalten und mit den anderen alles dafür getan, Ivys Vorschlag in die Tat umzusetzen. Sie sollten dafür sorgen, dass alle Spieler Kelly im selben Moment attackieren, sie herausfordern – dass ihre Reaktion auch live übertragen wurde, musste Vince' Idee gewesen sein.

Ivy hatte gewusst, dass Kelly zur Verteidigung nur die fiesesten Bilder und dunkelsten Geheimnisse verschicken würde. Aber jeder Preis war angemessen, wenn sie dadurch gestoppt werden konnte, ehe es vielleicht noch mehr Todesopfer gab. Es war schmerzhaft, aber wenigstens würden es alle überleben.

Penelope sprach gerade mit Mrs DeLaCourt, die einfach nur fassungslos zwischen Kelly auf der Leinwand und Pen hin- und hersah, während Pen ihr die ganze Zeit das Handy hinhielt. Dann stürmte die Rektorin davon und winkte im Vorbeigehen noch zwei Lehrer mit sich. Penelope fing Ivys Blick auf und reckte den Daumen in die Höhe, ehe sie sich wieder zur Leinwand drehte und wie alle anderen verfolgte, wie Mrs DeLaCourt in den Nebenraum stürmte und Kelly das Handy aus der Hand riss. Sofort schnappte Kelly wieder danach. Sie schien völlig durchzudrehen. Glücklicherweise kamen in diesem Moment der Coach und einer der Mathematiklehrer in den Raum und hielten Kelly fest.

Mrs DeLaCourt sah eine ganze Weile nicht vom Display auf. Ivy wurde unruhig. Vielleicht hatte die Clique doch nicht alle überzeugen können, sich gegen die Spielleitung zu stellen. Insbesondere den jüngeren Schülern stand nackte Panik ins Gesicht geschrieben. Eine Panik, die Ivy nachvollziehen konnte.

Die Teilnahme am Spiel bedeutete für jeden das Ende der Schulzeit an der St. Mitchell. Ivy konnte nur hoffen, dass sich Mrs DeLaCourt vom Gegenteil überzeugen ließ. Inzwischen telefonierte die Rektorin. Hoffentlich erfuhr sie, dass auch viele Ehemalige froh wären, wenn sie die Beweise und all die Geheimnisse ihrer Vergangenheit endlich begraben könnten.

Niemand durfte die Aula verlassen. Es vergingen knapp zwei Stunden, in denen Ivy allein dasaß und immer wieder von Schülergruppen aufgesucht wurde, die sich bei ihr bedankten und erleichtert wirkten.

Nur aus der Clique kam niemand zu ihr. Penelope, Daphne und die Jungs hatten sich in eine Ecke verzogen. Sie waren nicht ihre Freunde, sondern nur eine Zweckgemeinschaft gewesen. Diese Erkenntnis trübte Ivys Sicht auf die positive Stimmung um sie herum.

Die meisten Schüler telefonierten und informierten vielleicht ihre Eltern über die Geschehnisse. Auch Ivy überlegte, ob sie ihren Vater anrufen sollte, als sie von einer sanften Berührung an der Schulter aus ihren Gedanken gerissen wurde. Sofort machte sich eine tiefe Erleichterung in ihr breit, dass Heath ihr verziehen hatte. Doch als sie aufsah, blickte sie mitten in Penelopes Gesicht. Ivys Hoffnung erstarb.

»Wir haben es geschafft«, sagte Penelope und deutete zur Bühne. Mrs DeLaCourt ging gerade zum Laptop, der noch immer Bilder aus dem Nebenraume zeigte – wo Kelly von zwei Polizistinnen abgeführt wurde. Die Übertragung endete, Mrs DeLaCourt trat zum Mikrofon und tippte dagegen. Die Spannung in der Aula knisterte förmlich.

»Heute ist ein denkwürdiger Tag in der Geschichte der St. Mitchell. Seit Jahrzehnten haben meine Vorgänger und ich versucht, einem heimlichen Spiel ein Ende zu bereiten – ohne Erfolg. Ein Spiel, das bereits mehrere Todesopfer gefordert hat.« Sie stieß einen Atemzug aus, der laut durch die Aula hallte. »Ich habe mich mit dem Schulgremium und den Vertretungen darauf geeinigt, dass Ihnen allen«, sie beschrieb einen weiten Bogen mit der Hand, »Amnestie gewährt wird, sofern Sie in den nächsten Tagen eine Geheimhaltungserklärung unterzeichnen. Sie werden nicht der Schule verwiesen und sämtliche Daten werden umgehend von dem beschlagnahmten Mobiltelefon gelöscht. Niemand wird die verfänglichen Informationen je wieder gegen Sie benutzen können.«

Der Applaus war ohrenbetäubend. Wer hätte gedacht, dass so viele Jugendliche froh darüber waren, weiterhin zur Schule gehen zu dürfen. Ivy war so überwältigt, dass sie ebenfalls die Arme hochriss und jubelte.

Mrs DeLaCourt bat um Ruhe und fuhr fort: »Ihre Eltern werden über alles informiert und erhalten entsprechende Unterlagen, die sicherlich von ihren Anwälten eingesehen werden müssen.«

Natürlich! Ivy verdrehte die Augen. Hier wurde nichts unterzeichnet, was nicht von einem Anwalt abgesegnet war. Neben der tiefen Erleichterung kehrte ihr Sarkasmus zurück, ein deutliches Zeichen, dass ihre Panik endgültig verflogen war. Sie hatten es geschafft. Gemeinsam! Ivy hatte das Gefühl, zu schweben – bis ihr Name aus den Lautsprechern drang. Mit drei weiteren Schülern wurde sie aufgefordert, sich unverzüglich im Büro der Rektorin einzufinden.

Ivy kannte die anderen Schüler nicht persönlich, wusste aber von Kelly, dass sie auch ein Stipendium für die St. Mitchell hatten. Ihr rutschte das Herz in die Hose.

KAPITEL 38
Ivory

Ivy ging mit den anderen drei Stipendiaten die Flure entlang zum Büro der Rektorin. Wie konnten sich unbändiges Glück und das Gefühl, etwas Gutes getan und eine entscheidende Schlacht gewonnen zu haben, binnen einer Sekunde in Luft auflösen? Ivy hatte offensichtlich alle gerettet – nur nicht sich selbst.

Mrs DeLaCourts Sekretärin dirigierte Ivys Schicksalsgenossen auf die Wartebank und wies Ivy an, gleich ins Büro der Schulleiterin zu gehen.

Ivys Blazer fühlte sich an wie mit schwerem Blei gefüllt. Sie war kaum mehr in der Lage, aufrecht zu gehen. Als sie gegenüber von Mrs DeLaCourt Platz nahm, sackte sie regelrecht in sich zusammen.

Die Rektorin ließ sie nicht aus den Augen. »Ivory, Sie haben ein Stipendium für unsere Schule«, begann sie.

Ivy nickte.

»In welcher Verbindung stehen Sie zu Kelly Montalvo?«

Ivy runzelte die Stirn. Hatte Kelly etwa dafür gesorgt, dass sie in der Spielleitung mit drinhing? Ihr gesamtes Blut sammelte sich in ihrem Bauch, ihre Hände wurden eiskalt.

Mrs DeLaCourts Augen weiteten sich, ehe sie ihren Befehlston abstellte und etwas sanfter fortfuhr: »Sie brauchen sich keine Sorgen zu machen, Ivory. Ich möchte nur von Ihnen erfahren, wie Sie dazu gekommen sind, am Spiel teilzunehmen.«

»Penelope wurde dazu gezwungen, mich so lange zu erpressen, bis ich teilnehme«, gestand Ivy.

»Aber aus welchem Grund sollte Ms Montalvo ein Interesse an Ihrer Teilnahme gehabt haben?«

Das war die entscheidende Frage, die Ivy sich so oft gestellt hatte. Sie zuckte mit den Schultern, schließlich kannte sie die Antwort nicht.

»Ich habe erfahren, dass Sie Zeuge einer Auseinandersetzung zwischen Kelly Montalvo und Eli Cannon wurden.«

»Was? Nein!«, beteuerte Ivy.

Doch Mrs DeLaCourt nickte vehement. »Es war an dem Tag, als Sie sich an unserer Schule vorgestellt haben, Ivory.«

Ivy ging in Gedanken sofort zu ihrem ersten Tag zurück – und wie von selbst kamen die zahlreichen Bilder bei ihrem Zusammenstoß mit Kelly zum Stehen, die sehr aufgebracht gewirkt hatte. Ivy spulte die Erinnerung zurück, dachte an die lauten Stimmen, die sie nicht verstanden hatte, dann wieder an Kellys Reaktion auf ihren Zusammenprall und ihre Miene, als Ivy sie als *Fashionista* erkannt hatte. Hatte sich Kelly mit Mr Cannon gestritten, ehe sie den Flur hinuntergestürmt war?

»Sie erinnern sich?« Mrs DeLaCourt interpretierte Ivys Gesichtsausdruck genau richtig. »Ms Montalvo hat mir gestanden, dass sie sich daraufhin gezwungen sah, mehr über Sie herauszufinden.«

»Warum erzählen Sie mir das alles?« Ivy verstand nicht, worauf die Rektorin hinauswollte.

»Ich habe sämtliche Gesprächsverläufe auf dem Spielleiterhandy überflogen und einer ist mir sofort aufgefallen. Untypischerweise fand dieser Chat noch vor Beginn des Schuljahres statt, deshalb habe ich genauer nachgehakt.« Ihrem Gesicht nach zu urteilen, konnten die folgenden Worte nichts Gutes bedeuten, doch sosehr sich Ivy auch auf das Schlimmste gefasst machte, damit hatte sie nicht gerechnet.

»Als die Freundschaft zu Ihnen Ms Montalvo ihrem Ziel nicht näherbrachte, hat sie ihre Rolle als Spielleiterin ausgenutzt und Mr Gardner damit beauftragt, sich Ihnen anzunähern.«

Ivy hörte nicht mehr, was Mrs DeLaCourt noch erzählte. Das Rauschen in ihren Ohren wurde immer lauter, ihr Herz raste davon und drohte jeden Moment zu stolpern.

KAPITEL 39
Ivory

Ivy konnte nicht sagen, wie lange ihre Gedanken wild in ihrem Kopf herumschossen, sich wieder und wieder der Information annäherten und sie dennoch nicht akzeptierten. Das konnte nicht sein! Sie und Heath hatten sich zufällig an dem kleinen See getroffen. Niemand hatte gewusst, dass sie dort sein würde ...

Niemand außer Kelly, der sie ein Foto des glitzernden Wassers geschickt hatte, die daraufhin mit einem Bild vom Sonnenuntergang am Meer gekontert hatte. Nur wenig später war Heath aufgetaucht. Angeblich hatte er sich mit jemandem treffen wollen, der aber nicht gekommen war. Dann hatte er eine Nachricht erhalten – eine Absage, wie er Ivy gegenüber behauptet hatte – und ihre folgenden Treffen waren nicht mehr zufällig gewesen. Dass Ivy eine »Aufgabe« für Heath gewesen war, raubte ihr fast den Atem. Im Vergleich dazu waren die Bilder von ihm und Penelope ein Witz. Tränen brannten in ihren Augen, während sie sich dafür verfluchte, auf so eine Masche hereingefallen zu sein. Deshalb hatte Heath sie so anders behandelt als alle anderen. Er war dazu gezwungen gewesen! Sie hatte sich nicht in Heath verliebt, sondern in die Figur, die er für sie erschaffen hatte – eine Figur, die sonst keiner kannte. Wie konnte man nur so blind sein!

Mrs DeLaCourt bewegte den Mund, während sie den Schreibtisch aus schwerem Holz umrundete, aber Ivy konnte ihre Worte nicht erfassen. Die Schulleiterin ging vor ihr in die Hocke und tätschelte ihr die Hand, was Ivy zumindest ein Stück weit in das Büro zurückkehren ließ.

»Es tut mir leid, dass meine Aussage Sie verletzt hat. Aber ich musste Ihnen diese Information geben. Sie sollten Ihre guten Noten nicht für falsche Freunde riskieren. Ihr Stipendium ist an gutes Benehmen und gute schulische Leistungen geknüpft, vergessen Sie das nicht. Ich möchte nicht, dass Sie in ein paar Wochen wieder in diesem Büro sitzen und ich Ihnen verkünden muss, dass Sie Ihr Stipendium aufgrund schlechter Zensuren verloren haben und uns verlassen müssen.«

»Das heißt, ich darf weiter an der Schule bleiben?« Ivy klang wie ein heiserer Dampfkessel.

Mrs DeLaCourt lächelte. »Selbstverständlich. Bei uns werden Stipendiaten nicht anders behandelt als die übrigen Schüler. Natürlich werden auch Sie eine Geheimhaltungserklärung unterzeichnen müssen ...«

»Ja ... sicher«, stammelte Ivy. »Alles, was Sie wollen!« Das Gewicht auf Ivys Schultern wurde erträglicher. Wenigstens hatte sie nicht alles verloren. Dieser Gedanke hielt sie aufrecht, als sie das Büro verließ und die Sekretärin den nächsten Schüler zu Mrs DeLaCourt schickte.

Im Flur standen überall Grüppchen zusammen und tuschelten. Ihre Blicke folgten Ivy. Cassia trat zu ihr und bot ihr an, dass ihr Vater dafür sorgen könnte, ihr Stipendium zu sichern. Ivy war dankbar für das Angebot und Cassia freute sich ehrlich darüber, dass sie es nicht in Anspruch nehmen musste. Doch der Gedanke an Heath trübte ihre Freude über die Akzeptanz und Anteilnahme, die ihr nun offenbar entgegengebracht wurden. Sie hatte auch um ihn gekämpft, nicht nur für das Ende des Spiels. Sie liebte ihn viel mehr als Elias damals, es hatte sich so viel echter angefühlt, tiefer.

Ihr verräterisches Herz pochte lautstark, als sie Heath auf der rechten Treppe vor der Schule an der Wand lehnen sah. Er war allein. Und er lächelte das typische oberflächliche, distanzierte Upper East Side Lächeln, das für sie nicht zu dem Jungen gehörte, in den sie sich verliebt hatte. Doch diesen Heath gab es nicht, rief sie sich wieder ins Gedächtnis. Ivy wollte, dass er wusste, dass sie ihn durchschaut hatte.

»Ich habe von Kellys erster Aufgabe für dich erfahren«, sagte sie und bemühte sich, ihre Worte ruhig auszusprechen, um nicht die Aufmerksamkeit sämtlicher Schüler auf sich zu ziehen. Heath' Augen weiteten sich. Ivy hätte es fast nicht bemerkt, denn er schloss sofort die Lider und wiegte den Kopf leicht hin und her.

»Es hat als Aufgabe begonnen, Ivy«, bestätigte er leise. »Doch das, was sich daraus entwickelt hat, war echt. So echt, dass ich vor lauter Endorphinen im Blut nicht bemerkt habe, welche Spielchen *du* spielst.«

Als er die Augen wieder öffnete, glühten sie regelrecht. Er wirkte wütend und enttäuscht, als er ihr sein Handy reichte, auf dem ein Chatverlauf mit der Spielleitung geöffnet war. Ivys Blick fiel zuerst auf einen Screenshot ihres eigenen Chats mit der Spielleitung, den sie während des Gottesdienstes geführt hatte, und ihr wurde eiskalt.

> Wahrheit

Dann sag mir die Wahrheit: Was empfindest du für Heath Gardner?

> Er ist mir egal.

Bist du dir sicher?

> Ja

Das nächste Bild zeigte einen Screenshot ihrer letzten Aufgabe. Danach folgten Bilder von ihr und Vince nach dem Empfang und ein Video von ihr mit verschmiertem Lippenstift und zerzaustem Haar im Fahrstuhl – und von dem Gespräch mit Sasha. Auch sie hatte Ivy an Kelly verraten.

Ivy wagte es kaum, aufzusehen, und verlor endgültig den Kampf gegen das Brennen in den Augen. Sie hatte gewusst, dass sie mit einer Beichte alles zerstören würde. Alle drei Wahlaufgaben waren auf Zerstörung angelegt gewesen. Das war von Beginn an Kellys Plan gewesen, weil sie befürchtet hatte, dass Ivy sie enttarnen könnte. Sie muss geglaubt haben, dass Heath andere Dinge über Ivy in Erfahrung bringen könnte als sie selbst. Als Heath sich dann geweigert hatte, länger mitzuspielen, war sie zu grausameren Plänen übergegangen. Kelly hatte Ivy zerstören wollen – ihre Beziehung zu Heath und ihre Familie gleich mit. Ivy hatte so sehr gehofft, beides retten zu können. Doch bei ihr und Heath gab es nichts zu retten, weil seine Liebe offenbar nie wirklich existiert hatte.

»Glückwunsch«, stieß Heath hervor. »Du hast es geschafft, dass ich endlich eingesehen habe, wie recht Bryan hatte. Er hat mich immer damit aufgezogen, dass ich mich wie ein verliebter Idiot benommen habe. Ich habe mich wirklich in dich verliebt, Ivy, ganz gleich, wie es begonnen hat.« Er stieß sich von der Wand ab und ging zwei Stufen nach unten, bevor er sich noch einmal umdrehte. Jegliche Gefühle waren aus seinem Gesicht verschwunden. Seine Maske schien nun undurchdringlich. »Mein Fehler. Wird nie wieder vorkommen.«

Ivy rannen Tränen über die Wangen und sie streckte die Hand aus. Konnte sie sich so in ihm und seinen Gefühlen geirrt haben? Waren sie beide so sehr von Kelly manipuliert worden, dass sie einander nicht mehr vertrauten? Ein Teil von ihr wollte ihn in den Arm nehmen und so lange festhalten, bis er ihr glaubte. »Es war nicht so, wie du denkst. Wir waren beide so sehr verletzt, dass ...«

Doch Heath hörte ihr nicht weiter zu. Seine Aufmerksamkeit richtete sich auf etwas hinter ihr und in der nächsten Sekunde sprang er an ihr vorbei. Es folgte ein dumpfer Schlag, der Ivy zusammenzucken ließ. Als sie sich umdrehte, stand Vince mit blutender Unterlippe neben Heath. Sie schrie auf, wollte dazwischengehen, doch Vince' ausgestreckter Arm hielt sie davon ab. Für die fehlende Deckung fing er sich den nächsten Schlag ein. Weil er sich auch danach nicht wehrte, stieß Heath ihn von sich, sodass Vince gegen die Eingangstür prallte.

KAPITEL 40
Heath

Heath hatte schon sehr lange nicht mehr die Kontrolle verloren. Sein regelmäßiges Training mit Nathan hatte ihm dabei geholfen. Doch so viele Gefühle auf einmal konnte er nicht ertragen. Ihm war bewusst gewesen, dass Kelly alles geben und mit wilden Beschuldigungen um sich werfen würde, um sich zu schützen. Aber er hatte nicht damit gerechnet, dass Ivy sich tatsächlich auf Vince einlassen würde. Es tat so entsetzlich weh. Weil er ein Idiot war, ein liebeskranker, blinder Idiot, wie Bryan ihn genannt hatte. Jetzt teilten sie eine weitere Erfahrung, die mieser war als alle anderen: Ihre Freundinnen hatten eine Affäre mit Vince, der noch immer versuchte, alles schönzureden. Er war genau der Typ aus reichem Hause, der mit Frauen spielte, nur weil sein Status es zuließ, was Heath zutiefst verabscheute. Er hätte nur nie gedacht, dass ausgerechnet Ivy darauf anspringen würde.

Schwer atmend stand er kurz davor, noch einmal auf Vince einzuschlagen.

»Es stimmt, was Ivy sagt. Keiner von uns hatte es geplant«, sagte Vince und wischte sich mit dem Handrücken das Blut vom Kinn. »Ich weiß, du konntest mich nie leiden, doch in diesem Fall schwöre ich dir, dass es die Wahrheit ist.«

Heath' Lachen klang beängstigend. »In diesem Fall?«

Vince trug einen inneren Kampf aus, ehe er antwortete. »Du hast mir nie vertraut und du hattest recht damit.« Vince sah Ivy an, obwohl seine Worte an Heath gerichtet waren. »Niemand von euch kennt mich wirklich – abgesehen von Daphne.«

Heath stieß ein Knurren aus, doch Vince reagierte nicht darauf. Unbeirrt redete er weiter. »Sie hat mich damals dabei erwischt, wie ich die Alarmanlage der DeLaneys lahmgelegt habe.«

Heath runzelte die Stirn. Der Einbruch ins Landhaus der DeLaneys war der letzte in einer Serie von Diebstählen in Hampton Bays und den umliegenden Gemeinden gewesen. Augenblicklich betäubte Heath' Neugier seine Wut und er forderte Vince mit einer Geste auf, weiterzuerzählen.

»Wir haben einen Deal gemacht. Daphne suchte nach einer Möglichkeit, Bryan von den Drogen loszubekommen, indem sie ihn eifersüchtig macht. Sie hat mir angeboten, mich mit nach Manhattan zu nehmen und mein Schulgeld und die Wohnung zu bezahlen, wenn ich ihr helfe.« Er strich sich die blonden Haare aus dem Gesicht.

Seine Worte sickerten nur langsam in Heath' Bewusstsein.

»Du gehörst gar nicht zu ihnen?«, fragte Ivy und sah Vince an, als wäre er soeben vom Himmel gefallen.

Er schüttelte nur den Kopf, wodurch einzelne Strähnen wieder in sein Gesicht fielen. »Deshalb kann ich auch keine Partys in den Hamptons besuchen. Jemand könnte mich erkennen. Mein Dad ...«, er rang kurz mit sich, »mein Dad hat einen kleinen Hausmeisterservice. Als mein kleiner Bruder Jimmy im Gefängnis gelandet ist, hatten wir keine Möglichkeit, die Kaution aufzubringen, außer ...«

»Mit den Diebstählen«, beendete Heath den Satz. Für einen winzigen Augenblick konnte er nachempfinden, was Vince gerade durchlebte. Auch Heath hätte alles dafür getan – *hatte* alles dafür getan, um Zach zu beschützen.

»Ich Idiot habe mich von alldem hier täuschen lassen, habe mich verändert – und in Daphne verliebt. Deshalb habe ich alles gemacht, worum sie mich gebeten hat.«

Ivy legte mitfühlend die Hand auf Vince' Unterarm, während Heath nur ein abfälliges Lachen für ihn übrig hatte. Die beiden so nah zusammen zu sehen, ließ seine Wut und Enttäuschung wieder hochkochen. Er wandte sich ab und rannte die Treppe hinunter. Er wollte nur weg von hier. Weg von Ivy.

Sie hatte es für ihn getan. Für ihre Familie. Und doch hatte sie nun Angst, ihm gegenüberzutreten. Es hatte eine Weile gedauert, bis ihr Anwalt ihn erreicht hatte, und ihr wurde gesagt, er hätte den ersten Flieger nach Hause genommen. Er war bestimmt sauer, dass sie die Eröffnungsfeier seiner neuen Filiale gesprengt hatte. Sie hatte ihn nie enttäuschen wollen. Doch mit einem Lächeln von ihr würde er ihr verzeihen. Wie immer. Sie war doch sein kleines Mädchen, die Einzige, die ihm geblieben war. Die Einzige, die für einen verdienten Abschluss sorgte.

Sie starrte an die kahlen Wände des Verhörraumes, betrachtete sich in der Spiegelwand, die sie immer für ein Klischee aus dem Fernsehen gehalten hatte. Sie vermisste ihr Handy. Man hatte es ihr weggenommen und nun wusste sie nicht, wie sie die Wartezeit überbrücken sollte. Nervös zupfte sie an ihren Fingern herum. Die Nagelhaut war schon ganz zerfetzt. Wenn ihr Dad sie hier herausgeholt hatte, würde sie gleich einen Termin im Nagelstudio vereinbaren müssen, sonst wären alle Fotos, auf denen ihre Hände zu sehen waren, unbrauchbar. Der unbequeme Plastikstuhl knarzte, als sie sich bewegte. Es roch seltsam. Nach billigem Putzmittel und ... Angst.

Die Tür wurde geöffnet und ihr Vater trat ein. Sie hoffte auf ein Lächeln, auf ein Lob, doch er setzte sich nur wortlos ihr gegenüber. Pure

Enttäuschung schlug ihr entgegen. Sie entschuldigte sich sofort dafür, dass er die Eröffnung der Filiale in Chicago verpassen würde.

Endlich lachte er, aber es war nicht echt. »Dafür entschuldigst du dich?«

Sie nickte und schenkte ihm ihren vielfach geübten Augenaufschlag.

»Was du getan hast ...« Er fuhr sich durch die Haare, als könnte er damit seine Gedanken aus dem Kopf ziehen. »Du trägst die Schuld am Tod eines Lehrers!«

»Nein!«, sagte sie schnell. »Ich habe ihm nichts getan.« Es war die Wahrheit. Das konnte er ihr nicht vorwerfen. Beim Wort »Tod« musste sie unwillkürlich an Danita denken. Sie hatte Angst, dass er dahintergekommen war, wer wirklich schuld an ihrem Tod war. Sie hätte Danita beschützen, sie vom Spiel fernhalten müssen. Doch ihre Schwester war neugierig gewesen – und klug. Natürlich hatte Danita mitbekommen, weshalb sich ihre Mom und ihr Dad ständig stritten, was zwischen ihrem Dad und ihrer *Freundin* gelaufen war. Sie machte sich Vorwürfe, nicht mit Danita gesprochen zu haben, nicht zugehört zu haben. Sonst hätte sie gewusst, dass Danita ebenfalls Aufgaben gestellt worden waren, die an Hinterhältigkeit nicht zu überbieten waren – die Danita fertiggemacht hatten, bis sie sich das Leben genommen hatte. Aber am Tod ihres Lehrers trug sie keine Schuld, was ihr Vater jedoch anders sah.

»Die Anwälte haben mich darüber informiert, dass du ihn erpresst hast – seit über einem Jahr! Dass du mit seiner Hilfe schlimme Nachrichten an andere Schüler verschickt hast. Am Tag seines Todes hast du ihn etliche Male angerufen. Die Ermittler wissen nicht, was du ihm gesagt hast, aber sie gehen davon aus, dass er seine Sorgen daraufhin im Alkohol ertränkt hat. Direkt nach deinem letzten Anruf muss er das Haus verlassen haben und wurde unweit seiner Wohnung von einem Fahrzeug erfasst.«

»Ich habe nichts damit zu tun. Warum glaubst du mir nicht?« Sie zuckte mit den Schultern und ihr Vater sah sie fassungslos an.

»Ich erhalte ununterbrochen Anrufe von Eltern und Anwälten – du hast das Spiel zu weit getrieben und alle Teilnehmer bedroht.«

Nun wurde sie wütend. »Du hast unser Leben zerstört!«, platzte es aus ihr heraus und ihr Vater wich zurück wie von einem Schlag getroffen. »Du hast dich von Danitas Freundin verführen lassen und Mom das Herz gebrochen.« Plötzlich brachen alle Gefühle über sie herein, die sie seit zwei Jahren verzweifelt verdrängte. Sonst hätte sie nicht durchgehalten, Danitas Tod und die Trennung von ihrer Mutter nicht verkraftet.

»Ich kenne das Spiel noch aus meiner Zeit, aber ich habe nie irgendeine Grenze überschritten. Ich hatte mich nur für einen Moment von den Gefühlen berauschen lassen, begehrt zu werden. Die Trennung von deiner Mutter war schon davor beschlossene Sache. Der Vorfall beschleunigte alles nur.«

Sie sah ihn bestürzt an.

»Doch selbst wenn etwas gewesen wäre, hättest du all das nicht tun dürfen. Du hast sogar Ehemalige erpresst, Gefallen eingefordert, die du dir erst nach deinem Abschluss verdient hättest. Und ich muss nun dafür geradestehen.« Er stand auf, nickte in Richtung Spiegel und die Tür wurde geöffnet. Sie sah nicht ein einziges Lächeln von ihm, hörte kein einziges aufmunterndes Wort, dass er sie hier rausholen würde.

»Daddy!«, rief sie flehend. Ihre Nase lief, aus ihren Augen rannen Tränen.

Bevor er nach draußen trat, wandte er sich noch ein letztes Mal zu ihr um. Die tiefe Missachtung in seinem Gesicht traf sie ebenso wie seine Worte: »Ich brauche jetzt erst einmal etwas Abstand, um mich mit alldem auseinanderzusetzen. Unser Anwalt wird mich über alles auf dem Laufenden halten.«

KAPITEL 41
Ivory

Ivy saß in ihrem Zimmer auf ihrem Bett, der Boden war übersät mit zerknüllten Taschentüchern und die wahrscheinlich deprimierendste Playlist der Welt lief im Hintergrund. Sie hatte mehrere Bücher angelesen, wollte aus dieser Welt verschwinden, loslassen, doch ihre Gedanken hielten sie mit eisernem Griff gefangen.

Ihre Mom war vollkommen verzweifelt, weil Ivy nicht erzählen wollte, was los war oder warum sie so früh aus der Schule heimgekommen war und sich anschließend in ihrem Zimmer verbarrikadiert hatte. Jetzt griff sie scheinbar zu härteren Mitteln, denn Ivys Dad trat nach einem kurzen Anklopfen ein. Wortlos schnappte er sich den Schreibtischstuhl, schob ihn zum Bett und setzte sich darauf. Dann starrte er sie einfach nur an, bis sie tatsächlich glaubte, er könne in ihren Gedanken herumwühlen und dort die gesuchten Antworten finden.

»Du hast es geschafft«, sagte er schließlich. Seine Augen füllten sich mit Stolz. »Auch wenn du einen hohen Preis dafür bezahlt hast.«

Er wusste ja gar nicht, wie hoch. Ivy schluckte.

»Der Verrat einer Freundin ist bitterer als Gift. Es tut mir leid, dass du diese Erfahrung mit Kelly machen musstest. Ich habe mit ihrem Vater gesprochen. Sie wird die Konsequenzen ihres Handelns tragen müssen.«

Ivy stellte sich vor, wie einsam sich Kelly nun fühlen musste, und trotz allem tat sie ihr leid. Sie hatte ständig um die Aufmerksamkeit ihres Vaters gebuhlt, wollte ihn Stolz machen, auch wenn er so gut wie nie zu Hause war – vielleicht gerade deshalb. Sie atmete bebend ein und stieß die Luft ganz langsam wieder aus.

»Wenn du das Stipendium verloren hast, ist das kein Problem. Deine Großeltern ... Ich habe gestern mit meinen Eltern gesprochen, ihnen die wahren Gründe für meine Flucht damals erklärt. Nachdem deine Großmutter dich auf dem Debütantenempfang erkannt hatte, kam sie jeden Tag in den Laden und wollte endlich Antworten.«

Ivy dachte daran, wie sie Mrs Anderton – ihre Grandma! – zuletzt dort getroffen hatte. Es kam ihr vor, als wäre es Jahre her. Ein zartes Lächeln umspielte ihre Mundwinkel, als ihr klar wurde, dass sie doch noch Großeltern hatte. Der Schreibtischstuhl knarrte. Von Ivys Dad ging eine gewisse Unruhe aus. Sie schob die Gedanken an ihre Großeltern beiseite und wartete, bis ihr Vater weitersprach.

»Erst jetzt verstehe ich, dass ich ihr – ihnen beiden – das Herz gebrochen habe. Mit dem Alter wird man wohl klüger«, sagte er mehr zu sich selbst, als tauche er aus irgendeiner Erinnerung auf. »Ich habe auch mit Mikey telefoniert. Michail.«

Also hatte Ivy sich alles richtig zusammengereimt. Was bedeutete das für ihre Freundschaft mit Iljana? Mit der einzigen echten Freundin, die sie in New York hatte?

Ihr Vater senkte den Blick auf seine Hände, die er nervös auf seinem Schoß knetete. »Ich habe ihm erklärt, dass ich nach meiner Rückkehr in die Stadt keine andere Lösung sah, als ihn zu erpressen. Er weiß genau, wozu man bereit ist, um die eigene Familie zu schützen. Ich habe ihm die Bilder, die Originale, ausgehändigt. In den nächsten Tagen erhält er den ihm zustehenden Restbetrag des Kaufpreises. Damit ist der Vorfall vom Tisch und ich kann weiterhin *Bookish Dreams* betreiben.« Seine Augen leuchteten bei der Erwähnung der Buchhandlung kurz auf und Ivy hoffte inständig, dass sich tatsächlich alles geklärt hatte und nicht noch irgendwelche alten Rechnungen offen waren, die ihn irgendwann einholen würden.

Weil Ivy nicht reagierte, wurde ihr Dad misstrauisch. »Du bist aus einem anderen Grund so traurig«, stellte er fest und kratzte sich an der Schläfe. »Aber das Stipendium und deine Freundschaft zu Iljana ... ich dachte ... Was ist los, Liebes?«

Er rollte mit seinem Stuhl ganz nah ans Bett und tätschelte ihre Hand. Sofort brach Ivy wieder in Tränen aus. Sie schüttelte den Kopf. Sie konnte mit ihrem Dad nicht darüber sprechen. Über Heath, über die Nacht – die Nächte – mit Vince ... das waren keine Gesprächsthemen für Eltern, sondern für Freundinnen. Noch mehr Tränen liefen über ihre Wangen und ihr Dad räusperte sich, bis sie zu ihm aufsah. Er reichte ihr die Taschentücherbox, sie schniefte und wischte sich das Gesicht ab.

»Ich wollte dir das alles nur sagen, damit du weißt, dass alles gut werden wird, bevor ...«

Ivy zog die Brauen zusammen.

»Du kannst reinkommen«, rief er Richtung Flur.

Während sich Ivys Dad erhob, wurde die Tür langsam aufgeschoben und rote Locken kamen zum Vorschein, ehe Iljanas zartes Gesicht erschien.

»Ich lasse euch dann wohl mal besser allein«, sagte ihr Dad zum Abschied.

Ivy nickte dankbar. Irgendwann würde sie mit ihren Eltern reden. Jetzt brauchte sie ihre Freundin.

Iljana ging mit zögernden Schritten auf sie zu, etliche Fragen standen ihr ins Gesicht geschrieben und sie wirkte unglaublich distanziert. Ivys Magen zog sich zusammen. Hatte Iljana jetzt erst von der Erpressung erfahren? Und wie konnte man sich für so etwas entschuldigen? Ivy hatte nichts damit zu tun gehabt.

Iljana blieb einen Meter vor dem Bett stehen.

Ivy rutschte bis an die Kante und schwang die Beine auf den Boden. »Es tut mir leid, was mein Dad deinem Dad angetan hat. Ich weiß nicht, wie ich mich dafür entschuldigen soll oder ob es je wieder wie früher zwischen uns werden kann ... aber ich wünsche es mir so sehr.«

Iljanas Nase kräuselte sich – wie immer, wenn sie nachdachte. »Du denkst, deshalb bin ich ... Hat dir Kelly keine Nachricht über mich geschickt?« Sie stieß einen tiefen Atemzug aus.

»Was für eine Nachricht?«, fragte Ivy.

»Sie hat gedroht, meine Eltern in mein Geheimnis einzuweihen – und dich.« Sie gab ihre aufrechte Haltung auf und wirkte nicht mehr wie die starke Merida, sondern wie ein unglückliches kleines Mädchen. Ihre Augen schimmerten verdächtig.

Ivy stand auf und trat auf Iljana zu, die jedoch zurückwich. Ivys Mund wurde trocken. Sie malte sich die wildesten Dinge aus – gegen die Realität des Spiels war ihre Fantasie jedoch beinahe lächerlich langweilig.

»Iljana, welches Geheimnis? Womit wurdest du erpresst? Wovor hast du Angst? Das Spiel ist vorbei, niemand kann dir mehr ...«

Iljana schlug die Hände vor die Augen und schluchzte leise. Jetzt konnte sich Ivy nicht mehr zurückhalten. Mit einem großen Schritt war sie bei ihrer Freundin und zog sie in eine Umarmung. Zusammen stolperten sie zu dem kleinen Zweisitzer und setzten sich. Ivy behielt Iljanas Hand in ihrer und hoffte, sie damit etwas beruhigen zu können.

Iljana atmete mehrmals stockend ein, dann blickte sie zu Boden und begann zu erzählen. »Meine Eltern sind sehr konservativ«, flüsterte sie, was Ivy nicht dementieren konnte. Stocksteif würde sogar noch besser passen. Die Strenge, die sie bei ihrer Erziehung an den Tag legten, war Ivy sofort aufgefallen. »Sie gehören der German Church an, weil sie ihrer Meinung nach die alten Tugenden und Wertvorstellungen mehr vertreten als die neuen alternativen Kirchen hier.«

Ivy wusste nicht, was sie dazu sagen sollte, und nickte daher nur, auch wenn Iljana es nicht mitbekam.

»Sie haben mir von Anfang erklärt, wie das Spiel gespielt wird, wie ich mit den Erpressungen und Intrigen umgehen soll, haben mir aus allem herausgeholfen. Doch dann … dann hat die Spielleitung im letzten Jahr etwas über mich herausgefunden – oder sich besser gesagt zusammengereimt, was sie sich durch eine Aufgabe bestätigen ließ – und was ich meinen Eltern auf keinen Fall erzählen konnte.«

Ivy lief ein Schauer über den Rücken. Welches Geheimnis trug Iljana mit sich herum? Sie drückte ihre Hand, um sie zu ermutigen, weiterzusprechen. Die Hand war feucht und eiskalt. Endlich wandte sie sich ihr zu und zog aus ihrer kleinen Handtasche ihr Handy, das mit dem Romanov-Logo aus vermutlich echten Diamanten verziert war. Sie hob es sich vors Gesicht, aktivierte damit das Display und tippte kurz darauf. Dann reichte sie es Ivy, die sofort auf das Foto sah. Ein Kussbild von Iljana und Penelope.

»Das ist dein Geheimnis?« Ivy dachte an das Flaschendrehen und den Kuss mit Penelope.

Iljana schüttelte den Kopf. »Nein, das ist es nicht. Meinen Eltern gegenüber hätte ich diesen Kuss mit einer Aufgabe erklären können. Aber nicht, was ich dabei herausgefunden habe. Ich habe bereits einige Jungs geküsst, Ivy. Gut aussehende Jungs. Aber nach diesem Kuss habe ich festgestellt, dass ich viel lieber Mädchen küssen würde, dass ich

mich viel mehr zu ihnen hingezogen fühle. Nur Mädchen sorgen bei mir für Schmetterlinge im Bauch, wie es in Romanen beschrieben wird. Bei einem Jungen habe ich das noch nie gespürt.«
Endlich checkte Ivy, was Iljana ihr zu sagen versuchte. »Du hast Angst, dass deine Eltern ...«
Iljana nickte und zog dabei die Unterlippe zwischen die Zähne.
»Aber es ist nichts Falsches dabei, du kannst doch ... Man kann sich nicht aussuchen, in wen man sich verliebt.« Ivy wusste nicht, wie sie ihrer Freundin, die sich outete, die ihr so sehr vertraute, dass ihr ganz warm ums Herz wurde, sagen sollte, dass man sich verlieben konnte, in wen man wollte – dass absolut nichts Verwerfliches daran war. Es gab keinen Grund, dass sie sich damit erpressbar machen ließ. Jeder hatte dasselbe Recht auf sein Glück.

»Meine Eltern würden es nicht verstehen«, brachte Iljana mit einem Schniefen hervor.

Ivy zog Iljana an sich und drückte sie fest. Dabei stellte sie sich vor, wie der eiskalte Blick von Mrs Romanov Iljana traf. Ivy hatte zwar eine Pastorin als Mutter, war in solchen Dingen jedoch nie falsch beeinflusst worden. Sie könnte ihrer Mom oder ihrem Dad ohne Furcht gestehen, dass sie lesbisch war – oder alles andere. Bei der konservativen Marija Romanov war sie sich nicht so sicher. Es tat Ivy weh, ihre Freundin so leiden zu sehen – grundlos, weil niemand etwas gegen seine Gefühle unternehmen konnte. Sie sprach da aus Erfahrung. Heath hatte sich während der letzten Wochen den Platz in ihrem Herzen nicht gerade verdient, es war gegen jede Logik gewesen, dass sie ihn immer noch geliebt und auf eine Entschuldigung gehofft hatte – denn Liebe hatte nichts mit Logik zu tun. Und genauso wenig mit dem Geschlecht.

Sie löste sich aus der Umarmung, ließ Iljanas Hand jedoch nicht los. »Danke, dass du mir vertraust.«

Iljana lächelte zaghaft.

»Ich bin nicht so gut im Reden wie meine Mom ...«

»Es tut gut, überhaupt mit jemandem sprechen zu können, der einen nicht verurteilt oder seinen Vorteil daraus zieht«, flüsterte Iljana. »Ich hatte Angst, dass du ... dass es zwischen uns ...« Sie geriet ins Stocken.

»Du bist eine der besten Freundinnen, die ich je hatte, und daran wird sich nie etwas ändern.«

Iljanas Wangen röteten sich leicht und sie nickte dankbar.

»Vielleicht kann dir meine Mutter helfen, zwischen dir und deinen Eltern ... keine Ahnung, was ... vielleicht zu vermitteln? Sie sind deine Eltern. Sie werden dich lieben, wie du bist – bedingungslos. Dafür sind Eltern da.« Mit diesen Worten lockte sie endlich ein echtes Iljana-Lächeln hervor.

»Danke!«, sagte sie noch einmal leise und Ivy wusste, dass es noch ein langer Weg sein würde, bis Iljana dieses Geheimnis nicht mehr belasten würde. Für den Moment war sie jedoch mit diesem ersten Schritt zufrieden.

Dann trat ein Leuchten in Iljanas Augen. »Ich wollte dir eigentlich noch etwas ganz anderes erzählen! Mrs DeLaCourt hat mich gefragt, ob ich wieder auf die St. Mitchell gehen will!«

Ivy quietschte vor Freude und zwang Iljana erneut eine Umarmung auf, bis sie sich befreite.

»Wir können gemeinsam zur Schule fahren und das Abschlussjahr zusammen verbringen! Sofern du deine Zeit dort nicht nur mit deinen anderen Freunden verbringen willst.« Kurz zog ein Schatten über Iljanas Gesicht.

Auch Ivys Miene verfinsterte sich. »Ich habe dort keine Freunde.«

Iljana sah sie besorgt an und Ivy erzählte ihr alles – einfach alles, was seit Beginn des Schuljahres vorgefallen war. Sie ließ kein Detail aus. Iljana verurteilte sie nicht, warf ihr keine abfälligen Blicke zu und unterbrach sie auch kein einziges Mal. Sie reichte Ivy nur weitere Taschentücher und sah zu, wie sie auf dem Boden landeten.

Als Ivy geendet hatte, war Iljanas Blick weich und voller Mitgefühl. »Heath ist nur in seinem Stolz verletzt«, erklärte sie. »Du solltest dich mit ihm aussprechen. Wenn es sich für dich so anfühlt, wie du es gerade erzählt hast, solltest du um eure Beziehung kämpfen. Das ist es absolut wert. Denn du weißt, dass er dich liebt.« Sie schluckte und fügte hinzu: »Das ist mehr, als ich habe.«

Ivy dachte sofort an das Foto, das Iljana noch immer auf dem Handy hatte, obwohl es sie erpressbar machte, und setzte eins und eins zusammen. »Du hast dich in Penelope verliebt?«

»Ich zitiere: Man kann sich nicht aussuchen, in wen man sich verliebt.«

»Nein, das nicht, aber ausgerechnet *Penelope*?« Ivy entschuldigte sich sofort für ihre unüberlegte Bemerkung. »Sorry, das ist die alte Standardreaktion, wenn es um Penelope geht. Ich habe Pen in den letzten Tagen besser kennengelernt. Sie ist gar nicht so biestig, wie sie immer tut. Sie hat – zumindest irgendwo – ein paar Werte, die ihr etwas bedeuten.«

»Ich weiß«, sagte Iljana mit einem verträumten Lächeln, sodass sich Ivy instinktiv fragte, was zwischen den beiden wirklich schon gelaufen war. Wie nahe hatten sie sich wohl gestanden, als Iljana noch auf die St. Mitchell gegangen war?

Iljana riss Ivy mit einem Schnipsen vor der Nase in die Gegenwart zurück. »Geh zu ihm und rede mit ihm. Jetzt. Ich kann dich bei den Gardners absetzen. Meine Limousine wartet unten.« Sie zerrte an Ivy, bis sich ihre Freundin vom Sofa erhob.

Als sie am Spiegel vorbeigingen, erschrak Ivy. Sie sah echt übel aus.

Ihre Augen waren so dick geschwollen, als hätte sie eine Schlägerei hinter sich, ihre Haare waren strähnig und so glanzlos, dass der Rotton kaum noch sichtbar war. Auch ihr Outfit war alles andere als passend für eine Aussprache. Die Leggins hatte ein kleines Loch am Knie und das Shirt mit dem Todesstern und Darth Vader im Vordergrund war total ausgewaschen. Der von ihrer Großmutter gestrickte Cardigan darüber bestand nur noch aus Knötchen.

Iljana erkannte ihre Bedenken sofort. »Also wenn eure Versöhnung an Star Wars scheitern sollte, hat er dich nicht verdient.« Sie wackelte übertrieben mit den Augenbrauen.

Der bedingungslose Rückhalt einer echten Freundschaft stärkte Ivys Selbstbewusstsein. Sie straffte die Schultern und nickte Iljana im Spiegel zu.

Im Wagen fielen ihr jedoch mindestens eintausend Gründe ein, warum das Ganze eine schlechte Idee war. Aber Iljana widersprach jedem einzelnen davon. Trotzdem war Ivy beinahe erleichtert, als die Haushälterin der Gardners ihr erklärte, dass Heath nicht zu Hause sei. Aber nur beinahe. Die Enttäuschung, dass es doch kein romanhaftes Happy End geben würde, überwog. Iljana hatte ihr Hoffnungen gemacht, die sie nicht hätte zulassen sollen. Vermutlich saß Heath in seinem Zimmer oder im Fernsehraum und hatte der Haushälterin befohlen, sie abzuwimmeln.

Sie blieb noch eine Weile stehen und sah auf die geschlossene Tür, ehe sie sich zur Limousine umwandte und traurig den Kopf schüttelte.

Iljana sprang sofort aus dem Wagen. »Los, lass uns ein bisschen spazieren gehen, damit du auf andere Gedanken kommst.« Sie hakte sich bei Ivy unter und führte sie Richtung 5th Avenue, die sie dann auf Höhe der 74. Straße überquerten. Ivys Herz zog sich zusammen, als sie gemeinsam den Central Park betraten – und es setzte komplett aus, als sie eine einsame Person sah, die verbotenerweise Steine über den See hüpfen ließ.

»Mist, ich habe ganz vergessen, dass ich noch einen dringenden … Termin habe«, sagte Iljana so laut, dass sich die Person umdrehte. Iljana gab Ivy noch einen kleinen Schubs in Heath' Richtung, dann hörte Ivy nur noch, wie sich ihre Schritte entfernten.

KAPITEL 42
Ivory

Ihre Beine trugen sie wie von selbst zu ihm. Heath hatte sich wieder von ihr abgewandt. Obwohl er sich einen weiten Hoodie übergezogen hatte, sah sie, wie angespannt seine Schultern waren. Sie stellte sich einfach neben ihn und sah dem nächsten Stein zu, der übers Wasser hüpfte, ehe er mit einem leisen Glucksen versank.

Ivy beobachtete die immer größeren Kreise, die der Stein auf der Wasseroberfläche hinterlassen hatte. Geheimnisse waren wie dieser Stein. Wenn sie jemanden berührten, zogen sie immer weitere Kreise. Sie verursachten einen Dominoeffekt und drängten sich immer tiefer, bis sie andere erreichten – und die Folgen waren nicht absehbar. Manche Geheimnisse sollten einfach mit einem leisen Platschen untergehen.

»Es tut mir leid«, sagte sie, den Blick noch immer auf den See gerichtet. »Ich weiß, dass eine Entschuldigung nicht alles rückgängig machen und alle Wellen auslöschen kann, aber ich hoffe, dass sich das Wasser wieder beruhigt.« Erst als sie es ausgesprochen hatte, wurde ihr klar, dass er ihren Worten wahrscheinlich gar nicht folgen konnte, weil er ihre Gedanken dazu nicht kannte. Um ihm alles zu erklären, drehte sie sich automatisch zu ihm – und er tat in diesem Moment dasselbe.

»Das Wasser ...«, sagte er nachdenklich. »Das ist wohl der treffendste

Vergleich für das Leben hier, den ich je gehört habe.« Er öffnete die Faust mit den letzten beiden Steinen.

Dass er sie doch verstanden hatte, wärmte ihr das Herz, sodass sie beinahe gelächelt hätte. Doch sie hielt sich zurück, denn es kam ihr nicht passend vor.

Heath' Handfläche schob sich in ihre Richtung. »Welchen willst du?«, fragte er völlig unerwartet.

Ivy zögerte, nahm dann aber den größeren Stein – das größere Geheimnis. »Ich war schon immer sehr schlecht darin«, murmelte sie.

Heath ging nicht weiter darauf ein, sondern schleuderte seinen Stein über den See. Er sprang vier Mal auf, ehe er im Wasser verschwand.

Ivy versuchte, sich an ihre Kindheit zu erinnern, an die Anleitung ihres Dads, wie sie den Stein flach werfen musste – doch vergeblich. Der Stein versank direkt. Ivy stieß einen kurzen Fluch aus.

»Du bist eindeutig nicht der Typ, bei dem die Geheimnisse anderer Wellen schlagen.«

Sie schaute ihn an, sah sein bezauberndes Lächeln. Seine blauen Augen leuchteten wie im Sommer – wie bei *ihrem* Heath – und ihr Herz hüpfte wie verrückt.

Heath steckte die Hände in die Tasche des Hoodies und wirkte plötzlich verlegen. »Ich muss mich auch bei dir entschuldigen. Für den Ausraster vor der Schule, für all die Lügen, die ich dir erzählt habe.« Er schloss kurz die Augen und seine langen Wimpern warfen Schatten auf seine Wangenknochen. »Sobald ich gespürt habe, wie sehr du mich verändert hast, wie sehr ich deine Gegenwart genossen habe, hätte ich es dir sagen sollen.« Er trat einen winzigen Schritt näher.

Ivys Atemzüge wurden unregelmäßig.

»Ich war so sauer!« Reste dieser Wut verzerrten sein Gesicht kurz zu einer Fratze, die Ivy beinahe zurückweichen ließ. »Aber nicht auf dich«, erklärte er und der Junge, in den sie sich verliebt hatte, kehrte zurück.

»Ich war sauer auf mich. Ich hätte dir diese erste Aufgabe nicht verschweigen dürfen, dir überhaupt vom Spiel erzählen müssen. Ich war auch kurz davor, am letzten Ferientag – bevor ich mit meiner Familie nach Hampton Bays gefahren bin – aber dann hast du gedacht, dass ich mit dir Schluss machen will, und ich habe geschwiegen. Dir nichts zu erzählen hat dich zwar von mir ferngehalten, mich aber auch erpressbar gemacht. Dabei wollte ich dich nur aus allem raushalten, dich beschützen.« Er stieß einen seufzenden Laut aus. »Das habe ich ungefähr genauso drauf wie er.« Er deutete kurz auf Ivys Brust und sie dachte an Iljanas Worte über Star Wars. Aus dem Gefühlschaos in ihrem Inneren brach ein lautes Auflachen hervor, das die Enten auf dem See aufschrecken ließ und für Falten auf Heath' Stirn sorgte.

»Iljana meinte, wenn unsere Versöhnung an Star Wars scheitern sollte, hättest du mich nicht verdient«, erklärte sie ihm.

»Das wäre ein Sakrileg.« Lächelnd schüttelte er den Kopf und zog etwas aus seiner Hosentasche.

Ivy konnte es kaum fassen, als sie das Armband sah, das sie im Gästebad der Gardners liegen gelassen und seither so oft vermisst hatte.

Seine Finger spielten nervös damit. »Es tut mir leid, wie es gelaufen ist. Alles. Ich habe erst gemerkt, dass ich dich wirklich liebe, als das Spiel schon lief. Dich dann mit Vince zu sehen … es war das schlimmste Gefühl, das ich jemals hatte. Ich wollte so etwas nie wieder …«

Sie erstickte seine restlichen Worte mit ihren Lippen. Er liebte sie. Das war alles, was sie wissen musste. Der Kuss schmeckte nach Wochen voller Schmerz und unterdrückter Gefühle, nach aufgewühltem Wasser mit kreisrunden Wellen. Und doch wusste Ivy, dass es sich in diesem Moment genau so anfühlen musste, dass alles andere nicht echt wäre.

Wie Ertrinkende klammerten sie sich aneinander, hielten einander fest, bis sie sich atemlos soweit von ihm löste, dass sie in sein Gesicht sehen konnte, wo sie die Wahrheit erkannte: Es würde dauern, bis sie sich wieder endgültig vertrauen konnten und es würde vermutlich nie wieder so sein wie früher. Aber sie hatten sich gegenseitig beschützen wollen – vor den Intrigen, vor der Wahrheit, vor dem Schmerz, den die Wahrheit mit sich brachte. Aber genau das machte Liebe aus.

Heath legte das Armband um ihr Handgelenk und verschloss es. Der darauffolgende Kuss schmeckte reifer und süßer als alle anderen zuvor.

DANKSAGUNG

Secret Game zu schreiben war ganz anders, als all meine Projekte zuvor. Und was soll ich sagen? Über die reale Welt, ganz unmagische Probleme, Geheimnisse und Intrigen zu erzählen, hat unglaublich viel Spaß gemacht.

Daher danke ich zuallererst euch, weil ihr mich bei meinem Ausflug in die reale Welt begleitet und zum Buch gegriffen habt. Ich warte gespannt auf euer Feedback.

Während der ersten Arbeit am Text standen mir zwei wundervolle Buchmenschen zur Seite, die mir mit ihrer Kritik und ihrem Lob geholfen haben: Jacquelin Martin alias @b00k.aholic und Anna Hein alias @annafuchsia. Ich danke euch für eure ehrliche Meinung als Testleserinnen und eure Unterstützung.

Ich danke Kathrin Becker vom Ravensburger Buchverlag für die neue Herausforderung, für das gemeinsame Schwärmen und die wundervolle Zusammenarbeit. Dasselbe gilt für Franziska Jaekel, die mit *Fashionistas* Blick fürs Detail den Text zu dem gemacht hat, den ihr zu lesen bekommen habt.

Ein herzliches Dankeschön geht an meinen Autorenkollegen Christian Handel für seinen Insiderblick. Er hat mir die Sorge genommen, vielleicht die falschen Worte gewählt zu haben. An dieser Stelle möchte ich auch Sara Bow danken, die in meinem Kopf immer das Vorbild für den Account von *Fashionista* (und nur den! *g*) war und täglich beweist, dass sich High Fashion, Kosmetik, Fandoms und Bücher nicht ausschließen. Schaut unbedingt bei ihr vorbei.

Ein großer Dank geht wie immer an meine Familie und meine Agentin Franziska Hoffmann, die mich allesamt unterstützen und mir helfen. Ohne euch wäre all das nicht möglich.

Danke an alle Leser da draußen. Wenn euch mein Spiel um Geheimnisse und Intrigen gefallen hat, freue ich mich über jede Rezension, jeden Post, jede Nachricht und jede Empfehlung. Ihr glaubt gar nicht, wie wichtig mir eure Rückmeldungen sind. <3